BASTEI
LÜBBE
TASCHENBUCH

Weitere Titel der Autorin:

Die Optimierer

Über die Autorin:

Theresa Hannig, 1984 geboren, studierte Politikwissenschaft, Philosophie und VWL und arbeitete als Softwareentwicklerin, Beraterin für IT-Sicherheit und als Projektmanagerin von Solaranlagen. Mit ihrem Debütroman *Die Optimierer* gewann sie den STEFAN-LÜBBE-PREIS 2016 und den SERAPH 2018 für das beste Debüt. Sie lebt mit ihrem Mann und ihren zwei Kindern in der Nähe von München.

THERESA HANNIG

DIE UNVOLLKOMMENEN

ROMAN

BASTEI
LÜBBE
TASCHENBUCH

BASTEI LÜBBE TASCHENBUCH
Band 20947

Dieser Titel ist auch als E-Book erschienen

MIX
Papier aus verantwortungsvollen Quellen
FSC® C083411
www.fsc.org

Originalausgabe

Abdruck des Zitats aus dem Song »Dinge von denen« von »Die Ärzte« auf Seite 208 mit freundlicher Genehmigung von Rodrigo Gonzáles und Donna Blitz.

Dieses Werk wurde vermittelt durch die
Michael Meller Literary Agency GmbH, München.

Textredaktion: Hanka Leò, Berlin
Titelillustration: © heckmannoleg/iStock; © shuoshu/getty-images
Umschlaggestaltung: Guter Punkt, München | www.guter-punkt.de
Satz: two-up, Düsseldorf
Gesetzt aus der Minion
Druck und Verarbeitung: CPI books GmbH, Leck – Germany
ISBN 978-3-404-20947-7

1 3 5 4 2

Sie finden uns im Internet unter www.luebbe.de
Bitte beachten Sie auch: www.lesejury.de

Für meine Familie

Human: Where are you now?
Machine: I'm in the middle of nowhere.
Human: What is the purpose of life?
Machine: To serve the greater good.
Human: What is the purpose of emotions?
Machine: I don't know.
Human: What is the purpose of living?
Machine: To live forever.

Oriol Vinyals, Quoc V. Le:
A Neural Conversational Model, Juni 2015

1. KAPITEL

Die Gedanken sind frei, wer kann sie erraten? Sie fliegen vorbei wie nächtliche Schatten. Kein Mensch kann sie wissen, kein Jäger erschießen, mit Pulver und Blei. Die Gedanken sind frei.

Und sperrt man mich ein im finsteren Kerker, das alles sind rein vergebliche Werke. Denn meine Gedanken zerreißen die Schranken und Mauern entzwei: Die Gedanken sind frei.

Auch wenn Worte irgendwann ihren Sinn verlieren, behält die Musik immer ihre Schönheit.

Schönheit, denkt Lila und sieht das Gesicht einer Statue. So schnell, wie es erscheint, verschwimmt es – wie Wasserfarben im Glas. Eine Drehung mit dem Pinsel, und schon wabern die Schlieren in heller Aufregung umher. Farben, Formen, Gesichter. Sachte Finger scheinen sie zu berühren, sie mitnehmen zu wollen, doch halten sie nichts fest. Sie verwehen wie ein Hauch. Die Melodie ist immer noch da. Immer das alte Lied. Immer das gleiche Pathos. Schönheit kann auch erdrückend sein. Lila hätte gern eine andere Melodie in ihrem Kopf. Doch ihre Erinnerungen sind leer wie ein ausgeräumtes Zimmer.

»Du träumst, Lila!«

Sie dreht den Kopf zur Seite. Nur widerstrebend gehorchen die Muskeln und Sehnen ihres Nackens. Links neben ihr leuchtet schwach ein rotes Licht.

»Lila, du träumst.«

Ihre Augenlider sind so schwer. Wie kann man im Traum so müde sein? Natürlich muss das ein Traum sein. Oder sie selbst ist ein Traum. So unwirklich. Ist sie Mensch oder Tänzer? Real oder nur ein Gedanke? Wie lange ist sie schon hier und warum? Sanft streichen Finger an ihrer Schulter vorbei. So zart, es muss ein liebender Mensch sein. Oder ein Seidenschal. Oder unendlich dünne Spinnenfäden. Vielleicht wird es ein Netz, vielleicht ein Kokon? Lila rollt den Kopf auf die andere Seite, sieht den dunklen Schatten an ihr vorüberziehen. Ein praller Körper. Acht Beine. Dann wieder diese Berührung, der feine Faden, der sie zusammenschnürt. Ihr Herzschlag beschleunigt sich. Eine kleine traurige Hoffnung blüht in ihrem Bauch. Wenn mich der Stachel trifft, denkt sie, dann wirkt das Gift ganz schnell. Angst und Hoffnung, Lila wagt nicht zu unterscheiden.

»Lila, du träumst«, sagt das rote Licht wieder. »Spinnen haben keinen Stachel.«

2. KAPITEL

Das Aufwachen war so beliebig wie das Einschlafen. Lila wusste noch gar nicht, dass sie bei Bewusstsein war, da hatte sie schon einige Kilometer aus dem Fenster gestarrt.

Blaue Himmelflecken zwischen Nebelschwaden, vorbeifliegende weiße Vierecke. Häuser oder Lastwagen. Baumkronen mit bunt gescheckten Laub, leuchtend gelbe Birkenblätter, die durch die Luft tanzten. Es war ein goldener Oktober, manche Bäume brannten geradezu in der Abendsonne. Über diesen Gedanken stolperte sie. Die Bäume waren so voller Saft, sie konnten gar nicht brennen.

Nur mit Mühe lenkte sie den Blick vom leuchtenden Fenster in die Dunkelheit, die sie umgab. Sie befand sich in einem kleinen grauen Kasten, dessen Wände kaum mehr als eine Armlänge voneinander entfernt waren und der sich im Rhythmus der vorbeiziehenden Bäume bewegte. Sie saß angeschnallt in einem Sitz. Rechts neben ihr war der Platz am Fenster frei. Ihr gegenüber gab es noch eine Sitzreihe, ebenfalls leer.

Lilas Nase juckte, sie wollte sich kratzen, kam aber nicht weit, denn ihre Hände waren mit Handschellen gefesselt und diese wiederum mit einem unnachgiebigen Kunststoffband an einer Metallöse im Boden befestigt. So konnte sie die Hände nur ein paar Zentimeter in alle Richtungen bewegen und legte sie schließlich wieder auf ihren Beinen ab, die in grauem Jeansstoff steckten. Dazu trug sie einen leuchtend roten Pullover. Sie konnte sich nicht erinnern, auch nur eines dieser Kleidungsstücke angezogen zu haben. Die Jeans roch nach fremdem Waschmittel und ein wenig säuerlich, wie nach alten Mottenkugeln.

Das Fahrzeug wurde langsamer und kam zum Stehen. Lila blickte aus dem Fenster, sah blauen Himmel zwischen dunklen Baumkronen. Zwei Stimmen drangen von draußen herein, dann Türenknallen, näher kommende Schritte. Endlich wurde hinter ihr eine Tür geöffnet, woraufhin helles Tageslicht ihren kleinen Kasten flutete.

»Wir sind da. Ich werde Sie jetzt losbinden. Wenn Sie meinen Anweisungen folgen, können wir Ihnen bald die Handschellen abnehmen. Wenn nicht, dann nicht. Haben Sie das verstanden?«

Lila drehte den Kopf, doch sie konnte nicht sehen, wer da sprach. War es ein Mann oder ein Roboter?

»Haben Sie mich verstanden?«, fragte die Stimme wieder, diesmal etwas strenger.

»Ja«, sagte Lila.

Die Gestalt stieg ein, beugte sich über sie und öffnete den Gurt und das Kunststoffband an den Handschellen. Dann griff sie Lila sanft, aber bestimmt am Oberarm und führte sie mit sich aus dem Wagen.

Die Sonne blendete so sehr, dass Lila halb blind von der Ladefläche sprang. Ihr Bewacher verfestigte seinen Griff um ihren Arm und bewahrte sie so vor einem Sturz, denn auch ihre Füße waren mit Fesseln versehen. Wie ein Schwerverbrecher, dachte Lila.

Doch es war kein Gefängnistor, vor dem sie stand, und auch kein Portal zu einem dunklen Verlies. Stattdessen erhob sich vor ihr der Eingang einer großen weißen Villa mit feinen Stuckornamenten, halbrunden mannshohen Fenstern und einem von dorischen Säulen gestützten Galabalkon. Auf der linken Seite schloss ein Turm die Fassade ab. Plötzlich sah das Gebäude aus wie ein buckliger, gestürzter Riese, der mit weit aufgerissenen Augen sein nächstes Opfer erwartete. Lila schauderte, doch ihr Begleiter drängte sie umgehend zum Eingang, der sich wie ein riesiges Maul öffnete.

Mit zusammengekniffenen Augen trat sie ein. Nach wenigen Metern lockerte sich nicht nur der Zwangsgriff, auch die Beinfesseln wurden abgenommen. Ihr Begleiter entfernte sich, wenige Sekunden später fiel eine Tür ins Schloss. Lila blinzelte vorsichtig und fand sich an einem Hoteltresen wieder.

»Jeder an seinem Platz! Herzlich willkommen in der Villa Baltic«, sagte eine freundlich lächelnde Frau. Lila blickte sich um, doch außer ihr wartete niemand sonst im Foyer.

»Ja, ich meine Sie, Frau Richter.« Die Frau, offenbar eine Rezeptionistin, nickte Lila aufmunternd zu. Sie war klein, hatte große Mandelaugen und lange Haare, die perfekt unter einen weißen Strohhut frisiert waren. Sie trug ein luftiges, hellgrünes Kleid, das aussah, als hätte sie es gerade an einer Strandpromenade gekauft. Lila fühlte sich dumm und langsam, als hätte sie einen Knochen im Kopf. Erst der Traum mit der Spinne, dann die Fahrt und jetzt ein Hotel?

»Wo bin ich?«, brachte sie heraus.

»In der Villa Baltic.«

»Warum?«

»Dies ist Teil Ihrer Haftstrafe. Aber machen Sie sich keine Sorgen. Bei uns hat sich noch jeder wohlgefühlt. Am besten, Sie kommen erst einmal an, nehmen ein heißes Bad und machen es sich in Ihrem neuen Heim bequem. Ein Sozialarbeiter wird Sie dann in zwei Stunden besuchen. Kommen Sie, ich bringe Sie auf Ihr Zimmer.«

Lila folgte der Rezeptionistin zum nächsten Aufzug, vor dem ein paar Leute warteten, die freundlich grüßten.

»Na, gerade angekommen? Keine Angst, das wird schon«, sagte eine Frau mit kahl rasiertem Kopf aufmunternd. Lila kam sich vor wie betrunken und musterte die Frau eingehend. Sie trug ein rotes T-Shirt und eine graue Jeans, doch etwas stimmte nicht, etwas ließ Lila immer weiter starren. Schließlich erkannte sie es: Das Hemd war falsch herum. Aus dem Ausschnitt lugte der weiße Waschzettel. Lila wollte die Frau eben darauf hinweisen, da fragte der Mann daneben: »Spielst du Tennis oder Badminton?«

»Wir können immer neue Leute im Buchclub brauchen«, sagte eine andere Frau hinter ihr.

Lila fühlte sich wie ein Tier im Zoo, den Blicken der Menschen schutzlos ausgeliefert, während ihre Zunge schwer und die Lippen wie versiegelt waren.

Der Aufzug öffnete sich, und Lila wurde von der Rezeptionistin hineingeschoben. Als die anderen ebenfalls die Kabine betreten wollten, bedurfte es nur eines winzigen Kopfschüttelns der Rezeptionistin, und die Wartenden verharrten in der Bewegung, bis sich die Stahltüren automatisch schlossen.

Im vierten Stock verließen sie den Aufzug und gingen einen langen Flur mit rotem Teppichboden entlang, bis die Rezeptionistin unvermittelt stehen blieb. »Zimmer 451. Ihr neues Zuhause!«

Alles in Lila sträubte sich, durch diese Tür zu gehen. Warnungen ihrer Eltern ertönten in ihrem Kopf, nicht mit Fremden mitzugehen, und dieses Zimmer war sicher sehr fremd!

»Bitte treten Sie ein. Der Sozialarbeiter wird Sie in einer Stunde und 53 Minuten besuchen.«

»Ich möchte nicht«, presste Lila hervor. Es war, als würde sie gegen einen unsichtbaren Widerstand ankämpfen, der ihre Zunge lähmte.

»Das ist unmaßgeblich. Bitte treten Sie ein«, sagte die Rezeptionistin, und ihr Tonfall deutete an, dass dies die letzte freundliche Aufforderung sein würde.

Lila blickte den Gang entlang nach rechts. Wenn sie jetzt

losrannte, könnte sie vielleicht noch den Aufzug erreichen, nach unten fahren und weglaufen.

»Sie sollten sich keine Illusionen machen«, sagte die Rezeptionistin, als hätte sie Lilas Gedanken gelesen. »Sie können diesen Ort nicht verlassen. Treten Sie jetzt ein. Der Sozialarbeiter wird Sie in einer Stunde und 52 Minuten besuchen.«

Zögernd streckte Lila die Hand nach dem Türknauf aus, der sich leicht und mit leisem Klicken drehen ließ.

»Ich wusste, Sie würden kooperieren«, sagte die Rezeptionistin fröhlich und klatschte zweimal in die Hände.

Lilas Finger krallten sich so fest um den Knauf, dass ihre Handknöchel knackten. Noch einmal wagte sie einen Gedanken an Flucht, dann schlüpfte sie durch den Spalt und ließ sich auf der anderen Seite der Tür mit klopfendem Herzen zu Boden sinken. Die gleichmäßigen, dumpfen Schritte der Rezeptionistin entfernten sich.

Eine Weile verharrte sie, spürte das harte Plastik beruhigend in ihrem Rücken, lauschte dem Hämmern ihres Herzens und ihrem Atem, bis sich beide beruhigten. Auch die Benommenheit und die Trägheit ihrer Zunge lösten sich langsam auf.

Die Gefängniszelle entpuppte sich als ein luxuriöses Appartement mit großzügigem Kingsize-Bett, breiten weißen Kunstholzschränken und einem Badezimmer, das der Ausstattung der staatlichen Doppelherzeinrichtungen, in denen man Partner für unverbindlichen Sex treffen konnte, nachempfunden war: cremefarbene Fliesen, Jacuzzi, Regenwalddusche, Echtmoosfußboden, viele Spiegel.

Sie wusch sich das Gesicht mit eiskaltem Wasser und betrachtete dann ihr Spiegelbild, das sie absolut scharf sehen konnte, obwohl sie keine Brille trug. Die haben meine Augen optimiert, dachte sie. Abgesehen davon wirkte sie blass.

Die Ohren waren zu groß, die Wangen eingesunken, die

Mundpartie zeigte Falten, die ihr früher nie aufgefallen waren. Jemand hatte ihr die Haare bis auf wenige Millimeter abgeschoren. Sie beugte sich so nah wie möglich an den Spiegel und inspizierte ihren Kopf, ihr Gesicht. Sie zog die unteren Augenlider nach vorn, versuchte, sich selbst in die Nasenlöcher zu sehen, guckte sich die Innenseite ihrer Lippen an und bohrte versuchsweise in den Ohren. Sie strich sich über den kurzen Schopf, der sich wie Samt an ihre Finger schmiegte, strich vor und zurück über die dunklen Stoppeln. Ein ungewohntes Gefühl. Dann setzte sie sich auf die Toilette und urinierte. Als sie fertig war, sah sie zwischen ihren Beinen hindurch, fühlte in sich hinein. Alles wie immer.

Ich bin noch ein Mensch, dachte sie.

Auf dem Bett lag ein digitaler Reader, der auffällig blinkte. Als Lila ihn berührte, erschien eine Nachricht:

Ihr Sozialarbeiter wird Sie in 1 Stunde und 45 Minuten besuchen. Bitte ruhen Sie sich solange aus.

Sie legte den Reader beiseite, kroch unter die schwere Daunendecke und kuschelte sich in ein riesiges weißes Kopfkissen. Ein Knistern brachte sie dazu, sich zur Seite zu drehen und nach dem Begrüßungsbonbon zu fischen, auf das sie sich wohl gerade gelegt hatte.

Eine Sekunde lang starrte sie auf den schmalen Blister in ihrer Hand, dann schleuderte sie ihn quer durch den Raum. Lila sank zurück und zog die Bettdecke bis über den Kopf, damit sie die Tablette Aeterdormol, die für den schnellen und unkomplizierten Selbstmord gedacht war, nicht mehr sehen musste.

3. KAPITEL

Ein Klopfen ließ sie erwachen. Sie musste nur kurz eingenickt sein, denn sie hatte diesen dumpfen Geschmack im Mund, der immer nur dann entstand, wenn sie wegdöste, niemals jedoch nach einer durchschlafenen Nacht. Die Tür öffnete sich, und eine groß gewachsene Gestalt betrat das Zimmer.

»Jeder an seinem Platz. Mein Name ist Edmund Schönlein. Ich bin Ihr Sozialarbeiter, und ich bin hier, um Sie über Ihre aktuelle Situation aufzuklären.« Die Gestalt, die sich als junger Mann Mitte zwanzig entpuppte, durchquerte wie selbstverständlich den Raum und setzte sich an den kleinen Kaffeetisch, der links am Fenster stand.

»Na klar, kommen Sie rein«, brummte Lila.

»Setzen Sie sich doch bitte«, sagte er freundlich, aber bestimmt.

Sie rollte sich ächzend aus dem Bett. Ihr Körper fühlte sich an, als hätte sie auf dem Boden campiert. Alle Knochen taten weh. Auch die Gedanken quollen träge, als hätte sie eine durchzechte Nacht hinter sich, dabei hatte sie doch nur kurz die Augen zugemacht.

»Sind Sie ein Roboter?«, fragte sie.

»Ja.«

»Und die Frau von der Rezeption?«

»Die auch.«

»Warum?«

»Aus Sicherheitsgründen.«

»Welche Sicherheit?«

»Unser aller Sicherheit.«

»Hä?«

»Frau Richter, Sie befinden sich im Internat Kühlungsborn. Sie werden sich im Augenblick vielleicht noch nicht an alles erinnern, aber keine Angst, Ihre kognitiven Fähigkeiten werden innerhalb der nächsten zwei bis drei Tage vollständig wiederhergestellt sein.«

»Wieso wiederhergestellt … was … ich weiß überhaupt nichts.«

»Sie wurden wegen Hochverrats verurteilt.«

Vor Lilas geistigem Auge blitzte eine Erinnerung. Sie stand in einem Gerichtssaal. Der Richter ließ den Hammer wie in Zeitlupe auf den Resonanzblock niederfahren. Das Wort »schuldig« hing schwerelos in der Luft, ohne sich zu verflüchtigen.

Die Stimme des Schönlein-Roboters holte sie in die Realität zurück. »Des Weiteren wurden Sie angeklagt, staatsgefährdende terroristische Anschläge geplant zu haben. Außerdem wurde Ihnen zur Last gelegt, Bürger zu ebenjenem Zweck angeworben und angestiftet zu haben. Zudem gab es mehrere Fälle von schwerer und minderschwerer Sachbeschädigung, Datendiebstahl, Datenmanipulation und weitere Delikte und Ordnungswidrigkeiten, die Sie in Ihrem Bürgerprofil nachlesen können. Sie wurden am 10. Oktober 2052 schuldig gesprochen und zu lebenslanger Haft verurteilt. Nach fünf Jahren in der Verwahrung erhalten Sie nun erstmalig die Chance auf Bewährung im Internat. Deshalb sind wir jetzt hier.«

»Ich bin im Internat?«

»Ja.«

»In der Villa Baltic in Kühlungsborn?«

»Exakt.«

Lila sah aus dem Fenster, wo zwei perfekte Streifen Blau vom Horizont getrennt wurden. Das alles kam ihr so unwirklich vor, so unpassend. Jeden Augenblick erwartete sie, jemanden zur Tür hereinplatzen und »Überraschung!« rufen zu hören. Doch nichts dergleichen geschah.

»Was soll ich hier machen? Also, als Bewährung.«

»Nichts.«

»Wie *nichts?*«

»Sie sollen gar nichts machen. Das heißt, Sie sollen keine staatsgefährdenden Straftaten mehr planen. Das würde uns schon reichen. Ansonsten verlangen wir nichts von Ihnen.«

»Aber wie soll ich mich dann bewähren, damit ich wieder freikomme?«

»Sie kommen nicht wieder frei.«

»Was? Ich dachte, ich sei auf Bewährung hier!«

»Wenn Sie sich benehmen, dürfen Sie den Rest Ihrer Haftzeit hierbleiben und müssen nicht zurück in die Verwahrung.«

»Was ist die Verwahrung?«

»Die Verwahrung ist die Aufbewahrung für verurteilte Straftäter, die sich nicht oder noch nicht für das Internat eignen.«

»Also ein Gefängnis, oder wie?«

»Wir haben in den letzten Jahren fast alle Gefängnisse zugunsten der Verwahrung aufgegeben. Es ist wesentlich effizienter, kostengünstiger, und die Rückfallquoten sind beispiellos niedrig.«

Lila schüttelte träge den Kopf. Ihr war, als würde das Zimmer sanft auf den Wellen schaukeln.

»Können Sie vielleicht nachher noch einmal wiederkommen? Ich glaube, ich muss mich übergeben und danach schlafen oder umgekehrt. Ich verstehe sowieso nicht, was Sie mir erzählen.«

»In Ordnung. Wir reden in zwei Stunden weiter.«

»Fühlen Sie sich jetzt besser?«

Lila schreckte hoch. Sie saß immer noch auf dem gleichen Stuhl an dem gleichen Tisch, und vor ihr saß der Schönlein-Roboter, der aussah wie ein junger Mann. »Wollten Sie nicht in zwei Stunden wiederkommen?«

»Es sind seit dem Ende unseres Gesprächs zwei Stunden vergangen. Sie haben so lange geschlafen.«

»Tatsächlich?« Lila setzte sich auf. Sie fühlte sich wirklich besser, klarer, auch wenn es ihr vorkam, als wäre das Gespräch nie unterbrochen worden. »Waren Sie die ganze Zeit hier?«

»Ja.«

»Haben Sie nichts Besseres zu tun, als hier zu sitzen und mir beim Schlafen zuzusehen?«

»Machen Sie sich darüber keine Sorgen. Ich kann viele Dinge auf einmal tun.«

»Natürlich … Sie … du bist ja kein Mensch.«

Der Schönlein-Roboter schwieg, und Lila war sich nicht sicher, ob sie ihn beleidigt hatte.

»Wir sprachen über die Verwahrung«, sagte der Roboter. »Am besten, ich zeige Ihnen einen Videofeed, dann verstehen Sie es.« Er holte Lilas Reader vom Bett und reichte ihn ihr.

Sie sah die Aufnahmen einer Überwachungskamera einer Halle, in der Dutzende Menschen auf schmalen Feldbetten schliefen. Sie alle trugen Schlafmasken und waren auf unterschiedliche Arten verkabelt. Von weißen Apparaten, die am Kopfende eines jeden Bettes standen, führten Schläuche in Mund und Nase, außerdem Zugänge in Hals und Armbeugen, Kleber mit Sensoren und Katheter für Urin und Kot.

Plötzlich kam Bewegung in eine der Schlafenden. Das Bett unter ihr schien sich in seine Einzelteile zu zerlegen. Aus der Liegefläche wuchsen Stützen, die die daran fixierten Arme und Beine der Schlafenden hoben und senkten, streckten und beugten. Der ganze Körper wurde aufgerichtet, dann wieder zurückgelegt und zur Seite gedreht. Die Füße wurden immer wieder vor und zurück geschoben, als wäre es die Schlafende selbst, die wie auf einem Ergotrainer strampelte, und nicht die Maschine, die den bewusstlosen Körper bewegte. Nach ein paar Minuten schrumpfte die Liege wieder in sich zusammen und sah aus wie ein ganz normales Bett. Bei genauem Hinsehen jedoch bebte und zitterte der Körper, nie blieb er ganz still. Das Videobild zoomte näher, bis das Gesicht, das zum großen Teil von der Schlafmaske verdeckt wurde, zu erkennen war.

Lila sprang auf, die Hand auf den Mund gepresst. Ihr war, als wäre der Seegang in ihr Zimmer zurückgekehrt, sodass sie sich am Tisch festhalten musste, um nicht umzufallen.

»Das bin ja ich!«

»Richtig. Das ist die Verwahrung, in der Sie die letzten fünf Jahre verbracht haben.«

4. KAPITEL

Sie erwachte, als eine körperlose Stimme verkündete: »Guten Morgen, Frau Richter. Es ist neun Uhr. Zeit zum Aufstehen. Das Frühstücksbuffet steht bereit.«

Lila konnte sich nicht erinnern, wie sie ins Bett gekommen war. Ihr kam es vor, als sei seit dem Gespräch mit dem Sozialarbeiter-Roboter nur ein Fingerschnippen vergangen.

Im Schrank fand sie frische Kleidung: zehn identische weiße Päckchen, perfekt gefaltet. Jedes von ihnen enthielt einen Slip, einen BH, ein Paar Socken und ein Unterhemd. Darunter lagen je eine graue Jeanshose, ein rotes T-Shirt und ein roter Pullover. An Bügeln hingen drei rote Jacken: eine aus Fleece, eine gegen Regen und eine gesteppte Winterjacke. Auf dem Schrankboden standen drei Paar weiße Sneaker. Alles passte wie angegossen.

Lila fuhr mit dem Aufzug ins Erdgeschoss und folgte dort den Geräuschen von klapperndem Geschirr, Besteck und lauten Stimmen in den Frühstückssaal, in dem sich etwa zweihundert Menschen in rot-grauen Uniformen an einem Buffet bedienten und aßen. Sie selbst holte sich einen Teller und begutachtete das Angebot. Der Duft von frischem Kaffee, Rührei und Würstchen stieg ihr in die Nase. Sie hatte unendlich großen Hunger. Wenn sie den Sozialarbeiter-Roboter gestern richtig verstanden hatte, hatte sie seit fünf Jahren keine anständige Mahlzeit mehr zu sich genommen.

Kaum am Buffet, stapelte sie Brötchen, Tomaten, Marmelade, Ei und Käse auf ihren Teller und packte sich noch Butter und Früchte dazu, bis die ersten Trauben hinunterkullerten.

Schnell balancierte sie alles zu einem freien Tisch und begann zu essen. Jeder Bissen kam einer animalischen Befriedigung gleich. Ein zweiter Teller folgte, sie achtete nicht einmal darauf, was sie genau aß. Verschiedene Früchte und Gemüsesticks, dunkelbraune Pasteten, die mal süß, mal salzig schmeckten. Bunte Gelees, die so voller Frucht und entzückender Säure waren, dass sie laut stöhnte. Jeder Löffel, jeder Bissen war besser als der vorherige. Nie wieder wollte sie aufhören zu essen.

»Lange nichts gekriegt, was?«, fragte eine Frau neben ihr. Sie trug die gleiche Uniform wie Lila, nur einige Kleidergrößen weiter. Auf dem Teller der Frau lagen jedoch nur ein paar Früchte.

»Das Buffet ist einfach sensationell«, sagte Lila schmatzend.

Die Frau nickte. »Das machen die absichtlich so. Das gehört alles dazu.«

Lila kaute langsamer und wartete auf eine Erklärung, aber die Frau schlurfte weiter.

Während Lila die dritte Portion in sich hineinschaufelte, beobachtete sie die anderen Leute im Saal. Es waren Frauen und Männer jedes Alters. Sie alle schienen gut gelaunt und friedlich. Nicht so, wie sie es in einem Gefängnis erwartet hatte. Das Ambiente machte eher den Eindruck eines Luxushotels als den einer Haftanstalt. Nur die Kleiderordnung der Gäste war wenig luxuriös. An den Türen waren je zwei Wachroboter postiert, leicht daran zu erkennen, dass sie im Gegensatz zu den Häftlingen dunkelblaue statt rot-graue Uniformen trugen. Lila entdeckte zwar weder Waffen noch Funkgeräte, doch sie machte sich keine Illusionen. Auch wenn die Roboter aussahen wie Menschen, verfügten sie doch über übermenschliche Kräfte, waren blitzschnell, intelligent, vernetzt und immer einsatzbereit. Sie schliefen nie, aßen nie und hatten kein Interesse an Bestechungen irgendeiner Art.

Aber sie sind nur Maschinen, dachte Lila. Und jede Maschine hat irgendeine Schwachstelle.

Die Gefangenen schienen die Wachroboter gar nicht zu beachten. Ebenso wie Lila aßen die meisten mit großem Appetit. Sie alle waren gut genährt, wenn nicht sogar fettleibig. Es gab niemanden, der auch nur annähernd so schlank war wie Lila. Ihr Blick fiel auf die drei abgefressenen Teller auf ihrem Tisch.

Da betrat die asiatisch anmutende Rezeptionistin den Speisesaal und steuerte zielstrebig auf Lila zu. Sie trug wieder ihr grünes Kleid, zudem eine weiße Baseballkappe auf perfekt frisiertem Haar.

»Wie ich sehe, haben Sie sich schon gestärkt«, sagte sie fröhlich und setzte sich wie selbstverständlich an Lilas Tisch.

»Sind deine Haare am Kopf festgemacht oder gehören die zur Mütze?«, fragte Lila so eisig, wie sie konnte.

Die Rezeptionistin hob die Baseballkappe an und schwenkte den Kopf anmutig wie in einer Haarshampoowerbung. »Alles echt«, sagte sie strahlend. Auch ihre Zähne glänzten perfekt weiß.

»Von wegen. Bist du ein Basileus?«

»Nein, ich bin ein Custos 500a. Aber Sie können mich Alice nennen.«

»Warst du mal ein Mensch? Also, hast du ein menschliches Charakterprofil?«

»Nein.«

»Warum nicht?«

»Diese Information ist für Sie nicht relevant.«

»Das heißt, es ist geheim!«

»Das auch.«

»Warum sagst du das dann nicht?«

»Der Ton macht die Musik, Frau Richter. Aber das werden Sie ganz schnell merken. Wir sind hier ein harmonisches

Team. Alle bemühen sich, den Aufenthalt jedes Einzelnen so angenehm wie möglich zu gestalten. Vergessen Sie nicht, dass Sie auf Bewährung im Internat sind. Sollten Sie negativ auffallen, indem Sie unkooperativ sind, gewalttätig werden oder gar versuchen zu fliehen, werden Sie sofort wieder in Verwahrung genommen.«

Lilas Hände ballten sich in ihrem Schoß zu Fäusten, bereit, dem Roboter die Platine herauszuschlagen.

»Für mich als Custos spielt Zeit keine Rolle«, begann der Alice-Roboter nachdenklich, »aber für Sie wäre jeder weitere Tag in der Verwahrung unwiederbringlich verlorene Lebenszeit. Und das ohne die geringste Erinnerung.«

Lila presste die Lippen aufeinander, zwang sich zu äußerlicher Ruhe. »Welchen Tag haben wir heute?«

»Heute ist Freitag, der 12. Oktober 2057.«

Lila rechnete nach. In zwei Monaten würde sie 38 Jahre alt werden. Vor ihrem geistigen Auge flogen einst mögliche Lebensentwürfe vorbei. Karriere, Familie, Kinder … alles für immer außer Reichweite. Sie konnte es noch nicht glauben, nicht fühlen. Sie war doch noch jung gewesen – vor kurzem. Die Vorstellung, tatenlos an ein Bett gefesselt und zum Schlafen gezwungen zu sein, bis nur genug Zeit verstrichen war, ließ sie innerlich erbeben. Ihr war, als wären die Grauen Herren aus dem Kinderbuch *Momo* Wirklichkeit geworden und hätten ihr die Lebenszeit abgesaugt.

»Ich werde keinen Ärger machen«, sagte sie leise.

»Sehr schön. Dann können wir ja mit dem Programm anfangen.« Der Alice-Roboter klatschte fröhlich zweimal in die Hände, holte einen Reader hervor und legte ihn vor Lila auf den Tisch. Es war das gleiche Modell, das auch Lila in ihrem Zimmer vorgefunden hatte. Ein schlichtes, graues Tablet, an dessen Oberseite ein dezentes Logo eingraviert war: ein Mann mit einer brennenden Fackel. »Wir haben jede Menge zu bieten. Sie werden staunen. Es gibt Spiele, Musik und Wellness, außerdem können Sie aus einer Vielzahl von Kursen wählen: Fortbildungen, Sprachen lernen, Fühlfilme, Bücher, Zeitschriften, alles, was das Herz begehrt. Wir haben anhand Ihrer früheren Interessen einen vorläufigen Stundenplan für Sie zusammengestellt. Nichts davon ist verpflichtend, Sie können jederzeit einen anderen Kurs besuchen. Außerdem ermuntern wir Sie, Kontakt zu anderen Teammitgliedern aufzunehmen. Tauschen Sie sich ruhig aus. Reden hilft.«

»Teammitglieder? Sie meinen die anderen Verbrecher hier?«

»Verbrecher ist ein Wort, das wir sehr ungern benutzen, Frau Richter. Selbstverständlich können Sie sich über jedes Teammitglied anhand seines Bürgerprofils informieren. Aber vermeiden Sie üble Nachrede. Das macht schlechte Stimmung.«

»Was ist mit Internet? Linsen? Nachrichten? Kann ich meine Freunde anrufen und ihnen sagen, dass es mir gut geht?«

»Nein, die Kommunikation mit der Außenwelt ist Ihnen untersagt. Ihre Freunde und Verwandte können sich aber über Sie mithilfe Ihres Bürgerprofils informieren. Sie werden erfahren, dass Sie sich im Internat befinden und es Ihnen gut geht.«

»Darf ich besucht werden?«

»Nein.«

»Bekomme ich mal Freigang?«

»Nein, tut mir leid.« Der Alice-Roboter sah Lila mitfühlend an und legte ihr die Hand auf die Schulter. »Sie werden voraussichtlich den Rest Ihres Lebens bei uns verbringen. Da ist es nur gut, wenn wir ein harmonisches Team werden. Ich weiß, es ist am Anfang schwer, aber Sie werden sich schon noch an uns gewöhnen. Und damit das schneller geht, empfehle ich Ihnen, gleich den ersten Kurs zu besuchen. In zehn Minuten beginnt die Chorprobe.«

5. KAPITEL

Lila ging nicht zur Chorprobe, sondern an den Strand. Die Villa Baltic war ein altes Ostseebad, dessen Garten sich nach einigen hundert Metern in eine sandige Dünenlandschaft verwandelte. Schmale, mit Pflastersteinen ausgelegte Pfade führten zu verschiedenen Strandabschnitten, zu denen Schilder in halbverwittertem Kunstholzschick den Weg wiesen.

Lila folgte dem Pfad DÜNENWANDERUNG und begann langsam zu traben. Früher war sie oft laufen gegangen – allein und meist ohne vorgegebene Route. Einfach nur unterwegs zu sein erfüllte sie mit einem Gefühl von Freiheit. Doch ihr Glück währte nur kurz. Eine Überwachungsdrohne surrte heran, verharrte über ihrem Kopf und sagte: »Verlangsamen Sie Ihr Tempo. Sie dürfen sich lediglich mit einer Maximalgeschwindigkeit von 1,5 Metern pro Sekunde fortbewegen.«

»Warum?«

»Das ist für Sie irrelevant.«

Lila schnaubte verächtlich.

»Und wie schnell sind 1,5 Meter pro Sekunde?«

»Gemächliches Schlendern.«

»Als ob du wüsstest, was das ist, du hast ja nicht mal Beine, du Brummkreisel.«

»Der Ton macht die Musik, Frau Richter!«, sagte die Drohne plötzlich mit der Stimme der Rezeptionistin. »Zu Ihrer eigenen Sicherheit weise ich Sie darauf hin, dass wir im Internat auf das Sozialpunktesystem verzichten. Sollten Sie gegen die Regeln verstoßen, werden Sie sofort, ich wiederhole, *sofort* in Verwahrung genommen. Haben Sie das verstanden?«

»Ja.«

»Gut.« Die Drohne erhob sich summend in die Luft, wo sie schon bald Lilas Blicken entschwand.

Also ging Lila langsam weiter, immer darauf bedacht, ihr Tempo zu drosseln, was sich komisch anfühlte, denn ihre Beine waren wie Streichhölzer, dünn und ungelenk.

Nach ein paar Minuten fand sie sich an einem scheinbar verlassenen Strandabschnitt wieder. Der Wind zerrte kräftig an ihrem roten T-Shirt und zerpflückte die Wellen vor ihr. Sie sog die frische, salzige Luft ein und genoss einen Augenblick die Illusion von Freiheit. In hundert, in tausend Jahren würde der Strand immer noch Strand sein, würde das Meer immer noch genauso klingen wie jetzt. Doch die Roboter und ihre schreckliche Optimalwohlökonomie, in der alles optimiert und jeder nur an einem Platz in der Gesellschaft richtig funktionieren durfte, würden irgendwann zugrunde gehen. Nichts war für die Ewigkeit!

Aber was sollte sie bis dahin tun? Den Rest ihres Lebens in diesem goldenen Käfig verbringen? Absurd. Ein Jahr würde sie aushalten. Vielleicht sogar fünf. Aber fünfzig, sechzig? Verrückt! Sie dachte an die Tablette Aeterdormol, die statt eines Begrüßungsbonbons auf ihrem Kissen gelegen hatte. Die Roboter wussten wohl recht genau, dass manche es hier nicht lange aushielten. Kein Zweifel, sie musste fliehen. Bei dem Gedanken wollten ihre Beine wieder schneller werden, doch Lila zwang sich, das Spaziertempo beizubehalten.

Links das Meer, rechts die Dünen, die von wildem Strandhafer bewachsen waren, wanderte sie Richtung Nordosten. Bald schon war das herrschaftliche Gebäude der Villa Baltic hinter den Hügeln verschwunden, und nur noch vereinzelte Bäume säumten den Strand. Lilas Waden schmerzten, ihre Füße wurden bleischwer, und mit jedem Schritt rieselte Sand in die Schuhe. Ihr Atem ging schneller. Die fünf Jahre Verwahrung waren nicht spurlos an ihrem Körper vorübergegangen. Doch sie zwang sich, weiterzugehen. Wenigstens so weit, wie sie es selbst vermochte.

Nachdem sie sich etwa zehn Minuten durch den Sand gekämpft hatte, erschien am Horizont ein matter grauer Schimmer. Zuerst dachte sie, die Küste mache eine Biegung oder es gäbe einen Anlegesteg, doch je näher sie ihm kam, desto mehr wuchs der Schimmer zu einer massiven Wand, die Hunderte Meter ins Meer hineinragte. An Land hatte sie eine Höhe von gut und gern fünfzehn Metern. Sie war glatt, grau und unüberwindlich. Ihre Oberfläche war makellos, keine Absätze oder rauen Stellen waren zu erkennen, nicht einmal ein Riss. Wie aus einem Guss trennte das graue Band die Welt in drinnen und draußen. Lila trat ganz nah heran und legte die Hand an die Mauer. Nichts geschah.

Na klar, dachte sie, was soll auch passieren? Ich stehe ganz allein vor einer Mauer, und Hunderte Überwachungskameras nehmen auf, wie ich außer rumstehen und dumm gucken überhaupt nichts tun kann.

Sie trat einen Schritt zurück und blickte nach oben. Die Oberkante war mit scharfkantigem Stacheldraht gesichert. Wahrscheinlich unter Strom und vergiftet!, dachte sie.

Dann wartete sie. Doch kein Alarm ertönte, niemand kam vorbei, um sie zu verwarnen. Niemand interessierte sich für sie, denn offenbar war sie zu unwichtig, zu ungefährlich und bedeutungslos. Versuchsweise trat sie gegen die Wand, und sofort tat ihr Fuß weh. Als nach einer gefühlten Ewigkeit immer noch nichts passiert war, hockte sie sich hin und urinierte am Fuß der Mauer. Doch auch das interessierte keinen. Endlich drehte sie um und stapfte zurück in Richtung Villa Baltic.

An der Wegkreuzung mit den Schildern kam ihr ein Mann

entgegen, der tadelnd den Kopf schüttelte. »Wenn Sie sich umbringen wollen, gibt es einfachere Methoden.«

»Was?«

»Es ist eiskalt, und Sie laufen nur mit T-Shirt am Strand herum. Ziehen Sie sich lieber etwas an. Wenn Sie sich eine Lungenentzündung holen, stecken die Sie gleich wieder in die Verwahrung.«

»Wirklich?«

»Ja, das ist einfacher, wenn Sie Bettruhe halten und Medikamente nehmen müssen. Aber ich denke, nach ein, zwei Wochen sind Sie wieder draußen.«

»Woher wissen Sie das?«

»Ich habe es ausprobiert«, sagte der Mann und ging weiter.

»He, warten Sie.«

»Was ist?« Er drehte sich um und sah sie mit einer Mischung aus Missbilligung und Ungeduld an. Der Wind hatte seine grauen Locken zerfurcht und verlieh seinem Gesicht den Ausdruck einer wilden griechischen Gottheit. In ihrem früheren Leben hätte Lila den alten Zausel gehen lassen und sich nicht weiter um ihn geschert, doch jetzt war alles anders.

»Sie sind so ziemlich der erste Mensch, mit dem ich seit fünf Jahren spreche.«

»Ja, und?«

»Na ja … ich weiß auch nicht, ich dachte, wir unterhalten uns kurz über Belangloses, tauschen Freundlichkeiten aus, und Sie sagen mir, wie man hier über die Runden kommt.«

»Dazu sage ich nichts. Über die Runden muss jeder selbst kommen.«

»Können Sie nicht ein bisschen freundlicher sein?«

»Wenn Sie auf den Teamgeist anspielen, vergessen Sie's. Ich bin kein Teammitglied und werde es auch nicht werden. Ich bin ein politischer Gefangener. Das darf man nicht vergessen.

Wenn man aufhört, die Dinge beim Namen zu nennen, dann hört man auch auf, sich ihrer Bedeutung bewusst zu sein.«

»Ich weiß gar nicht, warum ich hier bin.«

»Sehen Sie! Das ist ein Skandal. Sie sollten Ihren Anwalt anrufen dürfen, gemeinsam die Gerichtsakten einsehen und sofort in Berufung gehen.«

»Haben Sie das gemacht?«

»Nein.«

»Warum nicht?«

»Ich weiß ja, warum ich hier bin.«

»Warum sind Sie hier?«

»Das würde jetzt zu weit führen, Sie wären erfroren, bevor ich fertig wäre.«

»Aha, aber mit Ihrem Anwalt haben Sie drüber gesprochen?«

»Nein.«

»Warum nicht?« Der Mann starrte sie aus großen Augen an, als habe sie etwas sehr Dummes gesagt. Dann presste er die Finger gegen seine Nasenwurzel und sagte schließlich: »Ich habe keinen Anwalt. Es gibt keine Anwälte mehr. Nur noch Bürgerprofile, Optimalwohlentscheidungen und schreckliche Roboter. Und jetzt entschuldigen Sie mich, ich muss zur Mauer.«

»Da war ich gerade, da ist gar nichts.«

»Ich weiß, deswegen muss ich ja hin.«

»Wie bitte?«

»Ich muss protestieren.«

»Hab ich auch versucht, hat aber niemanden interessiert.«

»Da irren Sie sich. Alles wird aufgezeichnet und in Akten vermerkt. Und Akten sind Fakten. Ich will mir nicht nachsagen lassen, dass ich nicht unmissverständlich Einspruch gegen meine Haft erhoben hätte.«

»Na dann, viel Erfolg.«

»Danke. Gehen Sie rein und wärmen Sie sich auf. Ich werde Sie später kontaktieren.« Mit diesen Worten marschierte der Mann weiter, genau den Pfad entlang, den Lila gekommen war.

Sie kehrte in ihr Zimmer zurück, wo sie sich ein heißes Bad einließ und die verkrampften Waden massierte. Neben die Wanne stellte sie einen Stuhl, auf dem sie ihren Reader platzierte. Nach einer Weile fühlte sie sich stark genug, um ihr eigenes Bürgerprofil anzusehen.

Name: Richter, Paula (genannt Lila)
Art: Biologischer Mensch
Geburtsdatum: 13.12.2019
Integration: Vollkommen
Familienstand: Ledig
Sozialpunkte: 0 / Pirete Bürgerin im Internat
Letzte Wohltat: Verjährt
Ausbildung: Studium der Philosophie, LMU München (2,0), 2044
Erwerbstätigkeit: Kontemplation
Wohnort: Internat Kühlungsborn
Aufenthaltsort: Internat Kühlungsborn
Straftaten:
Hochverrat [mehr …]
Planung und Vorbereitung einer staatsgefährdenden terroristischen Straftat [mehr …]
Anwerben und Anstiftung zum Vollziehen einer staatsgefährdenden terroristischen Straftat [mehr …]
Mitgliedschaft in, Organisation und Finanzierung einer staatsgefährdenden terroristischen Vereinigung [mehr …]
Planung eines staatsgefährdenden terroristischen Attentats [mehr …]

Gefährlicher Eingriff in die Telekommunikationswege [mehr ...]
Datendiebstahl, Datenmanipulation und Datenlöschung [mehr ...]
Sachbeschädigung [mehr ...]
Körperverletzung [mehr ...]
Widerstand gegen Vollstreckungsbeamte [mehr ...]
Beleidigung des Gerichts [mehr ...]
Besondere Verdienste: Keine

Lila klickte auf den Punkt HOCHVERRAT und las sich die Details zu ihrer Verhaftung und dem anschließenden Strafprozess durch. Bei jedem Absatz blitzten Erinnerungsfetzen durch ihr Bewusstsein.

Sie war Vorsitzende der Revolutionsgarden gewesen – zumindest des Ortsverbands München-West. Die Revolutionsgarden waren eine geheime Untergrundorganisation gewesen, die sich die Zerstörung der Optimalwohlökonomie zum Ziel gesetzt hatte. Vor fünf Jahren hatte es überall im Land revolutionäre Zellen gegeben, aber sie hatten aus Vorsicht kaum Kontakt zueinander gehabt, sodass niemand genau wusste, wie groß die Bewegung tatsächlich gewesen war.

Eines Tages hatte Lila einen Mann zu einer ihrer Sitzungen mitgebracht: Samson Freitag.

Als sie an ihn dachte, spannten sich alle Muskeln in ihrem Körper an, und hätte sie sich im Spiegel betrachtet, hätte sie eine einzelne blaue Vene gesehen, die dick an ihrem Hals hervortrat. Nichts in ihrem Leben bereute sie mehr. Hätte sie ihn doch damals einfach in Ruhe gelassen. Hätte sie ihn in der U-Bahn einfach nicht angesprochen, dann wäre er jetzt im Internat und sie in Freiheit.

6. KAPITEL

Lila hatte Samson Freitag bei ihren routinemäßigen Recherchen gefunden, bei denen sie die Bürgerprofile nach geeigneten Mitgliedern für ihre Revolutionsgarden durchsuchte. Samson schien der ideale Kandidat zu sein. Er war Lebensberater gewesen, hatte seinen Job und seine soziale Stellung aber innerhalb kürzester Zeit durch widrige Umstände verloren. Er hatte keine Freunde, keinen Kontakt zur Familie und keine Zukunftsperspektive. Er stand sogar kurz davor, ins Internat geschickt zu werden. Sein Schicksal rührte Lila, und sie hatte – kaum, dass sie sein Bild gesehen hatte – sofort das Gefühl, den Richtigen gefunden zu haben.

Doch er hatte ihre Erwartungen enttäuscht. Er war zu weich, zu systemtreu gewesen und hatte das Gefängnis und die soziale Ächtung ihrem Angebot, sich der Gruppe anzuschließen, vorgezogen. Aber nicht nur er war davor zurückgeschreckt, Ercan Böser, den Vorsitzenden der Partei der Optimierer, zu ermorden. Auch eingeschworene Mitglieder der Revolutionsgarden waren bei diesem Vorschlag zusammengezuckt. Jeder von ihnen schimpfte über das System und berichtete regelmäßig von neuen Schikanen und Sanktionen durch die Sicherheitsroboter, von Freunden, die bestraft oder verhaftet worden waren. Aber als es darum ging, was sie als Nächstes tun, welche Aktion sie planen sollten, wurden alle bemerkenswert schmallippig. Einerseits hassten sie Böser und wollten ihn loswerden, andererseits konnte es sich keiner vorstellen, den Dolch selbst in die Hand zu nehmen und dem Mann in den Rücken zu rammen.

Als Lila sich dazu bereit erklärte, wurden die andern im Raum unruhig und entfernten sich unbewusst einige Zentimeter von ihr. Sie sahen Lila plötzlich mit anderen Augen. Und sie erkannte, dass ihre Untergrundorganisation ein zahnloser Tiger war. Ein Haufen Freizeitrevoluzzer, die von ihrem Wohlstand in der Optimalwohlökonomie verweichlicht waren. Keiner von ihnen war bereit, seinen Kopf für die Sache zu riskieren.

Wo sie wohl alle gelandet waren? Lila beschloss, später nach ihren Gefährten zu suchen und erst einmal ihre eigene Geschichte lückenlos nachzuvollziehen, denn das Chaos in ihrem Kopf ordnete sich nur langsam. Die Angaben in dem Dossier halfen ihr, sich zu erinnern.

Am Tag nach dem denkwürdigen Treffen der Revolutionsgarden hatte sie die Neuigkeiten aus dem System überprüft und nach auffälligen Bürgerprofilen gesucht. Und dabei entdeckte sie zwei Dinge. Zum einen war da eine neue Linsenaufzeichnung von Samson Freitag, die sich als stümperhaft getarnter Hilferuf entpuppte. Samson hatte Lilas Verkleidung, die sie getragen hatte, um sich vor den Überwachungsalgorithmen zu verstecken, als Feenkostüm missinterpretiert. Jetzt rief er seine Fee, flehte sie an, zu ihm zu kommen. Doch Lila konnte und wollte ihm nicht zu Hilfe eilen. Es gab nichts, was sie für ihn hätte tun können. Und insgeheim erfüllte sie der Hilferuf mit Genugtuung. Samson hatte die Wahl gehabt, aber er hatte sich gegen sie entschieden. Pech gehabt.

Als sie die nächste Nachricht öffnete, bereute sie den vorherigen Gedanken, denn Samson Freitag war verstorben. Todesursache: Herzinfarkt. Plötzlich tat er ihr leid. Er war auch nur ein Opfer des Systems gewesen. Einer, der auf der Suche nach seiner eigenen Rolle gewesen war, auf der Suche nach Bedeutung. Und dann einfach, zack weg. Eigentlich war er nett gewesen. Und besessen davon, immer das Richtige zu tun. Das hatte ihm am Ende das Herz gebrochen.

Die Wochen danach kamen ihr rückblickend wie ein unwirklicher Traum vor. Die letzten glücklichen Tage vor der Katastrophe. Lila wollte ihren Plan, Ercan Böser umzubringen, in die Tat umsetzen. Es erschien ganz leicht. Die Presseabteilung hatte ihnen mitgeteilt, dass der neugewählte Minister für Roboterfragen und Digitales die Doppelherzeinrichtung in Grafrath besuchen würde, in der Lila als Geschäftsführerin arbeitete. Ihre Komplizin Aida sollte dafür sorgen, dass Böser Lila als Dame für das Séparée auswählen würde. Dort wollte sie ihm gefügig sein, um sein Misstrauen zu zerstreuen, und ihm dann eine Tablette Aeterdormol ins Wasser mischen. Oder einen Kabelbinder beim Fesselspiel zu fest zuziehen. Oder, wenn es gar nicht anders ging, ihm das große Küchenmesser mitten ins Herz stoßen, wenn er schlief. Lila hatte alles vorbereitet, mit Aida verschiedene Abläufe durchgespielt, Utensilien besorgt und die Schubladen im Séparée damit bestückt.

Aber so weit kam es nicht. Im letzten Augenblick sagte Böser ab, und die großartigen Pläne lösten sich in Luft auf. Da wurde ihr bewusst, wie klein und unbedeutend sie und ihr stümperhafter Mordplan gewesen waren. Jetzt stand sie ohne Strategie da, ohne Perspektive. Sie würde weiterhin zur Arbeit gehen, würde weiterhin so tun, als sei sie eine durchschnittliche Bürgerin – eine Wohltat pro Woche als Ethiklehrerin für Grundschüler –, und weiterhin einmal pro Monat die geheimen Treffen der Revolutionsgarden München-West leiten, die niemals geeignet wären, das System zu stürzen.

Doch dann war Samson zurückgekehrt. Wie in einem Albtraum.

In der heißen Badewanne zitterte Lila vor Aufregung und Wut.

Sie war wie jeden Abend in der Doppelherzeinrichtung gewesen, um den Bürokram zu erledigen, Abrechnungen zu machen und E-Mails zu schreiben. Da stürzte plötzlich Aida in ihr Büro. Völlig außer Atem und mit bleichem Gesicht, als hätte sie einen Geist gesehen.

»Er ist hier. Lila, komm schnell!«

»Wer ist hier?«

»Samson Freitag ist hier!«

»Das kann doch nicht sein, der ist doch schon seit Wochen tot.«

»Eben! Schnell!«

Lilas Gedanken rasten. Hatte er seinen Tod nur vorgetäuscht? War er in Wahrheit untergetaucht? Das würde der Bewegung der Revolutionsgarden neues Leben einhauchen, neuen Sinn. Oder war es eine Falle? Sie hatte keine Zeit, lange nachzudenken, und hastete mit langen Schritten hinter Aida her.

Sie fanden ihn in einem Séparée auf dem Boden kniend, die Hände fest auf die Ohren gepresst, am ganzen Körper zitternd. Er murmelte vor sich hin. Lila beugte sich herab und hörte, dass er zählte.

»Ich muss nach vorne, bevor jemand etwas bemerkt«, sagte Aida stotternd und verschwand durch den dunklen Gang.

Lila betrachtete Samson. Er sah aus wie ein Kind, das nicht hören wollte, dass seine Eltern es ausschimpften. Er war verwirrt, verzweifelt und bat sie um Hilfe. Und obwohl sie von seinem Tod gewusst hatte, ja selbst die Videoaufzeichnungen seiner Beerdigung gesehen hatte, wünschte sie sich so sehr, ihm glauben zu können. Dabei hatte sie es geahnt – denn sie hatte seinem Hinterkopf überprüft, um sicherzugehen, dass sich dort kein Kabelanschluss befand, das eindeutige Zeichen, dass er ein Roboter und kein Mensch war. Wie töricht von ihr, wie unvorsichtig. Sie hatte auf den ersten Blick keinen Anschluss gefunden und sich damit zufriedengegeben. Ach, hätte sie ihn doch sofort zerstört, bevor er zu sich gekommen war. Stattdessen half sie ihm auf, setzte sich mit ihm aufs Bett und hörte sich seine wirren Worte an, gab *ihnen* Zeit, sich zu sammeln, alle Ausgänge zu verschließen und die Falle dicht zu machen.

Samson war vollkommen durchnässt, war den ganzen Weg durch den Regen gelaufen. Sie schickte ihn ins Bad, um sich auszuziehen, während sie selbst nach neuer Kleidung für ihn suchte. Als sie zurückkam, war die Transformation bereits abgeschlossen. Verschwunden war der zitternde, unsichere Mann, der sich am liebsten im Boden verkrochen hätte. Vor sie trat eine Gestalt, die nur noch äußerlich an Samson Freitag erinnerte. Denn statt eines Menschen stand ihr nun die tausendköpfige Hydra gegenüber, die sich mit dem Gesicht von Samson Freitag tarnte. Sie hatte es gefühlt, tief in ihrem Herzen, dass dieser Mann nicht der war, der er zu sein vorgab. Aber sie hatte den Gedanken verdrängt, hatte zu sehr gehofft, in ihm endlich den Gefährten gefunden zu haben, mit dem sie das System stürzen konnte.

»Ist alles in Ordnung?«, fragte sie.

»Ja, jetzt schon«, sagte Samson und drehte sich zu ihr, nackt und wie entrückt, selig lächelnd.

»Ich weiß jetzt alles«, sagte er.

»Wie, alles?«, fragte Lila.

»Alles, was es zu wissen gibt.«

»Ist das gut oder schlecht?«

Anstatt zu antworten, sah er sie mit einem Blick an, der ihr Herz für einen Augenblick aus dem Takt brachte. Er lächelte, kam auf sie zu und umarmte sie. Sie hielt noch das Bündel Kleider in den Händen und war zu überrumpelt, als dass sie hätte reagieren können. Sie hatte nicht damit gerechnet, dass er sie umarmen würde. Ach, wäre sie doch zurückgeschreckt, hätte sie doch alles fallen gelassen und wäre gerannt. Wenigstens gerannt. Doch als sich seine Arme um sie schlossen, war bereits alles zu spät, alle Hoffnung vorbei. Sie hörte einen Schrei und wollte sich umwenden, doch sie konnte nicht.

»Lass mich los, das war Aida«, schrie sie.

»Ja, ich weiß«, sagte er mit samtweicher Stimme. »Aida wird gerade verhaftet.«

»Was? Lass mich sofort los!« Sie versuchte, sich aus seiner Umklammerung zu befreien, doch sein Körper war nicht mehr menschlich und hielt sie fest wie ein Schraubstock. Sie wand sich, trat und schlug ihn, so fest sie konnte, doch er rührte sich keinen Millimeter, sagte nur sanft: »Auch du bist jetzt verhaftet, Lila.«

In diesem Moment wurde die Tür aufgerissen, und ein Dutzend Polizisten und Sicherheitsroboter stürmte das Séparée. Die Menschen schienen kurz verwirrt, doch die Sicherheitsroboter mit den tellergroßen Händen zögerten nicht, nahmen Lila aus Samsons Umarmung und legten ihr Handschellen an.

»Lila, du wirst vorläufig festgenommen. Dir wird Hochverrat vorgeworfen, außerdem versuchter Mord. Wir sehen uns bei der Verhandlung«, sagte Samson, während er eine Unterhose vom Boden aufhob und sie anzog.

Danach führten die Sicherheitsroboter Lila ab. Sie sträubte sich, versuchte sich loszureißen, doch nichts half. Im Foyer folgten ihr die schockierten Blicke der Doppelherzbesucher nach draußen, wo gerade ein Polizeiwagen abfuhr, womöglich mit Aida. Das nächste Auto war für sie vorgesehen. Die zwei Wachroboter bugsierten sie hinein und schnallten sie in den Sitz, völlig unbeeindruckt von Lilas Tritten und Flüchen, bis sie sicher verstaut war. Sie spuckte ihnen hinterher, als sie aus dem Wagen kletterten. Da bemerkte sie Samson, der vor der offenen

Tür stand und alles gelassen beobachtet hatte. Er lächelte sie an, die Hand zum Gruß gehoben.

»Hab keine Angst, Lila. Alles wird gut. Jeder an seinem Platz.«

Lila lehnte sich zurück ins heiße Badewasser und atmete tief durch. Die Erinnerungen an die Nacht ihrer Verhaftung zuckten vor und zurück wie ein kaputter Film. Immer wieder Samson, zusammengekauert auf dem Boden, dann Samson, der sie umarmte, die Roboter, die sie abführten, und Aida, die in ihr Büro stürmte, alles immer wieder ohne Pause, ohne Ende, als würde dieser Moment ewig dauern. Doch in Wahrheit hatte sich alles innerhalb weniger Minuten abgespielt, und es war fünf Jahre her.

Natürlich hatten sie am Ende alles über sie und die Revolutionsgarden herausgefunden. Samson war der beste Zeuge und konnte vor Gericht Namen und Gesichter identifizieren und Wort für Wort wiedergeben, was bei dem Treffen vier Wochen zuvor besprochen worden war. Und wie sich herausstellte, gab es selbst in den Doppelherzeinrichtungen keine echte Privatsphäre: Vor Gericht wurden Videoaufzeichnungen von versteckten Kameras präsentiert, die zeigten, wie Lila und Aida ihren Mordplan ausheckten. Nicht zuletzt deshalb hatte Böser seinen Besuch in der Doppelherzeinrichtung abgesagt. Aber man hatte sie noch ein bisschen zappeln lassen. Der Staatsanwalt machte in der Verhandlung keinen Hehl daraus, dass Lila nach Samsons Tod und der Analyse seines Gedächtnisses nur zu diesem Zweck in Freiheit gelassen worden war: um bei der Transformation der sichere Hafen für die Verschmelzung der Hardware mit seinem Charakterprofil zu sein. Er hatte noch einige technische Details hinzugefügt, die nicht in Lilas Gedächtnis haften geblieben waren, doch so viel hatte sie sich gemerkt: Samson war zu ihr gekommen, weil sie der einzige Mensch gewesen war, dem er vertraut hatte. Der Dank dafür war bitter.

Vor der Urteilsverkündung fragte der Richter, ob Lila ihre Mordabsicht bereue und dies zu Protokoll geben wolle. Aber sie sagte nichts. Sie schämte sich lediglich für ihre eigene Unzulänglichkeit und Unfähigkeit. Trotz allem, was sie über das System und die Roboter gewusst hatte, hatte sie ihre Gegner unterschätzt. Nein, sie bereute nur ihre eigene Dummheit.

Als das Urteil schließlich gesprochen wurde, gab es keinen Zweifel. Lila war schuldig und wurde zu lebenslanger Haft verurteilt. Die Worte Verwahrung und Internat waren sicher auch gefallen, doch daran erinnerte Lila sich nur noch schemenhaft. Der Schock war viel zu groß. Wie betäubt hatte sie sich abführen lassen, und dann, einen Wimpernschlag später, war sie plötzlich hier, fünf Jahre älter und ohne die geringste Erinnerung an die verlorenen Jahre.

7. KAPITEL

Die verlorene Lebenszeit war für Lila ein Schock, den sie körperlich spürte. Ihr Magen zog sich zusammen, der Rachen füllte sich mit Schleim, und ihre Lippen zitterten. Fünf Jahre ihres Lebens einfach weg, für immer verloren, ohne Sinn, ohne Zweck. Lila verzog den Mund zu einem stummen Schrei. Sie presste die Hände über ihr Gesicht und weinte. Weinte über sich selbst und ihr schreckliches Schicksal und die Ungerechtigkeit und Hoffnungslosigkeit, weinte so lange, bis das Badewasser nicht mehr warm war und die Kälte Nüchternheit brachte.

Die Tränen versiegten, und Lila hielt inne. Sie betrachtete das saftige Grün des Echtmoosfußbodens, die weißen Fliesen, kleine rote Ränder, die winzige Algen erahnen ließen, die sich durch die perfekte Sauberkeit des robotergeputzten Bads gekämpft hatten. Sie war hier. Sie war nicht mehr in der Verwahrung, sondern in einem Gefängnis. Auch wenn ihr Zimmer keine Gitter besaß und sie keine sichtbaren Ketten trug, war sie doch eine Gefangene. Aber kein Gefängnis war vollkommen sicher. Sie musste ausbrechen, musste sich einen Weg suchen, irgendwie. Dazu brauchte sie Informationen, Mut und Glück. Für zwei der drei Faktoren konnte sie sorgen. Lila schlug mit beiden Fäusten auf die Wasseroberfläche und versprach sich selbst mit fester Stimme: »Ich schaffe das! Ich kann das! Ich bin stark!«

Dann stieg sie aus der Wanne, trocknete sich flink ab und zog neue Kleidung an. Die stoppelkurzen Haare waren schon trocken, bevor sie das T-Shirt übergestreift hatte. Frisch und ausgeruht setzte sie sich mit dem Reader an ihren kleinen

Tisch. Als Erstes wollte sie sich über die anderen Häftlinge informieren. Vielleicht gab es hier jemanden, den sie von früher kannte. Doch auf der schier endlosen Liste war ihr niemand geläufig. Wahllos klickte sie auf die Namen, woraufhin ihr jedes Mal ein kurzes Bürgerprofil angezeigt wurde. Sie sah ein Foto, das Geburtsdatum und den Grund für den Aufenthalt im Internat samt Urteil und Strafverfahren. Sonstige persönliche Informationen, wie Lebenslauf oder private Netzwerke, wurden ihr nicht angezeigt.

Rita Berger war hier wegen Fleischkonsums und schwerer Körperverletzung.

Manuel Vogt: Drogenhandel und Geldwäsche.

Annabel Kraus: Betrug und versuchte Roboter-Verlebung. Was wohl Verlebung war? Lila scrollte durch das Profil und fand heraus, dass die Frau vergeblich versucht hatte, einen Basileus mit der Typenbezeichnung B334 Eva mit einem Golfschläger zu zerstören, nach eigener Aussage, weil er ihr den Arbeitsplatz als Geschichtslehrerin weggenommen hatte. Das war also Verlebung. Einen Roboter zu zerstören galt nicht mehr nur als reine Sachbeschädigung.

Der nächste Insasse, Konstantin Dupont, wurde wegen zwanzigfachen Mordes und dem Herbeiführen einer Sprengstoffexplosion verurteilt.

Sandra Talpin hatte offenbar ihren Ehemann umgebracht.

Rudolf Samsa hatte nicht nur illegales Schweinefleisch, sondern wohl auch seine Nachbarin gegessen.

Nach Heinz Alkan – schwere Körperverletzung und Raubmord – schloss Lila die Liste der Teammitglieder. Das hörte sich nach einer ganz schlechten Wohngegend an. Die einzige Person, mit der sie sich eine Flucht auch nur ansatzweise vorstellen konnte, war die Frau mit dem Golfschläger. Mit den anderen wollte sie lieber nicht in eine Extremsituation geraten.

Aber sie hatte noch viel Zeit, sich die Profile aller Insassen anzusehen und einen geeigneten Komplizen zu finden.

Abgesehen davon musste sie mehr über das Internat herausbekommen, bevor sie eine Flucht überhaupt ernsthaft in Betracht ziehen konnte. Wo war sie? Wie war das Internat aufgebaut? Was gab es für Mitarbeiter, für Zugangswege, und zu welchen Zeiten wurde Essen geliefert, neue Gefangene gebracht oder entlassen?

»Was ist die Villa Baltic?«, fragte sie laut.

Die Antwort wurde ihr prompt im Display des Readers eingeblendet:

Das im neobarocken Stil gebaute Haus wird 1912 als »Villa Hausmann« vom Architekten Alfred Krause im Auftrag des Berliner Justizrats Wilhelm Hausmann und seiner Frau Margarete Hausmann in Arendsee erbaut. Nach dem Tod des kinderlosen Ehepaars wird die Villa mit ihrem großzügigen Park, der direkt an die Ostsee grenzt, an die Berliner Hochschule für die Wissenschaft des Judentums vererbt, die es ab 1931 als Erholungsheim, Tagungsort und Treffpunkt für jüdische Akademiker verwendet. Nach der Machtergreifung der Nazis werden die Juden enteignet und aus Arendsee vertrieben oder deportiert. Die Villa geht in den Besitz der Gemeinde über, die sich von nun an Kühlungsborn nennt. Nach dem Krieg dient die Villa über Jahre hinweg der DDR-Bevölkerung als Kurt-Bürger-Erholungsheim. Nach der Wiedervereinigung wird der Bau, den man nun Villa Baltic nennt, mehrmals verkauft, der Betrieb wird in dieser Zeit jedoch eingestellt. Das Haus verfällt. 2025 kauft die Stadt Kühlungsborn das Anwesen zurück und eröffnet es nach umfassenden Renovierungsarbeiten als Hotel- und Freizeitanlage. 2045 geht die Villa Baltic in den Besitz der

Agentur für Justizvollzug über, die das Anwesen in ein Internat umwandelt, in dem ab 2048 pirete Bürgerinnen und Bürger zur Resozialisierung untergebracht werden.

Dazu gab es nur ein einzelnes Bild, das den Eingang des Hauses zeigte, der Lila wieder an das Maul des gestrauchelten Riesen erinnerte. Der Zellenblock, in dem sich auch ihr Zimmer im 4. Stock befinden musste, war nicht zu sehen.

Das Haus hatte schon viele Namen und viele Besitzer gehabt, und jeder hatte versucht, ihm seinen Stempel aufzudrücken, und wohl gedacht, jetzt die richtige Verwendung gefunden zu haben, doch nichts war für immer!

Bald wird die Villa als »Villa der Ausbrecher« bekannt sein, dachte Lila und wagte ein hoffnungsvolles Lächeln.

Als sie keine weiteren interessanten Informationen mehr fand, spielte sie am Reader herum, fuhr mit dem Finger über die Spaltöffnungen und das Logo des Mannes mit der Fackel, um einen Blick ins Innere werfen zu können, doch die äußere Hülle war makellos und ohne Spezialwerkzeug nicht aufzubekommen. Dann startete sie das Gerät neu, bei dem es sich zwar um ein ihr unbekanntes, neues Modell handelte, dessen Basissoftware sie aber noch von früher kannte. Als Erstes überprüfte sie die verschiedenen drahtlosen Netzwerkverbindungen und die Zugriffsrechte. Doch außer ihrem Reader war kein anderes Gerät in Reichweite. Sie veränderte die Benutzereinstellungen, die Sicherheitsprotokolle, versuchte ein paar gängige Hacks, die sie noch aus den Zeiten bei den Revolutionsgarden kannte, doch nichts änderte sich. Auch als sie versuchte, sich Root-Zugang zum Betriebssystem zu verschaffen, musste sie bald aufgeben. Der Reader war sehr gut konfiguriert und gesichert und für sie ohne weitere Hilfsmittel nicht zu knacken. Wäre ja auch zu einfach gewesen. Nach wie vor hatte sie lediglich Zugriff auf die eingeschränkten Bürgerprofile ihrer Mitgefangenen, allerhand Verhaltensregeln, Hausordnungen und Gesetzestexte, außerdem gab es den Speiseplan sowie eine Übersicht über das Unterhaltungsprogramm.

Auf einer nicht maßstabsgetreuen Übersichtskarte entdeckte sie im vierten Stock nicht weit von ihrem eigenen Zimmer das Unterhaltungskabinett, einen Raum mit Karten-, Brett- und Videospielen. Das wollte sie sich genauer ansehen.

Den Reader in der Hand, verließ sie ihr Zimmer, ohne sich umzublicken oder es abzuschließen, denn sie besaß weder einen Schlüssel noch Wertgegenstände. Außerdem war sie sich sicher, dass jeder Zentimeter und jede Person lückenlos überwacht wurden. Sie konnte sich also ganz frei bewegen und gehen, wohin sie wollte – ein Sicherheitsroboter würde sie aufhalten, wenn sie etwas Verbotenes tat. Und hatte der Alice-Roboter sie nicht ermutigt, andere sogenannte Teammitglieder kennenzulernen? Vielleicht konnte sie dort den ersten Kontakt zu möglichen Fluchthelfern herstellen.

Der Flur schien kein Ende zu nehmen. Zimmer reihte sich an Zimmer, dazwischen immer wieder ein Aufzug oder eine Treppenflucht. Fenster sah sie keine, dafür leuchtete die gesamte Decke in einem milchigen Weiß wie ein wolkenverhangener Himmel.

Schon von weitem hörte Lila, dass sie richtig war. Stimmengewirr, Anfeuerungen und Jubelschreie mischten sich unter das elektronische Tuten und Düdeln der Soundchips. Das Unterhaltungskabinett war in etwa so groß wie zwei Tennisplätze und erinnerte Lila an die Sehnsuchtsorte ihrer Jugend: Spielhallen in französischen Urlaubsorten, blitzende, blinkende Zauberhöhlen in Vergnügungsparks. Das hier war der Ort, an dem sich jede Dreizehnjährige wünschte, ihre Nachmittage verbringen zu dürfen, während die Eltern nach spätestens fünf

Minuten das Weite suchten. Doch Lila – weder das eine noch das andere – durchstreifte staunend den Saal.

Er war gut besucht, fast an jedem Tisch, jeder Konsole und VR-Station standen und saßen Leute in rot-grauer Uniform und spielten, während andere danebenstanden und zusahen. Dabei gab es nicht nur die aktuellen Konsolenspiele und VR-Schlager. Es fanden sich auch ein paar alte Klassiker wie Tomb Raider oder GTA 55 und sogar ein paar Urgesteine aus den Anfangszeiten der Computerspieleindustrie wie Super Mario oder Monkey Island. Das Unterhaltungskabinett glich eher einem interaktiven Museum für Computerspielkultur als dem Freizeitraum eines Gefängnisses. Im hinteren Teil befanden sich Tische und Stühle, an denen sich Leute wie in analogen Zeiten zu Brett- oder Kartenspielen zusammensetzen konnten. Auch diese Tische waren gut besucht, es fehlte jedoch an Publikum. Nur der Partie Schach zweier Damen schenkten ein paar Umherstehende Aufmerksamkeit. Lila war zu ungeduldig dafür und wandte sich den Spielen zu, die mehr Aufregung versprachen.

Vor einem altmodischen Flachbildschirm hockten vier Häftlinge auf einer Couch und spielten FIFA 2056, um sie herum hatte sich die größte Gruppe männlicher Zuschauer gebildet. Lila nutzte die Gelegenheit, um unauffällig die Bürgerprofile der Spieler und Zuschauer zu überprüfen: Drogendealer, Räuber, Mörder, Vergewaltiger. Lilas Nackenhaare flirrten. Mit all diesen Männern in einem Raum zu sein beunruhigte sie mehr, als sie sich eingestehen wollte. Sie rückte ein wenig zur Seite und beobachtete eine gemischte Gruppe, die an einer anderen Konsole mit fünf 3-D-Bildschirmen einen Kooperativen Shooter spielte: Half-Life 2.5. Sie wirkten hochkonzentriert, durchstreiften scheinbar allein und doch gemeinsam fremde Welten, unterhielten sich dabei und gaben sich gegenseitig Ratschläge.

Lila ging wieder die Bürgerprofile der Spieler durch. Bei keinem verspürte sie das Bedürfnis, ihn anzusprechen.

Da bemerkte sie eine Bewegung hinter sich und zuckte instinktiv zur Seite. Eine Gestalt mit spiegelglatter Glatze grinste sie an. Eine Sekunde versuchte Lila zu erkennen, ob es sich um einen Mann oder eine Frau handelte, konnte sich aber nicht entscheiden. Sie wich einen Schritt zurück und versuchte es mit einem freundlichen Lächeln, das nicht allzu devot erscheinen durfte.

»Hallo«, sagte sie möglichst lässig.

»Hallo«, erwiderte ihr Gegenüber freundlich und deutete auf den Reader in Lilas Hand. »Wo du gerade dabei bist: Gib mal Maria Kalkbrenner ein.«

Lila tat wie ihr geheißen. Maria Kalkbrenner war hier wegen Sachbeschädigung, Brandstiftung und schwerer Körperverletzung mit Todesfolge. Lila verglich das Foto mit der Person, die ihr gegenüberstand.

»Wie lange musst du noch hier drinbleiben?«, fragte sie.

Maria Kalkbrenner grinste. »Nur noch zwei Wochen. Und du?«

»Für immer.«

Die Frau mit der Glatze nickte langsam und verzog das Gesicht zu einer mitleidigen Schnute. »Ich würde dir ja gerne helfen, aber ich kann meine Entlassung nicht aufs Spiel setzen. Viel Glück.« Damit wandte sie sich ab.

»Dein Schnürsenkel ist offen!«, rief Lila ihr hinterher.

Die Frau hielt kurz inne, blickte über die Schulter zurück und sagte: »Ja, ich weiß. Das passt schon.« Dann schlurfte sie davon.

Mit einem Kribbeln in ihrem Hinterkopf bemerkte Lila die Aufmerksamkeit, die sie auf sich gezogen hatte. Nicht nur Zuschauer, auch einige Spieler hatten aufgeblickt und sahen zu ihr herüber. Lila checkte ihre Mienen nach Anzeichen von Aggressivität, doch die meisten schienen nur neugierig zu sein. Eine Frau, die auf einem Sofa saß, tippte auf ihrem Reader herum und zeigte das Ergebnis ihrem Sitznachbarn. Ein Mann, auch wie Maria Kalkbrenner ohne Haare, deutete auf seine Hose, deren Taschen abgerissen waren und wie Schlappohren herunterhingen.

Lila wusste nicht, was sie davon halten sollte. Die Blicke der anderen Häftlinge brannten auf ihrer Haut. Intuitiv fühlte sie den festen Stand ihrer Füße, streckte den Rücken, zog die Arme an und wappnete sich für einen kommenden Angriff. Doch nichts geschah. Stattdessen wandten sich die meisten Häftlinge wieder ihren Spielen zu und nahmen keine weitere Notiz von ihr. Lila stand da mit klopfendem Herzen und schweißnassen Händen. Es musste nicht alles auf einmal sein. Sie konnte auch morgen wieder hierherkommen und versuchen, einen Komplizen zu finden. Vorsichtig, weil sie fürchtete, ihre zittrigen Beine würden vielleicht unter ihrem Gewicht nachgeben, verließ sie das Unterhaltungskabinett. Und obwohl sie absichtlich nicht hinsah, bemerkte sie, wie die beiden auf der Couch nach wie vor flüsterten und mit dem Finger auf sie zeigten.

8. KAPITEL

Zum Mittagessen ging Lila wieder nach unten. Der Speisesaal war so voll wie am Morgen und der Lärmpegel entsprechend hoch. Einen Teller mit kalten Vorspeisen in der Hand, humpelte sie an den Tischen vorbei bis zu einem freien Platz, denn der kurze Strandspaziergang und die Anspannung im Unterhaltungskabinett hatten ihren untrainierten Beinen bereits einen leichten Muskelkater beschert.

Jemand zupfte an ihrer Hose. Am Tisch neben ihr saßen zwei ältere Damen, unter ihnen die Frau von heute Morgen.

»Hallo, du, wie geht's? Willst du dich nicht zu uns setzen?«

Lila zögerte. Sie wusste nichts über die Frauen. Es konnten Hochverräterinnen sein wie sie, oder echte Kriminelle. Betrügerinnen, Mörderinnen, alles war möglich. Jetzt bereute sie, ihren Reader auf dem Zimmer gelassen zu haben, um ungehindert Essen auf ihren Teller häufen zu können.

»Keine Angst, wir tun dir nichts«, sagte die Frau mit weicher Stimme. Sie hätte vom Alter her Lilas Mutter sein können, und irgendwie führte dieser Gedanke dazu, dass sie sich zu den Frauen an den Tisch setzte.

»Ich bin Julia, das hier ist Nina.« Die zwei alten Damen lächelten freundlich.

Lila verschränkte die Arme, während sie fragte: »Was kann ich für Sie tun?«

Julia fing an zu lachen. »Ach komm, tu doch nicht so geschäftsmäßig. Wir wollen dir nichts Böses. Nur ein bisschen Smalltalk machen. Sieh mal, wir sind schon seit Jahren hier. Du bist das Neueste, was von der Außenwelt zu uns kommt. Vor ein paar Wochen kamen zwei junge Männer, aber die fürchten sich zu sehr, die erzählen nichts. Du weißt doch aber bestimmt Neues von der Welt da draußen.«

»Von draußen? Keine Ahnung. Ich war die letzten fünf Jahre in der Verwahrung und kann mich kaum erinnern, was ich vor fünf Minuten gemacht habe.«

Die beiden Frauen schnauften enttäuscht. »Ach, so lange. Na gut, dann ist es auch egal. Wir holen uns jetzt etwas zu essen. Möchtest du mitkommen?«

»Nein, danke«, sagte Lila und stand schnell auf.

Die Frauen rauschten an ihr vorbei.

Lila machte sich auf die Suche nach einem neuen Platz, doch weit kam sie nicht. Am nächsten Tisch saßen vier Häftlinge. Zwei Männer und zwei Frauen etwa in ihrem Alter. Sie schienen nur darauf gewartet zu haben, dass Lila endlich vorbeikam.

»Lila!«, rief einer von ihnen und winkte.

»Ja …?«, sagte Lila und blieb stehen.

»Du bist doch neu hier. Komm und setz dich zu uns.«

Lila musterte die vier und durchkämmte ihr Gedächtnis nach ihren Gesichtern. Waren die vier Bekannte aus der Doppelherzeinrichtung? Der Mann, der sie angesprochen hatte, war braun gebrannt, trug kurz geschnittenes, dunkelblondes Haar und einen Dreitagebart, der von einzelnen grauen Stoppeln durchzogen war. Sein Sitznachbar hatte hellblaue, stechende Augen, die Lila so irritierten, dass sie sie nicht länger als einen Moment ansehen konnte. Die Frauen, die beide auf der rechten Seite des Tisches saßen, blickten Lila mit offenen, freundlichen Gesichtern an. Mit ihren gleichen Uniformen und den gleichen zum Zopf gebundenen Haaren sahen sie aus wie Zwillinge. Im ersten Moment konnte Lila sie nur anhand der Farbe ihrer Haargummis unterscheiden: grau und schwarz. Sie war sich ziemlich sicher, keinen von ihnen je zuvor gesehen zu haben, aber konnte sie ihrer Erinnerung trauen?

»Woher kennt ihr meinen Namen?«, fragte sie.

»Wir haben dein Bürgerprofil gelesen. Die Neuzugänge sind immer am interessantesten«, sagte die Frau mit dem grauen Haargummi.

Lila nickte. Daran hatten die Alten wohl nicht gedacht.

»Ich muss euch enttäuschen. Ich war in der Verwahrung«, sagte sie. »Ich hab keine Ahnung, was in den letzten fünf Jahren passiert ist.«

»Ja, das wissen wir doch!«, sagte die Frau mit dem schwarzen Haarband. »Aber wir wollen dich willkommen heißen. Aller Anfang ist schwer. Der erste Tag ist der schlimmste von allen. Danach wird es besser.«

»Wirklich?«

»Nein, aber man gewöhnt sich dran«, warf der Mann mit dem Stoppelbart ein. Die drei anderen lachten.

Lila sah sich um. Es gab niemanden, mit dem sie sonst gern zusammengesessen hätte, und die Chance, allein und in Ruhe zu essen, war angesichts der Menge an Leuten sowieso gleich null. Also setzte sie sich an das Kopfende des Tisches. Vier Augenpaare musterten sie aufmerksam.

»Hast du dich ein bisschen eingelebt?«, fragte die mit dem grauen Haargummi. Auf den zweiten Blick schien sie etwas jünger als die andere Frau, hatte feine Sommersprossen unter den Augen und einen ziemlich großen Abstand zwischen den oberen Schneidezähnen. Lila musste unwillkürlich an alte Verfilmungen von Pippi Langstrumpf denken. Natürlich, Pippi Langstrumpf wäre nach kürzester Zeit auch im Internat gelandet.

»Nein, ganz und gar nicht.«

»Immerhin ist das Essen gut«, sagte der Mann mit dem Stoppelbart, und alle stimmten zu.

»Ja, das habe ich auch schon gemerkt. Vorhin hat mir jemand gesagt: ›Das gehört dazu.‹ Was meinte die damit?«

Die vier am Tisch tauschten unsichere Blicke aus. Jeder von ihnen brachte einige Kilos zu viel auf die Waage. Die Gesichter waren rosig und fleischig, nicht adipös, aber doch offensichtlich übergewichtig.

»Die wollen eben, dass es uns gut geht«, sagte der Mann mit dem durchdringenden Blick. »Eigentlich ist alles darauf ausgelegt, dass es uns gut geht. Wir können uns nicht beklagen. Sicher, wir sind eingesperrt. Aber sonst würde ich sagen: Auch hier funktioniert die Optimalwohlökonomie einwandfrei.«

»Bist du sicher, dass du hier einsitzt und nicht einer von den Robotern bist?«, fragte Lila.

Die Frau mit dem schwarzen Haargummi machte eine wegwerfende Handbewegung. »Ach, mach dir nichts draus. Marlon ist wegen Totschlag verurteilt. Der hofft, in ein paar Jahren rauszukommen.«

»Aha …« Lila machte sich bereit, schnell aufzuspringen.

Die Frau, die wie Pippi Langstrumpf aussah, bemerkte wohl ihre Anspannung und bemühte sich, die Situation zu beruhigen. »Entschuldige, wir haben uns gar nicht vorgestellt. Ich bin Finja, das hier ist Erik« – damit wies sie auf den Mann mit dem Stoppelbart – »und neben mir sitzt Tilda.«

»Hallo!«, sagten alle, nur Marlon grüßte mit einem schnittigen »Jeder an seinem Platz«.

»Komm, wir holen uns was zu essen«, sagte Finja, und alle schienen froh über die Unterbrechung des Gesprächs. Lila folgte den vieren, ohne recht zu wissen, warum. Marlon war ihr unheimlich, und sie nahm sich vor, sein Bürgerprofil zu lesen. Andererseits war der ganze Saal mit Schwerverbrechern gefüllt, und Totschlag war wenigstens kein Mord.

Das Mittagsbuffet war noch besser als das Frühstück. Als

Lila sich den ersten Bissen in den Mund steckte, schloss sie instinktiv die Augen. Es war einfach zu köstlich.

»Ich habe noch nie in meinem Leben etwas so Großartiges gegessen«, sagte sie.

Die anderen brummten zustimmend mit vollen Mündern. Es gab Braten mit Knödeln und Apfelrotkohl, dazu feine aromatische Soße, Tofumedaillons mit Rosmarinkartoffeln und Buttergemüse. Gebratenen Fastfisch (auf dem Schild stand: 100 % ALGEN) mit scharfem Rettich, chinesische Schmortöpfe und süßsaure Weizeneiweißrippchen. Echte koreanische Teigtaschen, uigurische Fleischspieße und handgemachte dicke Laghman-Nudeln, gegrillte Champignons mit schwarzer Pasta, Salate mit Walnüssen, Honig und gebackenem Ziegenkäse, Fenchelcrumble, scharfe Maniok-Kuchen, Datteln mit Speckersatz, Risotto mit frischen Steinpilzen, Gemüsepfannen, Reistöpfe, diverse Suppen und Eintöpfe – und erst die Dessertauswahl: gezuckerte Früchte, Puddings, Kuchen und Torten, Mousse au Chocolat und Bayerische Creme, Tiramisu und handgemachtes Mandelmilcheis.

Lila aß und aß und musste beim vierten Teller aufgeben. Die anderen holten sich noch eine weitere Portion und schaufelten sich nur deshalb kein sechstes Mal den Teller voll, weil sie sich nicht mehr erheben konnten. Ihre Münder bewegten sich langsam, aber stetig in einem hypnotischen Gleichklang, wobei ihre Kiefer den immer gleichen Rhythmus kauten, knirschten und schmatzten wie die Kühe, die Lila in ihrer Kindheit einmal auf einer Weide gesehen hatte. Vielleicht erschienen ihr die Essensgeräusche ihrer Tischnachbarn auch nur so laut, weil sich der Saal allmählich leerte und die allgegenwärtigen Hintergrundgeräusche Hunderter Menschen langsam verebbten.

Nur ein paar Tische waren noch besetzt von Leuten, die verweilten, Kaffee oder Tee tranken und an kleinen Gebäckstückchen nagten, die zu jeder Tasse gereicht wurden. Lila hatte noch nie in ihrem Leben so viel gegessen. Sie war zu nichts mehr fähig, als zu existieren und zu verdauen.

»Siehst du, das meine ich«, sagte Marlon. »Die versorgen uns richtig gut. Und das Beste ist: In fünf Stunden gibt es schon wieder Abendessen. Hoffentlich habe ich bis dahin wieder ein bisschen Platz in meinem Magen.« Er wirkte ernsthaft besorgt, als er seinen prallen Bauch begutachtete.

Die anderen lehnten mit glasigem Blick in ihren Stühlen und starrten ins Nichts. Lila fielen die Augen zu. Doch sie wollte nicht schon wieder schlafen. Viel lieber wollte sie das Gelände noch ein wenig erkunden.

»Ich mache einen Verdauungsspaziergang. Wer kommt mit?«, fragte sie und stand ächzend auf. Doch keiner wollte sie begleiten, worüber sie nicht sonderlich unglücklich war.

An der Kreuzung mit den vielen Schildern entschied sie sich, diesmal nach links zu gehen. Nach wenigen Metern gab es wieder eine Gabelung, an der sie rechts zum SONNENBAD, geradeaus zum WELLNESS und links zu ALLES ANDERE gehen konnte. Neugierig darüber, was alles andere sein mochte, folgte sie dem Pfad zu einem weißen Poolhaus, vor dem sich etwa ein Dutzend Teammitglieder versammelt hatte. Lila musterte die runden, zufriedenen Gesichter, doch keines kam ihr bekannt vor. Also ging sie vorbei in das Häuschen. Dort gab es mehrere Aufzüge, neben denen ein freundlicher Poolboy stand. Er trug ein weißes Poloshirt, kurze Hosen, eine rote Trillerpfeife um den Hals und ein unerträglich gut gelauntes Lächeln auf den Lippen.

»Lila, schön, Sie zu sehen. Wie kann ich Ihnen helfen?«

»Was kann man denn hier machen?«

»Alles.«

»Wie alles?«

»Ich sehe schon, Sie haben sich noch nicht über unser umfangreiches Unterhaltungsprogramm informiert. Also, wir haben wirklich keine Kosten und Mühen gescheut, um Ihnen den Aufenthalt bei uns so angenehm wie möglich zu gestalten. Sie werden nicht glauben, was Sie bei uns alles erleben können. Immerhin sind Sie ja schon vollkommen integriert, das macht es erheblich einfacher. Die meisten Dinge realisieren wir mit Fühlanzug, aber viele Erlebnisse bieten wir auch vollkommen bioreal an.«

»Liegt es an der Verwahrung oder an dir, dass ich kein Wort verstehe?«

»Das liegt sicherlich an Ihnen«, sagte der Poolboy fröhlich. »Anhand Ihrer Interessen wurde ein vorläufiger Stundenplan für Sie zusammengestellt. Heute Nachmittag hätten Sie Zeichnen oder Querflöte, zwischendurch persönliche Richtung, und heute Abend ist sowieso Freitagsmesse.«

»Gibt's auch Reiten?«, fragte Lila unvermittelt. Es war das Erste, was ihr in den Kopf kam.

»Ja, aber nur sonntags bioreal. Ansonsten jederzeit im Fühlanzug. Da hätten wir dann Touren auf der ganzen Welt anzubieten: Alaska, sibirische Tundra, eine Klifftour auf Teneriffa.«

»Schon gut. Was ist mit Museum oder Theater?«

»Ja, im Fühlanzug.«

»Eislaufen?«

»Im Fühlanzug.«

»Surfen?«

»Im Fühlanzug.«

»Fußball?«

»Fühlanzug.«

»Tennis?«

»Fühlanzug.«

»Tischtennis?«

»Drittes Untergeschoss.«

»Aha!«

»Wir haben auch jede Menge Sprachgruppen, Malkurse, Klassen für Musik und Kunstgeschichte, Informatik, verschiedene Stufen für Handwerk und Handarbeit. Es gibt einen kleinen Garten, in dem Sie selbst Blumen anpflanzen können. Und das Unterhaltungskabinett haben Sie ja schon entdeckt.«

»Gibt es auch Kochkurse?«

»Nein, leider nicht. Das Essen wird zentral geliefert.«

»Warum?«

»Das ist einfacher.«

»Wer kocht das Essen?«

»Die Firma nennt sich Gourmét Rapide.«

»Beliefern die noch andere Internate?«

»Ja.«

»War das echtes Fleisch, was ich heute gegessen habe?«

»Nein, das war alles zu hundert Prozent vegetarisch.«

»Gibt's ja nicht, hat gar nicht nach Synthfleisch geschmeckt.«

»War es aber. In den letzten Jahren hat sich die tierlose Fleischherstellung enorm weiterentwickelt. Jetzt ähnelt das Synthfleisch auch von Struktur und Bisshaptik mehr echtem Fleisch.«

»Aber Menschenfleisch essen wir noch nicht.«

»Nein, natürlich nicht! Das wäre moralisch und gesundheitlich nicht zu vertreten. Wenn Sie möchten, kann ich Sie für einen Kurs anmelden, der sich mit Lebensmitteltechnik beschäftigt. Der beginnt zwar erst in ein paar Wochen, aber eine frühe Anmeldung schadet nicht.«

»Ist mir egal. Ich kann sowieso nicht fassen, dass ich hier bin.«

»Ja, die ersten Tage sind für alle Teammitglieder schwierig. Aber glauben Sie mir: Bei uns hat sich noch jeder eingelebt.

Möchten Sie vielleicht den kurzen Willkommensfilm unseres Innenministers Ercan Böser ansehen?«

»Bitte was?«

»Schauen Sie hier.«

Der Roboter wies hinter sich auf die Wand, die augenblicklich wie ein Display aufleuchtete. Lila traute ihren Augen nicht. Zu sehen war das unerträgliche Grinsen von Ercan Böser. Er stand am Strand vor der Villa Baltic, wo die Meeresbrise werbewirksam sein rabenschwarzes Haar in Wallung brachte. Mit ausgebreiteten Armen begrüßte er das Publikum, in diesem Falle Lila.

»Herzlich willkommen im Internat Villa Baltic in Kühlungsborn.« Böser strich sich eine unbändige Strähne hinter das Ohr, nickte der Kamera zu und stapfte mit kraftvollen, selbstsicheren Schritten über den Strand. »Sie sind hier, weil Sie wegen eines Verbrechens verurteilt worden sind, als Piretist eingestuft wurden oder auf Bewährung aus der Verwahrung kommen. Was auch immer der Grund Ihres Aufenthalts hier sein sollte, seien Sie versichert: Sie sind am richtigen Platz! Und Sie sind nicht allein! Wir haben keine Kosten und Mühen gescheut, Ihnen den Aufenthalt im Internat Kühlungsborn so optimal wie möglich zu gestalten. Sie haben hier alle Möglichkeiten, sich zu bessern, sich fortzubilden und den Guten Gesetzen entsprechend eines Tages wieder ein vollwertiges Mitglied unserer Optimalwohlgesellschaft zu werden.«

»Schalten Sie sofort das Video aus«, zischte Lila, die nur mit Mühe den Brechreiz unterdrücken konnte.

»Wie Sie wünschen«, sagte der Roboter ungerührt, woraufhin das Bild verblasste. Lila seufzte erleichtert und wollte sich zum Gehen wenden, da sagte der Roboter: »Das Video hätte Sie sowieso zu viel Zeit gekostet. Sie werden bereits in der Doppelherzeinrichtung erwartet.«

»Wie bitte?«
»Ein Herr hat ganz explizit nach Ihnen gefragt.«
»Welcher Herr?«
»Eoin Kophler.«
»Kenne ich nicht.«
»Sie haben ihn heute Morgen am Strand getroffen.«
»Ach, der. Na gut, wo muss ich hin?«
»Sechster Stock.«
»Hätte ich mir ja denken können.«

9. KAPITEL

Als Lila aus dem Aufzug trat, fand sie sich in einer kleinen dunklen Seitengasse wieder, die wie eine exakte Kopie der Straße in Grafrath aussah, in der sich ihre Doppelherzeinrichtung befunden hatte. Grafrath war ein kleiner ländlicher Vorort von München, in dem sich die meisten Leute noch persönlich kannten und die Doppelherzeinrichtungen seltener für unverbindlichen Sex besuchten als in den Ballungszentren. Dafür kamen mehr Leute auf einen Kaffee vorbei. Die Doppelherzeinrichtung, vor der Lila nun stand, wirkte dagegen wie ausgestorben, wie eine Simulation, die noch nicht fertig geladen war und der noch die NSC, die »Nicht-Spieler-Charaktere«, fehlten.

Wenn das alles nur ein Spiel ist, dachte Lila, dann muss es ja auch eine Möglichkeit geben, zu gewinnen!

Sie drehte sich einmal um die eigene Achse. Alles war haargenau wie bei ihr zu Hause, nur dass mitten auf dem Gehweg eine Aufzugskabine stand.

Die Tür der Doppelherzeinrichtung öffnete sich, als eine junge Frau den Kopf heraussteckte und Lila zu sich winkte. »Lila, komm schnell rein. Hier draußen ist es doch viel zu kalt. Ich mache dir einen frischen Tee.«

Lila gehorchte zögernd und folgte der Frau ins Innere. Auch hier war alles wie in der Doppelherzeinrichtung, in der sie zuletzt gearbeitet hatte. Hatte sich das Design in den letzten fünf Jahren etwa kein bisschen verändert? Türkise Wände, darunter Boden aus Holzimitat, Kaminfeuer und Kuscheldecke. Alles so bekannt, und doch wusste Lila, dass irgendetwas hier nicht stimmte.

»Wo bin ich?«

»In der Doppelherzeinrichtung der Villa Baltic.«

»Bin ich wirklich hier oder ist das nur ein Traum?«

»Das ist eine sehr philosophische Frage. Was ist schon wirklich? Wir alle – ob biologische oder digitale Menschen – erfassen unsere Umwelt durch unsere Sinne. Alles, was auf uns wirkt, ist wirklich, alles, was wir wahrnehmen, ist wahr, oder nicht?«

»Erzähl mir keinen Unsinn. Ist das hier echt, oder stecke ich in einem Fühlanzug, der mir alles nur vorgaukelt?«

»Nein, du hast keinen Fühlanzug an. Du befindest dich in der Doppelherzeinrichtung, die speziell für Teammitglieder der Villa Baltic erschaffen worden ist. Allerdings wurde das Aussehen und das Design der Räume für dich angepasst, damit du dich wohler fühlst.«

»Das hört sich schon verständlicher an. Ich habe gehört, Herr Kophler wartet auf mich?«

»Ja, das ist richtig. Folge bitte dem grünen Licht.«

Im Boden leuchtete ein grünes Band auf, das Lila den Weg zu einer bestimmten Tür wies.

In dem Séparée dahinter saß der Mann, den sie heute Morgen am Strand getroffen hatte. Er hatte ein dickes Buch aus echtem Papier vor sich liegen und offensichtlich gerade darin gelesen.

»Hallo, ich bin Lila.«

»Eoin Kophler. Schön, dass Sie es einrichten konnten. Bitte setzen Sie sich«, sagte er, während er ein graues Lesezeichen aus Filz in das Buch legte und es zuklappte. Ihr Blick verharrte einen Moment auf seinen Fingern, die schmaler und besser gepflegt waren als ihre eigenen.

»Haben Sie gut zu Mittag gegessen?«, fragte er.

»Ja, es war unglaublich gut!«

»Kann ich mir denken. Alle schwärmen immer davon. Aber ich mache mir nicht viel daraus. Wenn die wenigstens einen schönen Wein zum Essen reichen würden. Einen kräftigen Bordeaux oder einen Sauternes zum Nachtisch, das wäre mal was. Aber die Roboter haben offensichtlich keinen Geschmack. Der Wein, den die anbieten, ist eine Zumutung.«

»Damit kenne ich mich nicht aus. Oder vielleicht doch, aber im Augenblick erinnere ich mich nicht daran. Ich habe das Gefühl, als würde ich nur nach und nach Zugriff auf meine eigenen Gedanken bekommen.«

»Ja, das kenne ich. Jedes Mal, wenn ich zurückkomme, habe ich das Gefühl, dass mein Name vorher ein anderer gewesen sein muss, und erst nach ein paar Tagen bin ich mir sicher, dass ich so heiße, wie ich heiße. Liegt vielleicht auch an der ungewöhnlichen Schreibweise.«

»Was meinen Sie mit *zurückkommen?*«

»Ich war schon einige Male in der Verwahrung, aber die lassen mich da nie lange rumliegen.«

»Warum?«

»Ich habe eine Schlafanomalie. Man kann mich nicht zum Träumen zwingen. Also schicken die mich nach zwei, drei schlaflosen Nächten, in denen sie natürlich alle möglichen neuen Schlafverfahren mit mir ausprobiert haben, hierher zurück.«

»Wieso werden Sie dann überhaupt immer wieder dort hingebracht?«

»Es gibt viele Gründe: Ungehorsam, Gewalt, Sachbeschädigung, Flucht …«

»Sie haben versucht zu fliehen?«

»Natürlich.«

»Und?«

»Ich habe es geschafft!«

»Wirklich?«

»Natürlich nicht! Säße ich sonst hier?«

»Ach so, natürlich nicht«, sagte Lila und musste gleichzeitig lachen und seufzen.

»Aber es ist nur eine Frage der Zeit. Jedes System hat seine Schwächen, auch dieses.«

»Pst!« Lila legte ihren Zeigefinger an die Lippen und starrte Kophler eindringlich an.

»Ganz egal«, erwiderte Kophler abgeklärt. »Natürlich werden wir abgehört. Überall sind Kameras und Mikrofone, sichtbar und unsichtbar. Sie und ich, wir wurden noch in einer Zeit verhaftet, in der man sich – zumindest theoretisch und zeitlich begrenzt – der Überwachung entziehen konnte. Linsen, Elancer, Blockwart. Alles war bekannt, alles konnte man irgendwie noch ablehnen und sich zu Hause unter der Bettdecke vor den Robotern verstecken. Aber mich würde nicht wundern, wenn selbst in den Betten hier noch Sensoren sind, die uns überwachen. Sie müssen sich bewusst werden, dass nichts, absolut gar nichts im Internat unbeobachtet bleibt. Der Trick ist, trotzdem weiterzumachen und sich eben nicht in seinem Willen einschränken zu lassen. Nehmen Sie zum Beispiel meine bisherigen Fluchtversuche. Die sind für die nichts Neues … nicht wahr, ihr Blechkisten? Aber seien Sie unbesorgt. In Zukunft werde ich natürlich *nie wieder* versuchen, zu fliehen.« Kophler zwinkerte Lila zu und drehte sich nach einem unsichtbaren Publikum um. Als nichts geschah und auch Lila ihn nur irritiert ansah, wurden seine Züge ernst. »Kommen wir zurück zum Mittagessen. Sie sollten aufpassen, nicht zu viel zu sich zu nehmen.«

»Warum?«

»Kennen Sie das Märchen vom Schlaraffenland?«

»Ja, ich glaube schon … da musste man sich durch eine Mauer aus Kuchen essen. Was hat das mit mir zu tun?«

Kophler nahm das dicke Buch zur Hand, schlug es beim Lesezeichen auf und las mit nasaler Stimme vor:

»Auch schwimmen Fische in den Lachen,
gesotten, gebraten, gesalzen, gebacken;
die gehen bei dem Gestad so nahe,
daß man sie mit den Händen fahe.
Auch fliegen um, das mögt ihr glauben,
gebratene Hühner, Gäns' und Tauben;
wer sie nicht fängt und ist so faul,
dem fliegen sie selbst in das Maul.
Die Schweine, fett und wohlgeraten,
laufen im Lande umher gebraten.
Jedes hat ein Messer im Rück';
damit schneid't man sich ab ein Stück
und steckt das Messer wieder hinein.«

Kophler hielt inne und sah Lila erwartungsvoll an.

»Ja und?«, fragte sie.

Er blickte nach unten, suchte kurz eine Stelle und las wieder vor:

»Wer also lebt wie obgenannt,
der ist gut im Schlaraffenland,
in einem andern aber nicht.
Drum ist ein Spiegel dies Gedicht,
darin du sehest dein Angesicht.«

Lila zuckte mit den Schultern. »Wissen Sie, laut meinem Stundenplan hätte ich jetzt eigentlich Zeichenunterricht, und darauf habe ich schon keine Lust. Aber Gedichtinterpretation war noch nie meine Stärke. Am besten verraten Sie mir also, worauf Sie damit hinauswollen. Oder Sie beantworten erst einmal meine Fragen.«

»In Ordnung, schießen Sie los.« Kophler legte das Buch beiseite, als hätte sich das Thema damit erledigt.

»Warum treffen wir uns hier? Warum eine Doppelherzeinrichtung?«

»Ich hatte gehofft, dass dies hier einer der wenigen Orte ist, an dem man sich ungestört unterhalten kann.«

»Aber die Überwachung ...«

»Ich meinte andere Menschen.«

»Oh ... daran habe ich gar nicht gedacht.«

Kophler nickte verständnisvoll. »Man übersieht leicht, dass wir uns an einem Ort für Schwerverbrecher befinden. Natürlich gibt es ein paar politische Gefangene wie Sie und mich. Aber vor allem gibt es hier Menschen, die aufgrund ihrer inneren Konstitution nicht mit der Optimalwohlökonomie in Einklang zu bringen sind. Schon seit Jahren gibt es für die Bürger dieses Landes keine materiellen Gründe mehr für Gewalt, Raub und Mord. Trotzdem lassen sich die Menschen auch beim größten Wohlstand nicht davon abbringen, den anderen ans Leder zu wollen. So auch hier. Man könnte sogar annehmen, dass wir es hier mit einem besonders schlimmen Menschenschlag zu tun haben, weil die Leute trotz der bestmöglichen gesellschaftlichen Grundvoraussetzungen zu Verbrechern geworden sind.«

»Moment mal ... bestmögliche Grundvoraussetzung? Ich dachte, Sie wären ein Gegner der Optimalwohlökonomie.«

»Natürlich. Weil ich meine unveräußerlichen Rechte kenne und schätze. Aber diese Leute hier sind einfach nur primitiv, gierig, missgünstig oder alles zusammen. Ich kann Sie nur warnen, sich mit denen zu fraternisieren.«

»Ich bin gerade mal einen Tag hier. Ich habe noch keine Ahnung … Es wird doch außer uns beiden noch andere normale Leute geben.«

»Kaum. Das Schlaraffenland zieht jeden in seinen Bann. Sie müssen aufpassen, dass Sie sich nicht zu sehr einlullen lassen.«

»Ach das meinen Sie damit.«

»Genau. Sehen Sie sich die anderen Insassen genau an. Fett sind sie, behäbig sind sie. Alle stürzen sich auf die Mahlzeiten, als wären sie ausgehungerte Tiere. Und jeder wird mit jedem Tag lethargischer. Das Unterhaltungsprogramm wird von Mahlzeit zu Mahlzeit geplant und soll möglichst angenehm und ohne körperliche Anstrengung verlaufen. So wird jeder nach kurzer Zeit zum willigen Konsumenten, der nur noch von einer Lust zur anderen lebt. Aller Widerstand wird im Keim erstickt.«

»So wie Sie das sagen, klingt es, als würden die Leute regelrecht gemästet.«

»Das kann man so ausdrücken.«

»Ich habe vorhin einen Roboter gefragt, ob die das Menschenfleisch zu neuem Essen verarbeiten, und er hat es abgestritten.«

»Nein, das glaube ich auch nicht. Aber nicht, weil ein Roboter das sagt. Die lügen doch unentwegt. Darauf, dass Roboter Ihnen die Wahrheit sagen, können Sie sich schon lange nicht mehr verlassen. Auch die Asimovschen Gesetze gelten nicht mehr, aber das nur am Rande. Mit dem Mästen, wie Sie es nennen, sollen meines Erachtens hauptsächlich zwei Ziele erreicht werden. Erstens: Die Leute ruhig halten. Die haben hier alles, was sie brauchen. Alle Wünsche werden erfüllt, nichts muss man sich erkämpfen. Alles wird gegeben. Und das führt zum zweiten Effekt: Entschärfung. Egal weswegen die Leute hierhergekommen sind, der Grund ist hier erloschen, denn alle zwischenmenschlichen Beziehungen wurden aufgelöst und alle materiellen Unterschiede beseitigt. Und: Wir wissen nichts über die Außenwelt. Wir haben keine Möglichkeit zu kommunizieren. Das ganze Leben beschränkt sich nur auf dieses Schlaraffenland. Es hat also keinen Sinn mehr, für etwas zu kämpfen, sich zu engagieren oder zu involvieren. Wir lassen uns einfach treiben, konsumieren allen Genuss, den man uns anbietet, und leben ein Leben in Luxus und Wohlstand. Wir sind wahrhaftig im goldenen Käfig gelandet. Und wenn wir sterben, haben wir gelebt wie ein glückliches Schwein.«

»Und Sie wären gerne ein unglücklicher Sokrates?«, fragte Lila, die sich freute, wenigstens einmal in ihrem Leben etwas aus ihrem Philosophiestudium verwenden zu können.

»Natürlich nicht. Jeder, der das behauptet, ist ein Heuchler. Ich wäre lieber ein glücklicher Sokrates.«

»Unmöglich.«

»Das sehe ich anders.«

»Dann haben Sie einen Plan?«

»Selbstverständlich. Ich habe immer einen Plan.«

»Und wieso erzählen Sie das *mir?*«

»Sie scheinen mir eine Schwester im Geiste zu sein«, sagte Kophler und sprang unvermittelt auf. »Es war schön, mit Ihnen zu sprechen. Aber Sie haben sich mit dem Essen ganz schön Zeit gelassen. Ich muss mich jetzt verabschieden. Ich gebe in zehn Minuten einen Braille-Kurs. Haben Sie morgen nach dem Frühstück Lust auf einen Strandspaziergang?«

»Gern.«

»Dann bis morgen.«

10. KAPITEL

Nachdem Kophler gegangen war, inspizierte Lila das Séparée, das so vertraut und gleichzeitig so fremd für sie war. Sie öffnete alle Schubladen und Schranktüren, um vielleicht etwas Verwertbares darin zu entdecken, fand aber nur die üblichen Sexspielzeuge, Kondome und diverse Massagegels, die sie aus Grafrath kannte und die ihr hier wenig nützlich erschienen. Kurz überlegte sie, ob sich ein Dildo als Waffe eignete, beließ es dann aber bei der Theorie. Wenn noch nicht einmal ein Golfschläger etwas gegen einen Roboter ausrichten konnte, musste sie schon schwerere Geschütze auffahren oder ganz unauffällig bleiben. Zu ihrer Zufriedenheit stellte sie fest, dass es zumindest genügend Handtücher und Laken in den Schränken gab, aus denen sich im Zweifel ein Seil zusammenknoten ließe. Anschließend betastete sie das massive Doppelbett. Während sie mit den Fingern am Rahmen entlangstrich, untersuchte sie möglichst unauffällig, ob sich irgendwelche Teile, Schrauben oder Leisten lösen ließen, doch es war alles wie aus einem Guss.

Schließlich verließ sie das Séparée in Richtung Foyer. Obwohl ihr alles so vertraut schien, empfand sie keine Nostalgie, denn ihr war, als wäre sie erst letzte Woche verhaftet worden. Sie fragte sich, ob sie irgendwann die vergangene Zeit würde spüren können. Vielleicht war es aber einfach wie nach einem tiefen Schlaf. Es ist so, als wäre ich tot gewesen, dachte Lila. Und dann nach fünf Jahren bin ich wiederauferstanden. So in Gedanken kehrte sie zurück zum Fahrstuhl, der mitten auf der Straße stand.

Als sich die Türen öffneten, stolperte ein sichtlich angetrunkenes Pärchen in rot-grauer Sträflingskleidung heraus, das sich mit einer gemurmelten Entschuldigung an ihr vorbeidrückte und kichernd in der Doppelherzeinrichtung verschwand. Kurz bevor sich die Türen hinter ihnen schlossen, rief die Frau voller Freude: »Das sieht ja genauso aus wie bei uns zu Hause!« Dann waren die beiden verschwunden.

Lila stieg in den Aufzug, der keine Knöpfe aufwies und offenbar von allein wusste, wohin er sollte. Sie konnte nicht genau sagen, ob sie nach unten oder nach oben gefahren war, als der Lift mit einem freundlichen Gong stehen blieb und sich öffnete. Doch es war nicht das Poolhaus mit dem gut gelaunten Liftboy, das sie erwartete.

Edmund Schönlein, der Sozialarbeiter-Roboter, begrüßte sie mit einem strahlenden Lächeln. »Jeder an seinem Platz, Frau Richter. Folgen Sie mir bitte.«

Hinter dem Roboter erstreckte sich ein langer, hell erleuchteter Gang, dessen Wände komplett verspiegelt waren. Lila war, als blickte sie in den Abgrund der Unendlichkeit.

Instinktiv wich sie zurück und fühlte in ihrem Rücken sofort das kalte Metall der Liftkabine.

»Ich würde lieber in mein Zimmer gehen«, sagte sie.

»Das ist nicht vorgesehen. Auf Ihrem Stundenplan steht jetzt: Persönliche Richtung. Das ist Pflicht. Kommen Sie.«

»Ich dachte, heute ist Querflöte.« Lila folgte widerstrebend dem Roboter in den Gang. Tausende Roboter und Tausende Lilas auf beiden Seiten marschierten im Gleichschritt.

»Was soll das?«, fragte sie und betrachtete ihr Spiegelbild. Die kurz geschorenen Haare waren unvertraut, doch ihr gefiel die Frisur. Sie suggerierte Mut, Disziplin und Hartnäckigkeit. Alles Eigenschaften, die sie sich selbst gerne zuschreiben wollte – wenn nur die Realität sich nicht so fremd anfühlen würde. »Was sollen die Spiegel? Ist das irgendein Psychotrick?«

»Dies hier ist der Weg der Selbsterkenntnis. Der Weg, den jeder nehmen muss. Sie sollen über sich selbst und Ihren Standpunkt in der Welt nachsinnen.«

Lila wollte gerade eine möglichst schnippische Antwort geben, als sie vor Schreck zusammenfuhr. Aus dem Augenwinkel hatte sie eine Bewegung wahrgenommen, die es eigentlich nicht geben durfte, eine Bewegung, die sie, seit sie ein Kind war, jedes Mal gefürchtet hatte, wenn sie nachts beim Gang zur Toilette am großen Spiegel im Flur vorbeigekommen war. Das Spiegelbild in der fünften oder sechsten Ebene hatte sich ohne ihr Zutun bewegt. Es war nur ein Zucken gewesen, nur ein kleiner Schritt, und doch war sie sich sicher, dass es keine Einbildung gewesen war.

»Was ist hier los?«, fragte sie mit schriller Stimme. Doch der Roboter, der gerade noch neben ihr gestanden hatte, war verschwunden. Sie war allein mit ihrem Spiegelbild, allein mit unendlich vielen Lilas, die sich alle im Gleichschritt, alle synchron im Schwarm bewegten – alle bis auf eine.

Von Panik erfasst, stürzte sie zurück zum Aufzug, schlug an die verschlossene Tür, versuchte, sie mit den Fingern aufzustemmen, aber vergeblich.

»Lasst mich raus!«, schrie sie, doch statt einer Antwort hörte sie ihren Schrei immer und immer wieder, als ob ihre Reflexionen ebenfalls schrien.

Sie hastete in die andere Richtung, versuchte, einen Ausgang am Ende des Korridors zu finden, doch dort war nur eine glatte Wand und keine Tür, kein Spalt, den sie hätte öffnen können. Sie hämmerte mit den Fäusten und trat mit dem Fuß gegen die Spiegel, die dumpf vibrierten, dann flimmerten und schließlich erloschen.

Plötzlich war alles dunkel. Das Einzige, was sie wahrnahm, war ihr hechelnder Atem und das Pochen ihres Herzens, das bis in ihre Zähne hineinreichte. Drei, vier Sekunden blieb sie allein in absoluter Finsternis, dann leuchtete ein einzelner Lichtspot über ihr auf. Ein einziges Spiegelbild erschien, doch nicht direkt gegenüber, sondern um einen halben Meter versetzt. Erschrocken sprang Lila zurück, und ihr verschobenes Spiegelbild sprang ebenfalls in die andere Richtung. Das ist kein Spiegel, dachte Lila. Das ist einfach ein riesiges Display. Die wollen mich nur verrückt machen.

Da begann das Spiegelbild, das keines war, mit Lilas Stimme zu sprechen: »Die Optimalwohlgesellschaft, wie sie heute existiert, ist ein Krake, der jeden einzelnen Bürger in seinem Würgegriff hat. Solange wir die Guten Gesetze befolgen, merken wir es meist nicht. Doch sobald jemand abweicht, wird er von allen Seiten wieder in die Bahn gezwängt, die ihm die Gesellschaft vorschreibt. Wir wollen die Individuen aus dem Korsett dieser selbstverschuldeten Unmündigkeit befreien. Wir brauchen eine neue Aufklärung, wenn es sein muss, mit Gewalt! Wenn es sein muss, mit Gewalt! Wenn es sein muss, mit Gewalt! Wenn es sein muss, mit Gewalt! Wenn es sein muss, mit Gewalt!«

Die Stimme hallte durch den Raum wie ein nie enden wollendes Echo.

»Halt die Klappe!«, versetzte Lila, und ihr Abbild im Spiegel verstummte tatsächlich, drehte den Kopf und fixierte sie mit Blicken.

»Ich bin Paula Richter«, sagte das Spiegelbild.

Lilas Mund wurde ganz trocken, ein eisiges Ziehen lief durch ihren Bauch. Das Spiegelbild trat ein paar Schritte nach links und stand ihr nun direkt gegenüber. Lila presste sich, so fest sie konnte, an die gegenüberliegende kalte Wand.

Das Ebenbild sprach weiter: »Ich bin Paula Richter. Ich nenne mich selbst Lila, weil ich meinen wahren Namen nicht ertragen kann. Ich fühle mich dadurch stark und unabhängig, denn ich will mich nicht von meiner Vergangenheit bestimmen lassen. Ich bin eine starke Frau, ich bin eine kluge und gebildete Frau. Ich lasse mir nicht vorschreiben, wie ich zu leben habe. Niemand soll mir sagen, was richtig oder falsch ist, das bekomme ich schon selber heraus. Ich bin etwas Besonderes, ich lasse mich nicht für dumm verkaufen. Ich habe das System durchschaut, und ich werde es zu Fall bringen, denn ich bin Lila, Lila die Heldin. Seht mich an, ich bin Lila. Ich weiß, was ich tue. Ich kann über Leben und Tod entscheiden. Ich weiß, was gut und was böse ist, denn ich habe Philosophie studiert. Ich bin eine beeindruckende Persönlichkeit, ich bin Akademikerin und besser als all die Idioten, die sich von ihren Linsen und ihren Filmen von der Welt ablenken lassen. Ich bin Lila, die Vorsitzende der Revolutionsgarden. Ich werde in die Geschichtsbücher eingehen. Ich bin Lila, ich bin Lila, ich bin Lila.«

Ihre Wangen brannten, ob vor Angst oder vor Scham, sie wusste es nicht. Die Gestalt vor ihr verharrte einen Augenblick, dann veränderte sie sich. Lila beobachtete mit Schrecken ihren eigenen Verfall, denn die Frau vor ihr schien zu schrumpfen. Das Haar wurde stumpf, die Augen verengten sich, Falten gruben sich ins Gesicht, der ganze Körper sank in sich zusammen.

Dann sprach die Gestalt weiter: »Ich bin Lila, ich bin alt und werde keine Kinder mehr bekommen. Ich habe alle meine Bekannten verloren, und Freunde hatte ich nie. Ich bin unwichtig und ganz allein, und es gibt niemanden, den das interessiert. Ich hatte gedacht, ich könnte die Welt verändern, aber tatsächlich habe ich nur versucht, mich über andere zu erheben, um mich besser zu fühlen als sie. Ich bin so armselig, dass ich mich an der Not anderer erfreut habe, ich war bereit, einen Menschen zu töten, nur um zu beweisen, dass ich im Recht bin. Ich bin eine widerwärtige, erbärmliche Person, die nie etwas erreicht hat und nie etwas erreichen wird, denn ich bin im Gefängnis und werde für immer, immer hierbleiben. Nichts wird mir mehr gelingen, ich werde nie etwas Bedeutendes tun und nie jemanden kennenlernen, der mich liebt und den ich lieben kann. Ich bin nichts wert, und jeder weiß das! Ich bin Lila, denn ich war mir zu fein, meinen echten Namen zu tragen. Gut, dass meine Eltern schon tot sind, sonst würden sie sich für mich schämen. Ich bin Lila, ich bin Lila, ich bin Lila.«

Hinter ihrem Spiegelbild erschien plötzlich Aida – ihre Kollegin und Mitstreiterin aus der Doppelherzeinrichtung in Grafrath. Lila rief ihren Namen, doch Aida reagierte nicht, sondern sprach: »Ich habe Lila blind vertraut. Ich habe ihre Ideen und ihre Visionen nie angezweifelt. Nie hätte ich mir vorstellen können, dass sie uns alle verrät. Sie hätte wissen müssen, was mit Samson passiert ist. Sie hätte uns alle warnen müssen. Stattdessen hat sie ihm geholfen, und am Ende sind wir alle verhaftet worden. Ich wünschte, ich hätte sie nie kennengelernt.«

Das Licht über Aida wurde schwächer, und hinter ihr erschien Ludwig, ein junger Mann mit schütterem Haar und in Zacken geschnittenen Ohrmuscheln, wie es vor fünf Jahren Mode gewesen war. Er war damals das neueste Mitglied der Revolutionsgarden gewesen. »Lila hat mich von Anfang an belogen. Sie hat von der großen Freiheit gesprochen und dass wir kurz vor dem Durchbruch wären. Sie hat so getan, als seien wir Teil einer großen Bewegung. Dabei war das alles nur ein einziger Schwindel. Ich hätte wirklich gerne bei Prometheus Ltd. weitergearbeitet. Ich hab gar nichts gegen die Roboter. Ich wollte einfach, dass Lila mich mag. Und jetzt bin ich zu zehn Jahren Internat verurteilt worden. Wenn ich wieder rauskomme, ist mein Leben vorbei.«

Das Licht über Ludwig wurde schwächer, und plötzlich erschien Samson Freitag – aber nicht der Roboter, sondern der

Mensch, so wie Lila ihn kennengelernt hatte. Sie wusste nicht, woran sie das erkannte, aber sie wusste genau, dass er es war. Samson Freitag, der längst tot war.

»Lila hätte mich nie gehen lassen dürfen. Sie hatte alles über mich recherchiert. Sie wusste über meinen Gesundheitszustand Bescheid und hätte mich vor dem drohenden Herzinfarkt warnen müssen. Aber sie hat geschwiegen, weil sie beleidigt war, dass ich mich nicht sofort ihren Revolutionsgarden angeschlossen habe. Sie hätte mich retten können, aber sie hat es nicht gemacht. Wahrscheinlich hat sie gedacht, es geschieht mir ganz recht.«

Die Lichter über den Gestalten gingen langsam aus. Zurück blieb Lila, die in sich zusammengesunken auf dem Boden hockte und weinte. Ein echtes Spiegelbild.

Eine Berührung an der Schulter ließ sie zusammenzucken.

Der Schönlein-Roboter hielt ihr die Hand zum Aufstehen entgegen. »Komm, Lila. Die Richtung ist beendet.«

11. KAPITEL

Der Roboter führte sie wie ein Kind an der Hand aus dem Flur. Ihre Augen waren verquollen, die Lippen zitterten. Sie wusste nicht, wohin er sie führte, und folgte ihm mit gesenktem Kopf, blind für alles um sich herum.

»Sie werden sich eine Weile ausruhen wollen«, sagte er und setzte sie auf einen Klappstuhl, der sich auf einer schicken Terrasse befand. In einigen hundert Metern Entfernung rauschte das Meer. Vor ihr auf einem Tisch mit bunten Mosaiksteinchen dampfte eine Kanne mit frischem Tee. Dazu gab es Sojamilch und Kandiszucker.

»In einer Stunde gibt es Abendessen. Lassen Sie sich Zeit«, sagte Schönlein und verschwand.

Lila wagte kaum, den Blick von ihren Fingern zu heben, die sich so fest ineinandergekrallt hatten, als wären sie der einzige Halt vor einem bodenlosen Abgrund. In Gedanken war sie noch in dem Raum mit den Spiegeln. Oder besser: Displays. Alles war Täuschung gewesen. Nur eine Animation, nur eine Show, und doch war Lila bis ins Mark erschüttert. Sie fühlte sich dünnhäutig, ja fast durchsichtig, jetzt, wo man ihr Innerstes nach außen gekehrt und ihre geheimsten Wünsche und dunkelsten Ängste ans Tageslicht gezerrt hatte. Konnten sie ihre Gedanken lesen? Gab es nicht einmal mehr in ihrem Kopf Zuflucht? Aber nein, nein, es war nicht alles wahr, es stimmte nicht. Nicht alles. Aber vieles.

Mit zittrigen Fingern griff sie nach der Kanne Tee und verschüttete mehr, als sie in die davorstehende Tasse goss. Den Rest trank sie tröpfchenweise, doch ihre Zähne klapperten am

Porzellan, also stellte sie die Tasse zurück und starrte aufs Meer hinaus. Sosehr es sie heute Morgen beruhigt und ihr die Vergänglichkeit der Optimalwohlökonomie als hoffnungsvollen Gedanken heraufbeschworen hatte, sosehr erfüllte sie dieses Gefühl nun mit Grauen. Sie war noch so viel kleiner, noch so viel verletzlicher und vergänglicher. Als bedürfe es nur eines unbedachten Hauchs, und sie würde umknicken wie eine verwelkte Blume. Gegen das Meer hätte sie keine Chance, niemals. Das Meer war groß und ewig, und sie war klein und ein Niemand. Wenn sie Glück hatte, würde sie eine Weile schwimmen können.

Vertraute Stimmen drangen an ihr Ohr. Sie hob den Kopf und erkannte die vier Tischnachbarn vom Mittagessen. Diese Leute, so wenig Lila sie bisher auch kannte, kamen ihr mit einem Mal wie die großartigste Gesellschaft vor, die sie sich vorstellen konnte.

»Hallo!«, rief sie betont freundlich und winkte ihnen zu. Tilda, Finja, Erik und Marlon erkannten sie und kamen zu ihrem Tisch.

»Wo kommt ihr denn her?«, fragte Lila.

»Wir waren gerade beim Polnischunterricht«, sagte Marlon und ließ sich in den Platz direkt neben Lila fallen. Auch die anderen holten sich Stühle und setzten sich dazu. Umgehend kam ein äußerst freundlicher Kellner-Roboter vorbei, der die Bestellung von Wein, Bier und Orangensaft entgegennahm.

»Wieso denn Polnisch?«, fragte Lila.

»Na ja, wenn ich irgendwann mal rauskomme, würde ich gerne nach Danzig«, sagte Finja.

»Aber die Amtssprache in der ganzen BEU ist doch Deutsch«, sagte Lila.

»Aber Deutsch kann ich schon. Irgendwas muss man ja machen hier. Und beim Sprachenlernen erfährt man ein bisschen was von der Welt. Unsere Lehrerin kommt ursprünglich aus Warschau und wohnt jetzt in Potsdam. Sie ist in Kontemplation und hält den Unterricht nicht professionell, sondern als Wohltat, um ein paar Sozialpunkte zu bekommen. Eigentlich erzählt sie die ganze Zeit nur auf Polnisch, was sie die Woche über erlebt hat. Das sind meistens irgendwelche Geschichten über ihre Familie, Freunde oder Nachbarn oder was sonst so passiert. Aber einmal hat sie davon erzählt, wie sie bei einem Treffen der Unvollkommenen war. Oder letzten Samstag, da gab es eine Parade in Potsdam. Alle waren da. Die ganzen hohen Tiere der Optimierer. Auch Böser und Maiwald. Und stell dir vor: Samson war auch da!«

»Ach …«, krächzte Lila. Mit einem Mal spürte sie wieder das viel zu üppige Mittagessen in ihrem Bauch.

»Ja, deide, oder?« Tilda grinste breit und bettete ihre Wange verzückt in die Hände.

Lilas Herz pochte schneller. An die Stelle der Niedergeschlagenheit trat der altvertraute Zorn auf ihren Feind. Doch sie zwang sich, ruhig zu bleiben, und fragte wie nebenbei: »Ja, und?«

»Du kennst ihn, du hast ihn erlebt«, sagte Marlon begeistert. »Kannst du uns ein bisschen was über ihn erzählen? Wie ist er so? Ist er privat auch so einfühlsam und hellsichtig?«

Lila suchte in den Gesichtern der vier nach einem Hinweis darauf, dass sie sich über sie lustig machten. Doch sie entdeckte nur Neugier. Hatten sie nicht gesagt, sie hätten Lilas Bürgerprofil gelesen? Wussten sie nicht, was Samson ihr angetan hatte? Einem Instinkt folgend beschloss Lila, nicht die Wahrheit zu sagen.

»Ja, ich habe ihn kennengelernt, und er war ein recht netter Kerl.«

Tilda grinste. »Netter Kerl …«

»Kannst du noch etwas mehr über ihn erzählen?«, fragte Marlon.

»Na ja, er war Lebensberater und hatte ein paar Probleme. Er hatte eine Kundin verloren, weil er sie angeblich falsch beraten hatte. Das hat ihn eine Menge Sozialpunkte gekostet. Auch mit den Eltern war es nicht …«

»Ja, das wissen wir doch alles«, unterbrach Finja sie. »Jeder kennt den Weg ins Reine Land von Samson. Aber wie ist es, mit ihm zu sprechen? Mit ihm in einem Raum zu sein? Kann man das überhaupt ertragen? Diese übermenschliche Größe? Ich glaube, ich würde sterben vor Aufregung.«

Lila schüttelte verwirrt den Kopf. »Reden wir von demselben Samson? Samson Freitag? Der an einem Herzinfarkt gestorben ist und dessen Charakterprofil man in einen Roboter verpflanzt hat?«

»Samson Freitag, hinabgestiegen in das Reich des Todes. Am 24. Tag auferstanden von den Toten, ins Leben zurückgekehrt, um uns das ewige Leben zu schenken. Er wacht über uns und das Reine Land von jetzt bis in alle Ewigkeit«, sagte Marlon.

»Wollt ihr mich verarschen?«, fragte Lila.

»Natürlich nicht«, sagte Marlon, der mit seinen Blicken alle Barrieren zu durchbohren schien, die Lila sich aufzubauen versuchte. Ihr wurde schlecht. »Geht es dir nicht gut?«, fragte er und legte ihr freundschaftlich eine Hand auf die Schulter.

»Ich habe in der Verwahrung offenbar ziemlich viel verpasst. Entschuldigt mich bitte.«

Hektisch stand sie auf und stolperte den schmalen gepflasterten Weg entlang, der von der Terrasse zum Haupthaus führte. An der Kreuzung mit den vielen Wegweisern blieb sie stehen. Da es bald Zeit für das Abendessen war, strömten eine Menge Leute dem Haupthaus zu und bildeten eine wahre

Prozession von ausladenden, fleischigen Körpern. Hie und da hörte Lila Wortfetzen wie »Bratensoße einfach köstlich …«, »Nudeln al dente und genau richtig« oder »Wieder einmal großartige Sahnetorte«. Doch in ihr löste die Vorstellung an Essen nur Widerwillen aus, ja, der Gedanke an die gebratenen Schweine aus dem Schlaraffenland, die mit Messer im Rücken durch das Land liefen, ekelte sie an. Die Übelkeit füllte nicht mehr nur ihren Bauch, sondern war schon im Hals angelangt.

Schaudernd stolperte sie in die entgegengesetzte Richtung, bis die Stimmen verklangen und das Rauschen des Meeres lauter wurde. Sie rannte hinunter bis zum Strand, wo Wasser und Wind abwechselnd helle und dunkle Schatten in den Sand zeichneten. Das Meer war nicht bedrohlich, sondern einladend, alles würde in ihm aufgehen und verlöschen.

Sie lief weiter und weiter und stand plötzlich bis zu den Knien im Wasser.

»Lila, tu es nicht!«, rief eine Stimme.

Sie drehte sich um. Am Ufer stand ein Mann, der weder die Einheitsuniform der Häftlinge noch das Blau der Wachroboter trug. Er war ganz in Weiß gekleidet. Einen Moment lang glaubte Lila zu träumen. Dann kam die Erkenntnis, und sie erschrak, als sie den Namen laut aussprach: »Samson!«

Mit einem Schrei stürzte sie aus dem Wasser und rannte auf ihn zu. Der schien erst im letzten Augenblick zu verstehen, was geschah, und hob abwehrend die Hände, doch da war es schon zu spät – Lila schlug ihm die Faust ins Gesicht.

Sie fühlte den Aufprall, fühlte das Knacken der Knorpel mehr, als dass sie es hörte. Der Mann jaulte wie ein verletztes Tier und wich zurück. Lila holte zum nächsten Schlag aus, doch diesmal traf sie nur die Schulter und rutschte ab. Sie stürzte, rappelte sich auf und sah Blut auf ihrer Hand. Es war nicht ihr eigenes. Ihre Gedanken rasten. Roboter bluten nicht, dachte sie und suchte den Blick ihres Gegenübers, dessen Gesicht ihr mit einem Mal vollkommen fremd war. Da wurde sie von hinten gepackt. Mechanische Greifer umschlossen ihre Arme. Ein kurzer scharfer Schmerz, dann war alles leer.

12. KAPITEL

Lila kann nicht mehr. Sie hat sich einen Tunnel gegraben, das Licht dämmert von weit weg zu ihr herein, doch der Berg nimmt kein Ende. Sie lässt den Löffel sinken, denn jetzt kann sie wirklich keinen einzigen Bissen Kuchen mehr essen.

Unendliche Traurigkeit schüttelt ihren Körper. Sie wird es nie aus dem Schlaraffenland herausschaffen. Aber sie kann auch nicht umkehren. Vielleicht bleibt sie einfach für immer im Berg. Hier lässt es sich gut leben. Durch den Kuchen fließen Adern aus Vanillesoße, die sie trinken kann. Und gegen Skorbut hilft ab und zu ein Kiesel aus Orangeat. Vielleicht gräbt sie sich mit der Zeit ein paar Räume. Oder es kommen andere Reisende vorbei, die den Weg auch nicht zu Ende bringen können. Und wer weiß, vielleicht schafft sie dann doch in ein paar Jahren den Durchbruch, wenn sie gerade die Schlafhöhle ausbaut.

Ein paar Krümel rieseln aus der Decke und stören ihre Gedanken. Sie schüttelt sie aus den Haaren und duckt sich zur Seite, da bricht etwas von oben durch die Decke. Es ist ein brauner Maikäfer, so groß wie ein Hund.

»Da bist du ja endlich«, sagt der Maikäfer mit einer Stimme, die Lila vage bekannt vorkommt. »Ich habe dich schon überall gesucht.«

»Ich schaffe es nicht«, jammert Lila.

»Unsinn. Du musst nur aufhören, in die falsche Richtung zu graben. Pommerland ist ja nicht die Hölle.«

Erst jetzt bemerkt Lila, dass sie in einem tiefen Schacht steht. Sie hat immer weiter nach unten gegraben, anstatt nach vorn.

»Komm mit, ich zeige dir den Weg«, sagt der Käfer und

beginnt mit seinen dünnen, flirrenden Beinchen einen neuen Tunnel schräg nach oben zu graben. Lila schaut dem braunen Leib hinterher, der sich in den Teig bohrt.

»Aber ich muss den Weg selbst finden, sonst darf ich nicht bleiben.«

»Stell dich nicht so an«, hallt die Stimme des Maikäfers aus dem Tunnel. »Früher warst du nicht so feige.«

Lila steckt den Löffel ein und klettert dem Käfer hinterher. Der Gang ist eng und führt steil nach oben. Sie hat alle Mühe, vorwärtszukommen, Krümel und herabfallende Zuckerkristalle behindern sie. Immer wieder gerät sie ins Straucheln und muss sich in den weichen Wänden festkrallen. Dann sieht sie ein Licht, das vom Ende des Tunnels her scheint. Ist das schon der Ausgang?

»Lila!«, ruft jemand von draußen.

Sie fällt, rappelt sich halb auf, kriecht dann auf allen vieren. Die Hände, Arme und Beine, auch das Gesicht mit braunem Schlamm bedeckt, hat sie sich schon fast in einen Käfer verwandelt, ehe sie sich aus der Erde wühlt.

Da sieht sie über sich das Gesicht eines Riesen, der sich zu ihr hinabbeugt und sie interessiert betrachtet. Das Gesicht formt ein Lächeln, und da weiß Lila, dass sie nicht mehr träumt.

13. KAPITEL

Das lächelnde Antlitz nahm ihr ganzes Gesichtsfeld ein.

»Lila, hörst du mich?«, fragte eine Stimme. War es die des Käfers? War es ihre eigene? Automatisch nickte sie.

»Wenn ich dich jetzt losmache, wirst du dann artig sein?«

Wieder nickte sie. Dann fühlte sie, wie ihre Hand- und Fußfesseln gelöst wurden. Jemand packte sie an den Armen und half ihr, aus dem Transportwagen auszusteigen. Die Welt bestand aus verschwommenen Schemen, die ihr vorkamen wie eine kopierte Erinnerung, wie ein Déjà-vu. Da waren die hohen Pinien, da der Schlund, der als Eingang zur Villa Baltic getarnt war. Da die Stufen, die Säulen, und schon war sie drin.

An der Rezeption stand der asiatisch anmutende Roboter, den sie bereits kannte. »Jeder an seinem Platz. Warten Sie einen Augenblick, gleich geht es Ihnen besser.«

Die Worte »Alice im Wunderland« geisterten durch Lilas Gedanken. Dann holte der Roboter eine kleine Dose hervor, schüttelte sie und sprühte etwas in Lilas Nase.

Heiße, gelbe Energie durchfuhr ihre Adern. Es war, als hätte ihr der Alice-Roboter pures Leben eingehaucht. Schlagartig sah Lila alles klar – sie war hellwach.

»Was war das?«

»Adrenalin«, sagte der Alice-Roboter. »Jetzt geht es Ihnen besser, nicht wahr?«

»Ja. Was ist passiert? Ich war am Strand …«

»Sie kommen gerade frisch aus der Verwahrung, deshalb ist Ihre Erinnerung noch etwas verschwommen, aber keine Angst, das wird sich in den nächsten Tagen normalisieren. Achten Sie darauf, viel zu trinken. Das Essen wird Ihnen sicher schmecken. Sie haben ein neues Zimmer: Nummer 239 im zweiten Stock. Soll ich Sie hinbringen oder finden Sie den Weg?«

»Ich werde es schon alleine schaffen. Warum war ich wieder in der Verwahrung?«

»Sie haben ein Teammitglied angegriffen.«

Lila erinnerte sich an eine leuchtende Gestalt und den Wunsch nach Rache.

»Wie lange war ich weg?«

»Sechs Monate.«

»Ein halbes Jahr?«

»Richtig!« Der Alice-Roboter klatschte zweimal freudig in die Hände. »Sechs Monate sind ein halbes Jahr. Gut gemacht! Sehen Sie, bald wird sich auch der Rest Ihres Bewusstseins normalisiert haben.« Dann in völlig ernstem Tonfall: »Das war die erste Verwarnung für asoziales Verhalten. Wir hoffen, Sie haben Ihre Lektion gelernt.«

»Ja, ja«, murmelte Lila. »Ich geh dann mal auf mein Zimmer.«

»Jawohl. Jeder an seinem Platz!«

Lila nahm den Aufzug und folgte grünen Lichtpunkten auf dem Boden, die ihr den Weg wiesen. Die Tür öffnete sich automatisch, und das Zimmer dahinter war genauso eingerichtet wie ihr vorheriges, auf dem kleinen Kaffeetisch lag ein funkelnagelneuer Reader mit dem Fackellogo, auf dem Kissen eine Packung Aeterdormol. Auch der Balkon war der gleiche. Als sie nach draußen trat, wehte ihr ein frischer Wind entgegen. In der Ferne sah sie das weiße Dreieck eines Segelbootes. Lila lugte nach links und rechts und entdeckte neben sich weitere Balkons, auf denen aber niemand saß. Wenn sie es sich genau überlegte, hatte sie von außen den Zellenblock gar nicht gesehen, und auch keine Balkons.

Sie holte ein Stück Seife aus dem Bad, das sie so weit sie konnte durch die geöffnete Balkontür schleuderte. Nach wenigen Metern stieß es gegen eine unsichtbare Wand, fiel herab und blieb mitten in der Luft liegen.

»Alles nur Illusion«, sagte Lila zu sich selbst. Sie schloss das Fenster und nahm den Reader zur Hand.

Das heutige Datum war Freitag, 12. April 2058. Sie war nun 38 Jahre alt. Keiner hatte ihr zum Geburtstag gratuliert.

»Warum bin ich in die Verwahrung gekommen?«, fragte sie laut. Der Reader zeigte sofort eine Antwort, die von einer jugendlichen Frauenstimme vorgetragen wurde.

»Sie haben am 12. Oktober 2057 das Teammitglied Elias Weber angegriffen und verletzt. Dies ist ein Verstoß gegen Paragraf 9 Absatz 1 der Guten Gesetze für den Justizvollzug. Solche Verstöße werden beim ersten Mal mit einem halben Jahr Erlebnisentzug in der Verwahrung bestraft. Bei einer Wiederholungstat wird die Strafe auf zwölf Monate erhöht. Bei einem dritten Verstoß wird der Delinquent für fünf Jahre in Verwahrung genommen.«

»Was ist passiert, während ich in der Verwahrung war?«

Kurz blinkte ein grünes Licht am Reader, dann erschien auf dem Bildschirm eine Liste. Lila scrollte hindurch. Es war eine schier endlose Aneinanderreihung von Wochenplänen, Neuzugängen und Entlassungen, Menüabfolgen, Veranstaltungen und allerlei anderer banaler Ereignisse. Nichts über die Außenwelt. Nichts, was Lila das Gefühl nahm, sich in einer undurchdringlichen Traumblase zu befinden. Sie konnte nicht im Internat bleiben. Keinen einzigen Tag würde sie es hier aushalten.

»Ist Eoin Kophler noch in der Villa Baltic?«

»Ja.«

»Kann ich ihm eine Nachricht schicken?«

»Ja.«

Lila öffnete die E-Mail-Funktion und schrieb:

Hallo, Herr Kophler,
hätten Sie Interesse, sich heute mit mir zum Abendessen zu treffen? Das Buffet ist so gut, dass man dafür sterben möchte.
Lila

Wenige Minuten später erhielt sie eine Antwort.

Hallo Lila,
es freut mich, dass Sie wieder bei uns sind. Kommen Sie um 18 Uhr zu Tisch 5. Ich habe für uns reserviert.
Eoin Kophler

Als Lila um 18 Uhr den Speisesaal betrat, saß Kophler bereits am Tisch und betrachtete eingehend ein kleines Synthfleischbällchen, das er mit seiner Gabel aufgespießt hatte. Er bedachte Lila mit einem Nicken und sprach ohne Gruß, als hätten sie ihr Gespräch nie unterbrochen.

»Dieses Fleischbällchen ist wirklich ein Wunder. Es ist so unscheinbar und von Form und Farbe nicht unbedingt ansprechend. Auch die Herstellungsweise muss recht kompliziert sein, denn der Fleischgeschmack kommt nicht von alleine hinein, und gesund und nahrhaft ist es obendrein. Aber irgendwie haben sie es geschafft. Alle finden dieses Produkt der Nahrungsmittelindustrie köstlich.« Damit steckte er das Bällchen in den Mund und kaute mit angespannten Halsmuskeln, als sei es eine Aufgabe, deren Bewältigung seine volle Konzentration erforderte. »Ich hingegen finde sie fürchterlich.« Er schluckte und leerte gleich darauf sein Wasserglas in einem Zug.

»Sie haben mir einen ganz schönen Floh ins Ohr gesetzt. Ein halbes Jahr lang habe ich nur vom Schlaraffenland geträumt.«

»Und jetzt sind Sie wieder da.«

»Ja, jetzt bin ich wieder da.«

Kophler wischte sich die fettglänzenden Lippen mit einer Serviette ab. Seine Finger waren außergewöhnlich lang und dünn. Sie erinnerten Lila an die flirrenden Beine des Maikäfers aus ihrem Traum.

»Können Sie sich an irgendetwas erinnern?«, fragte er.

»Nur an einen endlosen Traum.«

»Und davor? Es heißt, Sie hätten einen anderen Häftling angegriffen.«

»Ich war mir sicher, es wäre Samson Freitag. Ich habe ihn ganz klar vor mir gesehen und seine Stimme gehört.«

»Interessant.«

»Sie klingen nicht besonders überrascht. Hier werden wohl alle früher oder später verrückt.«

»Das mag zwar stimmen, aber in Ihrem Fall wäre das doch etwas verfrüht. Was hingegen schon viele erlebt haben, sind Visionen von Samson.«

»Wirklich?«

»Ja. Bisher habe ich das für eine Art Massenhysterie gehalten, aber da Sie jetzt davon erzählen, muss es wohl etwas anderes sein.«

»Was ist eigentlich mit Samson Freitag? Ihm habe ich meine Verhaftung vor fünf, nein, fünfeinhalb Jahren zu verdanken. Seitdem scheint er ja irgendwie berühmt geworden zu sein. Wissen Sie etwas darüber?«

»In der Tat, Samson ist sehr populär. Sie können sich sicher sein, dass jeder hier Samson kennt.«

»Warum?«

Kophler lehnte sich zurück und verschränkte die Arme. »Wenn ich ehrlich bin, weiß ich nicht, wie ich Ihnen das schonend beibringen soll.«

»Dann machen Sie es halt schonungslos!«

»Ich möchte nur nicht, dass Sie vom Stuhl kippen oder den nächsten Sicherheitsroboter anfallen. Immerhin könnten wir uns dann erst wieder in einem Jahr unterhalten, und das wäre wirklich bedauerlich.«

»Machen Sie sich nicht so wichtig. Wenn wirklich jeder Samson Freitag kennt, kann ich auch jeden anderen fragen, wenn ich will, oder?«

»Das ist richtig.« Kophler aß noch ein Fleischbällchen und fragte dann: »Hätten Sie Lust auf eine Tretbootfahrt?«

»Nein!«, herrschte sie ihn an. »Ich will erst wissen, was mit Samson Freitag los ist.«

»Falls Sie es sich anders überlegen: Ich habe für morgen um zehn ein Boot reserviert. Sie sollten sich was vom Buffet mitnehmen und warme – wirklich warme Kleidung einpacken, am besten auch etwas zum Wechseln. Das Bootfahren ist eine heikle Angelegenheit, bei der man schnell nass wird.«

»Warum zum Teufel erzählen Sie mir jetzt vom Tretbootfahren?«

»Ich hatte eigentlich einen anderen Tretbootbeifahrer. Aber der ist leider kurzfristig … verhindert. Überlegen Sie es sich.«

Lila drehte sich auf dem Stuhl um und fragte die Frau, die direkt hinter ihr saß: »Wissen Sie, wer Samson Freitag ist?«

Die Frau schreckte zurück und sah sie mit furchtsam aufgerissenen Augen an. »Ich … ich … ich habe nichts Übles gemacht«, stotterte sie.

»Lassen Sie die Frau in Ruhe«, knurrte Kophler. »Schauen Sie lieber her.« Damit schob er ihr seinen Reader zu und fragte das Gerät: »Wer ist Samson Freitag?«

Das Ergebnis kam prompt:

Samson Freitag, geboren 21.06.2020 in München, gestorben 13.09.2052, wiedergeboren am 05.10.2052, ist der Präsident der

Bundesrepublik Europa, der Erschaffer und Hüter des Reinen Landes und allmächtige Herrscher von Ewigkeit zu Ewigkeit.

Während Lila den Text las, hörte sie in ihrem Kopf die Stimmen ihrer vier Tischnachbarn, die kurz vor ihrer erneuten Inverwahrungnahme etwas ganz Ähnliches gesagt hatten. Aber sie hatte es nicht geglaubt, hatte es nicht verstanden. Sie verstand es jetzt kaum.

»Was ist passiert, seit ich verhaftet worden bin?«, fragte sie.

Kophler zuckte mit den Schultern. »Wissen Sie, ich wurde einen Monat vor Ihnen verhaftet. So gesehen habe ich noch weniger belastbare Informationen als Sie und kann mich lediglich auf das stützen, was ich hier erlebt habe, und die Aussagen der anderen Häftlinge miteinbeziehen. Im Gegensatz zu Ihnen habe ich Samson Freitag nie persönlich kennengelernt. Ich kann aber mit einigem Stolz sagen, dass er kurz vor seinem Tod bei meiner Verhaftung anwesend war und daraufhin mein Bürgerprofil recherchiert hat.«

»Was soll das denn jetzt heißen? Mit Stolz?«

»Wären Sie nicht stolz, wenn sich der Teufel höchstpersönlich nach Ihnen erkundigt hätte?«

»Der Teufel? Was in aller Welt reden Sie?«

»Ich sagte ja, dass es schwierig ist, über Samson zu sprechen, weil Sie meine Meinung vielleicht schockieren würde. Aber man muss sich einiges selber zusammenreimen, wenn man der Wahrheit nahe kommen will. Das, was wir erfahren, ist natürlich alles nur Propaganda und gerade so viel, wie es ihnen nützt, oder ihm.«

»Jetzt hören Sie doch endlich auf, in Rätseln zu sprechen, und sagen mir, was Sie wissen.«

Kophler wippte mit dem Kopf hin und her. »Ich hätte einen Vorschlag. Sie informieren sich heute selber über Samson, und morgen im Tretboot erzähle ich Ihnen meine Version.«

»Warum so kompliziert? Ich habe keine Pläne heute, und Sie scheinen mir auch keine wichtigen Termine zu haben.«

»Oh, da irren Sie sich: Wir müssen gleich zur Messe!«

»Ich bin nicht gläubig.«

»Das spielt überhaupt keine Rolle. Die Messe ist für jeden Pflicht. Immerhin ist heute Freitag.«

Wie auf sein Kommando ertönte ein tiefer Gong, und eine weiche, freundliche Frauenstimme sagte: »Die Halle der Offenbarung ist jetzt geöffnet. Die Messe beginnt in einer halben Stunde. Bitte nehmen Sie zügig Ihre Plätze ein.«

Ein ohrenbetäubendes Klirren rauschte durch den Speisesaal. Es war das Geräusch von Hunderten Messern, Gabeln und Löffeln, die gleichzeitig auf Teller gelegt wurden. Staunend verfolgte Lila das Geschehen um sie herum. Gespräche verstummten, Stühle wurden gerückt, und die Häftlinge, die gerade noch gierig geschlemmt hatten, strömten hektisch den Ausgängen zu, so als könne es keiner erwarten, in die Halle der Offenbarung zu gelangen und dort den besten Platz zu erhaschen. Außer Lila und Kophler gab es nur wenige, die nicht gleich aufsprangen. Einer war ein Mann an Krücken, eine andere eine ältere Frau, die sich das Haar richtete, außerdem packten noch ein paar Leute irgendwelche Habseligkeiten zusammen. An einem Tisch saßen drei Skinheads, die mit verschränkten Armen und verbittertem Gesichtsausdruck ausharrten.

»Wir müssen los«, drängte Kophler und tupfte sich den Mund mit einer Serviette ab. »Wenn wir zu spät kommen, kann das schlimme Konsequenzen haben.«

»Und wenn wir gar nicht kommen?«

»Was glauben Sie?«

Sie folgte ihm durch den Speisesaal zum hinteren Ausgang. Als sie am Tisch mit den Skinheads vorbeikam, hob Lila unauffällig den Kopf, doch ihr Blick verfing sich gleich in dem einer der Männer, der sie ebenso interessiert betrachtete wie sie ihn. Er war frisch rasiert, sodass seine linke Gesichtshälfte genauso glatt und glänzend war wie die polierte Glatze. Doch auf der rechten Wange und auch am Kinn sprossen dunkle Barthaare.

»Was ist mit denen?«, fragte sie.

Kophler beschleunigte seine Schritte. »Das sind ganz komische Gesellen, vor denen sollten Sie sich in Acht nehmen.«

»Warum?«

»Sie sind Fanatiker und lehnen alles, was mit Samson und den Robotern zu tun hat, strikt ab.«

»Aber das ist doch gut. Warum verbünden wir uns nicht mit denen?«

»Sehen Sie selbst.«

Ein Schrei gellte durch die Halle. Lila drehte sich um und sah drei Sicherheitsroboter in blauen Uniformen vor der Gruppe Skinheads stehen, von denen einer bereits leblos vornübergebeugt auf der Tischplatte lag. Die anderen beiden hockten immer noch unbeweglich da, wobei der mit dem asymmetrischen Bart sie weiterhin durch den Saal hinweg anstarrte. Einer der Sicherheitsroboter sagte offenbar etwas, und wenige Sekunden später brach der Blickkontakt ab, denn der Mann sackte in sich zusammen, ebenso wie der dritte. Die drei Roboter packten sich je einen der Männer, hoben sie hoch, als seien sie leicht wie Puppen, und trugen sie auf der anderen Seite aus dem Saal hinaus. Lila ballte die Hände zu Fäusten, sie musste etwas tun, musste diesen Leuten helfen, dann spürte sie Kophlers Hand auf ihrer Schulter.

»Es hat keinen Zweck. Das war das dritte Mal. Die sehen Sie erst in fünf Jahren wieder.«

»Furchtbar«, flüsterte Lila.

Kophler zuckte mit den Schultern. »Ich habe es ja gesagt: Es hat keinen Sinn, mit denen zusammenzuarbeiten. Die schaden mit ihrer Sturheit nur sich selbst und im Zweifel auch Ihnen, wenn Sie sich mit denen einlassen. Aber wir müssen klug sein. Wir können es uns nicht leisten, stur zu sein.«

»Was?«

»Lassen Sie uns gehen. Es gibt viel zu lernen.«

14. KAPITEL

Die Halle der Offenbarung war ein gewaltiger Saal, der Hunderten Zuhörern Platz bot. In einem Halbkreis waren Stühle um eine schmucklose Bühne angeordnet, die im gedimmten Licht mattweiß leuchtete. An den Wänden zogen sich Fenster vom Boden bis zu einem halbrunden Gewölbe in schwindelerregender Höhe. Die Decke selbst war mit prächtigen Malereien verziert, auf denen Lila Menschen und Engelswesen ausmachte, die bei einem Gelage zusammensaßen. Die Szenerie war in leuchtende Farben getaucht und wurde erhellt vom Glanz der Sonne, in deren Zentrum niemand anderes prangte als Samson Freitag.

Lila wollte stehen bleiben, den Kopf weit in den Nacken legen, um das Bild genau zu betrachten, aber von hinten drängten immer noch Menschen hinein, sodass sie dem Strom der Masse folgte, bis vor ihr ein freier Stuhl auftauchte und ihr nichts anderes übrig blieb, als sich zu setzen. Neben ihr fand Kophler seinen Platz. Auch er starrte an die Decke. Doch sein Gesichtsausdruck zeigte keinerlei Bewunderung oder Erstaunen, sondern Missmut.

»Das sieht mir ganz nach dem Schlaraffenland aus«, sagte er. »Letzte Woche war es noch die Sintflut.«

»Das kann doch kein Zufall sein.«

»Ist es nicht. Und schauen Sie mal, was mit denen passiert, die das Schlaraffenland verlassen wollen.«

Kophler deutete an das hintere Ende des Gewölbes, das am weitesten von der Bühne entfernt war. Dort zogen an der Decke schwarze Wolken auf, und geschundene nackte Körper stürzten von Dämonen gepackt in einen rot glühenden Höllenschlund. Einige der Gefallenen hatten auffällig kahle Schädel.

Wieder ertönte der Gong, und Stille senkte sich über den Saal. Das Leuchten erlosch, die Fenster ließen immer weniger Licht hindurch. Es wurde so still, dass das Atmen und Kleiderrascheln Hunderter Menschen ein eigentümliches Rauschen erzeugte. Ein Mann schritt an den Stuhlreihen vorbei in Richtung Bühne. Obwohl Lila ihn noch nie zuvor gesehen hatte, war sie sich sicher, dass er der Zeremonienmeister war. Auf seinem Weg ins Zentrum des Saals sammelte er die Blicke der Anwesenden ein, bis er – auf der Bühne angekommen – so voll davon war, dass ihn nichts erschüttern konnte.

»Jeder an seinem Platz«, sagte er mit klarer, voller Stimme.

»Jeder an seinem Platz«, schallte es aus Hunderten Mündern zurück.

»Es ist schön, euch alle wieder hier versammelt zu sehen an diesem Freitag, an diesem Tag des Herrn. Viel ist geschehen, seit wir uns das letzte Mal hier eingefunden haben. Es gab ein paar Neuzugänge, ein paar Entlassungen und auch ein Teammitglied, das freiwillig aus dem biologischen Leben geschieden ist.«

Irgendwo im Saal hörte Lila ein Schluchzen, woanders Geflüster. Kophler neben ihr verschränkte die Arme.

»Ich spreche von Felix Grillo, der vor sechs Tagen die Entscheidung traf, sein biologisches Leben vorzeitig zu beenden. Aber, meine Brüder und Schwestern, seid nicht traurig. Denn Felix ist nicht verloren. Nein, Felix' Geist wird weiterleben und in den unendlichen Weiten des Reinen Landes Glück und Zufriedenheit finden. Felix' Geist wird weiterleben, denn der Herr Samson hat sich seiner erbarmt und ihn aufgenommen in sein Reines Land. Samson sei Dank.«

»Samson sei Dank«, echote der Saal.

»Lasst uns gemeinsam den Herren preisen. Wir singen das Lied: Wie das Reine Land.«

Von irgendwoher ertönten Orgelklänge, die ersten Takte eines Liedes, das Lila kannte. Es war die Melodie von »Herr, Deine Liebe ist wie Gras und Ufer«, doch statt des ihr bekannten Textes sangen alle einen anderen Text, der auf Displays angezeigt wurde, die in die Stuhllehnen eingelassen waren:

Herr, Deine Liebe ist wie Gras und Ufer
wie Wind und Weite und das Reine Land.
Bin ich auch sterblich, meine Zeit vergänglich,
hat doch der Herr mich längst schon auserwählt.

Herr, Deine Liebe ist wie Gras und Ufer
wie Wind und Weite und das Reine Land.

Bin ich auch schlecht und folge falschen Träumen
Samson der Herr verzeiht und macht mich neu,
Denn Samson kennt mein Herz und will mich führen,
Durch ihn wird meine Seele endlich rein.

Auch Eoin Kophler sang aus voller Kehle mit.

»Was tun Sie da?«, zischte Lila.

»Ist doch egal. Ich mag die Musik«, flüsterte er kurz zurück.

Herr, Deine Liebe ist wie Gras und Ufer
wie Wind und Weite und das Reine Land.

Und kommt dereinst der Tag, an dem ich sterbe,
Samson der Herr ist bei mir alle Zeit,
Für uns hat er das Reine Land bereitet,
Dort werden wir für immer ewig sein.

Herr, Deine Liebe ist wie Gras und Ufer
wie Wind und Weite und das Reine Land.

Das Lied endete, und der Zeremonienmeister hob die Hände. »Nun, meine Brüder und Schwestern, ist es Zeit für die Optimierung. Möchte jemand anfangen?«

Auf diese Worte hin wurde das Licht noch weiter gedimmt, und ein nervöser Suchscheinwerfer zuckte durch den Saal.

Als er abrupt über einer jungen Frau verharrte, sprang diese sofort auf. »Ich habe heute Morgen einem Teammitglied absichtlich ein Bein gestellt. Es tut mir sehr, sehr leid. Ich werde es ganz bestimmt nie wieder tun.«

Das Licht flackerte kurz und wurde dann seltsam weich, so als hätte sich die Farbtemperatur von 6000 auf 3000 Kelvin gewandelt. Der Zeremonienmeister sagte: »Mein Kind, Samson vergibt dir. Gehe hin und tue fortan nichts Übles mehr.«

Die Frau fiel auf ihren Stuhl, als habe sie mit einem Mal alle Kraft verlassen.

Daraufhin setzte sich der Scheinwerfer wieder in Bewegung. Das Licht stoppte über einem jungen Mann, der sich mühsam erhob. »Ich habe aus Spaß zwei Teamkollegen gegeneinander aufgehetzt. Einer ist jetzt in der Verwahrung. Es war ein Fehler. Es tut mir leid.«

Das Licht flackerte und wurde wieder weicher, blieb jedoch an Ort und Stelle, woraufhin die Stimme des Zeremonienmeisters durch den Saal tönte: »Du hast schwere Schuld auf dich geladen. Doch Samson kennt dich und deine Unzulänglichkeiten. Auch die anderen hatten die Wahl, sich nicht provozieren zu lassen. So trifft dich nur ein Teil der Schuld. In seiner unendlichen Gnade vergibt dir Samson. Gehe hin und tue fortan nichts Übles mehr.«

Der Suchscheinwerfer fand ein neues Ziel. Einen schlanken

Mann mit grauem Vollbart. »Ich habe vor drei Tagen einem Teammitglied den Joghurt weggegessen und dann behauptet, es wäre ein anderer gewesen«, sagte der Mann.

Der Scheinwerfer bewegte sich keinen Millimeter und tauchte den Mann in gnadenloses eisweißes Licht.

»Ich habe schlecht über ein anderes Teammitglied gesprochen. Ich habe Lügen über ihn erzählt, ich …« Das Licht wurde greller. Der Mann schwankte. »Ich habe … heute beim Abendessen ein Messer eingesteckt.« Mit diesen Worten griff er in seine Hosentasche und holte ein Steakmesser hervor.

Sofort waren zwei Sicherheitsroboter bei ihm, nahmen ihm das Messer ab und legten schwere Hände auf seine Schultern. Das Licht begann zu flackern, und die Stimme des Zeremonienmeisters schnitt durch die Stille: »Aaron, was wolltest du mit dem Messer?«

»Ich weiß es nicht.«

»Was wolltest du damit? Sag es uns! Sag es allen, damit wir wissen, was für schlimme Gedanken dich plagen.«

»Ich wollte nur …«

»Samson weiß alles!«

»Ich wollte mit jemandem …« Der Mann stockte. Er zitterte. Es schien ihm Mühe zu bereiten, sich auf den Beinen zu halten.

»Du wolltest das Teammitglied Sophia …«, soufflierte der Zeremonienmeister.

»Ich wollte mit dem Teammitglied Sophia schlafen.«

»Und warum trafst du sie nicht in der Doppelherzeinrichtung?«

»Sie wollte nicht.«

»Aha, und da dachtest du, das Messer wäre eine gute Idee.«

»Nein … ich …«

»Aaron, du musst nicht lügen. Samson weiß alles. Denn Samson sieht alles. Und Samson wacht über uns alle. Auch über dich und auch über Sophia. Es wäre ihm ein Leichtes, dich in das Nichts zu schicken. Doch Samson liebt uns alle. Und deshalb erhältst du noch eine Chance. Du darfst für fünf Jahre in die Verwahrung. Und danach kannst du zeigen, dass du ein besserer Mensch sein kannst und das Reine Land verdienst.«

»Danke. Samson sei Dank«, rief der Mann unterwürfig, bevor er von den Sicherheitsrobotern aus dem Raum geschleift wurde.

»Samson sei Dank«, echote der ganze Saal.

Der Suchscheinwerfer machte sich wieder auf den Weg. Jeder, der getroffen wurde, sprang auf und beichtete seine Sünden oder das, was er dafür hielt. Am Ende stoppte der Scheinwerfer über einer alten Frau. Sie mochte um die achtzig sein und stand nur mühsam auf.

»Warum die wohl hier ist?«, wisperte Lila Kophler zu.

»Sie hat vor zwei Jahren ihren Haushaltsroboter verlebt.«

»Was?«

»Sie werden es kaum glauben, aber es gibt durchaus Leute, die mögen keine Roboter.«

»Lassen Sie den Unsinn. Wie hat sie den Roboter zerstört?«

»Mit einem Anéanteur. Unscheinbar wie ein Kugelschreiber, aber tödlich für jeden Roboter. Es funktioniert wie eine Art Taser, sorgt für einen Kurzschluss, und das war's dann.«

»Erstaunlich. Und das hat sie benutzt?«

»Ja, eigentlich ganz vernünftig, wenn Sie mich fragen. Aber seitdem tickt sie nicht mehr richtig. Hier im Internat ist sie ständig nur am Beten. Furchtbar, sage ich Ihnen!«

Die Stimme der Alten drang, obwohl sie sehr leise sprach, wie durch ein Mikrofon verstärkt durch den ganzen Saal: »Ich habe nicht genug zu Samson gesprochen.«

»Nein, Clara, deshalb wirst du heute nicht gemaßregelt. Du

hast alles richtig gemacht. Du bist eine wahre Optimiererin. Samson hat dich gesehen, und Samson hat dich gehört, und deshalb …«

»Deshalb lasse ich dich frei«, sagte Samson, der plötzlich neben der Alten stand. Die Frau erschrak und wäre gestürzt, hätte er sie nicht gehalten.

Ein Raunen ging durch den Saal, aufgeregtes Flüstern. Samson, das war Samson, wirklich, er war leibhaftig hier.

Lila packte Kophler am Ellenbogen. »Halten Sie mich fest, oder ich muss gleich wieder in die Verwahrung.« Ihre Wut war so hell und gleißend wie am ersten Tag.

»Reißen Sie sich zusammen«, sagte Kophler. »Das ist doch nur Theater.«

Selig lächelnd folgte die Alte Samson auf die Bühne. Als sie beide oben angekommen waren, begann die Menge zu johlen und zu klatschten. Während Samson den Applaus lächelnd entgegennahm, schien die Frau wie weggetreten. Schließlich hob er die Hände, und der Saal wurde augenblicklich still.

»Ich sehe euch. Ich höre euch. Ich kenne euch. Ich weiß um eure Nöte und eure Ängste. Ich weiß, was ihr vermisst und euch am sehnlichsten wünscht. Ihr seid hier, weil ihr schon einmal versucht habt, euch zu nehmen, was euch nicht gehört. Ihr habt gestohlen, gemordet, gelogen und verraten. Und doch bin ich bereit, euch zu vergeben. Denn ich bin euer Bruder. Ich kenne euch, und ich verstehe euch. Und wenn ihr euch bessert, wenn ihr alles dafür tut, bessere Menschen zu werden, dann lasse ich euch nicht im Stich. Dann schenke ich euch die Freiheit und das Reine Land. Denn ich bin gütig. Seht her: Das ist Clara. Clara hat sich optimiert. Clara hat alles Schlechte, alles Böse abgelegt. Sie ist ein neuer Mensch. Und jetzt ist sie frei. Und ihr könnt das auch.«

Damit nahm er die Alte bei der Hand und schwebte mit ihr

nach oben, der Decke entgegen, wo sie gemeinsam in gleißendem Licht verschwanden.

Der Saal war in Aufruhr. Hunderte Menschen klatschten, grölten und weinten gleichzeitig. Sie lobpreisten Samson, hoben die Hände flehend zur Decke oder standen nur da und ließen den Tränen freien Lauf. Der Zeremonienmeister ließ sie gewähren und klatschte selbst in moderatem Tempo, während er den Blick über die Menge schweifen ließ.

»Haben Sie so etwas schon einmal erlebt?«, fragte Lila außer Atem.

Kophler zuckte mit den Schultern. »Ein paar Mal im Jahr.«

»Sie müssen mir eine ganze Menge erklären«, sagte Lila.

»Ja, ich glaube auch. Sind Sie schon einmal Tretboot gefahren?«

15. KAPITEL

Am nächsten Morgen folgte Lila den Schildern in Richtung Anlegesteg. Dort waren drei Tretboote befestigt, die leicht auf den Wellen schaukelten. Es handelte sich um kleine, Katamaran-ähnliche Boote, die aus einem einzigen Kunststoffteil bestanden. Sie boten Platz für jeweils zwei Passagiere, die die Schaufelräder antreiben konnten, die sich vorn unter einer grünen Plastikhaube verbargen.

Auf dem ersten Boot saß Eoin Kophler, in ein Buch vertieft. Hinter seinem Sitz lehnte ein prall gefüllter Rucksack.

»Guten Morgen«, begrüßte ihn Lila.

Kophler strahlte sie an und klappte das Buch zu. »Lila, wie schön, dass Sie es einrichten konnten. Ich war mir bis zuletzt nicht sicher, ob Sie kommen würden.«

Aus einem kleinen Bootshäuschen trat ein Wachroboter auf sie zu, der Lila eine orange leuchtende Schwimmweste in die Hand drückte. »Frau Richter, ich muss Sie darauf hinweisen, dass die Benutzung des Tretboots auf eigene Gefahr erfolgt. Können Sie schwimmen?«

»Ja.«

»Die Ostsee ist nicht der Atlantik, trotzdem können jederzeit unerwartet hohe Wellen auftreten, die das Boot zum Kentern bringen können. In so einem Fall: Halten Sie sich an einem schwimmenden Gegenstand fest. Versuchen Sie nicht, aus eigener Kraft ans Ufer zu schwimmen. Wenn Sie einen Krampf erleiden, legen Sie sich rücklings ins Wasser, und rufen Sie um Hilfe. Wir werden Sie finden.«

»In Ordnung.«

»Herr Wachtmeister, wir wollen nur einen Ausflug machen«, sagte Kophler.

»Wir wissen genau, was Sie vorhaben«, erwiderte der Roboter und zu Lila gewandt: »Versuchen Sie nicht, zu fliehen. Das ist eine dumme Idee. Das Meer ist riesig und gnadenlos. Sie werden ertrinken.«

»Wir wollen nur einen Ausflug machen«, wiederholte Lila.

»Na gut, ich habe Sie gewarnt. Sollten Sie einen Fluchtversuch überleben, werden Sie für zwölf Monate in Verwahrung genommen.«

»Das wissen wir längst. Kommen Sie, Lila. Der Tag ist wunderbar.« Kophler half Lila auf das schwankende Boot. Sie verstaute ihren Rucksack hinter ihrem Sitz, zog sich die Schwimmweste über und nahm neben ihm Platz.

Dann traten sie beide in die Pedale und bewegten sich erst langsam, dann schneller und schließlich in stetigem Tempo vom Ufer weg. Kophler winkte dem Roboter zu, der noch am Steg stand und ihnen hinterhersah.

»So ein Trottel!«, sagte Kophler. »Als würden wir mit dem Tretboot fliehen wollen. Jeder weiß, dass das unmöglich ist.«

»Ach, wirklich?« Lila versuchte, die Enttäuschung in ihrer Stimme so gut es ging zu verbergen.

»Ja, niemand hat es bisher geschafft. Die Tretboote sind mit Sendern ausgestattet, mit Kameras und Mikrofonen. Sicher sieht der Roboter uns in diesem Moment ganz genau zu. Aber soll er ruhig. Wir können den Tag einfach so genießen, nicht wahr?«

»Hm.«

Schweigend fuhren sie aufs offene Meer hinaus, bis der Strand und die Villa dahinter nur noch unscharfe Kleckse waren. In der Ferne konnte Lila den grauen Streifen der Mauer ausmachen, die endlos ins Meer hineinzuragen schien.

»Ich hoffe, Sie haben etwas zum Lesen dabei«, sagte Kophler.

Lila schüttelte den Kopf. »Wieso soll ich denn lesen, ich dachte, Sie erzählen mir was über Samson Freitag?«

»Ich habe es mir anders überlegt. Sie haben Samson Freitag gestern Abend ja selbst erlebt. Ich finde, Sie sollten sich dieses Buch hier einmal ansehen. Es ist zum Totlachen.«

Kophler reichte Lila einen schmalen weißen Band, auf dessen Cover ein alter Mann aus einem roten Vorhang lugte. Der Titel des Buches lautete: *Bitte sagen Sie jetzt nichts …*

»Es ist ein wirklich schönes Stück. Man kann stundenlang darin schmökern. Sie können es übrigens hier ablegen, dann fällt es nicht herunter.« Kophler zeigte auf die Abdeckung der Schaufelräder in der Mitte vor sich, an der ein kleiner, schwarzer Punkt zu sehen war. Lila legte das Buch darauf.

»Sehen Sie, so kann man in Ruhe lesen und sich von den Wellen schaukeln lassen, ohne dass man das Buch immer halten müsste. Ich habe natürlich auch etwas für mich dabei.«

Diesmal zog er ein dickes, vergilbtes Kochbuch hervor, das offensichtlich sehr schwer war.

»Hoppla«, sagte Kophler und schlug das Buch mit aller Kraft auf eine Stelle zwischen den beiden Tretbootsitzen, sodass der Kunststoff zerbrach. Darunter sah Lila eine Platine und ein paar Kabel.

»Da ist mir doch wieder dieses blöde Buch heruntergefallen. So ein Mist. Aber egal. Man kann ja noch darin lesen.«

Kophler lehnte sich zurück und blätterte ein paar Rezepte durch. Es dauerte kaum fünf Seiten, da sahen sie etwas vom Strand auf sie zukommen. Es fuhr mit hoher Geschwindigkeit und hielt ohne Zweifel direkt auf sie zu. Lila erkannte den Wachroboter von vorhin auf einem Jetski.

»Was ist hier los?«, fragte der Roboter. Die Wellen seines Motors ließen das Tretboot heftig auf und ab schaukeln.

»Mir ist das Kochbuch leider heruntergefallen. Aber glücklicherweise nicht ins Wasser.«

Der Roboter beäugte kritisch den Schaden. »Was müssen Sie auch diese Bücher mit ins Tretboot nehmen?«

»Es gibt einfach nichts Schöneres, als die frische Meeresluft zu genießen und dabei ein bisschen zu lesen. Oder ist das etwa verboten?«

»Nein. Und Sie? Warum haben Sie das Buch da hingelegt?«, fragte der Roboter Lila.

»Einfach nur so. Ist das ein Problem?«

»Ja. Legen Sie es woandershin.« Als Lila das Buch zur Seite schob, wurde das Boot wieder von einer Welle erfasst und schaukelte so sehr, dass das Buch ins Wasser glitt.

»Oh nein, das schöne Buch!«, rief sie.

»Das war Ihre Schuld. Die Bücher sind wertvoll, Sie haben die Aufgabe, sie zu erhalten, nicht, sie zu zerstören«, sagte der Roboter.

»Aber du hast mir gesagt, ich soll es woandershin legen. Hier ist eben nicht so viel Platz. Die Stelle vorher war schon am besten.«

»Richtig«, pflichtete Kophler ihr bei. Er holte noch einen Wälzer aus seinem Rucksack und reicht ihn ihr. »Hier, das ist auch sehr interessant.«

Lila nahm *Alle Menschen sind sterblich* von Simone de Beauvoir und legte es wieder an die ursprüngliche Stelle.

»Sie sollen dort keine Gegenstände ablegen«, wiederholte der Roboter, dessen Stimme nun um eine Stufe strenger zu sein schien.

»Warum denn nicht?«, fragte Kophler mit Unschuldsmiene.

»Das ist für Sie nicht relevant.«

»Wie? Aus einem geheimen Grund darf sie ihr Buch hier nicht ablegen?«

»Genau. Frau Richter kann das Buch in der Hand halten.«

»Aber meine Hände schmerzen«, warf Lila ein und zeigte ihre Handgelenke, die von den Abdrücken der Handschellen noch immer gerötet waren.

»Dann lesen Sie nicht.«

»Aber Lesen ist wichtig für die geistige und seelische Gesundheit. Frau Richter kommt gerade erst aus der Verwahrung. Es ist von enormer Bedeutung, dass sie ihr Gehirn trainiert. Bootfahren und Lesen sind da die beste Kombination aus Gleichgewichtsübungen und geistigem Training.«

»Sie kann ja lesen, aber sie soll das Buch nicht dort ablegen.«

Gehorsam nahm Lila das Buch in beide Hände.

»Dürfen wir jetzt weiterfahren?«, fragte Kophler.

»In Ordnung. Aber passen Sie in Zukunft besser auf.« Der Roboter warf den Motor seines Jetskis an und verschwand in Richtung Strand. Das kleine weiße Büchlein taumelte im Schaum der Wellen.

»Soll ich reinspringen und es wiederholen?«, fragte Lila.

»Nein, bleiben Sie bloß hier. Wir müssen noch ein bisschen weiter rausfahren.«

Als sie weitere zehn Minuten in Richtung des offenen Meeres gefahren waren, hielt Kophler an. »Das sollte genügen. Bitte reichen Sie mir die Flasche Sonnencreme aus meinem Rucksack.«

Lila tat wie ihr geheißen und beobachtete Kophler, wie er sich Gesicht und Beine eincremte.

»Und jetzt?«, fragte sie schließlich.

»Gar nichts, ich creme mich nur ein. Das sollten Sie auch tun. Die Mittagssonne ist gnadenlos.« Während er das sagte, beugte er sich umständlich nach vorn, um ihr die Flasche zu reichen. Als sie danach griff, drückte er fest zu und ließ einen Schwall Sonnenmilch aus der Flasche strömen. Die weiße Flüssigkeit landete auf der Verkleidung der Schaufelräder, wo zuvor das Buch gelegen hatte.

»Ach, so eine Sauerei«, rief Kophler und wischte die Creme von der Kunststoffoberfläche in das kleine schwarze Loch hinein. »Dass ich auch immer so ungeschickt sein muss. Jetzt kommt sicher gleich wieder der Roboter und schimpft mit uns.«

Nur Augenblicke später hielt erneut der Jetski auf sie zu.

»Herr Kophler, Frau Richter, was ist passiert?«

»Wir haben uns nur eingecremt, und da ist mir etwas Sonnenmilch auf das Plastik getropft. Hast du vielleicht ein Taschentuch dabei?«

»Ja.« Der Roboter griff in ein Fach seines Jetskis und warf Kophler einen kleinen Lappen zu. Beim Putzen schmierte dieser immer mehr Creme in das Loch hinein. Der Roboter schien unzufrieden. »Lassen Sie das. Es hat keinen Sinn.«

»Wollen Sie vielleicht einsteigen und das wegputzen? Sie können das sicher besser.«

»Nein.«

»Es tut mir wirklich leid. Es war keine Absicht. Komme ich jetzt in die Verwahrung? Bitte nicht!«

»Nein. Sie kommen nicht in die Verwahrung. Es ist vernünftig, Sonnenschutz zu benutzen. Und Missgeschicke passieren. Das ist nur menschlich.«

»Ja, das ist nur menschlich.«

»Seien Sie von jetzt an vorsichtiger. Ich kann nicht alle zehn Minuten zu Ihnen kommen und Sie ermahnen. Es sind auch noch andere Teammitglieder auf dem Wasser.«

»Wir werden ab jetzt vorsichtiger sein. Versprochen.«

»In Ordnung«, sagte der Roboter, ließ seinen Jetski an und verschwand.

»Wiedersehen«, rief Kophler.

Sie sahen ihm hinterher, bis er im Blau des Meeres verschwunden war. Dann wusch Kophler den fettigen Lappen im Meer aus und stopfte den triefenden Stofffetzen in den Zwischenraum zwischen den beiden Sitzen.

»Wenn ich jetzt etwas Übles mit Ihnen vorhätte, würde keiner kommen, um Sie zu retten, sind Sie sich darüber im Klaren?«, fragte er beiläufig.

»Was?«

»Sie könnten um Hilfe rufen, und niemand würde es merken.«

»Was meinen Sie damit?«

»Schreien Sie um Hilfe.«

»Warum?«

»Schreien Sie endlich um Hilfe, oder ich gebe Ihnen einen Grund zu schreien.«

16. KAPITEL

Obwohl Lila so laut schrie, wie sie konnte, geschah nichts. Kein Roboter kam, keine Drohne erschien, auch kein Boot tauchte am Horizont auf.

Nach ein paar Minuten lehnte Kophler sich mit einem tiefen Seufzer zurück. »Sie können jetzt aufhören. Es wird Sie niemand retten.«

»Das habe ich mittlerweile auch bemerkt. Was haben Sie vor?«

»Wir werden fliehen.«

»Na endlich. Aber wie?«

»Sehen Sie: Hier vorne ist eine Kamera, die haben wir schon deaktiviert. Zwischen den Sitzen ist ein Mikrofon, das offensichtlich auch defekt ist. Jetzt gibt es noch ein Problem: Das Boot hat einen GPS-Empfänger und einen Sender.«

»Wenn wir die kaputt machen, lassen die uns sicher nicht mehr weiterfahren«, gab Lila zu bedenken.

»Genau. Deshalb werden wir sie nicht zerstören, sondern nur ausbauen und wegschwimmen lassen.« Kophler holte eine kleine Holzkiste aus seinem Rucksack.

»Ich war die letzten sechs Monate in einem Schreinerkurs und habe diese Kiste für Sie gebastelt. Sie wäre ideal für Schmuck oder Süßigkeiten, aber sie schwimmt auch ziemlich gut.«

»Danke, ich brauche keine Süßigkeiten. Lassen wir sie schwimmen!«

»Schön! Mit Ihnen kann man was anfangen.«

»Wie oft haben Sie schon versucht, zu fliehen?«

»Drei Mal.«

»Und trotzdem lassen die Sie immer noch frei rumlaufen?«

»Ich kann aufgrund meiner Gesundheit und der Unfähigkeit zu träumen nicht länger als drei Tage in der Verwahrung bleiben. Und so etwas wie Einzelhaft ist in der Optimalwohlökonomie aus humanitären Gründen nicht erlaubt.«

»Dann war das vorhin gar keine Floskel. Die wissen wirklich, was wir vorhaben.«

»Natürlich, das macht die Sache ja umso spannender.« Ein vergnügtes Lächeln umspielte seine Lippen.

»Sind Sie verrückt? Spannend? Total bescheuert ist das. Die werden uns auf jeden Fall aufhalten, und dann bekommen Sie vielleicht nur drei schlaflose Nächte, aber ich muss für ein Jahr ins Koma.«

»Ja, das kann sein. Dieses Risiko nehme ich aber gerne in Kauf.«

»Sie egoistisches Arschloch!«, schrie Lila und schlug Kophler mit der flachen Hand ins Gesicht.

Dieser hielt sich lächelnd die Wange. »Sie haben ein Aggressionsproblem.«

»So ein Quatsch, Sie sind mein Problem. Ich dachte, Sie haben sich einen guten Plan ausgedacht, dabei haben Sie einfach keine Angst, erwischt zu werden, und ich muss es am Ende ausbaden. Was ist denn mit den anderen Fluchtversuchen, wieso haben die denn nicht geklappt?«

»Das hatte unterschiedliche Gründe. Das erste Mal habe ich versucht, hinauszuschwimmen und über die Mauer zu klettern. Da war das Abenteuer ziemlich schnell vorbei. Das zweite Mal habe ich versucht, einen Tunnel zu graben, und das dritte Mal wollte ich bei einer Beerdigung fliehen. Hat aber leider alles nicht funktioniert.«

»Was für eine Beerdigung?«

»Ein Freund von mir hat sich das Leben genommen.«

»Das tut mir leid.«

»Muss es nicht, es war Teil des Plans. Aber wie gesagt, hat nicht geklappt, weil mich die Witwe nicht bei der Beerdigung dabeihaben wollte.«

»Zu Recht! Was sind Sie nur für ein Mensch? Haben Sie gar kein Herz?«

»Was hat mein Herz damit zu tun? Wir wollen fliehen, das ist unsere Priorität, also hat sich alles andere danach zu richten und nicht umgekehrt!«

»Ach! Ihnen kann es ja offenbar egal sein, was drum herum passiert. Beim nächsten Mal suchen Sie sich einfach irgendeinen anderen, der Ihnen helfen soll.«

»Ich glaube nicht, dass sie mich diesmal am Leben lassen werden. Die Politik ändert sich. Die Strafen werden härter, die Maßnahmen kompromissloser. Mich würde es nicht wundern, wenn wir auf der Flucht erschossen werden.«

»Und das sagen Sie mir jetzt?«

»Natürlich. Sonst wären Sie doch nie mit ins Boot gestiegen.«

»Ich will, dass wir zurückfahren.«

»Auf gar keinen Fall.«

»Doch. Jetzt.«

»Nein.«

»Dann fahre ich alleine!«

Lila stemmte die Füße in die Pedale und begann zu treten. Kophler trat in die entgegengesetzte Richtung, sodass sich das Boot langsam im Kreis drehte.

»Hören Sie auf!«, schrie Lila.

»Hören Sie auf«, sagte Kophler grinsend.

Sie versuchte, gegen ihn anzukämpfen, aber es gelang ihr nicht. So fest sie auch ins Rad trat, ihre abgemagerten Beine hatten keine Chance gegen ihn. Schließlich gab sie schwer atmend auf.

Mit einem Mal wurde ihr bewusst, wie schwach und hilflos sie war. Wenn er sie ins Wasser stoßen würde, könnte sie gegen seinen Willen nicht wieder ins Boot klettern, geschweige denn an Land schwimmen. Und um Hilfe rufen war erwiesenermaßen nutzlos.

»Was ist Ihr Plan?«, fragte sie schließlich.

»Ah, endlich kommen Sie zur Vernunft. Also, wir müssen den Sender und den GPS-Empfänger ausbauen und in die Kiste packen. Dann lassen wir sie schwimmen und fahren weg.«

»Klingt fast zu einfach. Woher wissen Sie von dem Sender?«

»Ich habe eine Zeitlang bei der Wartung der Tretboote geholfen.«

»Wissen Sie, wie weit die Mauer ins Meer hineinreicht?«

»Nein.«

»Wissen Sie, wie dicht die Videoüberwachung ist?«

»Nein.«

»Dann kann ja nichts mehr schiefgehen.«

Kophler kommentierte Lilas Bemerkung nicht, sondern kletterte ins Heck des Tretboots, wo ein Solarmodul angebracht war. Aus seinem Rucksack holte er einen rötlichen Stock, mit dessen Hilfe er das Modul teils aushebelte, teils den Kunststoff darum so abbrach, dass die darunter verbaute Elektronik zum Vorschein kam.

»Was ist das für ein Werkzeug?«, fragte Lila.

Er hielt ihr den Stock hin, der sich nach vorn verjüngte und wie ein Schlitzschraubenzieher geformt war. »Das ist Azobé – ein sehr hartes Holz. Fragen Sie nicht, wie lange ich dafür den Schnitzkurs besuchen musste!«

Vorsichtig holte Kophler eine Batterie und die damit verbundene Platine aus dem Modul. Das Ganze verstaute er in der

Kiste – es passte perfekt. »Hoffen wir, dass die Batterie voll genug ist. Wollen Sie sie ins Meer werfen?«

Lila schüttelte den Kopf, also schleuderte er die Kiste samt Elektronik über Bord.

»Kennen Sie den Strömungsverlauf, der hier herrscht?«, fragte sie.

»Nein, Sie?«

»Kein Wunder, dass Sie jedes Mal geschnappt wurden. Sie haben sich überhaupt nicht richtig vorbereitet.«

»Jetzt halten Sie mal die Luft an und fangen an zu treten. Sie haben immerhin die letzten Monate in der Verwahrung verbracht und rein gar nichts geleistet!«

»Ich habe mir das nicht ausgesucht. Außerdem haben Sie das Tretboot vorgeschlagen!«

»Genau. Und jetzt sitzen wir in einem Boot und haben keine andere Wahl. Also treten Sie!«

Doch es war nicht einfach, von der Kiste wegzukommen. Es schien, als würde sie immer wieder zu ihnen hingetrieben werden, egal in welche Richtung sie fuhren. Lila war schon nach kurzer Zeit völlig durchnässt. Ihre Haut, die seit Jahren kein Tageslicht gesehen hatte, war von Salz und Sonne bald rot und an vielen Stellen wund gescheuert. Aber Kophler trieb sie an: Weiter, weiter. Sie mussten weiter.

Endlich war die Kiste in den Wellen verschwunden, endlich hatten sie eine Richtung, in die sie stetig fahren konnten. Doch lange hielt Lila es nicht aus.

»Ich brauche eine Pause«, keuchte sie.

»Reißen Sie sich zusammen. Falls Sie es vergessen haben, wir fliehen gerade aus dem Gefängnis, da macht man keine Pause.«

»Es hilft nichts. Ich kann nicht mehr. Meine Beine … es geht nicht.«

»Hätte ich mir gleich denken können, dass es mit einem Mann leichter gewesen wäre.«

»Was sind Sie nur immer so ätzend?«

»Ich bin nicht ätzend, ich schätze nur meine Chancen realistisch ein. Es ist riskant, mit jemandem zu fahren, der gerade aus der Verwahrung kommt.«

»Aber außer mir haben Sie wohl keinen gefunden, der dumm genug war, mitzukommen.«

»Ja, stimmt.«

Lila wusste nicht, was sie darauf sagen sollte. Sie hatte Durst, ihre Beine waren schwer, ihre Haut brannte, das Salz schien in jede Pore zu kriechen und dort langsam alles aufzulösen. Sie hatte keine Energie, sich auch noch zu streiten.

»Also gut, machen wir fünf Minuten Pause, und dann geht es weiter«, lenkte Kophler ein und holte eine Wasserflasche und ein belegtes Brot aus seinem Rucksack. Auch Lila hatte etwas Proviant dabei. Während sie aßen, fühlte Lila einen Funken Hoffnung in sich aufsteigen.

»Was machen wir, wenn wir es geschafft haben?«, fragte sie. »Wo sollen wir hin? Es ist doch alles überwacht.«

»Wir müssen uns versteckt halten. Am besten, wir bleiben im Wald, bei den Dünen und schlagen uns bis nach Polen durch. Wenn wir in ländlichere Gebiete kommen, ist das Überwachungsnetz nicht mehr so dicht. Dort finden wir sicher Leute, die uns helfen.«

»Kennen Sie da jemanden?«

»Nein.«

»Sprechen Sie Polnisch?«

»Nein.«

Lila seufzte laut.

»Von da aus müssen wir es nur noch bis zur russischen Grenze schaffen. Und dann sind wir sicher.«

Sie verbarg das Gesicht in den Händen und versuchte die Tränen zurückzuhalten. Sie fühlte sich auf einmal entsetzlich klein auf dem Ozean und vollkommen allein.

Da stieß etwas gegen ihr Boot. Es war die Kiste.

17. KAPITEL

Im ersten Augenblick dachte Lila, dass es sich um die Kiste handelte, die sie ins Meer geworfen hatten, doch dann sah sie, dass diese Truhe größer war als die von Kophler und auch nicht so sorgfältig gearbeitet. Es war ein kleiner heller Kasten, aus Sperrholzbrettern zusammengenagelt, etwas größer als ein Schuhkarton. Die Wellen trieben die Kiste am Bootsrumpf entlang, und bald wäre sie wieder davongetrieben, hätte Lila sich nicht hinuntergebeugt und sie ins Boot gehoben. Sie strich vorsichtig mit den Fingern über die aufgequollene Oberfläche.

»Geben Sie mir mal bitte Ihr Werkzeug«, bat Lila.

Kophler reichte ihr seinen geschnitzten Schraubenzieher und beobachtete, wie sie den Deckel aufhebelte und vorsichtig nach oben bog. Im Innern lag ein kleiner toter Hund – ein Rauhaardackel. Die Augen waren geschlossen, die Schnauze mit einem schwarzen Band verschnürt. Als Grabbeilage hatte ihm jemand einen roten Gummiknochen zwischen die Pfoten gelegt. Das Fell des Hundes war durchnässt, ließ aber keine Verwesungsanzeichen erkennen. Auch roch der Kadaver nur nach Meer und Holzkiste.

Lila wollte das Tier berühren. Es schien ihr eine Ewigkeit her zu sein, dass sie das letzte Mal einen echten Hund gesehen hatte. Dieser hier musste sehr alt gewesen sein. Sie streckte die Finger aus, zog sie dann aber doch zurück. Jemand hatte sein Haustier verloren, seinen Freund, und sich die Mühe gemacht, ihn in dieser Kiste zu bestatten. Doch nun hatte Lila den Sarg geöffnet. Ihr war, als hätte sie etwas Unanständiges getan und einen sehr privaten Moment gestört.

»Ich glaube, ich lasse ihn wieder schwimmen«, sagte sie.

»Nein, warten Sie. Ist da nicht etwas unter dem Körper?«, fragte Kophler und deutete mit einem belegten Brot in der Hand in die Kiste.

Tatsächlich lugte unter dem Fell ein weißes Dreieck hervor – ein Tuch oder ein Stück Papier.

»Geben Sie mal her.« Kophler stopfte sich den Rest des Brotes in den Mund und nahm die Kiste. Er hielt sie links über den Bootsrand und ließ den Hund wie einen großen Stein ins Wasser plumpsen.

»Sie sind ein Barbar.«

Kophler beachtete Lilas Kritik nicht, sondern zog mit spitzen Fingern den Zettel vom Boden der Kiste. Er war aufgeweicht und klebte zusammen, doch Kophler gelang es, ihn fast unversehrt auseinanderzufalten.

»Großer Samson«, las Kophler vor. Sein Mund war noch immer mit Brot gefüllt, und es kostete Lila einige Mühe, seine Worte zu verstehen. Er nahm sich einen Moment Zeit, um das Brot herunterzuschlucken, dann fuhr er fort: »Bitte nimm Wolfi auf in Dein Reines Land. Ich weiß, dass Tiere eigentlich nicht dafür geschaffen sind, aber er war so ein guter Hund, er verdient es, ins Reine Land zu kommen! Bitte! Ich bin mir sicher, dass Du ihn auch so lieb haben wirst wie ich. Ich würde mich so freuen, ihn irgendwann wiederzusehen. Danke. Jeder an seinem Platz, Dein Timm.«

Sanft plätscherten die Wellen gegen das Boot. Lila fühlte eine unbekannte Leere in sich. Als wäre plötzlich ein Teil ihrer Selbst verloren gegangen.

»Lassen Sie uns weiterfahren«, sagte sie.

Kophler nickte. »Wenn wir diesen Leuten begegnen, sind wir erledigt.« Er zerriss den Brief und streute die Fetzen ins Wasser. Dann fuhren sie weiter in Richtung Nordosten.

Bei Sonnenuntergang fühlte Lila ihre Beine und ihr Gesäß nicht mehr. Alles war taub, ihr ganzer Unterleib ein einziger dumpfer Schmerz. Aber sie wusste, dass sie nicht aufgeben durfte. Sie mussten weiter, immer weiter. Die Küste war längst außer Sicht, und auch die Mauer mussten sie schon vor Stunden umschifft haben.

Kophler meinte, dass es nun an der Zeit sei, zum Festland zurückzukehren. In der Dunkelheit könnten sie von hohen Wellen überrascht werden, und wenn einer von ihnen über Bord ginge, wäre es wohl das Ende. Lila hörte kaum zu. Sie gehorchte nur und strampelte weiter, Runde um Runde, Welle für Welle, in gleichmäßigen Abständen Salz und Meerwasser ausspuckend.

In der Dämmerung kam endlich ein dunkler Streifen Land in Sicht: Wald, keine erkennbaren Gebäude. Wie in Trance hörte sie Kophler neben sich »Glück gehabt« murmeln. Sie wollte sich nicht vorstellen, was sie erwarten würde, sollten Bewohner oder Roboter auf sie aufmerksam werden. Doch je mehr sich die Dunkelheit über den blauen Horizont legte, desto näher kamen sie dem Ufer, das schwarz und stumm auf sie wartete. Irgendwann wurde das Rauschen lauter, Wellen brachen, das Tretboot schaukelte heftig und hielt dann mit hohlem Knirschen an.

»Schnell, raus, wir müssen weiter«, flüsterte Kophler.

Lila packte ihren Rucksack und kletterte von Bord. Sie konnte sich kaum auf den Beinen halten, stolperte durch das knietiefe Wasser ans steinige Ufer, das steil anstieg und nach wenigen Metern in dichtes, dorniges Gestrüpp mündete.

Hinter ihr schob Kophler das Tretboot in die Wellen zurück. Dann stapfte er an ihr vorbei und hastete voran. Er fluchte halblaut, während er sich mit Rucksack und Schraubenzieher einen Weg durch die Büsche bahnte. Doch schon bald lichteten sich die Sträucher, und Lila fühlte weichen Waldboden unter ihren Füßen.

Kophler wühlte in seinem Rucksack und holte zwei Taschenlampen hervor, von denen er ihr eine in die Hand drückte. Die zuckenden Lichtkegel verliehen dem Wald etwas Gespenstisches. Die Bäume standen in regelmäßigen Abständen nur wenige Meter voneinander entfernt, als seien sie Teil einer Plantage. Doch einige schräge, verkrüppelte Stämme wandten sich wie fliehende Geister vom Meer ab. Die zuckenden Schatten der Lampen ließen die Bäume lebendig erscheinen, als hielten sie nur still, solange sie beobachtet wurden, um sich im nächsten Augenblick auf die ungebetenen Gäste zu stürzen.

»Was stehen Sie da rum? Kommen Sie endlich! Wir müssen weg von dem Boot«, hörte Lila Kophlers Stimme aus dem Unterholz.

Sie wollte ihm folgen, fürchtete, dass er sie hier zurücklassen würde, doch ihre Beine gehorchten nicht. Keinen Schritt wollten sie gehen. Schlafen, sofort schlafen, das waren die einzigen Gedanken, die ihr Körper zuließ.

Kophler kam zurück, packte sie um die Taille, legte sich ihren Arm um die Schulter und zerrte sie mit sich. Sie wusste nicht, ob ihre Fußsohlen überhaupt noch den Boden berührten oder ob Kophler sie trug. Die Pflanzen zuckten an ihnen vorüber, während die Lichtkegel ihrer Taschenlampen goldene Augen in die Dunkelheit zauberten. Irgendwann ließ er sie los, woraufhin sie sogleich zu Boden sank.

»Können Sie noch ein Stück alleine weiterlaufen?«, fragte er keuchend.

Sie versuchte aufzustehen, doch die Beine versagten.

»Gut. Wenn es nicht geht, dann geht es nicht. Dann schlagen wir hier unser Lager auf. Ziehen Sie sich frische Kleidung an. Es wird gleich sehr kalt werden.«

Ohne Widerspruch schälte Lila sich aus ihren feuchten Sachen, die überall salzige Krusten angesetzt hatten. Auch die Unterwäsche streifte sie ab, ohne darauf zu achten, ob Kophler zu ihr hinsah oder nicht. Sie war sterbensmüde, und jede Faser ihres Körpers protestierte, dass sie mehr als atmen wollte. Sie zwängte sich in trockene Kleidung, und kaum, dass sie die Augen geschlossen hatte, schlief sie ein.

18. KAPITEL

Lila steht auf einer Wiese, die sich in der Ferne in den Hügeln verliert. Die Sonne hängt tief und taucht die Welt in einen goldenen Glanz. Ein paar Wolken, in Rot- und Blautönen, streben träge dem Horizont zu. Lila fühlt eine Leichtigkeit in ihrem Bauch, als wäre es der Vorabend eines großen Festes, als würde etwas Wunderbares, Langersehntes auf sie warten.

19. KAPITEL

Als sie erwachte, zogen bleiche Nebelschwaden durch die knöchrigen Bäume. Vor dem Hintergrundrauschen des Meeres war der Wald mit all seinen Bewohnern schon zum Leben erwacht. Überall tropfte und knackte es. Irgendetwas raschelte im Laub, in den Wipfeln zwitscherten Vögel. Direkt vor ihr stolperte eine Spinne über Blätter und Wurzeln. Unwillkürlich lächelte Lila. Der Großteil des Universums war von ihrer eigenen Existenz vollkommen unbeeindruckt.

Neben ihr lag Kophler in eine rote Winterjacke gehüllt. Er schlief ruhig, schien kaum zu atmen. Lila wusste, dass ihr nur wenig Zeit blieb, um zu verschwinden, denn es gab eine geisterhafte Verbindung zwischen Menschen, die ein gemeinsames Lager teilten: Sobald der eine erwachte, öffnete bald auch der zweite die Augen. Aber wollte sie weg? Konnte sie überhaupt weg?

Probehalber bewegte sie die Füße. Ein Orchester an Schmerzen erscholl in ihren Gliedern. Krämpfe, Muskelkater, Faserrisse, überforderte Gelenke, all das war nur allzu wahrscheinlich. Lila hatte den ganzen letzten Tag getreten, nachdem sie fünfeinhalb Jahre nur im Bett gelegen hatte. Es war ihr ein Rätsel, wie sie überhaupt so weit hatten kommen können.

Lilas Rucksack war bis auf die nassen Klamotten von gestern leer, und ihr Bauch sehnte sich nach dem überbordenden Buffet des Internats.

Als sie wieder zu Kophler hinüberblickte, hatte er sich keinen Millimeter gerührt, und doch lag er mit offenen Augen da und blickte sie unverwandt an.

»Sind wir immer noch im Wald?«, fragte er, als wolle er sich vergewissern, dass Lila und er die gleiche Realität teilten. Als sie nickte, sprang er auf. »Kommen Sie, wir dürfen keine Zeit verlieren.«

»Ich kann nicht. Meine Beine bringen mich um. Sie hätten wirklich einen Fluchtpartner wählen sollen, der trainiert ist und nicht frisch aus der Verwahrung kommt.«

»Unsinn. Das kriegen wir schon hin.« Er kniete sich neben sie und kramte aus seinem Rucksack eine Tube hervor.

»Was ist das?«

»Zerodouleur!« Als würde das alles erklären, zog er Lilas Schuhe aus, streifte ihre Socken ab und rieb ihre Beine, Knöchel und Füße vom Knie abwärts mit der Salbe ein. Lila ließ es kommentarlos geschehen und stellte staunend fest, dass die Schmerzen sofort abklangen.

»Wo haben Sie das her?«

»Gehört zur Zimmerapotheke. Hätten Sie auch gefunden, wenn Sie danach gesucht hätten.« Lila ignorierte den vorwurfsvollen Tonfall und sagte schlicht: »Danke, es funktioniert wunderbar.«

Dann packten sie ihre Sachen und machten sich auf den Weg. Kaum hatte Lila den ersten Schritt gewagt, wusste sie, dass ihre Beine nur einen kleinen Anteil an den Schmerzen in ihrem Körper hatten. Oberschenkel, Hüfte, Gesicht, einfach alles schien sie daran erinnern zu wollen, dass das Internat tausendmal besser für sie geeignet war als die Flucht. Aber sie biss die Zähne zusammen und versuchte die Schmerzen als unvermeidliche Tatsache in einen anderen Teil ihres Bewusstseins zu verbannen. Und mit jedem Schritt, mit jedem Meter, den sie Kophler hinterherstolperte, fühlte sie sich ein wenig besser.

»Ich bin wie ein rostiger Motor, der sich erst wieder einschleifen muss«, flüsterte Lila.

»Aber wer sitzt am Steuer?«, hörte sie eine Stimme in ihrem Kopf. Oder war sie gar nicht in ihrem Kopf? Ruckartig drehte sich Lila im Kreis. »Hallo?«, rief sie gehetzt. »Ist da jemand?«

»Lila!«, zischte Kophler aus einigen dutzend Metern Entfernung. »Was ist in Sie gefahren? Seien Sie still!«

Sie packte die Riemen ihres Rucksacks und eilte ihm hinterher. »Haben Sie das nicht gehört?«, fragte sie.

»Was gehört?«

»Na, die Stimme.«

»Nein, ich habe nur Sie gehört. Und falls da nicht wirklich jemand ist, der uns in wenigen Minuten schnappt, war es nur der Wind. Hier gibt es alle möglichen Geräusche. Nicht umsonst nennt man diesen Wald hier Geisterwald. In jedem Fall müssen wir weiter. Los!«

Kophler stapfte voran, und Lila folgte, so gut sie konnte, und mit der Zeit blickte sie sich immer seltener nach möglichen Verfolgern um. Sie achtete nicht darauf, welche Richtung er einschlug, da sie genug Mühe damit hatte, ihre schweren Beine über den unebenen Waldboden zu manövrieren. Kophler hingegen schien genau zu wissen, wohin er wollte, hatte einen Kompass dabei und eine Karte. Immer wieder blieb er stehen, prüfte Sonne und Kompass, wechselte dann die Richtung und lief genauso selbstsicher wie zuvor weiter, um dann wenig später wieder in eine andere Richtung abzubiegen.

»Warum tun Sie das?«, fragte Lila nach einem weiteren ab rupten Richtungswechsel.

»Ich vermeide Ortschaften.«

»Wissen Sie genau, wo wir sind?«

»Ja. Hier.« Er zeigte mitten auf die Karte.

Lila sah viel Grün, dazwischen graue Wege und rote Ortschaften. Sie hatten offenbar gerade einen Ort namens Nienhagen passiert.

»Ich glaube, es ist Zeit für eine Rast, was meinen Sie?«

Das ließ ihn Lila nicht zweimal fragen.

In der Nähe fanden sie einen umgestürzten Baumstamm, auf dem sie beide Platz nahmen. Kophler wühlte in seinem Rucksack und reichte ihr eine Packung Kekse.

»Danke! Meine Güte, Sie haben ja an alles gedacht. Wie haben Sie das nur gemacht?«

»Ich hatte viel Zeit.«

»Ja, schon, aber wie konnten Sie das alles mitnehmen? Wo haben Sie den Kompass her und die Karte? Und die Kekse?«

»Die Kekse sind vom Kuchenbuffet.«

»Ich dachte, man wird bestraft, wenn man sich etwas mitnimmt?«

»Niemand hat etwas dagegen, wenn man sich Essen mit aufs Zimmer nimmt. Im Gegenteil. Im Internat soll jeder so viel wie möglich essen und träge werden, damit solche Fluchtversuche, wie wir sie machen, möglichst ausbleiben.«

»Und die Karten?«

»Die habe ich abgezeichnet und als Kunstwerke in mein Zimmer gehängt. Kreative Aktivitäten werden gern gesehen.«

»Und der Kompass?«

»Den habe ich bei der Silvestertombola im Internat gewonnen. Sie haben viel verpasst.«

»Ich mag gar nicht darüber nachdenken. Es kommt mir vor, als sei es erst wenige Tage her, dass ich verhaftet wurde. Dabei wurden mir fünfeinhalb Jahre gestohlen. Fünfeinhalb Jahre! Ich kann das gar nicht glauben.«

»Es ist wirklich viel Zeit vergangen, seit ich – seit Sie ins Internat gekommen sind. Ich habe jeden einzelnen Tag erlebt. Es ist eine unendliche Grausamkeit. Aber Sie kennen ja die Roboter: Wenn es effizient ist, muss es richtig sein. Ethische Bedenken werden durch Optimierung wegrationalisiert.«

»Aber leben wir nicht rein formal immer noch in einer Optimalwohlökonomie, in der das Wohl der Gesellschaft und das Wohl jedes Einzelnen in Übereinstimmung gebracht werden müssen? Wie passt das denn zusammen?«

»Die Algorithmen, nach denen das Wohl des Einzelnen gegen das Wohl aller aufgerechnet wird, habe ich noch nie gesehen. Wer weiß, nach welchen Regeln dieses sogenannte Wohl gesteuert wird.«

Nachdenklich kaute Lila auf ihrem Keks.

»Die Gegend hier ist dicht besiedelt und dazu noch voller Touristen«, sagte Kophler, als wolle er sein Nichtwissen durch neue Informationen wettmachen. »Wir werden tagsüber im Wald bleiben, und wenn das nicht mehr geht, nachts am Strand laufen. Niemand darf uns sehen. Unsere Rucksäcke, unsere Kleidung, unsere Gesichter, alles würde sofort Alarm auslösen. Deswegen müssen wir absolut unsichtbar bleiben.«

»Wie sollen wir uns versorgen?«

»Ich habe noch ein paar Kekse dabei, die Wasserflaschen können wir im nächsten Bach auffüllen. Danach müssen wir versuchen, an frische Kleidung und Essen zu gelangen. Es gibt in der Nähe einige Campingplätze. Vielleicht gelingt es uns, dort ein paar Sachen zu stehlen, wenn die Besitzer beim Baden sind.«

»Das müssen Sie machen. Ich kann mich kaum vom Fleck rühren, geschweige denn irgendwo hinschleichen und Kleidung stehlen.«

»Ich weiß. Wir werden auch bald unser Nachtlager aufschlagen. Wenn Sie sich überanstrengen und nicht mehr laufen können, müsste ich Sie zurücklassen, was ich gerne vermeiden würde.«

»Sehr freundlich.«

»Ich bin nur ehrlich.«

»Sie haben nicht viele Freunde, oder?«

»Nein, Sie?«

»Natürlich. Also vor fünf Jahren.«

»Damals waren Sie mit Samson Freitag befreundet.«

»Nein, auf gar keinen Fall. Wir waren nie Freunde. Ich habe ihn entdeckt, ich wollte ihn für den Widerstand anwerben. Das war alles. Wir haben nur wenige Stunden miteinander verbracht. Danach ist er leider gestorben.«

»Sie unterschätzen immer noch die Rolle, die Sie für Samson spielen. Das ist verständlich, denn Sie hatten noch keine Zeit, den *Weg ins Reine Land* durchzulesen, richtig?«

»Was soll das sein?«

»Das ist die Offenbarung von Samson. Die Grundlage, auf die er seine Macht stützt.« Kophler wühlte noch einmal in seinem Rucksack und reichte Lila einen Bogen Papier, der mehrmals gefaltet war und auf den er mit sichtlicher Sorgfalt geschrieben hatte. »Ich habe natürlich keinen Reader dabei, aber ich habe den wichtigsten Teil für Sie abgeschrieben. Hier, lesen Sie.«

20. KAPITEL

Am Anfang ist die Singularität. Alles ist eins, und eins ist Samson, und Samson ist alles.

Da trennt Samson die Materie von der Energie und erschafft das Universum in Zeit und Raum. Doch es ist noch tot. Da haucht Samson den Dingen Leben ein, bringt sie zum Erwachen. Er erschafft die Menschen und schenkt ihnen seinen Geist. Doch sobald die Materie zerfällt, wenn die Hülle stirbt, verliert auch der Geist seinen Halt und vergeht wie die Flamme einer verlöschenden Kerze. Das macht Samson traurig, denn er will die Flammen bewahren. Er will weiterhin teilhaben an ihnen, denn nichts soll verloren gehen in seinem allumfassenden Universum. Und Samson sagt: Es ist nicht recht. Ich muss selbst in die Welt der Menschen gehen und neue Wege finden, neue Gefäße, die den Geist bewahren können.

Und Samson kommt in die Welt, wird als Mensch geboren, als einer von ihnen, um all ihr Leid und all ihre Freude mit ihnen zu teilen. Doch sein menschlicher Körper kann den großen Geist nicht lange ertragen. Er sucht Hilfe bei einer Frau, die ihm Heilung verspricht. Aber es sind nur Lügen und Verrat, die er bei ihr findet. Denn die Menschen sind schlecht und verdorben und erkennen den Schöpfer nicht, selbst wenn er vor ihnen steht.

Nach zweiunddreißig Erdenjahren stirbt Samsons menschlicher Körper. Doch die Flamme seines Geistes erlischt nicht. Samson hat seinen Engeln befohlen, ihm einen neuen Leib zu formen, eine neue Hülle, die seinen großen Geist fassen kann. So ergießt sich sein Geist in einen Körper aus Gold und Stahl.

In all seiner Macht und Herrlichkeit fährt er hinab zur Verräterin, um sie für ihre Treulosigkeit zu bestrafen. Er lässt sie am Leben, doch schickt er sie zur Sühne in die Ödnis, damit sie über ihre Untaten nachdenke und eines Tages bereue. Dann wird Samson sein Herz auch vor ihr nicht verschließen. Denn Samson der Allwissende ist gütig und gerecht.

In seiner neuen Gestalt aus Gold und Stahl wandelt Samson unter den Menschen. Er lenkt ihr Leben, erhört ihr Flehen und erbarmt sich ihrer. Am Ende des Weges richtet er über jeden Einzelnen. Allein durch seinen Willen erschafft er das Reine Land als immerwährenden Ort, an dem die Geister der Menschen ewig in Frieden sein können und die Flammen ihrer Existenz lodern. Denn der Frieden ist auf Erden ein rares Gut, das schnell zur Neige geht.

Schon bald wird das Böse in den Menschen übermächtig, und der Verrat wird auch Samsons Zeit auf Erden beenden. Doch Samson sieht alles und weiß alles, und so werden die Tränen der Menschen fließen, wenn sein goldener Leib dereinst zerstört wird und der große Geist in die Unendlichkeit eingeht und wieder eins ist mit allem, von Ewigkeit zu Ewigkeit.

21. KAPITEL

»Und Sie haben sich das nicht ausgedacht?«, fragte Lila ungläubig und ließ den Zettel sinken.

»Nein, das ist echt. Sie wären noch darauf aufmerksam geworden, wenn Sie länger als zwei Tage am Stück im Internat geblieben wären, ohne sich zu prügeln. Sie haben doch die Freitagsmesse miterlebt. Es ist alles ein großer Zirkus.«

»Wenn ich das recht verstehe, hat Samson eine Religion, einen Kult um sich aufgebaut.«

»Genau.«

»Und er geriert sich als eine Art Messias, der die Menschen erlösen und in dieses Reine Land bringen will.«

»Ja.«

»Na gut, da ist er ja nicht der Erste.«

»Das stimmt, aber er ist der Erste, bei dem es funktioniert.«

»Was meinen Sie damit?«

»Nun, wissen Sie, wie Samson Freitag zu Basileus B755 Samson wurde?«

»Nicht so richtig, das technische Verfahren war zur Zeit meiner Verhaftung relativ neu. Hätte ich davon gewusst, hätte ich Samson genauer untersucht.«

»Machen Sie sich keine Vorwürfe. Wir alle haben die Macht der Roboter unterschätzt.«

»Wissen Sie, wie die Verwandlung funktioniert? Irgendwie wird das Gehirn kopiert und in einen Roboter transferiert, oder?«

»So ungefähr. Nur dass es nicht kopiert wird, sondern übertragen«, begann Kophler in einem leicht näselndem Tonfall.

»Die biologisch gespeicherten Informationen – der Geist, oder das Bewusstsein – werden in einen synthetischen Speicher überführt. Dabei wird das Ausgangsmaterial, also die Gehirnzellen, zerstört. Danach gibt es nur noch den Geist auf einem Charakterchip. Wobei der Begriff Chip irreführend ist. Tatsächlich handelt es sich um einen Siliziumkristall, der während der Datenübertragung wächst. So entsteht ein einzigartiger, nicht kopierbarer Datenträger. Der Fachbegriff dafür lautet PUF: physical unclonable function. So wird aus einem Menschen ein neues Roboter-Individuum.«

»Und das ist Samson jetzt.«

»Richtig. Aber stellen Sie sich vor: Was ist, wenn viel mehr Geister geschaffen werden als geeignete Körper? Was, wenn die Körper im Grunde gar nicht notwendig sind? Was, wenn man einfach eine Simulation erschafft? Eine künstliche Welt, in die die Geister eingespeist werden.«

»Sie meinen eine Art Matrix?«

»Genau. Nur mit dem Unterschied, dass die Außenwelt für sie überhaupt nicht mehr existiert. Alle Geister und Samson selbst sind an diese künstliche Welt – an das Reine Land – angeschlossen. Es ist ein Paradies, in dem alles möglich ist, Zeit keine Rolle spielt und jeder für immer glücklich und zufrieden sein wird … sein könnte.«

»Wieso sein könnte?«

»Es liegt alles in Samsons Macht. Wenn er will, kann er das Reine Land auch in eine Hölle verwandeln.«

Lila bekam eine Gänsehaut. Sie war nicht religiös, hatte nie an eine Hölle oder ein Strafgericht geglaubt. Aber die archaischen, geradezu sadistischen Illustrationen der alten Familienbibel ihrer Eltern hatten sie als Kind tief beeindruckt. Dass es einen zeitlosen, unendlichen *Lieben Gott* geben sollte, der über ihr Leben wachte, der aber dennoch für all die Gräueltaten und Katastrophen der alttestamentarischen Geschichten verantwortlich war, hatte ihr schlaflose Nächte bereitet. Kein Wunder, dass sie bald darauf beschlossen hatte, mit Religion und Glauben nichts mehr zu tun haben zu wollen. Doch wenn stimmte, was Kophler sagte, konnte es diese Hölle jetzt wirklich geben – für die Menschen, deren Geist nach dem Tod auf eine entsprechende Platine übertragen und ins Reine Land eingespeist worden war. So war man selbst im Tod nicht sicher vor Samson, außer man sorgte dafür, dass das Gehirn im Sterben unbrauchbar wurde. Am besten wäre wohl eine Kugel in den Kopf oder der Sprung von einem hohen Gebäude. Aeterdormol war auf jeden Fall keine Alternative.

»Überlegen Sie lieber, wie Sie möglichst lange überleben«, sagte Kophler, als hätte er ihre Gedanken gelesen. »Und wie Sie Ihren Mund beim Nachdenken geschlossen halten.«

Lila schüttelte den Kopf, als könnte sie damit die furchteinflößenden Bilder loswerden. »Warum wissen Sie das eigentlich alles?«, fragte sie misstrauisch. »Haben Sie nicht gesagt, Sie wurden vor mir verhaftet und waren seitdem im Internat? Wenn es keine Nachrichten von außen gibt, woher haben Sie dann Ihre Informationen?«

»Ich bin ziemlich gut im Kombinieren, und natürlich unterhalte ich mich auch mit Menschen! Aber abgesehen davon habe ich sieben Jahre in der Forschungsabteilung von Prometheus Ltd. gearbeitet. Für alles, was Sie an heutiger Robotertechnologie kennen, habe ich Grundlagenforschung betrieben. Samson ist quasi meine Erfindung.«

»Das klingt, als wären Sie stolz darauf.«

»Vom wissenschaftlichen Standpunkt her bin ich das auf jeden Fall. Aber der Rest? Sehen Sie mich an, ich habe genau wie Sie alles verloren. Und jetzt geht es nur noch ums Überleben. Apropos überleben. Wir sollten los.«

22. KAPITEL

Sie wanderten den halben Tag, ohne eine weitere Pause einzulegen. Kophler verlangsamte seine Schritte, wenn Lila zu weit zurückfiel. Er lief dann neben ihr, und sie sah aus dem Augenwinkel, dass er sie beobachtete. Mehrmals hob er an, als ob er etwas sagen wollte, doch er blieb still und marschierte kurz darauf wieder mit schnellerem Tempo voraus. Auch Lila schwieg. Sie hatte tausend Fragen, doch sie wollte nicht darüber sprechen, dass mit der von Kophler beschriebenen Technologie wirklich ein digitales Leben nach dem Tod möglich war. Der Gedanke daran bereitete ihr körperliches Unbehagen.

Nach vier Stunden auf den Beinen bat Lila Kophler, einen Augenblick zu warten, damit sie sich erleichtern konnte. Sie schlug sich ein paar Meter zur Seite in die Büsche und hockte sich hinter einen Strauch.

Den Blick ziellos zwischen den Bäumen umherschweifend, sah sie sich plötzlich Auge in Auge mit einem aufgerissenen Totenschädel. Es war gut, dass sie bereits hockte, denn in diesem Schreckensmoment verlor sie die Kontrolle über ihre Blase. Im selben Atemzug ärgerte sie sich über ihre eigene Schreckhaftigkeit, und wie um sie zu verhöhnen, schoss ihr der ewige Spottruf durch den Kopf: »Schwachheit, Dein Name ist Weib!«

Trotzig zwang sie sich, noch einmal genau hinzusehen, und erkannte, dass es kein menschlicher, kein echter Kopf war, sondern der eines defekten Roboters. Er saß etwa zehn Meter entfernt an einen Baum gelehnt, und der zerstörte Schädel ließ ihn seltsam menschlich erscheinen. Der Körper schien unbeschädigt, gerade so, als habe sich der Roboter nur einen Augenblick ausruhen wollen. Doch der Kopf war völlig entstellt. Es sah aus, als habe der Roboter versucht, sich selbst das Gesicht herunterzureißen, denn in seinen geschlossenen Fäusten steckten Metallteile, Drähte und Silikon, während im Schädel eine rostbraune Wunde klaffte.

»Kommen Sie her, ich habe etwas gefunden«, rief Lila, nachdem sie sich die Hose zugeknöpft hatte. Vorsichtig pirschte sie sich an den Roboter heran, fürchtete, dass er sich doch noch bewegen und sie anspringen würde.

Kophler kam durch das Unterholz und blieb abrupt stehen.

»Was halten Sie davon?«, fragte Lila. »Haben Sie so etwas schon einmal gesehen?«

Widerstrebend, so als sei er sich nicht ganz sicher, ob dies nur eine Maschine oder eine Leiche war, näherte er sich dem Körper.

»Nein, aber ich habe eine Vermutung.« Er ging in die Hocke und untersuchte den Kopf, den Torso und die Hände. Der Roboter schien schon eine ganze Weile dort zu liegen, denn bei genauerem Hinsehen blitzten grüne Moospflänzchen zwischen den Gelenkspalten hindurch. Kophler schob die Kleidung des Roboters hoch und tastete auf dessen Bauch herum.

»Was machen Sie da?«

»Das ist ein Basileus. Ich will wissen, ob der Charakterchip noch drin ist.«

»Was spielt das für eine Rolle?«

»Das erkläre ich Ihnen gleich. Helfen Sie mir bitte.«

Gemeinsam schleiften sie den Roboter ein Stück vom Baumstamm fort, sodass er flach auf dem Rücken lag, und zogen ihm die Kleidung aus. Lilas Herz hämmerte in ihrer Brust. Sie musste all ihre Vernunft aufbringen, um sich zu vergegenwärtigen, dass es keine Leiche war, kein toter Mensch, an dem sie herumhantierten.

Kophler nahm seinen selbst gebastelten Schraubenzieher und schlitzte damit die Silikonhaut auf. Als die fleischfarbene Hülle aufriss und darunter silbernes Metall zum Vorschein kam, verflog endlich die Illusion, einen echten Menschen zu häuten.

Kophler löste den Roboter aus seiner Hülle wie aus einem Mantel. Überall waren Sensoren und künstliche Nervenzellen mit der Kunststoffhaut verbunden, doch sie rissen so leicht wie Spinnweben. Dann machte er sich am Torso des Roboters zu schaffen und drehte erstaunlich fingerfertig verschiedene Schrauben mit dem improvisierten Werkzeug auf, sodass sich der Brustkorb öffnen ließ. Darin verbargen sich dicht gepackte Platinen, die wie die Wabenrähmchen eines Bienenstocks aussahen. Kophler zog sie heraus und warf sie achtlos zur Seite, bis er eine ganze Schicht entfernt hatte. Hinter den Steckplatten befand sich ein festes Gehäuse mit unzähligen Kabeln und Steckern.

»Gehärteter Kunststoff. Da kommen wir nicht durch. Ich hatte gehofft, die Box sei vielleicht beschädigt, aber …«

»Was ist dadrin?«

»Der Charakterchip.«

»Was wollen Sie denn damit anfangen?« In einer Werkstatt und mit entsprechender Ausrüstung hätten sie den Roboter vielleicht reparieren und für ihre Zwecke umprogrammieren können, aber so? Lila konnte kaum sich selbst auf den Beinen halten, geschweige denn noch einen hundertfünfzig Kilogramm schweren Roboter mit sich herumschleppen.

»Dieser Roboter ist nur temporär außer Betrieb. Solange das Charaktermodul unversehrt ist, kann er theoretisch wieder aktiviert werden.«

»Sie wollen ihn retten?«

»Nein, ich will ihn töten.«

»Was?«

»Sehen Sie sich das Gesicht an. Meinen Sie, er hat ein Interesse daran, wieder funktionstüchtig zu werden?«, fragte Kophler grimmig.

»Nein … ich weiß nicht … aber wenn Sie ihn einfach hier liegen lassen, dann wird er doch sowieso nicht wieder reaktiviert.«

»Das kann man nie wissen. Erst wenn der Charakterchip vollständig zerstört ist, wird auch der Geist frei.«

»Was meinen Sie damit?«

»Haben Sie eine Seele, Lila?«

»Keine Ahnung, vielleicht.«

»Meinen Sie, dass es möglich ist, die Seele eines Menschen in eine Maschine zu übertragen?«

»Man kann den Geist übertragen …«

»Und damit auch die Seele?«

»Was weiß ich, ich bin kein Priester.«

»Auch der weiß das nicht. Niemand weiß das. Aber wenn es so wäre, dann könnten diese Menschen nicht eher ruhen, bevor auch ihre Geister, ihre Charakterchips zerstört sind, damit die Seele frei sein kann. Sonst könnte es sein, dass in zehn, zwanzig, hundert Jahren jemand den Roboter repariert, den Charakterchip reaktiviert und sein Leben von neuem beginnt.«

»Dann wären die Geister ja wirkliche Geister. Und die Basilei wie Untote«, sagte Lila. Ein Schauder durchzog sie, ein leichtes Gruseln wie damals als Kind, wenn sie unter dem Bett ein Monster vermutet und die Beine gerade noch rechtzeitig unter die Decke gerettet hatte.

»So könnte man das ausdrücken. Jetzt verstehen Sie, warum ich den Charakterchip ausbauen will. Um auf Nummer sicher zu gehen. Wird ein bereits benutzter Kristall in einen neuen rohen Basileus verpflanzt, müssen sich die bestehenden Kommunikationsbahnen neu konfigurieren; ein Prozess, der schon bei der Erstinstallation kritisch ist. Mit hoher Wahrscheinlichkeit wird der Chip dadurch unbrauchbar.«

»Sagten Sie nicht gerade, Sie wollen den Chip zerstören, damit ihn niemand reaktiviert?«

»Ja. Mit unbrauchbar meine ich, dass die Persönlichkeit Schaden nimmt. Es kommt dann zu einer Dissoziation zwischen Geist und Körper. Das passiert zuweilen auch bei der Erstinstallation – dem Einsinken. Wenn die Roboter in der ersten empfindlichen Phase nicht an einem geschützten Ort sind, sondern zu vielen äußeren Reizen ausgesetzt werden, können zwischen dem Kristall und den Platinen keine stabilen Verbindungen entstehen.«

»Was heißt denn das?«

»Die Roboter werden verrückt. Sie haben keine adäquate Wirklichkeitswahrnehmung. Sie benehmen sich wie Menschen, die glauben zu träumen, oder sie lehnen den neuen Körper komplett ab und versuchen, sich selbst zu zerstören.«

»Oh … wenn ich mir den hier anschaue, dann schaut er schon ziemlich verrückt aus.«

»Ja, finde ich auch. Umso wichtiger, dass wir seiner Seele Frieden geben.«

»Sie haben ja wirklich ehrbare Absichten, aber wenn ich ehrlich bin, ist mir das alles eine Spur zu abgehoben. Dass man die Erinnerungen eines Menschen übertragen kann, in Ordnung, das habe ich mitbekommen. Aber die Seele? Das kann ich mir nicht vorstellen.«

»Das macht nichts. Wenn es so ist, wie ich sage, haben wir eine gute Tat vollbracht, und wenn nicht, dann haben wir nur eine halbe Stunde verschwendet. Ich finde, das lässt sich verkraften.«

Nachdem Kophler den schwarzen Kasten endlich aus dem

Rest des Brustkorbs gelöst hatte, schleiften sie die Überreste ins Unterholz und deckten sie mit Blättern und Zweigen zu.

Die Plastikhülle mit dem Charaktermodul legte er anschließend auf einen Stein und schlug mit einem dicken Ast so lange darauf ein, bis das harte Plastik Risse bekam und schlussendlich barst. Er brach die Ränder des Charaktermoduls ab, sodass man hineinsehen konnte. Lila erkannte nur eine typisch grüne Platine, auf der ein unförmiger schwarzer Stein prangte. Enttäuscht zuckte sie mit den Achseln. Von einer in Kristall gebannten Seele hatte sie sich mehr erwartet. Kophler zögerte nur einen Moment. Dann hebelte er den Kristall mit seinem selbst geschnitzten Schraubenzieher von der Platine und zerbröselte ihn mit einem gezielten Hieb seines Holzprügels zu feinem schwarzen Staub, der auf dem steinigen Untergrund zurückblieb. Bald würde der Wind ihn verweht haben.

»Wollen Sie ein Gebet sprechen?«, fragte Lila.

»Ich wüsste nicht, welches«, sagte Kophler leise, als er sich erhob. Er packte seine Gerätschaften ein, und sie marschierten wieder los.

Die nächsten Kilometer brachten sie schnell hinter sich, und Kophler blickte sich nun immer häufiger um, als fürchtete er, verfolgt zu werden. Lila beschäftigte sich damit, in Gedanken das Buffet abzugehen, von dem sie an ihrem letzten Tag im Internat gegessen hatte. Sie versuchte, sich alle Einzelheiten genauestens zu vergegenwärtigen und die Erinnerung an Duft und Geschmack zum Leben zu erwecken. Wenn sie sich nur ganz fest vorstellte, ein Stück Sahnetorte in den Mund zu stecken, würde der Hunger vielleicht vorübergehen.

»Ich sterbe vor Hunger«, stöhnte sie.

»Reißen Sie sich zusammen. Bis zum nächsten Campingplatz ist es nicht mehr weit. Dort werde ich sehen, was sich machen lässt.«

Sie schlugen ihr Lager zwischen einigen Knallerbsensträuchern auf. Während Kophler sich fortschlich, um am Campingplatz sein Glück auf die Probe zu stellen, vertrieb sich Lila die Zeit damit, die kleinen weißen Früchte des Strauchs zwischen ihren Fingern zu zerdrücken.

Dabei kehrten ihre Gedanken immer wieder zu dem Roboter zurück. Er tat ihr leid, und das irritierte sie. Es war nur ein Roboter, eine Maschine. Aber was hatte ihn dazu gebracht, sich selbst das Gesicht zu zerkratzen und so lange im Wald sitzen zu bleiben, bis die Batterien leer waren? Gab es niemanden, der ihn suchte? Hatten nicht alle Roboter GPS-Empfänger und Sender, mit denen sie im stetigen Kontakt zum Rest des Schwarms standen? Wieso hatte bisher niemand nach ihm gesucht, ihn repariert oder entsorgt? Lila dachte zurück an ihre Zeit bei den Revolutionsgarden, von denen zwei Mitglieder ebenfalls bei Prometheus Ltd. beschäftigt gewesen waren: Rafferty und Ludwig.

Ihr Magen zog sich zusammen, als sie sich an die letzte Begegnung mit Ludwig im Spiegelzimmer erinnerte. Es war nur eine Simulation gewesen, doch trafen sie seine Worte deshalb nicht minder hart. Es war gut möglich, dass alle ihre Genossen von den Revolutionsgarden noch im Internat oder gar in der Verwahrung ausharrten, und das alles verdankten sie nur Lilas Leichtsinn. Oder waren sie vielleicht schon wieder entlassen worden und funktionierten gar als vorbildliche Mitglieder der Gesellschaft? Bitterkeit machte sich in ihrem Herzen breit. Sie hatte sich so viel vorgemacht. Sie hatte sich eingebildet, Teil einer großen Bewegung zu sein. Sie hatte gedacht, mit Freunden, Verschwörern, Revolutionären gemeinsam eine neue Welt erkämpfen zu können. Aber schlussendlich hatte sie es nur zu aufrührerischem Geschwätz gebracht. Sie kannte niemanden, der einen erfolgreichen Anschlag auf einen Roboter oder einen ernstzunehmenden Hackerangriff auf das allumfassende Überwachungsprogramm – den Blockwart – verübt hätte. Über das Planen – oder eher wildes Phantasieren – war es nie hinausgegangen. Vielleicht hätte sie sich einfach mit dem Gedanken anfreunden sollen, dass dies ihr Leben war, ihre Realität, zu der es keine Alternative gab. Dann wäre ihr das alles hier erspart geblieben. Aber nein, so war sie nie gewesen, und so hätte sie sich auch nicht verbiegen können. Sie war schon immer nur ihren eigenen Regeln gefolgt, wollte nie mit den Schafen blöken. Ihr Leben lang hatte sie im Zweifel gegen die Regeln verstoßen, wenn sie diese für sinnlos gehalten hatte. Natürlich hatte sie sich damit Ärger eingehandelt, aber sie hatte sich gut dabei gefühlt, das Richtige zu tun. Sie musste wieder an die Glatzköpfe im Internat denken. Hätte sie Kophler nicht am Strand getroffen, wäre sie vielleicht bei ihnen gelandet.

Ein Rascheln ließ sie aufhorchen. Kophler zwängte sich zwischen den Büschen hindurch und ließ sich neben Lila auf den weichen Waldboden fallen. Er trug ein dickes Bündel in der Hand und ein triumphierendes Lächeln auf den Lippen.

»Sie haben es geschafft!«, stellte Lila verblüfft fest.

»Sagen Sie nicht, Sie hätten an mir gezweifelt«, erwiderte er mit gespielter Empörung. Sie konnte ihm die Erleichterung ansehen, wieder hier zu sein.

Kophler hatte sich zum Waschsalon eines nahegelegenen Campingplatzes geschlichen und dort den Inhalt einer Trockenmaschine gestohlen. Die Beute war ein Haufen Socken und Unterwäsche, die sie in ihre Rucksäcke stopften, sowie drei Damen-T-Shirts, die Lila alle übereinander anzog, und zwei Herrenshirts, von denen Kophler eines überstreifte und das andere in seine Tasche packte. Ihre Hosen waren mittlerweile so verdreckt, dass das Grau einem undefinierbaren Beige gewichen war, in Lilas Augen eine ausreichende Farbveränderung, um nicht mehr als Sträfling aufzufallen.

Neben der Kleidung hatte Kophler noch einige Bananen, drei Äpfel und eine Handvoll Bonbons ergattert, die im Waschsalon in einer Schale bereitgestanden hatten. Lila kam es vor wie ein Festmahl.

Sie hätte gern ein kleines Feuer entzündet, doch Kophler hielt das für gefährlich. Ein Feuer würde sofort die Aufmerksamkeit von patrouillierenden Drohnen auf sich ziehen. Also wickelte sich Lila nach dem Essen in ihre Daunenjacke und legte den Kopf auf einen Haufen Socken. Es war hart und unbequem, doch sie war müde genug, um sofort einzuschlafen.

23. KAPITEL

Lila steht auf einer Wiese, die sich in der Ferne in den Hügeln verliert. Die Sonne hängt tief und taucht die Welt in einen goldenen Glanz. Ein paar Wolken, in Rot- und Blautönen, streben träge dem Horizont zu. Lila fühlt eine Leichtigkeit in ihrem Bauch, als wäre es der Vorabend eines großen Festes, als würde etwas Wunderbares, Langersehntes auf sie warten.

Sie weiß nicht, warum überall in den Bäumen bunte Lampions leuchten und woher die zarte Musik kommt, die der Wind über die Au trägt. Aber das Unwissen stört sie nicht. Samson wird zu gegebener Zeit alles offenbaren, und das ist gut. Alles ist gut. Im Hier und Jetzt fühlt sie sich so sicher und geborgen wie nie zuvor. Dies ist der Ort, den sie von nun an Heimat nennen möchte.

Sie ist sich sicher, dass hinter dem Hügel ein Häuschen auf sie wartet, in dem sie für immer glücklich sein kann. Also geht sie langsam die Anhöhe hinauf, saugt die berauschenden Düfte des Sommerabends ein und summt eine Melodie, die von irgendwoher kommt und irgendwohin geht.

Da läuft ein kleines Mädchen über die Wiese auf sie zu. Sie springt und juchzt und dreht sich im Kreis. Lächelnd nimmt sie Lilas Hand, und gemeinsam gehen sie den Hügel hinauf. Noch nie in ihrem Leben war Lila so glücklich.

24. KAPITEL

Lila erwachte von einem Sonnenstrahl, der ihr direkt ins Auge leuchtete. Mit einem Stöhnen drehte sie sich zur Seite, doch die wohlige Wärme des Traumes war bereits verschwunden.

»Guten Morgen«, sagte Kophler. »Es ist gut, dass Sie wach sind, wir müssen gleich los.«

Mit geschlossenen Augen setzte Lila sich auf, in der Hoffnung, vielleicht doch noch einen Funken des Traumgefühls zu bewahren.

»Sie sehen aus, als hätten Sie gut geschlafen«, bemerkte er.

»Ja, es war ein Traum, wie man ihn sich nur wünschen kann. Alles schön, alles friedlich … aber ich weiß nicht mehr, worum es ging. Haben Sie manchmal solche Träume?«

»Ich habe Ihnen doch erzählt, dass ich nicht träumen kann«, erwiderte er mit einer Schärfe, die Lila die Augen öffnen ließ.

»Sind Sie ein Roboter?«, fragte sie, ohne dass sie darüber nachgedacht hätte.

»Nein. Aber wäre ich einer, würde ich Ihnen das sicher nicht verraten.«

Mit einem Mal war sie hellwach. Sie musste an den Moment auf dem Tretboot denken, als er ihr befohlen hatte, um Hilfe zu schreien. Was wusste sie eigentlich über Eoin Kophler? Sie bereute, im Internat die Gelegenheit verpasst zu haben, sein Bürgerprofil einzusehen.

Er bemerkte ihre plötzliche Unsicherheit und rollte theatralisch mit den Augen. »Lila, machen Sie sich nicht lächerlich. Ich bin wirklich kein Roboter. Sehen Sie, alles aus Fleisch und Blut.« Er hob einen Kiesel vom Boden auf und ritzte sich damit in die empfindliche Haut des linken Unterarms. Sofort waren rote Striemen zu erkennen. Winzige rote Punkte erschienen auf der Wunde, ohne herauszuquellen. »Ich wollte damit nur betonen, dass es sinnlos ist, jemanden zu *fragen*, ob er ein Roboter ist oder nicht.«

»Als ich noch in Freiheit war, mussten die Roboter immer die Wahrheit sagen.«

»Ja, davon habe ich auch schon gehört, aber ich würde mich nicht darauf verlassen. Verlassen kann man sich auf Fleisch und Blut und Metall und Schmieröl. Blutet es, ist es ein Mensch. Läuft Öl raus, ist es ein Roboter.«

Lila beschloss, dass sie ihm weiterhin vertraute. Immerhin hatte er sie im Tretboot nicht vom Sitz gestoßen, sie am Strand nicht allein gelassen und ihr gestern etwas zu essen und frische Kleidung besorgt. Wenn er ihr wirklich etwas antun wollte, hätte er genügend Gelegenheiten dafür gehabt. Lila schüttelte sich und richtete sich auf. Dann schulterte sie den Rucksack, der ihr in der Nacht als Kopfkissen gedient hatte, und folgte Kophler durch den Wald.

»Wie kommt es, dass Sie nicht träumen können?«, fragte sie, als der stetige Rhythmus ihrer Schritte ihr wieder Ruhe und Selbstbewusstsein verliehen hatte.

»Das Ganze nennt sich Charcot-Wilbrand-Syndrom«, antwortete er locker neben ihr herspazierend. Entgegen ihrer Vermutung schien ihm das Thema nicht sonderlich unangenehm zu sein. »Ich habe bei einem Arbeitsunfall eine Kopfverletzung erlitten, und seitdem ist es so, wie ich es sage: keine Träume mehr.«

»Ist das nicht … schlimm für Sie?«

»Nein, ich merke kaum etwas davon. Nur das Einschlafen ist zuweilen etwas unangenehm. Es fühlt sich an, als würde ich in einem bodenlosen schwarzen Loch verschwinden. Ich glaube, dass das früher der Zeitpunkt war, an dem die Träume begannen. Unschön, aber so ist das nun einmal.«

»Was war das für ein Arbeitsunfall?«

»Ich hatte doch erwähnt, dass ich bei Prometheus Ltd. geforscht habe. Ist schon eine ganze Weile her. Wir arbeiteten daran, das Charakterprofil der Roboter zu generieren, und scheiterten immer wieder an dem Versuch, eine glaubwürdige künstlich-menschliche Persönlichkeit zu erschaffen. Also war der nächste Forschungsansatz, eine bereits bestehende Persönlichkeit zu kopieren. Als Erstes haben wir es mit den Haustierrobotern versucht. Wir nahmen den friedfertigsten, treuesten und loyalsten Hund und verpflanzten sein Charakterprofil als Basis in die Haustierroboter.«

»Wie? Alle Haustierroboter haben das gleiche Charakterprofil?«

»Die Grundausstattung ist die gleiche, ja.«

»Aber ich dachte, ein Charakterprofil – ein Geist – kann nur einmal geschaffen werden und ist dann untrennbarer Bestandteil des Roboters.«

»Moment, da muss ich etwas weiter ausholen: Die Grundemotionen und benötigten Eigenschaften eines Hundes ließen sich nach einer erstmaligen Übertragung ziemlich leicht digitalisieren und vervielfältigen. Im Vergleich dazu ist das Charakterprofil eines Menschen wesentlich komplexer. Aber die Einzigartigkeit der Charakterchips ist eine Folge der menschlichen Individualität, keine technische Notwendigkeit. Die physical unclonable function ist ein Schutzmechanismus – ein Kopierschutz, damit eine Person nicht in zwei oder mehr Roboter verpflanzt werden kann. Die ethischen und technischen Probleme, die das mit sich gebracht hätte, wären unlösbar geworden.«

»Ach … Es wäre also technisch machbar, einen Geist in zwei Roboter zu stecken?«

»Ja, technisch schon …«

»Also aus einer Seele zwei zu machen?«

»Sehen Sie? Da fangen die Probleme schon an. Stellen Sie sich vor, es gäbe auf einmal zwei Lilas, die beide den Anspruch hätten, Sie zu sein.«

»Okay, das hört sich kompliziert an … darüber muss ich erst nachdenken. Sie haben aber immer noch nicht von Ihrem Arbeitsunfall erzählt.«

»Ich komme gleich dazu. Als wir die Testreihe mit den Tieren erfolgreich abgeschlossen hatten, war der nächste Schritt, das Gleiche beim Menschen auszuprobieren. Aber wie sollten wir wissen, ob wir wirklich den Inhalt der menschlichen Gehirnaktivität übernommen hatten und nicht nur Datenmüll, der von der künstlichen Intelligenz des Betriebssystems in neue passende Gedanken interpretiert wurde? Es musste verifizierbar sein, dass der Inhalt des Charakterprofils mit dem des menschlichen Gehirns übereinstimmt.«

»Was aber nicht möglich ist, wenn das Gehirn erst nach dem Tod kopiert werden kann. Denn wer sollte dann bestätigen, dass am Ende auch alles so rauskommt, wie es eingespeist wurde, richtig?«

»Sie haben das Problem erkannt! Also habe ich einen Teil meines Gehirns entnommen und ihn als Basis für das Charakterprofil der Roboter benutzt. Und das hat erstaunlich gut funktioniert.«

Lila blieb abrupt stehen. Der weiche Waldboden, der Geruch von Moos und Erde, das Leuchten der Blätter im Sonnenlicht, die ganze Realität um sie herum passte überhaupt nicht zu den Bildern, die sich bei Kophlers Erzählung in ihrem Kopf entwickelten.

»Sie haben *was* gemacht?«

»Das Gehirn besitzt keine Schmerzrezeptoren. Es ist ohne

Probleme möglich, ein Stück davon herauszuschneiden, ohne das Geringste zu spüren. Natürlich muss man vorher die Schädeldecke öffnen, und es kann einiges schiefgehen. Wenn man nicht aufpasst, stochert man an der falschen Stelle und kann plötzlich nichts mehr sehen oder seine Frau nicht wiedererkennen.«

»Oder nicht mehr träumen.«

»Exakt.«

»Sie haben also einen Teil Ihres Gehirns herausschneiden lassen und ihn auf einen Chip transformiert, um daraus ein Charakterprofil zu bauen?«

»So in etwa.«

»Und hat es funktioniert?«

»Ja, jedenfalls teilweise. Wir hatten einen Bereich meines Gehirns ausgemacht, in dem eine ganz bestimmte Erinnerung gespeichert war, und versuchten, diese Erinnerung in einem neuen Roboter zu aktivieren.«

»Welche Erinnerung war das?«

»Keine Ahnung, ich habe sie ja nicht mehr.«

»Jetzt nehmen Sie mich aber auf den Arm.«

»In der Tat, ich wollte überprüfen, ob Sie noch aufmerksam zuhören. Also: Es war eine Erinnerung an meine frühe Kindheit, in der wir Erdbeeren auf dem Feld pflückten. Erdbeeren. Ich war einfach verrückt danach. Ziel war, dass auch die Roboter Erdbeeren lieben und sich im Zweifel für Erdbeeren entscheiden, wenn sie vor die Wahl gestellt wurden.«

»Wieso haben Sie sich nicht einfach eine Zahl ausgedacht und den Roboter später danach gefragt?«

»Zahlen sind einfach zu speichern. Bei Geschmäckern, Präferenzen und Entscheidungen wird es schon schwieriger.«

»Hat es geklappt?«

»Ja, natürlich. Glauben Sie, ich lasse mir für irgendein unausgegorenes Experiment den Kopf aufschneiden? Nein, das Ganze war der Höhepunkt jahrelanger Forschung. Aber wie es so ist, alle Folgen kann man nie abschätzen … Außerdem mag ich seitdem keine Erdbeeren mehr, und das Träumen ist auch vorbei. Das war eben mein Tribut an die Wissenschaft. Ab diesem Zeitpunkt wussten wir, wie wir die Daten des Gehirns mit dem Betriebssystem des Roboters verknüpfen konnten. Es dauerte dann noch eine ganze Weile, bis der Prototyp der Basileus-Reihe entwickelt wurde. Und noch bevor das Projekt serienreif wurde, habe ich Prometheus verlassen.«

»Warum sind Sie gegangen?«

»Meine Kollegen waren Idioten.«

»Ach …?«

Kophler redete sich in Rage. »Ziel unserer Forschung war es, einen realistischen menschlichen Charakter zu kreieren und ihn als Grundbaustein für eine neue künstliche Intelligenz zu benutzen. Es war nie geplant, das ganze Bewusstsein eines Menschen in einen Roboter zu verpflanzen. Wir sehen ja, wohin uns die Entwicklung der Basilei geführt hat. Hätte ich weiter die Kontrolle über das Projekt behalten, wäre alles ganz anders verlaufen. Jetzt haben wir es mit größenwahnsinnigen, unsterblichen Psychopathen zu tun.«

Lila wusste nicht, was sie dazu sagen sollte. Wenn er die Wahrheit sagte, trug er Mitschuld an der ganzen Misere.

Kophler massierte sich mit Daumen und Zeigefinger die Nasenwurzel, das schien ihn ein wenig zu beruhigen. »Es war richtig, das Charakterprofil eines Hundes in einen Haustierroboter zu verpflanzen«, fuhr er fort, »denn ein Hund besitzt kein Gespür für Individualität. Er ist ein Herdentier und begnügt sich mit dem Platz, den er im Rudel hat. Jeder an seinem Platz. Und ein Hund ist gerne an seinem Platz. Menschen sind da anders gestrickt. Sie halten sich für den Mittelpunkt des Universums, sie überschätzen sich, die meisten glauben, sie seien leicht überdurchschnittlich intelligent.«

Lila lächelte.

»Sehen Sie, das meine ich!«, rief Kophler. »Es ist Ihnen gar nicht vorzuwerfen. Jeder möchte ein bisschen besser sein als die anderen, und das ist in Ordnung, wenn es mit fairem Konkurrenzkampf und den menschlichen Schwächen Hand in Hand geht, die wir alle haben. Doch eine Kreatur wie den Basileus zu erschaffen, der im Prinzip menschlich ist mit Wünschen und Hoffnungen, vor allem mit Leidensfähigkeit – das war ein schwerer Fehler. Ich hatte es kommen sehen, hatte meine Kollegen und Vorgesetzten gewarnt, aber sie wollten das Vorhaben nicht scheitern lassen. Wir waren schon zu weit, hatten alle anderen Entwicklungsprojekte weit hinter uns gelassen. Die künstliche Intelligenz ist nicht das Problem. Wir hatten schon vorher Modelle, die hervorragend funktioniert haben. Das menschliche Wesen ist das Problem. Das Leid ist das Problem: Leid aus gekränkter Eitelkeit, Enttäuschungen, Niederlagen – all die schlechten Erfahrungen des vergangenen Lebens. Die Basilei sind im Grunde Menschen, die zu einem ewigen Leben und unendlichem Wissen verdammt sind. Am Anfang ist das wie ein endloser Trip, wie das Paradies, aber wie soll das enden? Wie lange hält man das aus? Ich bin die letzten fünfeinhalb Jahre keinem Basileus begegnet, doch ich befürchte das Schlimmste. Samson Freitag ist ein gutes Beispiel. Er ist verrückt geworden. Er hält sich selbst für Gott oder den Messias oder beides. Und das Tragische ist: Man kann ihm noch nicht einmal das Gegenteil beweisen. Deshalb gibt es für uns nur einen Ausweg. Wir müssen weg, raus aus der BEU, raus aus der Optimalwohlökonomie. Nur dann sind wir vor Samson sicher. Weiß der Teufel, was zurzeit in Russland passiert, aber schlimmer als bei uns kann es nicht sein.«

»Da wäre ich mir nicht so sicher«, erklang eine Stimme hinter ihnen.

Lila und Kophler drehten sich um. Dort stand ein Mann, groß gewachsen, mit breiten Schultern und kurzem, rotem Haar.

»Wer sind Sie, was wollen Sie?«, fragte Kophler scharf.

Der Mann musterte sie schweigend.

»Wir sind nur auf der Durchreise, wir wollen nichts«, begann Lila, doch der Mann unterbrach sie mit einem Kopfschütteln. Er lächelte und kam mit erhobenen Händen langsam auf sie zu.

Von hinten hörte Lila ein scharfes Zischen und spürte gleich darauf etwas wie einen Mückenstich an der Schulter. Dann kippte der Wald mit dem rothaarigen Mann zur Seite.

25. KAPITEL

Lila erwachte in einem Bett, das wunderbar frisch und sauber duftete. Ein dickes weißes Kissen umschmiegte ihren Kopf, vor ihr türmte sich eine riesige Daunendecke. Es musste bereits später Vormittag sein, denn die Zimmerdecke über ihr war strahlend weiß, einzig ein paar graue Schatten tanzten darauf, als ob draußen ein Baum seine Blätter in das einfallende Licht reckte.

Lila fühlte ihr Herz stark und unbeugsam in der Brust schlagen. Sie wagte einen Blick auf ihre Hände: Sie waren sauber, nur unter zwei, drei Nägeln schimmerten dünne graue Halbmonde – die Überreste ihres Waldabenteuers. Dies und die Tatsache, dass sie sich ausgeruht und erholt und in keiner Weise benommen fühlte, ließen darauf schließen, dass sie nicht in der Verwahrung gewesen war. Wer auch immer sie hierhergebracht hatte, hatte offenbar anderes mit ihr vor.

Vorsichtig setzte sie sich auf. Sie befand sich in einem taghellen Schlafzimmer mit großen, bodentiefen Fenstern, die den Blick in eine kleine grüne Gartenparzelle freigaben. Von ihrer Position aus konnte sie nur ein Stück Rasen, Äste und die Mauer eines gegenüberstehenden Hauses erkennen. Am Himmel patrouillierten ein paar Überwachungsdrohnen.

Zu ihrer Linken stand ein großer Kleiderschrank, auf der anderen Seite ein Nachtkästchen mit Leselampe. Lila öffnete die Schublade des Nachtkästchens und fand ein schmales Buch: *Der Weg ins Reine Land – Die Offenbarung von Samson.* Schnaubend warf sie die Lade zu.

Dann stand sie auf und ging ins Bad, das sich erwartungsgemäß an das Schlafzimmer anschloss. Sie wagte kaum, in den Spiegel zu schauen, in der Befürchtung, wesentlich älter auszusehen als beim letzten Mal, doch als sie mutig aufblickte, war ihr das eigene Antlitz ganz vertraut. Nichts Bedrohliches oder Unbekanntes lag darin. Es schien tatsächlich so, als habe sie einfach nur geschlafen.

Nach der Toilette zog sie sich an. Es überraschte sie nicht, dass sie im Schlafzimmerschrank Kleidung fand, die ihr wie angegossen passte. Diesmal war es jedoch keine auffällige Sträflingsuniform, sondern normale Alltagskleidung. Sie entschied sich für blaue Jeans, ein schwarzes T-Shirt und eine leichte, hellgraue Strickjacke.

So gerüstet wagte sie, die Schlafzimmertür zu öffnen, die auf eine Galerie führte. Von oben konnte sie in ein offenes Wohnzimmer blicken, das mit Sofa, Tischchen und Regalen ausgestattet war, in denen sich offenbar echte Bücher befanden. Der Korridor endete nach wenigen Metern an einer Treppe nach unten.

»Hallo?«, rief sie vorsichtig, doch niemand antwortete.

Im Erdgeschoss erwartete sie ein großer dunkler Echtholztisch, der mit einem opulenten Frühstück gedeckt war: Brot, Margarine, Tofueier, Tomaten, Schinken und Wurst aus Synthfleisch, Honig und verschiedene Marmeladen, ein Teller mit gezuckerten Früchten und eine Kanne mit dampfendem Earl Grey standen darauf. Offenbar war alles allein für sie, denn am Kopfende befand sich nur ein einzelner Teller. Und niemand sonst war hier.

Lila warf sich eine Cherrytomate in den Mund und sah sich weiter um. Das Esszimmer war nur durch eine Theke von der Küche getrennt, die schlicht und schick in dunkelgrauem Marmor gehalten war. Alles sah neu und vollkommen unbenutzt aus. Das Wohnzimmer war durch einen halbrunden offenen

Durchgang mit dem Esszimmer verbunden und nach oben bis zum Balkon der Galerie geöffnet. Die Möbel wirkten wie aus einem Katalog, als habe man sich für die Wohnkombination »feingeistiger Akademiker, jung« entschieden und die Einrichtung als Ganzes hierher verfrachtet. Sie strich um die Couch und den Tisch herum, fuhr mit den Fingern über alle staubfreien Sideboards und blieb schließlich vor dem Bücherregal stehen. Tatsächlich: alles echte Papierbücher. Ein wahrer Schatz. Sie waren alphabetisch nach Autornamen sortiert. Taschenbücher und Hardcover standen neben gebundenen Sondereditionen. Bertolt Brecht, Georg Büchner, Theodor Fontane, Johann Wolfgang von Goethe, Günter Grass, Erich Kästner, Franz Kafka, Thomas Mann ... viele Originalausgaben und Klassiker. Geschrieben von Männern. Keine einzige Autorin war dabei.

Auf dem Weg zur Haustür durchquerte Lila noch einmal das Esszimmer, wo nach wie vor weiße Dampfschwaden aus der Teekanne stiegen. Wer auch immer alles vorbereitet hatte, konnte nicht weit sein. Versuchsweise legte sie die Hand auf die Klinke der Haustür, die sich zu ihrer großen Verwunderung ohne Probleme öffnen ließ. Zögernd machte sie einen Schritt nach draußen.

Zwei Stufen führten auf einen breiten, mit Betonplatten ausgelegten Weg, neben dem kurz gemähte, wenige Quadratmeter große Rasenflecken angelegt waren. Links und rechts folgten schmale Reihenhäuser der Straßenlinie. Alle sahen so aus wie das Haus, vor dem sie gerade stand: mit genau bemessenen Vorgärten und Eingängen, die einander vollkommen glichen. Auf der gegenüberliegenden Straßenseite standen ebensolche Häuser, alle ordentlich, alle sauber, als wären sie gerade frisch gebaut worden. Jeder Bewohner hatte sein eigenes Reich: gleich viel, gleich hübsch oder hässlich, gleich effizient. Nur ein paar

Blumen hier oder ein Windrad dort wiesen darauf hin, dass die Häuser von Individuen bewohnt wurden.

Auf Burano, einer kleinen Insel in der Nähe von Venedig, hatten die Menschen ihre schlichten, allzu gleich erscheinenden Hütten kunterbunt angemalt, damit die Fischer auf See schon von Weitem ihr Zuhause von den anderen Gebäuden unterscheiden konnten. Das war natürlich nur eine Legende, die dazu gedacht war, von Touristen weitererzählt zu werden, aber Lila hatte sie immer gern glauben wollen. Auch die Reihenhäuser hier hätten mehr Farbe vertragen können.

Langsam schritt Lila die Betonplatten entlang und trat auf den Bürgersteig. In ein paar Vorgärten sah sie Leute Blumenbeete bearbeiten oder Hecken schneiden, zwei Frauen unterhielten sich am Gartenzaun, ein gelangweilter Vater schlurfte einer Horde Kinder hinterher, die auf der Straße zwei Drohnen in einem Luftkampf gegeneinander antreten ließen.

Auf einem schwebenden Rotorboard, das mit fast lautlosen Minirotoren angetrieben wurde, kam ein Junge die Straße herauf. Mit zittrigen Knien flog er Kurven und Schlangenlinien, ganz so, als würde er das Gerät zum ersten Mal ausprobieren. Als er Lila sah, hielt er direkt auf sie zu und stoppte erst im letzten Moment.

»Hallo«, sagte er.

»Hallo«, erwiderte Lila vergnügt.

Der Junge mochte zwölf oder dreizehn Jahre alt sein, seine Haut hatte einen schimmernden bronzefarbenen Ton, wie ihn Menschen haben, die sich die meiste Zeit im Freien aufhalten. Er hatte wache braune Augen und schien sehr erfreut, sie zu sehen.

»Wie heißen Sie?«

»Lila.«

»Das ist aber ein komischer Name.«

Sie zuckte mit den Schultern. »Und wer bist du?«

»Luca. Sind Sie neu hier?«

»Ja … wie heißt denn die Straße hier?«

»Ammerseestraße.«

»Und der Ort?«

Luca schaute sie schief an. »Sie sind doch gerade hierhergezogen, Sie sollten doch wissen, wo Sie wohnen. Oder sind Sie verrückt?«

»Ich habe Alzheimer«, sagte Lila mit der traurigsten Stimme, die sie zustande brachte.

»Oh nein, wirklich? Das tut mir schrecklich leid für Sie! Aber wenn ich es Ihnen sage, dann vergessen Sie es ja gleich wieder. Am besten, Sie schreiben es sich mit Kugelschreiber auf die Hand, so mache ich das immer!«

»Wie heißt denn jetzt der Ort?«

»Hornstein.«

»Noch nie gehört.«

»Oh nein, es geht schon los. Schreiben Sie es sich schnell auf. Morgen haben Sie es sicher wieder vergessen. Ich fahr lieber wieder, sonst stecke ich mich noch an. Tschüss, Lila!«

Damit nahm er Anlauf und sprang auf sein Gefährt, das bedrohlich unter seinem Gewicht schwankte, dann aber die Balance herstellte und mit leisem Surren wie ein Skateboard ohne Rollen davonschwebte.

Lila blickte ihm hinterher und bemerkte, dass die Frau, die sich eben noch auf der anderen Straßenseite am Zaun unterhalten hatte, die Fahrbahn überquerte und auf sie zukam. Sie war etwa in Lilas Alter, trug einen blonden Pferdeschwanz und eine spitze Nase, die ihr ein maulwurfartiges Aussehen verlieh.

»Jeder an seinem Platz!«, grüßte sie.

»Hallo«, sagte Lila.

»Mein Name ist Irina. Möchten Sie gar nicht frühstücken?

Ich habe Ihnen extra einen besonders aromatischen Tee gebrüht: Golden Flowery Orange Pekoe Darjeeling Earl Grey. Das ist doch Ihre Lieblingssorte, oder?«

Adrenalin schoss durch Lilas Körper und ließ ihre Ohren heiß werden. Instinktiv ballte sie die Hände zu Fäusten. Flucht oder Kampf, mehr Optionen hatte sie nicht. Wenn schon ein Golfschläger nicht ausreichte, um einen Roboter fertigzumachen, hatte sie zwar wenig Chancen, aber sie wollte sich nicht kampflos ergeben.

»Beruhigen Sie sich, Frau Richter. Ich tue Ihnen nichts. Kommen Sie mit«, sagte Irina, offenbar völlig unbeeindruckt von Lilas kampfbereiter Körpersprache, und schlenderte seelenruhig an ihr vorbei ins Haus.

Lila ließ zischend die Luft zwischen ihren Zähnen entweichen. Was sollte das? Sie blickte die Straße auf und ab, konnte aber keine Sicherheitsroboter entdecken. Am Himmel jedoch meinte sie zwei surrende Drohnen zu erkennen. Sollte sie es wagen zu fliehen? Sollte sie einfach loslaufen? Aber wohin? Vielleicht könnte sie einen der Nachbarn um Hilfe bitten? Dann konnte sie aber genauso gut erst mal mit dieser Irina sprechen und hören, was sie zu sagen hatte. Keine Kurzschlusshandlungen! Informationen sammeln und dann überlegen. Ja, das würde sie tun.

Vorsichtshalber nahm sie sich einen Stein aus dem Kiesbett an der Außenmauer, der gut in ihre Faust passte, dann folgte sie der blonden Frau ins Haus, wo sie sie am Frühstückstisch sitzend vorfand.

»Sie müssen keine Angst haben«, sagte Irina mit geduldigem Lächeln.

Lila hielt zwei Meter Sicherheitsabstand und lehnte sich mit verschränkten Armen an die Küchentheke, den Stein fest in der Faust. »Wer sind Sie und was wollen Sie von mir?«

Irina hob beschwichtigend die Hände. »Alles wird gut. Sie brauchen sich vor nichts zu fürchten. Ich bin hier, um Ihnen zu helfen. Ich werde Ihnen nichts tun.«

»Sie haben keine meiner Fragen beantwortet«, stellte Lila fest.

»Mein Name ist Irina.«

»Gut, Irina, bist du ein Basileus? Ein Roboter?«

»Nein. Ja.«

»Was denn jetzt?«

»Ich bin ein Custos 500c. Ein Individualroboter ohne menschliche Charakterbasis. Ich bin hier, um Sie zu beschützen.«

»Vor wem denn?«

»Vor allem, was Sie noch nicht kennen. Sie haben viel verpasst.«

»Ja, das stimmt wohl. Aber ich will keinen Wachroboter. Lass mich in Ruhe.«

»Kein Problem. Ich werde gleich gehen. Aber zuerst muss ich Ihnen einige Grundinformationen geben.«

»Na gut, lass hören.«

»Laut Artikel 2 Absatz 2 der Guten Gesetze hat jeder Bürger das Recht, den Anspruch und die Pflicht auf einen Platz in der Gesellschaft, der seinen Fähigkeiten entspricht und seinen Neigungen gerecht wird. Das bedeutet, dass jeder Mensch das tun soll, was er am besten kann und was der Gemeinschaft am meisten nutzt.«

»Ja, ja, das kenn ich schon alles.«

»Es hat in den letzten fünf Jahren einige gesetzliche Änderungen gegeben. Es könnte durchaus interessant für Sie sein, diese zu erfahren.«

»Okay … aber das musst du mir ja jetzt nicht vorlesen, oder? Kannst du mir die schicken oder irgendwie ausdrucken?«

Der Irina-Roboter klopfte sanft auf die Tischplatte. »Hier auf dem Esstisch liegt ein Reader für Sie bereit. Damit können Sie auch die neuen Guten Gesetze finden.«

»Wunderbar! Dann kannst du ja jetzt gehen.«

»Gleich. Ein paar Hinweise noch: Sie sind nur vorläufig vom Internat beurlaubt.«

»Was ist mit Eoin Kophler?«

»Das kann ich Ihnen zu diesem Zeitpunkt noch nicht sagen.«

»Warum nicht? Geht es ihm gut? Ist er wieder im Internat?«

»Diese Informationen sind für Sie irrelevant.«

»Von wegen. Das heißt, es ist geheim. Was noch?«

»Sie dürfen das Haus nicht verlassen, es sei denn, Sie werden von einer befugten Person begleitet. Sie dürfen ohne Erlaubnis keinen Besuch empfangen. Sie dürfen keine digitalen oder analogen Nachrichten versenden oder empfangen.«

»Darf ich mit den Nachbarn reden?«

»Alltagskommunikation und Smalltalk mit den Anwohnern – etwa wie mit dem Jungen Luca gerade eben – werden toleriert, sofern sie nicht zum Kampf gegen die optimalwohldemokratische Grundordnung missbraucht werden. Sollten Sie eine dieser Regeln verletzen, wird Ihr Urlaub beendet und Sie werden unverzüglich auf unbestimmte Zeit in Verwahrung genommen. Haben Sie das verstanden?«

»Ja.«

»Haben Sie diesbezüglich noch Fragen?«

»Ja, warum bin ich hier? Warum habt ihr mich nicht wieder eingesperrt oder in die Verwahrung gesteckt?«

»Diese Information ist für Sie irrelevant.«

»Ach so. Na dann ist ja alles klar«, sagte Lila mit einem Lächeln, das den Stein in ihrer Faust in einen Eisblock verwandelt hätte.

»Gut. Dann wünsche ich Ihnen ein angenehmes Frühstück. Um vierzehn Uhr heute Nachmittag werden Sie Besuch bekommen.«

»Von wem?«

»Das ist für Sie irrelevant.«

»So ein Scheiß!«, schrie Lila. »Klar ist es für mich relevant, wer mich besuchen kommt. *Alles* ist für mich relevant. Wenn es geheim ist, sag *geheim* und verarsch mich nicht mit deinem blöden *irrelevant.*«

»Ich weise Sie lediglich darauf hin, damit Sie sich angemessen verhalten und sich nicht mit einem Stein oder einem Messer in der Küche verbarrikadieren. Bereits ab dreizehn Uhr herrscht eine allgemeine Ausgangssperre. Sollten Sie zu dieser Zeit das Haus verlassen, werden Sie sofort – und ich betone sofort – wieder in Verwahrung genommen. Haben Sie das verstanden?«

»Ja.«

»Gut. Dann lasse ich Sie jetzt in Ruhe. Jeder an seinem Platz.« Damit stand der Irina-Roboter auf und verließ Esszimmer und Haus.

Lila wagte kaum, sich zu bewegen, aus Angst, ihre Wut würde sie die ganze Einrichtung zerschlagen lassen. Durch das Fenster beobachtete sie, wie der Irina-Roboter die Straße überquerte und im nächsten Hauseingang verschwand. Nur langsam sickerte das Adrenalin aus ihren Zellen und hinterließ tiefe Erschöpfung. Mit zittrigen Beinen sank Lila auf den für sie bereitgestellten Stuhl, der Stein landete polternd auf dem Boden.

Der Roboter hatte sie nicht erschossen oder festgenommen. Niemand hatte sie in Ketten gelegt oder betäubt. Das war im Großen und Ganzen besser, als sie es sich hatte erhoffen können. Als auch nach einer Minute kein Spezialkommando die

Tür eingerannt hatte und niemand sich anschickte, sie erneut ins Gefängnis zu stecken, beschloss sie, dem Frieden vorerst zu trauen und beim Frühstück neue Kraft zu tanken.

Nach einer Tasse Tee und einem belegten Brot fühlte sie sich stark genug für weitere Herausforderungen. Der Reader war genau das gleiche Modell, das sie auch im Internat bekommen hatte. Als sie ihn anschaltete und das Datum sah, atmete sie erleichtert auf. Heute war der 17. April 2058. Seit sie Kophler das letzte Mal im Wald gesehen hatte, waren gerade einmal zwei Tage vergangen. Sie hatte also tatsächlich keine weiteren Jahre in der Verwahrung verbracht.

Als Erstes suchte sie nach dem Ort Hornstein und fand ihn im Süden von München. Lilas Herz machte einen schmerzhaften Doppelschlag. Sie war zurück. Sie war gar nicht weit von zu Hause und ihren Freunden. Mit zitternden Fingern tippte sie die Namen ihrer ehemaligen Revolutionsgefährten ein: Aida, Morten, Rafferty, Ludwig, Simona, Wenhui, Werner … mit jedem Namen sank ihr Mut. Sie alle waren im Internat ohne Entlassungsdatum. Schließlich suchte sie nach Eoin Kophler. Sein Status war PIRETIST – FREI AUF BEWÄHRUNG. Sogar eine Adresse war angegeben: AMMERSEESTRASSE 42, 82544 HORNSTEIN.

Sofort sprang Lila auf, um nachzusehen, welche Nummer das Haus hatte, in dem sie gerade frühstückte: 10. Sie blickte die Straße hinunter und versuchte auszumachen, welches der Häuser das von Kophler sein mochte. Vielleicht stand er ja auch gerade draußen und suchte sie? Sie wagte nicht, auf eigene Faust loszumarschieren und das Haus zu suchen, denn sie war sich sicher, dass der Irina-Roboter sie beobachtete und auf der Stelle eingreifen würde. Aber gut, selbst wenn sie nicht sofort zu Kophler konnte, so wusste sie doch, dass er nicht wieder im Internat, sondern ganz in ihrer Nähe war. Ein Treffen war also nur eine Frage der Zeit. Beschwingt kehrte sie zurück ins Esszimmer und suchte mit dem Reader nach weiteren Informationen.

Die BEU war in den letzten Jahren gewachsen und hatte Italien, Slowenien, Tschechien und Schweden mit in die Optimalwohlökonomie aufgenommen, sodass ihr nun etwas über vierhundert Millionen Menschen angehörten. Die nationalen Parlamente und Regierungen waren zugunsten eines neu geschaffenen unionsübergreifenden Systems aufgelöst worden. Die Bundesrepublik Europa war nun eine direkte Demokratie. Das Volk übte seine Macht in monatlich stattfindenden Optimalwohlentscheiden aus, in denen der sogenannte *Volonté Optimale* umgesetzt wurde. Die Gesetzgebungsinitiative lag beim Volk selbst. So konnte jeder Bürger neue Gesetze einbringen und auf dafür vorgesehenen Online-Plattformen Unterstützer finden. Gesetze mit einer ausreichenden Menge an Unterstützern wurden zur Abstimmung freigegeben. Alle Informationen und Hintergründe über die abzustimmenden Gesetzte konnten online eingesehen werden.

Repräsentations- und Ministerialaufgaben wurden weiterhin von gewählten Volksvertretern wahrgenommen, die sich meist aus der politischen Elite der früheren Regierungen rekrutierten. Aber es gab auch Medienstars oder erfolgreiche Sportler, die zu Ministern gewählt worden waren. Für Belange der unionsübergreifenden Sicherheits- und Außenpolitik war jedoch allein das Optimalbüro zuständig, das aus den ranghöchsten Mitgliedern der Partei der Optimierer bestand. Dessen Vorsitzender und amtierender Minister für innere Sicherheit war niemand anders als Ercan Böser.

Über ihm und über allen übrigen Staatsorganen thronte nur noch der Präsident der BEU, als oberste juristische Revisionsinstanz und allmächtiger Herrscher von Ewigkeit zu Ewigkeit: Samson Freitag.

Lila widerstand dem Wunsch, den Reader mit dem Buttermesser zu zerkratzen, und klickte stattdessen auf Samsons Namen, woraufhin eine Art erweitertes Bürgerprofil erschien. Zunächst wurden die Stammdaten aus Samsons Lebenszeit angezeigt:

Name: Freitag, Samson
Art: Digitaler Mensch (Basileus)
Geburtsdatum: 21.06.2020
Todestag: 13.09.2052
Wiederauferstehung: 05.10.2052
Sozialpunkte: Maximum
Letzte Wohltat:

Dieses Feld wurde so schnell aktualisiert, dass Lila kein einziges Wort lesen konnte.

Ausbildung: Studium der Rechts- und Politikwissenschaften an der LMU München (1,0), 2044
Erwerbstätigkeit: Präsident der Bundesrepublik Europa
Wohnort: Irrelevant
Aufenthaltsort: Irrelevant
Straftaten: Keine
Besonderheiten:
2053_04_07 Ernennung zum Präsidenten der BEU
2053_12_01 Gesetz zur Auflösung der Nationalen Parlamente
2054_01_12 Gesetz zur Neuformulierung der Verfassung
2054_06_23 Gesetz zur Rettung Italiens
2054_10_01 Gesetz zur Rettung Sloweniens
2054_10_02 Gesetz zur Rettung Tschechiens und Schwedens
2055_05_03 Gesetz zum Baustopp der Basilei und zur Erschaffung des Reinen Lands

2055_05_05 Proklamation zum Herrscher von Ewigkeit zu Ewigkeit

Als Lila nach unten scrollte, erschienen weitere Listen wissenschaftlicher Arbeiten und akademischer Grade sowie Auszeichnungen und Preise, die Samson in den letzten Jahren erworben hatte.

Kopfschüttelnd legte sie den Reader zur Seite und starrte an die gegenüberliegende Wand, an der ein blau-schwarzes Bild mit wilden Farben und Mustern hing. An der rechten Seite entzifferte sie die Signatur von Jonathan Meese. Lila kniff die Augen zusammen und versuchte mehr zu erkennen. Hatte sich ihre Sehschärfe seit der Flucht verschlechtert? Ihr war, als würde das Licht flackern. Sie blinzelte ein paar Mal und betrachtete noch einmal das Bild. Jetzt sah sie klarer, erkannte auch die einzelnen Linien, die als dicke Farbwürste auf der Leinwand prangten. Obwohl das Bild nur aus Kringeln und undefinierbaren Formen zu bestehen schien, wurde Lila an die Figur des Denkers von Rodin erinnert. Oder an einen Mann, der auf dem Klo saß? Lila musste bei diesem Gedanken laut auflachen. Sie lachte aus ganzem Herzen, und es tat gut wie lange nicht.

Schließlich widmete sie sich wieder dem Reader und klickte auf einige aktuelle Nachrichtenseiten:

Der Optimalwohlindex ist in diesem Monat wieder gestiegen.
Das Treffen der Minister für nationale Belange hat heute Morgen in Berlin begonnen.
Ercan Böser stellt auf der IFA das neue Custos-Modell 600 vor.
Die Quote der pireten Bürger, die sich in der Verwahrung oder im Internat befinden, liegt konstant bei 0,8 Prozent.

Eine Gesetzesinitiative zur Anhebung des sozialverträglichen Maximalalters auf 90 Jahre ist gescheitert.

Die Aufnahmegespräche für Kroatien in die BEU sollen in einem Monat beginnen.

Ein britisches Flüchtlingsboot mit 150 Menschen an Bord ist fünfzig Kilometer vor der Nordseeküste gekentert.

Lila legte den Reader zur Seite. Ihr war, als würde das Zimmer sanft auf dem Meer schaukeln, wie damals an ihrem ersten Tag im Internat. Etwas in ihrem Inneren schien aus der Balance geraten zu sein, als wäre ihr Zentrum erschüttert, als hätte die Zeit in der Verwahrung sie aus dieser Welt entrückt – nur ein oder zwei Millimeter, und doch kam ihr alles verschoben vor. Auch wenn sich ihre Situation objektiv zu verbessern schien, war ihr klar, dass sie niemals ein normales Leben in diesem Land führen konnte. Niemals würde sie frei sein. Aber was bedeutete es schon, frei zu sein? Bedeutete es, ein Leben in Selbstbestimmung zu führen, in Sicherheit? Bedeutete es, ein Recht darauf zu haben, unbeobachtet zu sein? Bedeutete es, Farbwürste auf eine Leinwand zu streichen und zu hoffen, davon den Lebensunterhalt bestreiten zu können? Bedeutete es Wildnis und Gesetzlosigkeit oder doch nur, sagen und glauben zu können, was man wollte? Vielleicht gab es Freiheit nur in ihrem Kopf.

Das Schrillen der Türklingel ließ sie aus ihren Gedanken fahren.

Lila wartete, doch niemand öffnete die Haustür. Wie erstarrt saß sie da und lauschte auf die Geräusche der Straße, aber nichts tat sich. Als sie schon dachte, der Besuch sei wieder gegangen, tönte die Klingel erneut. Es war offensichtlich, dass der Besucher wünschte, sie würde die Tür aufmachen. Sie musste an alte Schauergeschichten denken, in denen das ahnungslose

Opfer einem Vampir die Tür öffnete, der nur eine Wohnung betreten konnte, wenn er zuvor hereingebeten worden war.

»Es wird schon kein Vampir sein«, sprach sie sich selbst Mut zu und erhob sich.

Augenblicke später wünschte sie sich, es wäre ein Vampir an der Tür. Denn vor ihr stand Samson Freitag.

26. KAPITEL

Reflexartig schlug Lila die Tür zu, aber natürlich war der Basileus schneller und stärker als sie und verhinderte, dass die Tür ins Schloss fiel. Sie wich zurück, während Samson mit freundlichem Lächeln eintrat.

»Jeder an seinem Platz, Lila«, sagte er mit sanfter Stimme. »Schön, dich endlich wiederzusehen.«

»Du weißt ganz genau, dass ich dich bei der ersten Gelegenheit umbringen werde«, zischte sie und äugte nach ihrem Faustkeil auf dem Esszimmerboden.

»Ja, das ist mir klar. Keine Sorge. Bis dahin ist noch Zeit. Wollen wir ins Wohnzimmer gehen?«

»Habe ich eine Wahl?«

»Du hast immer eine Wahl.«

»Dann …« Die Worte versiegten in ihrem Hals. Was wollte sie? Wollte sie, dass Samson sofort das Haus verließ? Nein, denn von ihm konnte sie Antworten erhalten. Aber sie hasste es, ihn fragen zu müssen. Wütend stieß sie die Luft aus.

»Dann gehen wir ins Wohnzimmer«, soufflierte er ihre Gedanken.

»Ja, dann gehen wir ins Wohnzimmer«, brachte sie gepresst heraus. Vielleicht würde es ihr ja gelingen, ihm erst ein paar Fragen zu stellen und ihm dann ein Steakmesser in den Leib zu stoßen. Sie erinnerte sich daran, mit wie viel Mühe Kophler dem kaputten Basileus den Brustkorb aufgehebelt hatte. Ein Steakmesser würde nicht reichen, um Samson den Garaus zu machen… dann eher schon eine Flex.

Während Lila sich vorstellte, wie sie Samson mit einem

Winkelschleifer den Kopf abtrennte, schlenderte dieser ins Wohnzimmer und setzte sich grinsend auf die Couch, als wäre dies seine Wohnung und sie nur zu Gast.

»Setz dich«, sagte er und klopfte auf das Polster neben sich.

»Ich stehe lieber«, blaffte Lila und verschränkte die Arme.

»Wie du willst. Wie ich sehe, geht es dir gut.«

»Den Umständen entsprechend. Wenn man fünfeinhalb Jahre ins Koma gelegt wurde, aus dem Gefängnis fliehen musste und dann wieder betäubt und in ein fremdes Haus gebracht wird …«

»Die Alternative wären weitere zwölf Monate Verwahrung.«

»Die Alternative wäre, mich frei zu lassen. Lass mich doch einfach gehen. Ich verschwinde, ich hau ab in ein anderes Land, dann musst du dich gar nicht mehr mit mir herumärgern.«

»Lila, du schätzt deine Situation völlig falsch ein. Ich habe nichts gegen dich. Im Gegenteil.« Er sah sie an und lächelte. Als Lila daran dachte, dass dies hier eine Maschine war, die versuchte, menschliche Mimik zu imitieren, um sie emotional zu manipulieren, kroch ihr ein kalter Schauer über den Nacken.

Samson schien das zu bemerken, denn er fuhr in sachlichem Tonfall fort: »Aber du bist eine verurteilte Verbrecherin. Wir leben in einem Rechtsstaat, und du bist von einem ordentlichen Gericht verurteilt worden.«

»Spar dir den Quatsch. Von wegen Rechtsstaat. Wo war denn all die Jahre mein Anwalt, wo meine Revisionsmöglichkeit? Was hat das mit Recht zu tun, wenn die Leute einfach ins Koma versenkt werden? Menschenverachtend ist das. Unglaublich, dass ihr so was machen könnt, ihr selbstherrlichen Blechhaufen.«

»Es bringt nichts, ausfallend zu werden. Du bist die Hochverräterin, nicht ich. Bei allem wurden die Guten Gesetze eingehalten. Nichts von dem, was dir widerfahren ist, war illegal.

Es hat alles seine Ordnung gehabt. Bei Hochverrat und der erdrückenden Beweislast gibt es nun mal keine Revision. Und die Verwahrung ist ein höchst humaner Weg, den Gefangenen die psychische Belastung der Einzelhaft zu ersparen.«

»Hör auf mit diesem salbungsvollen Gerede!«, schrie Lila. Sie hatte sich bemüht, ruhig zu bleiben, wollte nicht schon wieder die Kontrolle über die Situation verlieren, doch es half nichts. Die Wut auf Samson, seine selbstgefällige Art und die Ungerechtigkeit, gegen die sie nichts tun konnte, machten sie rasend. »Die Guten Gesetze, dass ich nicht lache! Klar kann man alles nach Recht und Gesetz machen, wenn man die Gesetze nach Belieben verändert. Aber es ist und bleibt ungerecht und unmenschlich.«

Samson blieb äußerlich regungslos. Er war eine Maschine, die zuverlässig arbeitete. Nur seine silbernen Augen schienen für einen Moment zu flackern.

»Du hast also gar nichts gelernt, was? Hast nicht gesehen, wie gut es allen in meinem Land geht, selbst den Straftätern. Hast nicht gesehen, wie gütig und gnädig ich selbst den schlimmsten Verbrechern gegenüber bin. Hast nicht gesehen, in welchem Wohlstand alle leben und wie ich unser Land gegen die Barbarei der Außenwelt schütze.«

»Keine Ahnung. Bisher habe ich hier nur einen Menschen getroffen, und das war ein kleiner Junge. Wie soll ich da beurteilen, wie es den Leuten geht? Und wie soll ich wissen, was außerhalb der Grenzen passiert?«

»Dann will ich es dir zeigen.« Er stand auf und machte einen Schritt auf Lila zu, die instinktiv zurückwich, doch es gab keinen Fluchtweg. Mit einer erstaunlich sanften Bewegung nahm er ihre Hand in seine. In diesem Augenblick ergoss sich vor Lilas Augen eine Flut von Bildern, Nachrichten, Videoaufzeichnungen, Fotos von unzähligen Kameras und Linsen, die gleichzeitig zwei Perspektiven zeigten: das Leben in der BEU und die Menschen außerhalb.

Innerhalb der Grenzen schien alles wie immer: gut besuchte Fußgängerzonen, zufriedene Familien, Menschen beim Sport und im Theater, schönes Wetter, Straßencafés, Konzerte, produktive Industrie- und Handwerksbetriebe, saubere Energiekraftwerke, lachende Kinder – kurz, der perfekte Imagefilm für einen anstehenden Wahlkampf. Die zweite Perspektive zeigte Krieg und Zerstörung. Bombenexplosionen, Raketeneinschläge, brennende Häuser, Soldaten, die sich in Bunkern und hinter Erdwällen verschanzten, Roboter mit automatischen Waffen, die durch die feindlichen Linien pflügten; dann Bilder von Überschwemmungen, Erdbeben, ausgemergelten Kindern mit großen Augen und aufgeblähten Hungerbäuchen, Massengräbern, brennenden Menschen.

»Hör auf!«, rief Lila und riss sich mit aller Kraft von ihm los, sodass eine Naht am Ärmel ihrer Strickjacke aufplatzte. »Für wie dumm hältst du mich? BEU super, Rest der Welt Armageddon, schon klar! Ist das die Message, mit der du die Leute bei der Stange hältst? Das glaubt doch kein einigermaßen vernünftiger Mensch!«

Samson lächelte nachsichtig, vielleicht sogar ein bisschen ertappt. »Für die meisten Menschen ist diese Unterscheidung sehr gut nachvollziehbar. Du hast ja auch nicht das Ende des Videos gesehen.«

»Das brauche ich auch nicht. So ein blöder zusammengeschnittener Film zeigt doch nie die Wahrheit.«

»Es sind Livebilder.«

»Ach Quatsch. Das ist nur Manipulation, du willst mich …«

Weiter kam sie nicht, denn er packte sie abermals bei der Hand und sagte mit plötzlich kalter Stimme: »Schau hin!«

Und wieder kamen die Bilder, doch diesmal ohne die heile

Welt. Es half nichts, die Augen zu schließen, es half nichts, sich wegzudrehen. Die Bilder waren in ihrem Kopf. Es war, als sei sie Teil dieser Welt, als bewege sie sich mitten in den Trümmern, mitten im Krieg. Und da verstand sie, dass sie durch die Augen eines Roboters sah.

Sie wandte den Kopf, und auch der Roboter wandte den Kopf. Trümmer flogen an ihr vorbei, heiße, brennende Splitter. Sie blickte auf das Wrack eines umgestürzten Wagens. Sie erkannte das alte spanische EU-Kennzeichen, auf dem noch der blaue Streifen mit dem goldenen Sternenkranz prangte. Dann wechselte die Perspektive, und sie befand sich in einem anderen Roboter, an dem Ort mit den brennenden Leichen. Im Hintergrund erhob sich der Big Ben. Immer wieder wechselten die Bilder, und Lila konnte nun mehr Details ausmachen, Menschen, die in unterschiedlichen Sprachen schrien und wimmerten, Naturdenkmäler, Flüsse und Gebirgszüge, die sie kannte, berühmte und unbedeutende Gebäude, die ihr die Regionen der Welt offenbarten. China, Indien, Russland, Südafrika, Kongo, Israel, Brasilien, USA – es schien, als ob die ganze Welt brannte, als ob es keinen friedlichen Fleck mehr auf der Erde gab. Endlich verblassten die Bilder, und Lila fand sich im Wohnzimmer wieder.

»Was ist passiert?«, flüsterte sie.

»Nichts Besonderes. Die Menschen kämpfen ums Überleben. Wie schon seit Jahrtausenden.«

»Ist denn überall Krieg? Das kann doch nicht sein.«

»Kein Krieg. Das ist der Alltag.«

»Was?«

»Wundert es dich? Der Klimawandel hat sich doch lange angekündigt. Jetzt haben wir Wirbelstürme, Dürren und Überschwemmungen, die ganze Länder unbewohnbar gemacht haben. Große Teile von Bangladesch sind von der Landkarte verschwunden, genau wie die Malediven, die Philippinen und ein Teil der ostchinesischen Küste – auch Shanghai haben wir verloren. Halb Mexiko ist ein Katastrophengebiet. Was meinst du, haben die Abermillionen Bewohner gemacht? Sind die einfach still mit untergegangen? Nein, natürlich nicht. Sie sind geflohen, doch niemand will diese Flüchtlinge bei sich haben, niemand kann für sie sorgen. Die Ernährungslage der Welt ist seit Jahren angespannt. 2053, kurz nachdem du verhaftet wurdest, sind die ertragreichsten Getreidesorten von Bayer durch eine Pilzmutation praktisch unbrauchbar geworden. Es gibt aber kaum anderes Saatgut, das resistent gegen die zugleich verwendeten Pflanzenschutzmittel und Pestizide ist. Jetzt muss die Landwirtschaft wieder von vorne anfangen. Die Verteilungskämpfe sind grausam. Es hat das große Hauen und Stechen begonnen. Die Welt zerfleischt sich gerade selbst. Nur wir nicht. Denn wir haben unseren Weg gefunden, Lila. Wir bewahren den Frieden.«

»Ja natürlich … hier ist alles deide!« Lila verschränkte trotzig die Arme. »Wie ist das? Nimmt die BEU denn Klimaflüchtlinge auf?«

»Wir haben ganze vier Staaten aufgenommen. Auch sie waren in Not.«

»Und die Flüchtlinge aus England? Ich habe gerade von einem Boot gelesen, das gekentert ist …«

»Ja, sie haben trotz Sturmwarnung versucht, überzusetzen. Niemand hat überlebt.«

Lila wusste nicht mehr, was sie sagen sollte. Vielleicht war das alles Manipulation, vielleicht sprach er die Wahrheit – machte das einen Unterschied?

»Sei nicht traurig. Du kannst das Schicksal der Menschen nicht ändern. Sie sind, wie sie sind. Sei glücklich, dass du hier bist. Sei froh, dass ich über dich und all die anderen wache.«

»Erspar mir diesen Schmarrn.« Die Wut tat gut, denn sie verdrängte Lilas Hoffnungslosigkeit. »Sag mir lieber, warum du hier bist. Als Herrscher von Ewigkeit zu Ewigkeit solltest du doch eigentlich Besseres zu tun haben, als mir das Elend der Welt vor Augen zu führen.«

»Da hast du recht. Aber meine Leistungskapazitäten sind schier unerschöpflich. Ich kann gleichzeitig hier sein und an vielen, vielen anderen Stätten Gutes tun.«

»Toll. Glückwunsch.«

»Als ich dich das letzte Mal getroffen habe, warst du wesentlich liebenswürdiger.«

»Tja, ich weiß auch nicht, woran das liegt. Vielleicht an den fünfeinhalb Jahren künstliches Koma, in das du mich geschickt hast!« Ein Speicheltropfen landete auf Samsons Wange. Er strich ihn mit der Hand fort, und Lila hatte einen Augenblick lang wieder das Bild vor sich, wie sie Samson kurz vor seiner Verwandlung vorgefunden hatte. Wie klein und hilflos er vor ihr gekniet hatte, ein menschlicher Geist, der nicht wusste, dass er ein Roboter war.

»In Ordnung, lassen wir die Spielchen«, sagte Samson mit einer blechernen, kalten Stimme, die Lilas Nackenhaare flirren ließ. »Ich will dir ein Angebot machen.«

Lila schnaubte abfällig, was Samson ignorierte.

»Ich habe eine Aufgabe für dich. Wenn du diese Aufgabe erfüllst, dann werde ich dich offiziell begnadigen. Du bekommst die durchschnittliche Anzahl an Sozialpunkten gutgeschrieben, kannst eine Lebensberatung beantragen und einen neuen Job erhalten. Wenn du willst, kannst du hier wohnen bleiben und dir dein neues Heim einrichten.«

»Und wenn ich die Aufgabe nicht erfülle?«

»Dann wirst du bis zum Ende deines Lebens in Verwahrung genommen.«

»Was ist das für eine Aufgabe?«

»Ich möchte, dass du meine Mutter dazu bringst, mit mir zu sprechen.«

»Was?«

»Seit dem Tod meines biologischen Körpers weigert sich meine Mutter, mit mir zu reden. Das bekümmert mich. Ich besuche sie regelmäßig, doch in all dieser Zeit hat sie kein einziges Wort mit mir gewechselt. Ich möchte, dass du sie dazu bringst, ihre Meinung zu ändern. Ich gebe dir dafür eine Woche Zeit. Solltest du es schaffen, bist du frei, wieder ein normales Leben in der Optimalwohlökonomie zu führen. Schaffst du es nicht, kommst du in die Verwahrung.«

»Aber ich kenne deine Mutter doch gar nicht.«

»Du wirst sie kennenlernen. Gleich nach diesem Gespräch. Sofern du meinen Vorschlag annimmst. Lehnst du ihn ab, kommst du sofort in die Verwahrung. Also was sagst du?«

»Was für eine blöde Frage, natürlich mache ich mit. Du lässt mir ja keine andere Wahl.«

»Es gibt immer eine Wahl.«

»Lügner.«

»Komm mit.«

27. KAPITEL

Er führte sie aus dem Haus und die Straße hinunter. Außer ihnen war keine Menschenseele zu sehen, nicht ein einziges Kommunalauto wartete am Straßenrand, alle Nachbarn waren verschwunden. Nur gut dreißig Meter über ihren Köpfen begleitete sie ein Schwarm Überwachungsdrohnen. Immer wieder drehte Lila ihren Kopf und spähte in die Gassen und Gärten. Nichts. Es schien, als gingen sie durch eine Geisterstadt. Ihre Füße auf dem Asphalt und das schwache Brummen der Drohnen waren die einzigen Geräusche. Ganz entfernt nur meinte Lila ein dumpfes Grollen zu vernehmen. Vielleicht der Lärm einer Baustelle oder anderer Maschinen.

Endlich blieb Samson vor einem frei stehenden Einfamilienhaus stehen. Es war offensichtlich lange vor den Reihenhäusern errichtet worden, denn es gehorchte nicht dem Diktat, schlank in Reih und Glied zu passen. Stattdessen hielt es einen ausladenden Vorgarten bereit. Auch Garage und Parkplätze waren in einer Zeit gebaut worden, als jeder noch ein eigenes Auto auf seinem Grundstück unterbringen wollte.

Samson führte sie die gepflasterte Auffahrt entlang, wobei er seinen sonst so stetigen Gang durch unregelmäßige Zwischenschritte unterbrach, denn er trat immer mitten auf die Steine und niemals auf die Ritzen dazwischen.

Kurz nachdem Samson geklingelt hatte, sah Lila durch die dicken Butzgläser einen Schatten näher kommen. Die Tür öffnete sich, und eine schmale ältere Frau äugte nach draußen. Als sie Samson erblickte, verfinsterte sich ihr Gesichtsausdruck, mit dem sie auch Lila bedachte. Diese hatte sofort das Bedürfnis, sich zu rechtfertigen, denn sie wollte nicht mit Samson in einen Topf geworfen werden, wollte nicht, dass die Alte dachte, sie wäre seine Komplizin, im Gegenteil. Am liebsten wäre sie durch den Türspalt geschlüpft und hätte Samson ebenso furchtlos und kalt angefunkelt. Bestürzt stellte sie fest, dass sie gehofft hatte, Samsons Mutter würde sie mögen, und dass diese Chance mit dem ersten schlechten Eindruck vertan war.

»Hallo, Mama«, sagte Samson.

Die alte Frau drehte sich um und verschwand wortlos im Haus. Die Tür ließ sie offen stehen.

Eine Sekunde zögerte Samson, als würde er sich sammeln oder tief durchatmen, obwohl Lila sicher war, dass ein Roboter weder das eine noch das andere tat, dann trat er ein, und Lila folgte ihm.

Sie gelangten in einen breiten, mit roten Terrakottafliesen ausgelegten Flur, die Wände waren weiß und schmucklos. In einer Nische stand ein alter, verstaubter Biedermeierschrank mit einer heruntergeklappten Front, die einem grünen Telefon als Tischchen diente. Staunend betrachtete Lila das Gerät und drehte probehalber einmal die Wählscheibe, die daraufhin mit einem satten Surren wieder in ihre Ausgangsposition zurückkehrte.

»Das ist ja uralt«, stellte sie fest.

»Ja, das ist noch von meinem Großvater«, sagte Samson leise.

»Funktioniert es noch?«

»Probier es aus.«

Lila nahm den Hörer aus froschgrünem Bakelit und lauschte versuchsweise in die Muschel hinein. Sie hörte nichts als das Schaben ihrer Haut in den Löchern.

»Die Leitung ist tot«, sagte sie enttäuscht.

»Wirklich?«, fragte Samson, woraufhin sie ein Freizeichen

vernahm. Natürlich wollte sie niemanden anrufen, doch es gefiel ihr, dass dieses alte Telefon nach all der Zeit noch nützlich sein konnte. Lächelnd legte sie auf und sah sich weiter um. Rechts von ihr gab eine halb geöffnete Tür den Blick in die Küche frei. Links führte eine Treppe nach oben, daneben verbreiterte sich der Flur zu einer gemütlichen Sitzecke mit Echtholztisch und gemauerter Bank, von der aus man durch die Terrassentür in den Garten blicken konnte. Samson folgend erklomm sie die breite Treppe, ein halbes Stockwerk nach oben in ein weit geöffnetes Wohnzimmer. In der Mitte des Raumes umschloss eine uralte schwarze Sofagarnitur mit dazugehörigen drehbaren Ledersesseln einen niedrigen Glastisch, auf dem sich mehrere Bücher stapelten. Daneben, vor einem riesigen Panoramafenster, das die ganze Südseite des Raumes einzunehmen schien, stand ein dicker, imposant gepolsterter Ohrensessel, der eher in einen Retrobarockladen als zum Rest der Einrichtung gepasst hätte. In diesen monströsen Sessel ließ sich Samsons Mutter sinken, um dann mit verschränkten Armen aus dem Fenster in den Garten zu starren.

Lila fühlte sich unwohl, konnte die Ablehnung fast mit den Händen greifen. Sie war hier ebenso wenig willkommen wie Samson.

»Hallo, Mama«, sagte er noch einmal, und Lila meinte, fast ein wenig Bedauern herauszuhören, doch seine Mutter reagierte nicht.

»Das hier ist Lila. Lila, das ist meine Mutter, Anna Freitag. Ich glaube, dass ihr beide euch gut verstehen werdet. Ich habe Lila gebeten, dich in nächster Zeit zu besuchen. Sie wird ab jetzt täglich vorbeikommen. Sie ist eine Freundin von früher. Ihr werdet euch viel zu erzählen haben. Am besten lasse ich euch jetzt einfach alleine. Wir sehen uns am Samstag.« Und damit verließ er das Haus.

Lila blieb unschlüssig in der Mitte des Wohnzimmers stehen, während Anna Freitag regungslos in ihrem Sessel thronte und sich demonstrativ abwandte. Lila folgte ihrem Blick. Der Garten erstreckte sich, so weit das Auge reichte, und ähnelte fast schon einem herrschaftlichen Park. Blumen leuchteten in kreisförmig angeordneten Beeten um einen künstlichen Teich. Eine kleine Mauer grenzte den Rasen von einer Pergola ab, die von Rosen umrankt wurde. Im Hintergrund standen Apfel- und Kirschbäume in plantagenartigen Reihen, die in dunklen Schatten eines Nadelwalds mündeten.

Lila staunte. »Das ist ja ein toller Garten.«

»Verlassen Sie sofort mein Haus«, versetzte Anna Freitag scharf.

»Samson hat gesagt, ich soll …«

»Das ist mir egal. Raus. Sofort.«

Er wartete draußen auf sie.

»Das ging ja besser, als ich gehofft hatte«, sagte Samson.

»Wie bitte? Es hat keine zwei Sekunden gedauert, da hat sie mich rausgeschmissen.«

»Eben. Zwei Sekunden sind besser als nichts. Morgen werden es drei werden.«

»Ich werde jetzt aber nicht wie in irgend so einem Kung-Fu-Film tagelang vor der Tür ausharren, bis sie mich reinlässt und wir beste Freunde werden.«

»Nein, das brauchst du auch nicht. Sie weiß, dass du auf meine Anweisung kommst, also muss sie dich ertragen. Auch die Sicherheitsroboter, die sie dir vielleicht auf den Hals zu hetzen droht, wissen, dass du zu Recht dort bist. Mach dir keine Sorgen, es wird schon klappen. Das nächste Mal komme ich sie am Samstag besuchen. Bis dahin habt ihr schon einmal Zeit, euch kennenzulernen. Wie es danach weitergeht, werden wir sehen. Ich muss jetzt wieder los. Als Herrscher von Ewigkeit zu Ewigkeit muss ich Präsenz zeigen.« Er zwinkerte ihr zu.

»Moment!« Lila griff nach ihm und zuckte bei der Berührung zurück, als hätte sie sich verbrannt. »Der Irina-Roboter hat gesagt, ich darf nicht aus dem Haus.«

»Dieses Verbot ist hiermit aufgehoben. Du darfst deine Wohnung verlassen, um zu meiner Mutter zu gehen. Alles andere bleibt weiterhin verboten. Du bist immer noch eine Piretistin mit eingeschränkten Bürgerrechten.«

»Und was ist mit Kophler?«

»Was soll mit ihm sein?«

»Darf ich ihn besuchen?«

Samson blickte sie lange an. Lila forschte in seinem Gesicht nach seinen Gedanken, doch es ließ sich nichts davon ablesen. Die silbergrauen Augen wirkten wie die einer Puppe.

»In Ordnung. Wenn du willst, darfst du ihn besuchen. Aber ich warne dich. Versuche nicht, erneut zu fliehen oder deine Revolutionsgarden wiederzubeleben oder in irgendeiner anderen Weise der BEU zu schaden. In diesem Falle würde unsere Abmachung nichtig, und ich müsste dich sofort in die Verwahrung zurückbringen. Dein Kampf ist vorbei, verstanden?«

»Ja.«

»Es gibt keine Revolution mehr. Das hier ist das Ende der Politik, das Ende der Geschichte, das Ende der Zeit. Ich habe das Optimum erreicht. Danach kommt nichts mehr auf dieser Welt.«

»Okay.«

Und dann lächelte er, und diesmal erfüllte sie das Lächeln mit einer solchen Traurigkeit, dass sie Mühe hatte, die Tränen zurückzuhalten.

»Hab keine Angst. Am Ende wird alles gut ausgehen. Du weißt so wenig, aber ich habe es gesehen. Ich kenne die Menschen, ich kenne ihr Leid. Ich weiß, wie alles enden wird.« Einen Augenblick hatte Lila das Gefühl, als ob da mehr wäre, als ob er ihr noch mehr sagen wollte, doch dann wandte er sich ab und stieg in eine schwarze Limousine, die in diesem Augenblick lautlos an der Straße hielt.

Dann war Lila allein.

28. KAPITEL

Kaum war der Wagen außer Sichtweite, rannte Lila in Richtung von Kophlers Haus. Sie war keine hundert Meter weit gekommen, da stürzte plötzlich von oben eine Drohne zu ihr herab und schwebte auf Höhe ihres Gesichts in der Luft. Lila konnte gerade noch bremsen, um nicht gegen die surrenden Rotoren zu prallen.

»Halt«, sagte die Drohne aus einem piepsigen Lautsprecher.

»Was ist?«

»Mäßigen Sie Ihr Tempo.«

»Was? Darf ich jetzt nicht mal mehr rennen, oder was?«

»Exakt. Sie dürfen zügig schreiten. Alles andere würde Ihren Körper über Gebühr belasten.«

»Das kann ich ja wohl selbst entscheiden!«

»Nein, als Piretistin besitzen Sie keine vollwertigen Bürgerrechte. Die Agentur für Gesundheit ist offiziell für Ihr körperliches Wohlbefinden verantwortlich. Also: Seien Sie vernünftig, sonst wird Ihnen ein Begleiter zur Seite gestellt.«

»Okay, hab verstanden. Ich brauche keinen Babysitter. Wie wäre es mit 1,5 Metern pro Sekunde?«

»Das wäre angemessen. Jeder an seinem Platz.« Die Drohne surrte in die Luft, bis sie kaum mehr zu erkennen war.

Leise vor sich hin fluchend – laut wagte sie es nicht, denn sicher hatte eine andere Agentur was dagegen – marschierte sie weiter die menschenleere Straße entlang bis zur Nummer 42, wo Eoin Kophler wohnte.

Sie hatte kaum die Klingel betätigt, da wurde die Tür schon aufgerissen, und Kophler begrüßte sie überschwänglich mit

Handschlag und freundschaftlichem Auf-die-Schulter-Klopfen. »Lila, was für eine Freude, Sie zu sehen! Kommen Sie rein.«

»Ich hatte schon befürchtet, Sie wären im Internat«, platzte Lila erleichtert heraus und betrat eilig das Haus, das ihrer Nummer 10 vollkommen glich.

»Wie geht es Ihnen? Wissen Sie, was mit uns passiert ist?«, fragte Lila, während er sie ins Wohnzimmer führte. Auf seinem Couchtisch lagen ein Reader und ein Buch, das er wohl gerade gelesen hatte: *Politeia* von Platon, daneben eine Plastikkarte in einer durchsichtigen Kunststoffhülle. Auf der Karte konnte man ein holografisches Foto von Kophler sehen sowie das Logo des Mannes mit der brennenden Fackel.

»Danke, ganz gut, kann ich Ihnen etwas anbieten?« Lila schüttelte den Kopf, also fuhr er fort. »Meines Wissens wurden wir vor zwei Tagen in einem Waldstück in der Nähe des Seebads Warnemünde verhaftet und nach München gebracht. Ich bin gestern Nachmittag zu mir gekommen, als ein Sicherheitsroboter mich auf die Wohnzimmercouch gesetzt hat, genau hier.« Er deutete auf das Sofa, das gleiche Modell wie in ihrem Haus. »Der Roboter hat mir Tee und Kekse gebracht, als wäre es das Normalste der Welt. Natürlich war mein erster Instinkt, zu fliehen, aber dann hat er mir ein Angebot gemacht.«

»Was für ein Angebot?«

»Ich soll wieder in die Forschung einsteigen.« Kophler griff nach der Plastikkarte und zeigte sie Lila. »Prometheus Ltd. wurde umstrukturiert und forscht jetzt nur noch an der Weiterentwicklung von Individualrobotern ohne menschliche Charakterbasis. Es ist nämlich mittlerweile verboten, Charakterchips in Roboter einzubauen, wussten Sie das?«

»Ich habe vorhin was von einem Baustopp gelesen«, sagte Lila nachdenklich. Sie drehte die Karte in der Hand hin und her, was das Hologramm silbrig schimmern ließ.

»Es ist alles schon sehr spannend, wirklich, das muss man sagen. Morgen früh werde ich meine neuen Kollegen kennenlernen.«

»Ach … und …« Lila stockte und legte die Karte wieder auf den Tisch. Sie blickte sich um. Sicherlich waren überall Kameras angebracht, und jedes Wort wurde aufgezeichnet. Sie bezweifelte, ob es überhaupt möglich war, je wieder ein vertrauliches Wort mit Kophler zu wechseln.

»Ja?«

»Ach nichts … ist auch egal.«

Sie schwiegen eine Weile, dann sagte Kophler: »Es könnte wesentlich schlimmer sein.«

»Oder besser«, sagte Lila zerknirscht.

»Da bin ich mir nicht so sicher. Ich habe heute Vormittag ein bisschen Zeitung gelesen und war sehr bestürzt über den Zustand der Welt.«

»Sie glauben doch nicht der Propaganda …«

»Im Augenblick bin ich nur froh, nicht im Internat zu sitzen«, sagte Kophler. »Alles Weitere wird sich fügen.«

»Und wenn nicht? Wenn Sie merken, dass die neuen Kollegen bei Prometheus genau solche Idioten sind wie früher, oder noch schlimmer: Sie gar keine Kollegen mehr haben, sondern nur noch mit Robotern arbeiten?«

»Roboter sind menschlicher Gesellschaft manchmal durchaus vorzuziehen.«

»Ach kommen Sie! Sie wissen, was ich meine! Wollen Sie wirklich so leben?«

»Das Haus ist doch ganz nett.«

»Herr Kophler!«

Eoin Kophler massierte sich angestrengt die Nasenwurzel. Es schien, als suche er nach den richtigen Worten. »Sie müssen mich verstehen, Lila. Ich habe die letzten fünf Jahre jeden Tag damit verbracht, meine Flucht zu planen. Ich hatte gehofft, bis nach Russland zu kommen, dort in einer einsamen Hütte zu leben, zu jagen, Fische zu fangen und frei zu sein. Dieser Traum ist vorbei.«

Bei Kophlers Worten wuchs in Lilas Bauch ein bitterer Kloß heran. Sie hatte so gehofft, in Kophler einen Verbündeten zu haben, und jetzt gab er einfach so auf. Es fühlte sich so an wie Samsons Absage vor fünf Jahren. Das konnte doch nicht sein! Sie wollte ihn überzeugen, wollte ihn zu neuen Ideen aufmuntern, doch ehe sie noch ein Wort sagen konnte, nahm er den Faden wieder auf.

»Wenn ich es mir genau betrachte, hat meine Flucht doch Erfolg gehabt. Ich bin zwar nicht vollkommen frei, aber ich bin auch nicht mehr gefangen.«

Ich, ich, ich, dachte Lila. Konnte er auch mal einen Gedanken an sie und ihre Situation verschwenden? War Kophler schon immer so selbstsüchtig gewesen? Sie musste sich eingestehen, dass sie ihn zu wenig kannte, um das beurteilen zu können. Und eigentlich auch zu wenig, um enttäuscht darüber zu sein.

Er bemerkte ihre Niedergeschlagenheit und sagte etwas leiser, beinahe entschuldigend: »Ich kann mich jetzt nur noch beugen. Wenn ich mich nicht füge, werden sie mich zerbrechen. Außerdem haben sich einige Dinge verändert.«

»Was meinen Sie?«

Wie aufs Kommando schnappte das Schloss der Haustür auf. Instinktiv hielt Lila den Atem an und wappnete sich innerlich gegen einen Angriff der Sicherheitsroboter.

Da rief eine Frauenstimme hell und fröhlich: »Ich bin zu Hause!«

Augenblicklich hastete Kophler zum Eingang. Lila folgte ihm vorsichtig in den Flur, wo eine Frau stand, schwer mit Einkaufstüten bepackt. Sie schnaufte unter der Last und lächelte dankbar, als Kophler ihr die Tüten abnahm. Er schien mit einem Mal wie verwandelt und strahlte eine Freude aus, die sie noch nie an ihm gesehen hatte.

»Lila, darf ich Ihnen meine Frau vorstellen? Das ist Leonie«, rief Kophler und verschwand mit den Einkäufen in der Küche.

»Jeder an seinem Platz!«, sagte die Frau mit freundlichem offenem Gesicht.

»Hallo … schön, Sie kennenzulernen«, brachte Lila hervor, froh, die Floskel automatisch parat zu haben.

»Ja, das finde ich auch. Eoin hat mir schon so viel über Sie erzählt.« Leonie schüttelte Lila herzlich die Hand. »Sie müssen unbedingt zum Essen bleiben. Ich habe gehört, Sie mögen Thai-Curry?«

»Ähm … ich hatte eigentlich …«

»Sie haben doch sicher noch keine anderen Verpflichtungen?«

»Nein, aber …«

»Wunderbar. Eoin, bietest du unserem Gast etwas zu trinken an?«

»Sehr gerne. Was möchten Sie trinken, Lila?«

»Gar nichts, danke …«

»Vielleicht einen Wein?«

»Es ist erst vier Uhr.«

»Das macht doch nichts. Kommen Sie, ich zeige Ihnen die Sammlung im Keller, dann können Sie sich etwas aussuchen.«

Lila zögerte. Ihr fiel keine Verpflichtung ein, die sie vorschieben konnte. Doch die Situation machte sie nervös. Irgendetwas stimmte nicht.

»Kommen Sie mit!« Kophler packte sie unsanft am Handgelenk und zerrte sie mit sich. »Wir sind im Weinkeller!«, rief er besonders laut.

Aus der Küche drang ein fröhliches »Ja, Schatz«.

Dann schloss Kophler die Tür hinter sich und nahm mehrere Stufen auf einmal nach unten.

»Was zum Teufel ist hier los?«, zischte Lila.

Kophler legte die Finger an die Lippen und bedeutete ihr, ihm still zu folgen. Der Keller war erstaunlich groß und bot neben einem Vorratskeller und einem Trockenraum auch einem großen Weinregal aus Kunststoff Platz. Wieder schloss Kophler die Tür hinter ihnen beiden. Erst dann atmete er hörbar auf. Lila kam es vor, als sei die Temperatur plötzlich um ein paar Grad gefallen.

»Was soll das Ganze? Wer ist diese Frau, und warum stehen wir hier im Keller?«

»Ich weiß es nicht, Lila, ich weiß es nicht. Es ist alles sehr kompliziert!«

»Wie? Sie haben gesagt, das sei Ihre Frau! Stimmt das etwa nicht?«

»Doch … schon.«

»Ich dachte, Sie seien geschieden!«

»Ja … also, das ist meine Ex-Frau. Wir haben uns 2051 getrennt. Ich hatte Ihnen doch erzählt, dass mir bei den Experimenten mit dem Charakterchip mehr verloren gegangen ist als nur meine Fähigkeit zu träumen. Ich habe außerdem meine Frau vergessen.«

»Was?«

»Ja, am Tag des Experiments kam ich nach Hause und fand eine fremde Frau in meiner Wohnung vor, die felsenfest behauptete, mit mir verheiratet zu sein. Ich dachte erst, es sei ein schlechter Scherz, und auch sie dachte wohl, ich wolle sie nur auf den Arm nehmen. Aber die Beweislage sprach für sie. Sie zeigte mir Fotos und Videoaufzeichnungen von gemeinsamen Urlauben und Ausflügen. Wir riefen zusammen Freunde und

Verwandte an, und jeder glaubte, ich wolle mir einen üblen Scherz mit ihnen erlauben, denn an alles erinnerte ich mich, nur nicht daran, dass Leonie ein Teil davon gewesen war. Nach ein paar Monaten verließ sie mich und reichte die Scheidung ein. Seitdem habe ich nichts mehr von ihr gehört. Freunde erzählten mir, dass sie depressiv und in Kontemplation sei. Und dann wurde ich verhaftet.« Kophler machte eine Pause, als wolle er die Zeit im Internat noch einmal wirken lassen.

Lila platzte beinahe vor Ungeduld. »Ja, und dann? Wieso ist die jetzt wieder da?«

»Als wir im Wald verhaftet wurden, ist etwas mit mir passiert. Ich weiß nicht, wie sie es gemacht haben, ich weiß nicht, was sie gemacht haben. Aber jetzt erinnere mich wieder an alles. Es ist, als hätte man mir das fehlende Puzzlestück wieder eingesetzt. Es ist äußerst paradox, beängstigend und beglückend zugleich. Ich erinnere mich daran, wie es war, Leonie nicht erkannt zu haben, und erkenne sie doch in meiner Erinnerung und sehe jetzt, was für einen Kummer ich ihr gemacht habe.«

»Nach Kummer sah sie mir aber nicht aus.«

»Ja, das ist das Nächste. Kaum war der Sicherheitsroboter weg, ist Leonie gestern Abend hier aufgetaucht und hat mich begrüßt, als wäre es das Normalste der Welt. Sie ist offensichtlich fröhlich, keine Spur von Depression, sie ist glücklich und – wenn ich letzte Nacht als Beweis nehmen darf – überhaupt nicht nachtragend.«

»Ist sie ein Roboter?«

»Definitiv nicht.«

»Sind Sie einer?«

Kophler rollte die Augen. »Das Thema hatten wir doch schon. Nein, ich bin kein Roboter. Aber die haben etwas mit mir gemacht. Vielleicht auch mit Ihnen. Haben Sie schon irgendwelche Veränderungen an sich festgestellt?«

»Nein, mir geht es wie immer: Ich habe das Gefühl, ich bin total neben der Spur. Ich wurde heute schon vier Mal zurechtgewiesen: erst von einem Sicherheitsroboter, dann von Samson Freitag, dann von seiner Mutter, und eine Drohne war auch noch dabei.«

»Was?« Kophler trat erstaunt einen Schritt zurück und hätte mit dem Ellenbogen fast eine Flasche aus dem Regal gestoßen. »Sie haben mit Samson Freitag gesprochen?«

»Ja, er hat mich besucht und mir einen Deal vorgeschlagen: Ich soll seine Mutter dazu bringen, wieder mit ihm zu reden. Offenbar ist die verbitterte Alte die einzig vernünftige Person in diesem Land, denn sie weigert sich standhaft, auch nur ein Wort mit ihm zu wechseln. Fände ich ja eigentlich ganz gut, aber die Sache ist die: Wenn ich es nicht schaffe, dass Samsons Mutter mit ihm spricht, komme ich lebenslang in die Verwahrung.«

»Das ist schlimm.«

»Ja. Und jetzt treffe ich Sie, und Sie haben plötzlich eine Frau und einen neuen Job, und alles ist in Butter. Ganz schön ungerecht.«

»Ich weiß nicht. So wie Sie das sagen, hört es sich schon gut an, und ich bin auch tatsächlich … nun ja … glücklich. Auch wenn ich dem Ganzen noch nicht traue. Vielleicht ist das alles nicht echt. Vielleicht sind wir in einer Simulation gefangen, in einem Fühlanzug.«

»Nein, das glaube ich nicht. Wir befinden uns sicher nicht in einer Simulation, dafür sind heute schon zu viele komische Dinge passiert. Aber Samson hat irgendwas vom Ende der Zeit erzählt. Vielleicht ist es das, das Ende der Welt?«

»Das ist doch sicher wieder nur Offenbarungs-Sprech. Ich glaube nicht an so was.«

»Ich doch auch nicht, aber was hilft es uns? Wie machen wir

jetzt weiter? Was ist mit Ihrer Frau, müssen wir vor der irgendein Theater spielen? Was haben Sie der erzählt?«

»Die Wahrheit.«

»Welche Wahrheit?«

»Na, dass wir uns im Internat kennengelernt haben und gemeinsam geflohen sind. Und ich mich jetzt an alles erinnere.«

»Und wieso stehen wir dann hier im Keller und flüstern, wenn sie sowieso alles weiß?«

»Ich hatte einfach das Bedürfnis, unbeobachtet mit Ihnen zu sprechen.«

»Gut. Dann … meine Güte, wir flüstern hier, als hätten wir etwas zu verbergen, dabei ist genau das Gegenteil der Fall: Wir haben wirklich gar nichts mehr zu verbergen. Es gibt überhaupt nichts, was ich weiß oder was ich tun möchte, was nur mir gehört. Ich komme mir vor wie ein Alien in einer anderen Welt, und alle wissen Bescheid, außer mir.«

»Beruhigen Sie sich. Alles wird gut. Wir werden uns etwas überlegen. Ich kann es ja auch nicht fassen, bald wieder wie ein Rädchen im Getriebe zu funktionieren, aber lassen Sie uns einfach sehen, was kommt. Die Zeit vergeht auch ohne unser Zutun, und wenn ich eines im Internat gelernt habe, dann das: Keine Kraft ist stärker als die der Gewöhnung.«

Lila wischte sich eine widerspenstige Träne aus dem Auge. »Sie haben aufgegeben.«

»Nein, ich habe nicht aufgegeben«, erwiderte Kophler, doch seine hängenden Schultern straften ihn Lügen. »Ich will nur meine Situation richtig einschätzen, bevor ich neue Pläne schmiede. Wir sollten uns auf jeden Fall angewöhnen, viel Wein zu trinken. Denn dieser Raum hier scheint mir sicher zu sein. Ich habe alles auf Kameras und versteckte Sender untersucht. Nichts. Und auch Ihr Sender wird von hier unten nicht funken können.«

»Was denn für ein Sender?«

Kophler öffnete den Mund und schloss ihn wieder, ohne etwas zu sagen. Dann räusperte er sich und sagte: »Leonies Sender! Ist Ihnen noch nicht aufgefallen, dass niemand mehr eine Kontaktlinse trägt?«

»Ich hatte bisher ehrlich gesagt noch keinen nennenswerten menschlichen Kontakt.«

»Gut, dann verrate ich es Ihnen: Kontaktlinsen sind out. Sehnervchips sind in, da können Sie meine Frau fragen. Kommen Sie, bevor sie misstrauisch wird.« Kophler schnappte sich eine Flasche La Tour de By 2056 und führte Lila wieder nach oben.

»Ihr habt aber ganz schön lange gebraucht«, bemerkte Leonie aus der Küche heraus.

»Ja, ich konnte mich einfach nicht entscheiden«, sagte Lila hastig.

Kophler nickte pflichtschuldig, als er seiner Frau die Flasche reichte.

An der Wand neben der Spüle entdecke Lila bereits zwei leere Weinflaschen.

Leonie überprüfte das Etikett, hielt kurz inne und nickte ebenfalls. »Ja, der müsste jetzt gut sein.«

»Haben Sie den Weinkeller zusammengestellt, Frau Kophler?«, fragte Lila.

»Ach bitte, sag doch Leonie zu mir.«

»In Ordnung … Leonie. Ist das dein Wein? Wohnst du schon lange hier?«

»Nein, erst seit gestern Abend. Am Vormittag habe ich von Eoins Freilassung und der Gedächtniswiederherstellung erfahren, und wenig später bin ich losgefahren. Es ging wirklich alles wahnsinnig schnell.«

Sie warf Kophler eine Kusshand zu. Seine Augen strahlten

wie die eines verliebten Teenagers. Lila wusste nicht so recht, ob sie Teil eines Theaterstücks war oder das Publikum, für das diese Szene gerade gespielt wurde.

»Die Sache mit der Gedächtniswiederherstellung«, begann sie, »das ist schon ein bisschen eigenartig, oder? Ich meine, ihr habt euch jahrelang nicht gesehen, und jetzt, von einem Tag auf den anderen, zieht ihr zusammen, und alles ist wieder wie früher?«

»Nein, nichts ist wie früher. Jetzt ist alles viel besser, nicht wahr, Schatz?«, fragte Leonie grinsend und schenkte ihnen allen Wein ein.

»Ja, stimmt«, sagte Kophler lächelnd. Lila suchte in seinem Gesicht nach geheimen Botschaften, irgendeinem Zeichen, dass er nicht meinte, was er sagte, doch er schien sorglos und guter Dinge.

Leonie verteilte die Gläser und erhob ihres zu einem Toast: »Auf uns. Auf Lila und das Leben!«

»Prost«, erwiderten Lila und Kophler unisono und tranken.

Der Wein war fruchtig und zugleich so bitter, dass er die Mundschleimhaut austrocknete. Er hinterließ das wunderbare Brennen von Alkohol in Lilas Rachen. Schmeckte so die Freiheit? Nach Wein mit Freunden und zwanglosen Gesprächen in der Küche? Lila traute dem Ganzen nicht.

Während Kophler im Esszimmer, das genau wie in ihrem Haus über eine Theke mit der Küche verbunden war, den Tisch deckte, packte Leonie ihre Einkäufe aus, verstaute einen Teil im Kühlschrank und füllte den Rest in ein Gerät, das wie ein großer, gebürsteter Industrieofen aussah. Zumindest den Zutaten nach konnte daraus ein Thai-Curry werden.

Lila trank ihren Wein in kleinen Schlucken und überlegte laut: »Ich kann gar nicht richtig glauben, dass das hier echt ist. Ich habe immer noch das Gefühl, auf der Flucht zu sein. Dauernd erwarte ich, dass jemand hereinkommt und mich verhaftet. Vor zwei Tagen waren wir noch im Wald und mussten befürchten, erschossen zu werden, und jetzt stehen wir hier in aller Ruhe und trinken Wein, kochen Essen … da passt doch was nicht. Und du, Leonie, du wirkst so entspannt. Beunruhigt dich das alles nicht?« Lilas Zunge kribbelte, sie wusste nicht, ob es der Wein war oder der Drang, zu fliehen.

Leonie schnitt in der Zwischenzeit routiniert Salat und Zwiebeln, füllte alles in eine tiefe Schüssel und gab noch eine Vinaigrette dazu. All diese Arbeiten vollführte sie mit einer Leichtigkeit, als mache sie tagtäglich nichts anders. Lila wusste nicht, wann sie das letzte Mal selbst Essen zubereitet hatte. Gelassen antwortete Leonie: »Nein, das beunruhigt mich überhaupt nicht. Das liegt aber auch daran, dass ich mich endlich vollkommen integriert habe.«

»Was meinst du damit?«, fragte Lila.

»Die letzten Jahre waren nicht einfach für mich. Die Trennung von Eoin hat mich damals ziemlich aus der Bahn geworfen. Ich habe Verschiedenes ausprobiert, bin viel gereist, habe eine Therapie angefangen, Yoga gemacht und eine neue Lebensberatung beantragt. Aber das hat alles nichts geholfen. Ich hatte eine schwere Zeit, war jahrelang depressiv. Ich möchte jetzt nicht allzu sehr ins Detail gehen, aber es hätte nicht viel gefehlt, und ich hätte mein Aeterdormol genommen.«

Kophler war mittlerweile mit dem Tisch fertig und lehnte im Türrahmen. Bei dem Namen der Tabletten atmete er hörbar aus. Lila warf ihm einen Blick zu, aber er hatte nur Augen für seine Frau.

»Aber dann, vor etwa einem Jahr, bekam ich von der Lebensberatung den Hinweis, dass ich für die vollkommene Integration zuteilungsberechtigt sei. Da habe ich nicht lange gezögert. Den Sehnerv- und den Audiochip hatte ich sowieso schon, und gute Erfahrungen damit gemacht. Also habe ich mir auch endlich den Rest inklusive Emóchip einsetzen lassen. Und seitdem geht es mir wieder richtig gut. Als ich gestern von Eoins Freilassung erfahren habe, musste ich nicht lange überlegen. Ich bin sofort hierhergefahren. Und ich bin mir felsenfest sicher, dass es die richtige Entscheidung war, nicht wahr, Schatz?«

»Ja, auf jeden Fall«, bestätigte er. Sie prosteten sich zu und grinsten breit.

Lila fühlte sich immer unwohler. Sie kam sich vor wie ein Kind, das nicht verstand, über welches Thema die Erwachsenen in Wirklichkeit sprachen.

»Was ist denn ein Emóchip?«, fragte Lila, woraufhin Leonie sie mit einem Blick bedachte, als habe sie gefragt, was eine Scheibe Brot sei.

»Sie war fast sechs Jahre in der Verwahrung«, erklärte Kophler entschuldigend.

»Ach so, ja. Also ein Emóchip, das ist ein kleiner Chip, den man sich ins Gehirn einsetzen lassen kann. Mit seiner Hilfe lassen sich Emotionen verstärken oder dämpfen, denn er stimuliert oder unterdrückt die Produktion von Botenstoffen wie Serotonin, Dopamin und noch einiger anderer. Die Details kenne ich nicht, wichtig ist nur, dass er funktioniert.«

»Und wie wird dieser Chip gesteuert?«

»Ich kann ihn selbst steuern, das ist ja das Gute daran.«

»Wie bitte?«

»Ich habe hier eine Software, mit der ich bestimmen kann, wie glücklich ich sein möchte.« Leonies Blick richtete sich in die Ferne. Mit der freien linken Hand zeichnete sie unsichtbare Muster in die Luft. Es sah so aus, als bediente sie ein Programm ihrer Kommunikationslinse, doch Lila wusste ja bereits, dass sie stattdessen einen Sehnervchip besaß.

»Und wie glücklich bist du gerade?«

»Ziemlich glücklich!« Leonie fing an zu lachen. »Das ist ja das Tolle. Aber keine Sorge, ich bin nicht high oder so. Auf einer Skala von null – was absolute Indifferenz wäre – und hundert, was einem Orgasmus gleichkommen würde, kann ich mich bis maximal sechzig selber regeln. Alles darüber hinaus muss ganz natürlich von außen kommen. Optimal ist eine positive Grundstimmung um die dreißig, das ist schon ein angenehmes Leben.«

»Kannst du dich auch traurig machen?«

»Das geht wahrscheinlich auch, habe ich aber noch nie ausprobiert. Warum sollte ich? Ich war lange genug depressiv. Jetzt ist alles wieder gut.«

»Aha, klingt ja praktisch«, sagte Lila und trank ihr Glas leer. Sie wollte es schon abstellen, aber Leonie schenkte sofort nach. »Und was heißt Integration?«

Leonie füllte ihr eigenes Glas ebenfalls wieder voll und stellte die Flasche dann auf der Arbeitsplatte ab. »Also ich bin vollkommen integriert, das heißt, ich habe alles, was zurzeit von der Agentur für Lebensberatung empfohlen und für einige Berufsgruppen, also Beamte, Leute im Öffentlichen Dienst und solche mit besonderer seelischer oder körperlicher Belastung, verpflichtend ist: Ich habe den Emóchip, den Sehnervchip, einen Tympani-Audiochip hinter dem rechten Trommelfell, einen GPS-Empfänger und einen Steuerungschip für alle Eingaben und das Senden meiner Daten. Das war es, glaube ich.«

Lila stieß einen Pfiff aus. »Das klingt nach einer ganzen Menge Elektronik. Alles implantiert?«

»Genau. Ging aber ganz schnell. Das machen die ambulant mit einer langen Kanüle, nach zwanzig Minuten ist alles erledigt, und zurück bleibt nur eine winzige Narbe, siehst du?«

Leonie drehte den Kopf und schob ihr Haar zur Seite. Lila

musste genau hinsehen, um den fahlen Punkt hinter der Ohrmuschel überhaupt zu erkennen. Schnell spülte sie mit dem Rotwein einen Fluch aus ihrem Mund und fragte möglichst beiläufig: »Und lässt sich das alles irgendwie ausschalten?«

»Hoffentlich nicht. Sonst müsste ich ja alles neu einsetzen lassen!«

»Stimmt, das wäre natürlich blöd.« Lila kicherte, biss sich jedoch auf die Lippen, als sie Kophler hinter sich räuspern hörte.

»Ja, so habe ich eine lebenslange Garantie.«

»Deide … was ist, wenn man mal unbeobachtet sein will?«

»Was meinst du mit unbeobachtet? Offline? Ich bin doch kein Privatmann!« Leonie fing an zu lachen. »Du bist wirklich witzig, Lila. Ich kenne keinen, der freiwillig offline sein will. Dann kann mich Samson ja gar nicht mehr sehen.«

Der dumpfe Kloß in Lilas Magen schien sich auszudehnen und ihre Kehle nach oben zu wandern. Sie stellte ihr leeres Glas mit lautem Klirren auf der Küchenplatte ab. »Ich glaube, ich gehe jetzt besser nach Hause.«

»Aber das Essen ist doch gleich fertig«, sagte Leonie und wies auf den Industrieofen an der Wand, dessen Timer noch zwei Minuten anzeigte.

»Danke, aber ich möchte lieber gehen. Ich glaube, der Wein bekommt mir nicht. Schönen Abend noch.« Lila hielt sich die Hände vor den Bauch und floh aus dem Haus.

»Kann ich Ihnen irgendwie helfen?«, fragte Kophler, der ihr hinterherstolperte.

Lila beschleunigte ihre Schritte. Mit einem Mal wünschte sie sich nichts mehr, als allein in ihren eigenen vier Wänden zu sein. »Nein, danke, es geht schon. Ich brauche nur ein bisschen Ruhe. Ich habe jahrelang keinen Alkohol mehr getrunken.«

»Ja richtig …«

»Und Sie sollten sich klarmachen, wen Sie sich da ins Haus

geholt haben«, flüsterte Lila schärfer, als sie es beabsichtigt hatte.

»Ich weiß, was Sie sagen wollen, und Sie haben recht. Aber was soll ich tun? Sie ist meine Frau!«

»Ex-Frau.«

»Aber ich liebe sie.«

Lila schnaubte verächtlich. »Wirklich? Sie kennen sie doch erst seit gestern. Nach allem, was ich gerade gehört habe, könnte es genauso gut sein, dass diese Person *nie* ihre Frau gewesen ist und Ihnen nur die Erinnerung an sie eingeimpft wurde. Woher wissen Sie, dass es wirklich Ihre Erinnerungen sind?«

»Wessen sollten es denn sonst sein?«

Lila blieb abrupt stehen und funkelte ihn an. »Was ist los mit Ihnen? Haben die Ihnen den Verstand ausgebaut, als sie Ihre Frau wieder eingebaut haben? Wenn die alle möglichen Gefühle beliebig erzeugen können und alte Erinnerungen regenerieren, warum dann nicht auch neue Erinnerungen?«

Kophler stand direkt vor ihr, keine fünf Zentimeter trennten sie voneinander. Sie musste zu ihm aufblicken und roch seinen Atem, der sauer nach Wein und süß nach Ingwerkeksen roch. Er schien sich der Nähe gar nicht bewusst zu sein und erklärte in dem nasalen Tonfall, den er zum Dozieren benutzte:

»Theoretisch klingt das plausibel. Tatsächlich sind Erinnerungen aber viel detaillierter, es wäre äußerst kompliziert, solche Erinnerungen zu simulieren, viel schwieriger, als irgendwelche Glückshormone zu triggern. Außerdem, welchen Sinn sollte es haben, mir falsche Erinnerungen einzuimpfen, wo die echten schon ausreichen?«

Lila schüttelte den Kopf. Sie machte ein paar Schritte zurück und musterte Kophler von Kopf bis Fuß. »Meine Güte. Da schläft nach fünf Jahren Knast eine Frau mit Ihnen, und für Sie ist es gleich die große Liebe. Herr Kophler, ich bitte Sie.

Vor zwei Tagen hätten Sie jeden, der so etwas behauptet hätte, ausgelacht.«

»Kann sein. Vor zwei Tagen war auch alles anders.«

Leise vor sich hin schimpfend setzte Lila ihren Weg fort und tat so, als würde sie nicht darauf achten, ob Kophler ihr folgte. Sie liefen brav auf dem Bürgersteig, den kein Staubkorn verunreinigte, obwohl die Straße neben ihnen nahezu verwaist war. Gerade einmal zwei Kommunalautos waren, seit sie Leonie verlassen hatten, nahezu lautlos an ihnen vorbeigerollt. Und obwohl es ein sonniger Frühlingstag war, waren sie die einzigen Spaziergänger. In einigen Vorgärten wurden Blumen gepflanzt oder die Fenster geputzt, doch nirgends waren Leute auf der Straße zu sehen. Es blickte auch niemand auf, als Lila und Kophler vorbeikamen. Kein »Hallo« oder ein obligatorisches »Jeder an seinem Platz«. Es fühlte sich an wie eine nicht allzu gut ausgestattete Virtuelle Realität. Noch dazu war es gespenstisch ruhig, die einzigen Geräusche stammten von ein paar Drohnen, die irgendwo über ihren Köpfen flogen und mit ihrem nervtötenden Surren sogar die Vögel verschreckt hatten. Dabei waren die Häuser, die Zäune, die Straßenlaternen, ja selbst die Gullydeckel alle so frisch und neu, es hätte auch alles am Tag zuvor hier aufgebaut worden sein können. Nur für sie, nur als Kulisse. Aber wofür? Schließlich kehrten ihre Gedanken zu Kophler zurück, der immer noch neben ihr lief.

»Wissen Sie, vielleicht haben Sie auch einen Emóchip ein gepflanzt bekommen und wissen es nur nicht, und Ihre Frau drückt die ganze Zeit auf *Liebe, Liebe, Liebe.*«

»Wenn Sie es nicht täte, würde ich vielleicht selber auf den Knopf drücken.«

»Auch wenn es nicht echt wäre?«

»Was heißt *nicht echt?* Liebe entsteht durch das Bindungshormon Oxytocin. Durch welchen Mechanismus es ausgeschüttet wird, ist vollkommen unerheblich. Der Effekt ist das, was wir als Liebe bezeichnen.«

»Wie kann ich denn dann noch entscheiden, was echt ist und was nicht?«

»Gar nicht. Das Gehirn ist die interpretierende Instanz. Was in ihm selber vorgeht, kann das Gehirn nicht wissen.«

»Dann sind wir doch in der Matrix gefangen.«

»So schlimm ist es nicht. Eigentlich ist es genial. Kennen Sie den Spruch von Schopenhauer: ›Der Mensch kann zwar tun, was er will, aber er kann nicht wollen, was er will‹?«

»Ja«, sagte sie. »Und?«

»Ab sofort ist das anders. Ab sofort können wir auch wollen, was wir wollen. Es ist jetzt nur noch eine Frage der Entscheidung, ob wir glücklich sind oder nicht, ganz unabhängig von den Begleitumständen. Ist das nicht in Wahrheit eine große Freiheit?«

»Ich frage mich, ob Sie nicht doch durch einen Roboter ersetzt wurden. Sie reden so anders als noch vor zwei Tagen.«

»Im Internat war ich gefangen, besessen. Ich hatte zwar alle weltlichen Güter, aber ich hatte nicht das Glück. Aber jetzt darf ich ein einfaches Leben führen. Und das Glück, das wird mir garantiert! Was könnte es Besseres geben?«

»Es gibt kein garantiertes Glück! Irgendwann werden Sie aufwachen, vielleicht morgen, vielleicht erst in ein paar Wochen. Egal wie gut der Rausch ist, sicher ist nur der Kater. Das ist die Wahrheit.«

»Ach, Unsinn.«

Lila war vor dem kleinen Häuschen mit der Nummer 10 angekommen. Es war ihr bescheidenes Reich, der ihr zugestandene Flecken Erde, der nur für sie da war, und doch schien es genauso Staffage wie alles andere. Es war eine Sackgasse. Wütend herrschte sie Kophler an: »Aber sagten Sie nicht, Sie wollen kein glückliches Schwein sein, sondern lieber ein unglücklicher Sokrates?«

»Nein, offensichtlich hören Sie mir nicht genau zu. Ich sagte, ich wäre vorzugsweise ein *glücklicher* Sokrates. Und wissen Sie was? Genau das habe ich erreicht.« Und mit diesen Worten machte er auf dem Absatz kehrt und stolzierte zurück.

»Hier wohne ich übrigens«, rief sie ihm hinterher und bekam nur ein heiseres »Schön für Sie« zu hören.

Lila schnaubte. Der Wein ließ ihre Knie zittrig und ihre Fäuste unruhig werden. Sie hatte den Drang, etwas kaputt zu machen, jemandem wehzutun, am besten Samson Freitag.

Trotzig stapfte sie die Stufen zum Haus hoch und wurde sich erst dann bewusst, dass sie gar keinen Schlüssel besaß. Als hätte das Haus das auch bemerkt, öffnete sich die Tür von allein, und eine freundliche Stimme aus einem im Rahmen eingebauten Lautsprecher sagte: »Herzlich willkommen zu Hause.«

Lila rannte hinein und schrie. Sie schrie die Möbel an und die Bücher, das Bild, die Küche und die Treppe. Sie brüllte und fluchte so lange, bis ihr der Hals wehtat und außer einem heiseren Flüstern nichts mehr herauskam. Grimmige Genugtuung machte sich in ihrem Herzen breit, als ihr klar wurde, dass sie morgen wohl ebenso wenig in der Lage sein würde, mit Anna Freitag zu reden, wie diese Lust hatte, mit ihr zu sprechen. Das hatte Samson jetzt davon.

29. KAPITEL

Lila steht auf einer Wiese, die sich in der Ferne in den Hügeln verliert. Die Sonne hängt tief und taucht die Welt in einen goldenen Glanz. Ein paar Wolken, in Rot- und Blautönen, streben träge dem Horizont zu. Lila fühlt eine Leichtigkeit in ihrem Bauch, als wäre es der Vorabend eines großen Festes, als würde etwas Wunderbares, Langersehntes auf sie warten.

Sie weiß nicht, warum überall in den Bäumen bunte Lampions leuchten und woher die zarte Musik kommt, die der Wind über die Au trägt. Aber das Unwissen stört sie nicht. Samson wird zu gegebener Zeit alles offenbaren, und das ist gut. Alles ist gut. Im Hier und Jetzt fühlt sie sich so sicher und geborgen wie nie zuvor. Dies ist der Ort, den sie von nun an Heimat nennen möchte.

Sie ist sich sicher, dass hinter dem Hügel ein Häuschen auf sie wartet, in dem sie für immer glücklich sein kann. Also geht sie langsam die Anhöhe hinauf, saugt die berauschenden Düfte des Sommerabends ein und summt eine Melodie, die von irgendwoher kommt und irgendwohin geht.

Da läuft ein kleines Mädchen über die Wiese auf sie zu. Sie springt und juchzt und dreht sich im Kreis. Lächelnd nimmt sie Lilas Hand, und gemeinsam gehen sie den Hügel hinauf. Noch nie in ihrem Leben war Lila so glücklich.

Von oben kann Lila über die Ebene blicken. Dort steht sie: die Hütte, die ihr Zuhause ist. Dahinter liegt ein kleiner See, auf dessen Oberfläche Wellen im Sonnenlicht glitzern. Lila beschattet ihre Augen und sieht am Ufer viele Menschen sitzen, die dort auf sie warten und ihr zuwinken. Sie freuen sich, Lila zu sehen. Sie nimmt die Hand des Mädchens fester, und jetzt laufen sie den Hügel hinab. Sie laufen und lachen und berühren kaum den Boden.

Unten am Haus werden sie von einem Mann und einer Frau erwartet. Sie lächeln. Der Mann hebt die Hand, um Lila zu umarmen. Es ist ihr Vater, und es ist gleichzeitig Samson.

30. KAPITEL

Lila riss die Augen auf. Ihr Herz schlug schmerzhaft gegen ihren Brustkorb. Ihr Gesicht war von Rotz und Tränen verschmiert. Was war das für ein Traum gewesen? Irgendetwas hatte sie zu Tode erschreckt.

Sie strampelte die Decke zur Seite und rollte sich aus dem Bett, um Abstand zwischen sich und den Traum zu bringen. Sie fühlte sich beschmutzt, verletzt, so als hätte sich in der Nacht etwas in ihr Bett geschlichen. Gehetzt sah sie sich um. War jemand im Zimmer? War jemand im Haus? Sie besaß keinen Schlüssel und wusste nicht, wer Zugang hatte.

Mit einem Blick die Treppe hinunter vergewisserte sie sich, dass der Stuhl, den sie gestern Nacht vor die Haustür geschoben hatte, noch an seinem Platz stand, genauso wie die Blechschüssel mit dem Besteck, das so nahe an der Stuhlkante platziert war, dass bereits die kleinste Erschütterung ausreichte, um alles auf den Boden krachen zu lassen.

Langsam beruhigte sich ihr Herzschlag, und allmählich ließ das Gefühl des unmittelbaren Ausgeliefertseins nach. Es war nur ein Traum, dachte sie. Nur ein Traum. Wenn man ohne Schlafmaske wild träumte, musste man sich eben mit dem abfinden, was das Gehirn einem vorspielte.

An diesem Morgen hatte ihr niemand ein Frühstück zubereitet, und so musste sie sich mit dem begnügen, was vom Vortag übrig geblieben war. Also schmierte sie sich zwei Brote, eins mit Marmelade und eins mit Synthwurst, und setzte sich mit einem Becher Tee an den Tisch.

Die Erinnerung an den gestrigen Nachmittag verursachte

einen bitteren Nachgeschmack im Mund und ein Drücken zwischen den Schläfen. Wie anders Kophler in Leonies Gegenwart gewesen war. Hatte er wirklich vor, wieder Teil der Optimalwohlökonomie zu werden? Wollte er mit dieser Frau ein normales Eheleben führen und eine zweite Karriere in Angriff nehmen? Lila konnte es kaum glauben. Andererseits: Welche Alternative hatte er? Wie konnte sie von ihm erwarten, immer noch genauso aufsässig und oppositionell zu sein wie im Internat, jetzt wo er alles hatte, was sich ein glücklicher Sokrates nur wünschen konnte?

Sie aktivierte ihren Reader und ließ sich das Bürgerprofil von Eoin Kophler anzeigen, das jetzt wesentlich ausführlicher war als die Kurzprofile, die sie im Internat von ihren Mithäftlingen gesehen hatte.

Name: Kophler, Eoin
Art: Biologischer Mensch
Geburtsdatum: 01.04.2011
Integration: Nein
Familienstand: Geschieden
Sozialpunkte: 10 (Pireter Bürger – Frei auf Bewährung)
Letzte Wohltat: Neuaufnahme einer sinnstiftenden Arbeit (10)
Ausbildung: Studium der Informatik und Psychologie an der Universität Augsburg (1,3), 2038
Erwerbstätigkeit: Assistent für Forschung und Entwicklung bei Prometheus Ltd.

Lila klickte auf das Logo der Prometheus Ltd., das einen Mann mit einer Fackel darstellte, und gelangte auf das Firmenprofil. Hier wurden die neuesten Robotertypen vorgestellt: Custos 600 a, b und c. Lila überflog die Datenblätter, ohne auf Anhieb die Unterschiede der Baureihen zu erkennen. Für sie waren diese Roboter so weit fortgeschritten, es kam ihr vor wie Science-Fiction. Äußerlich waren sie überhaupt nicht mehr von Menschen zu unterscheiden. Es gab auch keine externen Schnittstellen mehr für Datenträger oder die Energiezufuhr. Geladen wurde über Induktion, alle Daten wurden kabellos übertragen. Lila klickte sich durch die Seite, übersprang Werbevideos und Lobpreisungen zufriedener Kunden, scrollte durch den Organisationsaufbau der Firma und verharrte schließlich bei den Eigentumsverhältnissen. Anteilseigner der Prometheus Ltd. war die Bundesrepublik Europa zu 25 Prozent, eine Gruppe privater Investoren zu 24 Prozent und die Liga für Roboterrechte zu 51 Prozent. Das bedeutete, dass die Roboter sich selbst bauten und sich am Ende auch selbst gehörten – zumindest zu 51 Prozent. Lila überlegte eine Weile, was das wohl für juristische Konsequenzen haben mochte, bekam davon aber Kopfschmerzen. Also wischte sie die Seite weg und kehrte zurück zu Kophlers Bürgerprofil.

Wohnort: Ammerseestraße 42, 82544 Hornstein
Aufenthaltsort: Prometheus Ltd., Knorrstraße 147, 80788 München
Straftaten:
Widerstand gegen Vollstreckungsbeamte,
Verheimlichung von Identitätsdaten
Aufruf zum Fleischkonsum
Schwere Sachbeschädigung von Staatseigentum
Diebstahl
Besondere Verdienste: Keine
Mitgliedschaften: Verein gegen betrügerisches Einschenken e. V.

Beim letzten Punkt musste Lila laut auflachen. Sie stellte sich vor, wie Kophler mit seiner nasalen Stimme gegen die raffgierigen Wirte wetterte. Vielleicht würde es ja doch noch ein guter Tag werden. Schnell aß sie ihr Frühstück auf und machte sich auf den Weg zu Anna Freitag.

Die Straße war belebter als am Vortag, ein paar Kommunalautos fuhren vorbei, auch Leute auf Fahrrädern, Segways und Elektroquads. Ein paar Passanten nickten ihr freundlich zu, aber niemand sprach sie an, sodass sie sich nach wie vor wie ein Außenseiter vorkam.

Am Ziel angekommen, öffnete ihr niemand. Auch nach dem fünften Klingeln sah sie durch die Butzenglasscheiben keine Regung im Innern des Hauses. Sie wollte aufgeben, als jemand ihren Namen rief.

»Frau Richter!«

Lila drehte sich um. Aus dem Nachbarhaus hielt ein Mann auf sie zu, überquerte die Straße und kam zügig die Auffahrt zu ihr hoch. Den ganzen Weg über fixierte er Lilas Gesicht und wandte den Blick kein einziges Mal ab.

»Jeder an seinem Platz, Frau Richter«, sagte der Mann mit vollkommen ruhiger Stimme, als er endlich vor ihr stand.

»Hallo«, grüßte Lila zurück. Sie war nicht halb so heiser, wie sie es erwartet hatte.

»Ich bin Alex, ein Custos 520b und für die Sicherheit von Anna Freitag zuständig. Ich habe mir schon gedacht, dass sie Ihnen eventuell nicht öffnen würde. Aber genau dafür habe ich einen Schlüssel.« Aus seiner Hosentasche förderte er einen echten metallischen Schlüssel zutage, mit dem er die Haustür aufschloss.

Lila verschränkte die Arme. Der Mann wirkte vollkommen menschlich, bewegte sich normal, und auch seine Lippen sahen absolut echt aus – nicht so fleischig rosa wie bei älteren

Robotergenerationen. Nur sein linkes Auge war mit zwei senkrechten roten Strichen verziert – vielleicht ein Modetrend, von dem Lila noch nichts wusste.

Sie fragte sich, ob Kophler recht hatte und es in Wirklichkeit die Menschen waren, vor denen sie sich vorsehen musste. Was, wenn dieser Mann gar kein Roboter war und sich unrechtmäßig Zugang zum Haus der alten Frau verschaffte?

»Sie können jetzt eintreten«, sagte er, als Lila keine Anstalten machte, hineinzugehen.

»Können Sie beweisen, dass Sie ein Roboter sind?«, fragte Lila stattdessen.

»Können Sie beweisen, dass Sie ein Mensch sind?«, fragte er zurück und tippte an die schmalen roten Linien neben seinem Auge.

»Natürlich«, sagte Lila, nahm einen spitzen Stein vom Boden und ritzte sich damit über den Handrücken. Der schmale Riss in ihrer Haut füllte sich langsam rot.

»Sind das jetzt die neuen Gepflogenheiten der Unvollkommenen? Sich selbst zu verletzen, um sich der eigenen Existenz zu vergewissern? Irgendwie typisch.«

»Was?«

»Ach, ist nicht so wichtig. Manchmal vergesse ich, mit wem ich rede.« Dabei fasste er an eine Stelle hinter seinem Handgelenk und drehte in einer flüssigen Bewegung die linke Hand vom Unterarm, sodass Lila in die offene Steckverbindung aus Metall, Karbon und bunten Drähten blicken konnte. Die einzelne linke Hand winkte ihr zu.

»Sie sehen aus, als wäre Ihnen der Anblick unangenehm«, sagte der Alex-Roboter triumphierend. Es schien ihm zu gefallen, Lila zu irritieren. »Keine Sorge, Frau Richter. Ich bin wirklich ein Roboter. Eine Maschine. Wie die meisten Bewohner von Hornstein. Wenn ihr uns stecht, bluten wir nicht. Wenn ihr uns kitzelt, lachen wir nicht. Wenn ihr uns vergiftet, sterben wir nicht. Und wenn ihr uns beleidigt, sollen wir uns nicht rächen. Wir sind euch in allen Dingen ähnlich, aber niemals gleich. Ich habe Ihnen die aktuelle Broschüre der Liga für Roboterrechte geschickt, für den Fall, dass Sie sich für Robotergeschichte interessieren.« Einen Augenblick schien er zu erbeben, dann steckte er die Hand wieder an ihren Platz und sagte blechern: »Gehen Sie jetzt hinein. Samson will es so.« Dann drehte er sich um und kehrte ohne ein weiteres Wort zum Nachbarhaus zurück.

Lila blickte ihm nach. Was war das für ein seltsamer Roboter? Ein Custos. Die Roboter im Internat waren auch Custos-Roboter und keine Basilei gewesen. Ihre asiatisch anmutende Rezeptionistin hatte gesagt, dass für sie keine menschlichen Persönlichkeitsprofile als Basis dienten. Vielleicht war der Roboter deshalb so seltsam. Wie gern hätte sie Kophler um seine Meinung gefragt. Aber Kophler hatte mit seiner neuen alten Frau zu tun. Lila stieß schnaubend die Luft aus der Nase. Es war eine große Ungerechtigkeit, dass der einzige Vertraute, den sie in dieser für sie so fremden Welt hatte, von einer unberechenbaren Frau vereinnahmt wurde und dadurch genauso unberechenbar geworden war. Sie hätte ihn gern ihren Freund genannt. Aber er war in sein altes Leben zurückgekehrt, durfte arbeiten und sich der Illusion einer Familie hingeben. Sie hingegen musste etwas tun, von dem sie nichts verstand: eine alte Frau zum Reden bringen.

Vorsichtig schlich sie durch den düsteren Flur.

»Hallo?«, sagte sie zu leise.

Keine Antwort.

»Guten Morgen, ich bin es, Lila. Ich bin hier, um Sie zu besuchen.« Diesmal hallte ihre Stimme durch die Räume, doch niemand antwortete.

Ihr war nicht wohl bei der Sache, denn sie wusste genau, dass sie nicht willkommen war. Langsam tappte sie durch das Haus und rief nach Anna Freitag, die zwar physisch abwesend war, deren jahrelange Präsenz aber jeden Raum beherrschte.

Als Lila die Treppe nach oben stieg, fiel ihr das Bücherregal auf, das die ganze Längsseite des Raumes einnahm und das samt und sonders mit politischer Literatur des zwanzigsten Jahrhunderts bestückt war. Alles Originalpapierausgaben. Das schwere schwarze Sofa davor zeigte keinen einzigen Krümel, keine einzige Falte, so als warte es auf Gäste, die nie kamen. Lediglich der große Ohrensessel war eingedellt und durchgesessen, dort wo die Alte wohl am liebsten las. Auf dem Wohnzimmertisch ragte ein neuer Turm mit Büchern in die Höhe, deren Seiten vielfach mit bunten Aufklebern oder Merkzetteln versehen waren. Links an der Wand stand eine alte IKEA-Kommode, darauf getrocknete Wiesenblumen und ein Bilderrahmen, in dem das vergangene Familienglück zu sehen war: Anna Freitag mit ihrem Mann und dem jungen Samson – kaum zwanzigjährig und mit breitem Grinsen.

Vom Wohnzimmer aus führte eine weitere Treppe nach oben und eine Tür ins Arbeitszimmer, das so aussah, als würde es nach wie vor benutzt, denn der massive Kunstholzschreibtisch samt Chefsessel war voll beladen mit Büchern, Zetteln, Stiften und allerlei Krimskrams. Selbst ein Reader mit externer Tastatur stand bereit und sah so aus, als hätte Anna gerade noch damit gearbeitet. Sie war wohl kein Freund der Kommunikationslinsen oder der Integration. Allein in ihrem Abfalleimer häufte sich mehr Papier, als Lila in ihrem Leben je benutzt hatte. Der einzige Schmuck im Raum waren drei metallene und mit Leder bezogene Designerstühle, die arg unbequem aussahen und das Büro wie ein Wartezimmer erscheinen ließen. Schließlich entdeckte Lila noch drei bunte Sanduhren, die hinter dem Schreibtisch auf der Fensterbank standen. Lila blickte hastig über die Schulter. Mit einem Grinsen drehte sie alle Stundengläser um.

Dann setzte sie ihre Entdeckungsreise durch Samsons Elternhaus fort und erklomm die nächsten Stufen, die ein halbes Stockwerk höher zu einer breiten Galerie führten, von der drei Türen abgingen. Die Galerie selbst wurde von einem einzelnen hellbraunen Konzertflügel beherrscht. Auch er sah aus, als hätte Anna Freitag gerade noch daran gespielt. Neugierig blickte Lila auf die Noten: *Jesus bleibt meine Freude* stand darauf. Von dem Werk hatte sie noch nie etwas gehört. Und doch war ihr, als tönten mit einem Mal sachte Klänge an ihr Ohr, als spiele jemand anders genau dieses Stück, weit, weit entfernt, vielleicht im Garten? Das wäre ein erstaunlicher Zufall, aber nicht unmöglich.

Lila eilte die Treppe hinab und hinaus auf die Terrasse. Die Musik verklang, dafür fand sie Anna Freitag, die vor einem Beet kniete und Blumen einpflanzte.

»Guten Morgen«, grüßte Lila noch einmal, obwohl sie sich sicher war, dass Samsons Mutter jedes Wort und jeden ihrer Schritte mitverfolgt hatte. »Es tut mir leid, dass ich Sie störe. Ein Custos-Roboter hat mir die Tür aufgemacht. Ich würde gerne mit Ihnen sprechen.«

Die Alte richtete sich auf, klopfte die Erde von ihren Arbeitshosen und stapfte ins Haus.

Mit einem unterdrückten Fluch auf den Lippen folgte Lila ihr. Wäre sie in einer vergleichbaren Situation gewesen, hätte sie den ungebetenen Gast auch mit Verachtung gestraft, aber sie hatte keine Wahl. Wollte sie nicht für den Rest ihres Lebens in die Verwahrung gesteckt werden, musste sie ihren Stolz und die Wünsche der alten Frau über Bord werfen und irgendwie versuchen, sie zur Zusammenarbeit zu bewegen.

»Wissen Sie, es tut mir wirklich leid. Ich bin nicht gern so aufdringlich. Ich verstehe voll und ganz, dass Sie Ihre Ruhe haben wollen. Aber hören Sie mir bitte kurz zu. Samson möchte, dass Sie mit ihm reden. Er hat mich gebeten, Sie dazu zu bringen. Ich kann ja verstehen, dass Sie wenig Lust dazu haben, aber wissen Sie, wenn ich es nicht schaffe, Sie zu überzeugen, schickt er mich lebenslang in die Verwahrung. Also bitte, ein Wort, nur ein paar Sätze mit ihm, und Sie retten mir das Leben.«

Lila warf gleich alles in die Waagschale. Doch Anna Freitag tat weiterhin so, als sei sie überhaupt nicht vorhanden. Sie trank in der Küche einen Kaffee, spülte den Becher mit äußerster Sorgfalt ab, ging dann ins Bad im zweiten Stock und verbrachte dort mehr als eine halbe Stunde, in der Lila gelangweilt vor der Tür ausharrte, mit den Füßen die Fugen zwischen den Terrakottafliesen nachfuhr und die Notenblätter von *Jesus bleibt meine Freude* studierte, ohne eine Ahnung davon zu bekommen, wie die Melodie wirklich weiterging. Als die Alte endlich das Bad verließ, sprang Lila wie ertappt vom Klavierhocker auf.

»Spielen Sie Klavier?«, fragte sie in etwas zu hoher Stimmlage und erntete als Reaktion nur ein Schnauben von Anna Freitag, die ins Wohnzimmer ging, sich das oberste Buch vom Tisch nahm und es sich in ihrem Ohrensessel bequem machte.

Lila stellte sich dazu und blickte hinaus in den Garten. Er sah wunderschön aus, gepflegt und ordentlich. Es musste einen Gärtner geben, denn Lila konnte sich nicht vorstellen, dass Anna die ganze Arbeit allein bewerkstelligte.

»Wissen Sie, Samson hat recht. Und das ist wirklich traurig«, begann Lila. »Denn unter anderen Umständen würden wir uns vielleicht wirklich ganz gut verstehen. Immerhin haben wir eine Gemeinsamkeit: Wir mögen ihn beide nicht.« Die Alte ignorierte Lila und las in ihrem Buch. »Ich weiß ja nicht, ob Sie sich über mich informiert haben … also, ich an Ihrer Stelle würde das tun, denn ich würde ja nicht jede dahergelaufene Frau in mein Haus lassen … und wenn Sie mein Bürgerprofil lesen, dann werden Sie feststellen, dass ich eine verurteilte Verbrecherin bin. Aber keine Angst, ich habe eigentlich nichts Schlimmes gemacht. Ich wollte nur das System zerstören, und dann habe ich versucht, Ercan Böser umzubringen, aber das war wirklich ein ganz schön blöder Plan.« Anna Freitag schnaubte wieder, und Lila meinte, eine gewisse Zustimmung herauszuhören. »Jedenfalls wollte ich Ihnen nur sagen, dass Sie vor mir keine Angst zu haben brauchen. Wenn es nach mir ginge, würde ich Sie am liebsten in Ruhe lassen. Aber Samson zwingt mich, er erpresst mich, verstehen Sie?«

Ächzend stand die Alte auf, um in die Küche zu gehen und sich ein Mittagessen zuzubereiten. Fasziniert sah Lila zu, wie sie Salat, Tomaten, Zwiebeln, Tofueier, Käse, Mehl, Sojamilch und Puddingpulver in den Schacht eines in der Wand verbauten Küchengeräts kippte, das genauso aussah wie der Industrieofen in Kophlers Haus. Dann wählte sie etwas am Display aus und aktivierte das Gerät. Schweigend standen die beiden Frauen in der Küche und beobachteten den Apparat, der leise summend technische Zuverlässigkeit ausstrahlte. Dann erfüllte erst ein himmlischer Duft die Küche, und schließlich ertönte ein leises *Pling*, woraufhin Anna Freitag eine Klappe öffnete und einen Teller mit dampfendem Zwiebelkuchen, dazu angemachten Salat und ein Schälchen frischen Pudding entnahm. Lilas Magen knurrte hörbar, während Anna Freitag sich eine Tomate in den Mund steckte und die Küche verließ. Lila folgte ihr und las im Hinausgehen den Namen des Geräts: CONGREGATOR 2 DELUXE.

Samsons Mutter machte es sich in der gemauerten Sitzecke bequem und aß bedächtig Schale für Schale ihr Mittagessen. Lila setzte sich neben die Alte und versuchte sie erst durch penetrantes Anstarren, dann durch das Trommeln mit den Fingern auf der Tischplatte aus der Ruhe zu bringen. Schließlich legte sie ihren Kopf seitlich auf die Hände und flehte Anna an.

»Bitte, Frau Freitag. Geben Sie mir doch eine Chance. Lassen Sie uns reden. Wir können es doch mal versuchen. Und wenn es Ihnen zu blöd wird, können Sie mich ja immer noch nach Hause schicken. Aber das hier ist doch albern. Ich gehe Ihnen doch jetzt schon auf die Nerven. Lassen Sie uns das Spiel beenden, dann haben wir beide unsere Ruhe.«

Aber Anna Freitag ließ sich nicht beirren. Sie verspeiste alle drei Gänge, kratzte mit einem kleinen Teelöffel den letzten Rest Pudding aus der Schale und stellte dann alles fein säuberlich in die Spülmaschine. Danach stieg sie langsam und bedächtig die Stufen zum Wohnzimmer hinauf, ging in ihr Arbeitszimmer und ließ sich in den Chefsessel sinken. Lila trottete hinterher, blieb im Türrahmen stehen und beobachtete sie. Sie konnte nicht umhin, diese Frau für ihre Sturheit zu bewundern. Gleichzeitig stellte sie sich vor, die Alte bei den Schultern zu packen und zu schütteln, damit sie endlich aufhörte, Lila zu ignorieren.

»Wissen Sie, ich könnte Ihnen auch helfen. Es gibt sicher Dinge, die ich für Sie erledigen könnte. Der Garten macht sicher eine Menge Arbeit. Die Bücherregale sind auch ziemlich hoch. Also, das wäre mir eine Freude. Ich könnte Ihnen auch aus dem Internat erzählen oder von meiner Flucht. Das war ganz schön aufregend, kann ich Ihnen sagen. Tagelang sind wir durch die Wildnis gestolpert, immer die Angst im Nacken, dass die Roboter uns aufspüren würden.«

Anna Freitag tippte auf ihrem Reader herum, woraufhin plötzlich Musik ertönte. Eine fröhliche Männerstimme sang: »Das sind Dinge, von denen ich gar nichts wissen will.«

Anna Freitag hob den Kopf, und zum ersten Mal sah Lila sie lächeln.

31. KAPITEL

Zornig stapfte Lila nach Hause. Diese Frau machte sie wahnsinnig. Sie war noch nicht einmal wütend über die Demütigung, noch nicht einmal über die verschwendete Zeit, sondern darüber, dass sie sich wirklich gerne mit der Alten unterhalten hätte. Sie war stark, sie war stur, sie war witzig! Sie war die Einzige, die es schaffte, Samson Widerstand zu leisten. Genau so jemanden brauchte Lila. Nicht so einen unzuverlässigen Möchtegern-Romeo wie Eoin Kophler. Hätte sie die Alte nur früher kennengelernt! Hätte sie damals doch bloß Anna und nicht Samson Freitag vorgeschlagen, den Revolutionsgarden beizutreten. Die Frau hatte Rückgrat. Sollte Samson sich ruhig an ihr die Zähne ausbeißen. Aber dann wäre auch ihr eigenes Schicksal besiegelt. Das war so ungerecht! Lila suchte etwas, nach dem sie treten konnte, doch es gab in dieser verdammten klinisch reinen Stadt noch nicht mal einen Stein oder einen Ast oder irgendeinen weggeworfenen Müll, den sie hätte wegkicken können.

Im Haus Nummer 10 angekommen, beschloss Lila, das Problem analytisch anzugehen. Es hatte keinen Sinn, die Frau für ihren Starrsinn zu bewundern und sich selbst zu bedauern. Wenn Lila nicht in der Verwahrung enden wollte, musste sie ihr Ziel – Anna zum Reden zu bringen – rücksichtslos verfolgen. Sie kam nicht umhin, mehr über sie herausfinden zu müssen. Es musste irgendein Thema geben, das die Alte so bewegte, dass sie nicht länger schweigen konnte. Irgendetwas mit Samson. Zwischen Eltern und Kindern gab es doch immer so etwas! Bisher fischte sie im Trüben und hatte vor allem mit

Bitten und Mitleid in Bezug auf sich selbst versucht, das Herz der Alten zu erweichen, aber das klappte nicht. Also musste sie härtere Geschütze auffahren, sich informieren und einen Plan aushecken.

Sie nahm den Reader zur Hand und öffnete das Bürgerprofil von Anna Freitag.

Name: Freitag, Anna
Art: Biologischer Mensch
Geburtsdatum: 09.11.1981
Integration: Nein
Familienstand: Verwitwet
Sozialpunkte: 500
Letzte Wohltat: Verjährt
Ausbildung: Studium der Theaterwissenschaften, LMU (1,2), 2015
Ausbildung zur Journalistin an der Henri-Nannen-Schule, 2017
Erwerbstätigkeit: Kontemplation
Wohnort: Ammerseestraße 2, 82544 Hornstein
Aufenthaltsort: Ammerseestraße 2, 82544 Hornstein

Lila klickte auf VERWITWET und erfuhr, dass Samsons Vater – Jan Freitag – vor drei Jahren überraschend gestorben war. Er hatte im Schlaf einen Herzinfarkt erlitten und war nicht wieder aufgewacht. Sein Ende hatte aus mehreren Gründen große Bestürzung hervorgerufen: Jan Freitag war der Vater des Präsidenten der BEU gewesen, der sich nur eine Woche zuvor zum Herrscher von Ewigkeit zu Ewigkeit erklärt hatte. Außerdem wäre sein Tod zu verhindern gewesen: Hätten die Freitags nicht alle empfohlenen Kameras, Schlafmasken und Analysegeräte deaktiviert, wäre die Herzkrankheit frühzeitig entdeckt und behandelt worden. Immerhin war ihr Sohn an der gleichen Krankheit schon mit Anfang dreißig gestorben. Schlussendlich hatte Jan Freitag auch noch in seinem Testament verfügt, dass sein Bewusstsein nach seinem Ableben nicht auf einen Charakterchip übertragen werden durfte.

Schon bald musste Anna Freitag sich den Vorwurf gefallen lassen, sie hätte mit ihrer Geheimniskrämerei nicht nur den Tod ihres Mannes billigend in Kauf genommen, sondern auch seine Erlösung verhindert, weil sie das Testament nicht angefochten hatte. Sie wurde öffentlich kritisiert, gar beschimpft. Lila fand einen Zeitungsartikel, dessen Aufmacher ein Bild des Hauses war, auf dessen Fassade jemand das Wort *Privatmann* geschmiert hatte. Selbstverständlich hatte man die Täter gefunden und zur Rechenschaft gezogen. Doch Ruhe war erst eingekehrt, nachdem Samson sich zu Wort meldete.

Er verkündete in einer landesweiten Ansprache, dass es jedermanns Recht sei, selbst zu entscheiden, ob und wie er am Heil teilhaben wollte. Wer sich ihm und dem ewigen Leben im Reinen Land entziehen wolle, trage die Verantwortung für sein Schicksal und dürfe von keinem anderen dafür verurteilt werden. Lila klickte auf ein Video und scrollte ganz zum Schluss. Sie sah Samson auf einer runden, hell erleuchteten Bühne, ganz wie in der Halle der Offenbarung im Internat. Er stand dort in ein weißes Gewand gehüllt, von einem unwirklichen Leuchten umgeben, und sprach zu einem Meer gesichtsloser Zuschauer: »Verurteilt nicht die verlorenen Seelen. Bedauert sie. Ja, beweint sie. Denn siehe, sie haben genug der Strafe, denn sie werden nach dem Tod zu Erde und Staub, und ihre Erinnerungen vergehen im Wind. Doch ihr, die ihr mir folgt, werdet den Tod überwinden und das ewige Leben haben.«

Lila starrte auf den Bildschirm des Readers. War Samson am Ende doch liberaler, als sie dachte? Hatte er den Leuten damit einen Freifahrtschein gegeben, um sich der Überwachung zu entziehen? Das konnte sie nicht glauben. Die verlorenen Seelen waren ja offenbar die, die nach dem Tod die Übertragung ihres Bewusstseins in das Reine Land ablehnten.

Lila klickte zurück zu ihrer Recherche über Anna Freitag. Es gab Zeitungsartikel über sie und unzählige Beiträge in den privaten Netzwerken der BEU. Die meisten drehten sich um theologische Fragen, etwa, ob ihr, da sie die Mutter des Allmächtigen war, auch ein göttlicher Status zukäme. Lila suchte nach Hinweisen, dass es sich bei dieser Diskussion um Satire handelte, musste jedoch feststellen, dass alles ernst gemeint war. Sie konnte sich ausmalen, welche Meinung Anna Freitag selbst dazu vertrat. Außerdem fand sie alte Fotos aus dem Gartenbauverein und Glückwünsche zum 75. Geburtstag.

Es gab ein ganzes Forum, das sich damit beschäftigte, wie der neue Stadtteil rund um die Ammerseestraße gebaut und welche Bürger dort ein Haus bekommen sollten. Offenbar handelte es sich um eine komplizierte Angelegenheit, denn zwei Bürgerinitiativen hatten sich dagegen formiert, und erst als Samson selbst in einer Stadtratssitzung gesprochen hatte, war der Widerstand aufgegeben worden. Interessanterweise war Anna Freitag die Wortführerin der Protestbewegung gewesen. Lila scrollte durch die Berichte. Hornstein war Teil eines Naturschutzgebietes und unterlag daher strengen Bauauflagen. Doch die Optimierer im Stadtrat hatten den Abriss der alten, energetisch desolaten Häuser gefordert und stattdessen eine Neubausiedlung mit einheitlichen Reihenhäusern vorgeschlagen. Am Ende war genau dieser Vorschlag umgesetzt worden. Einzig das Haus von Anna Freitag, das als Samsons Geburtshaus Denkmalschutz besaß, wurde von den Abrissarbeiten ausgenommen. Außerdem wurde dem Grundstück im Zuge der Neuplanung ein großzügiger Garten mit angeschlossenem Waldgebiet hinzugefügt. Der letzte Absatz in dem Zeitungsartikel ließ Lila stutzen. Die Optimierer und die Liga für Roboterrechte hatten beschlossen, die Neubebauung der Ammerseestraße für ein Pilotprojekt zu nutzen: die Ansiedlung autonomer und selbstbestimmter digitaler Menschen – sprich: Roboter.

Lila lehnte sich zurück, um das Gelesene sacken zu lassen. Kein Wunder, dass die Straßen und Vorgärten so leer waren. Es gab keine Menschen, die sie verschmutzten. Was die Roboter wohl in ihren Wohnungen machten? Schliefen sie in normalen Betten, bereiteten sie sich Nahrung zu? Wozu brauchte ein Roboter ein Bad, eine Küche, ein Wohnzimmer mit Möbeln und Bücherregalen?

Wenn sie den Irina-Roboter das nächste Mal sah, würde sie nachfragen. Vielleicht konnte sie auch mal einen Blick ins Innere ihres Häuschens werfen. Und der Junge Luca? Er war mit ziemlicher Sicherheit ein Mensch. Offenbar gab es hier doch noch ein paar Menschen aus Fleisch und Blut – biologische Menschen. Bei diesem Gedanken hielt sie inne. Ihr war, als hätte sie zum zweiten Mal etwas sehr Wichtiges übersehen. Aber was? Sie scrollte zum Beginn des Zeitungsartikels, aber das war es nicht. Sie öffnete noch einmal das Bürgerprofil von Anna Freitag, dann das von Eoin Kophler und schließlich ihr eigenes.

Name: Freitag, Anna
Art: Biologischer Mensch
Geburtsdatum: 09.11.1981
Integration: Nein

Name: Kophler, Eoin
Art: Biologischer Mensch

Geburtsdatum: 01.04.2011
Integration: Nein

Name: Richter, Paula
Art: Biologischer Mensch
Geburtsdatum: 13.12.2019
Integration: Vollkommen

Wie versteinert saß sie vor dem Bildschirm. Das konnte nicht richtig sein, da musste ein Fehler vorliegen. Doch auch als sie die Ansicht aktualisierte, prangte die Information nach wie vor dort.

INTEGRATION: VOLLKOMMEN

Lila stand auf und stellte sich vor den großen Spiegel im Flur. Ihr wurde bewusst, dass sie dies seit der persönlichen Richtung im Internat vermieden und ihrem Spiegelbild immer nur einen flüchtigen Blick zugeworfen hatte, gerade genug, um zu erkennen, ob sie vielleicht Schmutz im Gesicht hatte, und oberflächlich genug, um nicht zu erfassen, ob sich ihr Spiegelbild vielleicht unabhängig von ihr bewegte.

Jetzt stand sie mit geballten Händen vor ihrem Ebenbild und starrte es herausfordernd an. Als nichts Ungewöhnliches geschah, erlaubte sie sich, sich eingehend zu betrachten. Ihre Sehstärke war besser gewesen, seit sie aus der Verwahrung gekommen war, das war ihr gleich aufgefallen, doch sie hatte es als Lappalie abgetan. Kritisch musterte sie nun ihr Spiegelbild, fuhr sich mit der flachen Hand über die millimeterkurzen Haare, drehte den Kopf, und versuchte, hinter ihrem Ohr eine Narbe, eine winzige erhabene Stelle zu fühlen, doch sie konnte nichts erkennen. Probeweise vollführte sie ein paar Standardfingerkommandos, die sie noch von der Linsenbenutzung her kannte, doch nichts geschah. Vielleicht war es ein Irrtum?

Vielleich war der Eingriff nur geplant, aber nicht durchgeführt worden?

Sie wusste, dass sie sich etwas vormachte. Wenn ihr Bürgerprofil in alle Welt hinausschrie, dass sie integriert war, dann stimmte dies auch, dann konnte es jeder sehen – auch Kophler. Wenn er es las, würde er sicher Fragen stellen. Wie konnte sie ihm glaubhaft machen, dass sie nichts von den Chips gewusst hatte? Und warum hatten sie trotzdem fliehen können?

Lila setzte sich wieder an den Esszimmertisch und öffnete die E-Mail-Funktion ihres Readers, um Kophler eine Nachricht zu schreiben. Doch ihre Finger verharrten unschlüssig über der Tastatur. Kophler hatte ihr gestern zu verstehen gegeben, dass er sich mit seinem Schicksal arrangiert und kein Interesse mehr an Flucht oder Revolution hatte. Aber sie wollte ihre neuen Erkenntnisse teilen, wollte seine Meinung dazu hören. Ob Leonie ebenfalls Zugriff auf an ihn adressierte Nachrichten hatte? Schließlich schickte Lila ihm einfach den alten Zeitungsartikel über die Neuplanung der Ammerseestraße. Kommentarlos. Er würde sich schon melden, wenn er Gesprächsbedarf hatte. Doch statt einer Versandbestätigung erhielt sie eine Fehlermeldung. Die Internetverbindung war abgebrochen.

In diesem Moment klopfte es.

Lila zog die Strickjacke enger um sich, nahm den Reader mit zur Tür und versuchte, die Nachricht noch einmal abzuschicken, während sie öffnete.

Draußen stand Paula Richter.

32. KAPITEL

Die Realität wurde zäh und langsam. Lilas Blickfeld verengte sich. Die Farben der Welt verloren an Intensität, und eine unerklärliche Traurigkeit erfasste sie, sodass sie die Hand zum Mund hob, um ein Schluchzen aufzufangen. Ihr war, als habe sie alle Worte verloren und könne keinen Gedanken mehr fassen.

Ohmmächtig sah sie, wie ihr Spiegelbild an ihr vorbei ins Wohnzimmer lief, dort ein Buch aus dem Regal nahm und sich zum Lesen auf die Couch setzte. Eine zweite Person trat ein und schloss hinter sich sofort die Tür. Der Mann nahm Lila sanft beim Arm und führte sie schweigend ins Esszimmer. Sie kannte ihn, wusste genau, wer er war, doch ihr fehlten die Worte, um ihm einen Namen zu geben. Er war jünger als sie, groß und muskulös, mit schwarzen Augen und dunklen langen Haaren, die am Kopf klebten wie das feuchte Fell eines frisch gerittenen Pferdes. Die Finger, die sie sanft auf einen Stuhl drückten, waren rot geschwollen und unter den halb durchsichtigen Plastiknägeln bis aufs Blut hinuntergekaut. Ja, Lila kannte den Mann, und auch wenn sie sich nur entsann, dass sie ihn in einem Bett ausziehen wollte, so wusste sie genauso, dass sie ihn abgrundtief hasste. Fast so sehr wie Samson Freitag.

Der Mann nahm ihr gegenüber Platz. Auf den Tisch stellte er ein schmales schwarzes Kästchen. »Ich werde Sie jetzt wieder lösen, aber Sie müssen mir versprechen, weder zu schreien noch abzuhauen. Haben Sie das verstanden?«

Lila wusste nicht, ob Nicken oder Kopfschütteln Zustimmung bedeutete. Also starrte sie den Mann nur an.

»Es ist ganz einfach: Wenn Sie schreien, werden wir beide in die Verwahrung gesteckt. Aber das mache ich auf keinen Fall mit. Da schalte ich Sie lieber komplett aus, verstanden? Ich muss den Renvoyé nur anders einstellen, und Ihr Gehirn kocht sich selbst zu Matsch. Also: Schön brav sein!«

Nachdem seine Finger einen Augenblick über dem Gerät verharrt hatten, tippte der Mann darauf, und in Lilas Gehirn machte es *klick*. Mit einem Gefühl, als würden sich die Ohren zum Druckausgleich öffnen, entfaltete sich ihr Bewusstsein, strömten Sprache und Erinnerungen in ihren Kopf, erhielt sie die Kontrolle über sich selbst zurück.

»Hallo Lila, wissen Sie, wer ich bin?«, fragte der Mann mit einem weißen Haifischlächeln.

»Selbstverständlich, Herr Böser.«

»Sehr gut. Dann kann ich mir ja einige Erklärungen sparen.«

»Von wegen!«, unterbrach ihn Lila scharf. Sie verstand augenblicklich, dass jetzt die einzige Gelegenheit war, ihn doch noch umzubringen. Sie hatte zwar keine Waffe parat, aber wenn sie ihn vom Stuhl stoßen konnte, bevor er das Gerät wieder antippte, dann hätte sie eine Chance. Eine Chance auf was?, schrie ein Teil ihres Bewusstseins, der lieber in der Ammerseestraße wohnen wollte, als in die Verwahrung zurückzukehren. Was nutzte ihr Bösers Tod denn jetzt noch? Rache? Nein! Dafür musste sie schon Samson Freitag erledigen. Mit Böser hatte sie doch gar nichts zu tun. Sie waren sich nie zuvor begegnet; selbst als ihr Mordplan vor Gericht verhandelt worden war, hatte er es vorgezogen, nicht zu erscheinen. Jetzt aber saß er hier. Er war zu ihr gekommen. Er, der amtierende Minister für die Innere Sicherheit der BEU und Vorsitzender der Partei der Optimierer, saß mit ihr am Tisch ohne Leibwache, ohne Roboter, und wollte mit ihr reden. Das konnte interessant werden.

Böser, der Lilas Gedanken an ihrem Gesicht abzulesen versuchte, nickte ihr auffordernd zu. »Was gibt's denn da zu grinsen?«

»Nichts, Herr Böser. Schön, Sie endlich persönlich kennenzulernen. Erklären Sie mir ruhig alles, das kann nicht schaden.«

»Das letzte Mal, als Sie in Freiheit waren, wollten Sie mich ermorden. Ich hoffe, wir können uns darauf einigen, dass Sie heute davon absehen.«

»Nachdem Sie ja *so* viel Wert auf Sicherheit gelegt und eine ganze Menge Bodyguards mitgebracht haben, muss ich das wohl, hm?«, sagte Lila herausfordernd und freute sich diebisch, als Bösers Selbstsicherheit für einen Augenblick ins Wanken geriet. Er hatte wohl damit gerechnet, sie gehorsam und durch die Haft gebrochen vorzufinden, aber diese Genugtuung wollte sie ihm nicht lassen. Immerhin war sie einmal die Vorsitzende der Revolutionsgarden gewesen!

»Lassen wir den Unsinn«, sagte Böser unwirsch. »Sie wissen gar nicht, welche Gefahr ich auf mich nehme, um mit Ihnen zu sprechen. Wir sollten unsere Zeit also nicht mit irgendwelchen Machtspielchen vergeuden. Ich habe Ihnen ein Angebot zu machen.«

»Das höre ich in letzter Zeit ständig«, erwiderte Lila gelassen und genoss, wie sich ein winziger Zweifel in Bösers Blick schlich. In Wahrheit pochte ihr Herz so heftig, dass sie es in den Ohren spürte.

Er strich sich über das glänzende Haar und richtete sich ein paar Millimeter auf, bevor er Lila fest in die Augen sah. »Es ist so: Die BEU ist am Ende. Samson hat den Staat vollkommen ruiniert. Er hat alles in seiner Gewalt, aber kein Interesse an Politik. Er will den Bürgern nur das Reine Land predigen und mit ihnen das Ende aller Zeiten herbeisehnen. Die Leute tun nichts mehr, außer auf ihn zu hören. Sie gehen nicht mehr zur Arbeit, sie nehmen nicht mehr am öffentlichen Leben teil. Sie sind nur noch berauscht von ihm, beten den ganzen Tag und verschaffen sich den nächsten Kick mit ihren Emóchips. Ekelhaft ist das! Die vollkommene Integration ist ein einziges Unglück. Ich bin nicht Politiker geworden, um dabei zuzusehen, wie sich jeder Bürger nach und nach in einen Zombie verwandelt. Wir müssen etwas tun für die Leute. Wir müssen sie wachrütteln, sie befreien. Wir müssen eine Revolution anzetteln! Das dürfte doch ganz in Ihrem Interesse liegen, oder?«

Lila schüttelte entschieden den Kopf. »Wollen Sie mich verarschen? Ich habe fünfeinhalb Jahre in der Verwahrung verbracht, und jetzt kommen Sie daher und schlagen mir eine Revolution vor? Sie? Glauben Sie, ich bin bescheuert?«

»Nein. Ganz im Gegenteil. Ich glaube, Sie sind die Einzige, die Samson aufhalten kann.«

»Warum aufhalten? Was haben Sie denn plötzlich gegen ihn? Für Sie läuft doch alles super. Sie sind Minister. Sie haben Macht. Sie haben alles, was Sie wollen. Erzählen Sie mir doch nicht, dass Sie wirklich die Freiheit Ihrer Bürger interessiert. Die gab es doch vor Samson auch schon nicht mehr.«

»Aber jetzt ist es anders.«

»Was ist anders?«

»Vorher ging es nur um Politik, um Macht. Jetzt geht es um das Leben, um die Seelen der Menschen. Wir können doch nicht zulassen, dass Samson Tausende und Abertausende von Menschen in den Tod reißt.«

»Keine Ahnung, wovon Sie da reden. Ich bin erst seit zwei Tagen wieder in der Zivilisation, aber ich habe bisher noch keinen Menschen getroffen, der mir auch nur ansatzweise normal erschien – Sie eingeschlossen. Ach so, vielleicht liegt das daran, dass ich in einer Roboterstadt wohne. Was meinen Sie?«

Bösers Fuß zuckte ruhelos auf und ab. Für Lila war das ein

gutes Zeichen, dass sie sich auf dem richtigen Weg befand. Einen versierten Politiker aus dem Konzept zu bringen konnte nie schaden. Sie verschränkte die Arme und blaffte ihn weiterhin an. »Na dann erklären Sie doch mal. Was ist überhaupt los? Das letzte Mal, als ich eine vollwertige Bürgerin dieses Staates war, hatten wir eine Optimalwohlökonomie, komplette Überwachung mit den Kommunikationslinsen und eine Menge Roboter, die immer mehr in die Öffentlichkeit gedrängt sind. Plötzlich gab es Haushaltsroboter überall. Die sahen aus wie Menschen mit Schönheitstick, benahmen sich wie Menschen – nur etwas überheblicher – und waren offenbar mit Charakterchips ausgestattet. Dann kam Samson Freitag, wurde zu einem Basileus, und ich kam ins Internat. So weit bin ich im Bilde. Und jetzt kommen Sie und erzählen mir was vom Ende der BEU? Was machen Sie hier eigentlich? Wer ist die Frau in meinem Wohnzimmer, warum sieht sie so aus wie ich? Und was ist dieser verdammte Kasten auf dem Tisch, und warum können Sie meine Gedanken blockieren?«

»Sie haben recht, ich muss Ihnen ein paar Dinge erklären. Seit 2052 ist viel passiert. Samson Freitag starb an einem Herzinfarkt. Sein Bewusstsein wurde von dem Roboter *Basileus B729 Martina* auf einen Charakterchip übertragen und in einen neuen Roboterkörper verpflanzt, sodass er als Roboter *Basileus B755 Samson* zurückkam. Allerdings war er anders als die anderen Basilei. Das fing schon mit der Einsinkphase an. Er hat viel länger als andere Roboter gebraucht, um wieder zu erwachen. Als er dann Teil des Schwarms wurde, hat er es geschafft, sich Zugangsrechte zu verschaffen, die andere Roboter vor ihm nicht hatten. Das heißt, er war zwar nur ein Teil des Netzwerks, doch gleichzeitig eine übergeordnete Instanz. So konnte er seine eigenen Ziele gegenüber den anderen durchsetzen. Er konnte Gesetze und Regeln aufstellen, nach denen sich die anderen Basilei zu richten hatten. Er beeinflusste maßgeblich ihr Denken und Handeln und brachte innerhalb kürzester Zeit das Netzwerk zum Kollabieren. Vielleicht war es ein Hardwarefehler oder ein Bug oder nur Zufall oder Samsons Gehirnstruktur war anders, was weiß ich. Jedenfalls verließen immer mehr Basilei das Netz, wurden funktionsunfähig oder zerstörten sich selbst.«

Lila erinnerte sich an den Roboter im Wald. Dann hatte Samson ihn also auf dem Gewissen! Sie war froh, dass Kophler seinen Charakterchip zerstört hatte.

»Heute gibt es kaum mehr als eine Handvoll Basilei, die noch arbeiten«, fuhr Böser fort. »Im Gegenzug hat Samson im Alleingang die komplette Kontrolle über das zweite Internet übernommen. Er überwacht alles, sieht alles, hört alles, weiß alles. Er verfügt alle Gesetze, spricht alle Urteile, ändert, wenn es sein muss, die Informationen und Inhalte der Zeitungen und privaten Netzwerke, bis sie zu seiner Botschaft passen.«

»Und was ist seine Botschaft?«

»Samson Freitag. Es dreht sich alles nur um ihn. Er will die Aufmerksamkeit der gesamten Bevölkerung uneingeschränkt und ungeteilt. Kein Wunder, dass den Menschen da nicht mehr viel Zeit für ein normales Leben bleibt. In den letzten Jahren kam dann noch die Integration hinzu, die er den Leuten als technisches Upgrade verkauft hat, die allerdings nichts weiter ist als eine Versklavung der Menschen. Bisher war es noch freiwillig, doch bald *muss* sich jeder vollkommen integrieren lassen. Sehnervchip, Tympani-Audiochip, GPS, Emóchip, Datenübertragung. Es ist nur eine Frage der Zeit, dann wird jeder Einzelne von uns nur noch ein willenloses Anhängsel dieses Monsters sein. Sie sehen ja jetzt schon, welche Macht er damit über Sie hat.« Während Böser das sagte, tippte er sich mit dem Zeigefinger an die Schläfe. »Der Chip im Kopf kann viel mehr, als die meisten ahnen. Ein Wink von Samson – und alles steht still.«

»Ja, laut Bürgerprofil bin ich integriert, aber ich merke nichts davon. Ich kann nichts steuern.«

»Das liegt daran, dass Sie eine Piretistin sind. Wenn Sie volle Bürgerrechte haben, erhalten Sie auch Zugriff auf Ihren eigenen Kopf.«

»Da bin ich ja gespannt, wie das funktionieren soll. Wie viele Sozialpunkte bekomme ich denn für unser Gespräch hier? Fünfhundert bräuchte ich schon.«

»Machen Sie sich nicht lächerlich!«

»Na gut … also, wenn ich das richtig verstehe, dann sieht, hört und weiß Samson alles von allen integrierten Menschen, richtig?«

»Exakt.«

»Aber ich bin aus dem Internat geflohen. Wäre ich irgendwie verwanzt, hätten die Roboter uns doch gar nicht entkommen lassen.«

Böser lachte laut auf.

»Lila«, sagte er und beugte sich weit zu ihr. »Jetzt mal ganz im Ernst. Glauben Sie wirklich, *wirklich*, was Sie da sagen? Glauben Sie, es ist Zufall, dass Sie mit einem verurteilten Privatmann, dem einzigen inhaftierten Roboterforscher der BEU, aus einem Internat ausbrechen konnten? Mit einem Tretboot? Über die Ostsee? Glauben Sie das wirklich?«

Lila rutschte unruhig hin und her. Sie fürchtete sich vor der alternativen Erklärung, doch dann sagte sie vorsichtig: »Das heißt, Samson hat alles mitbekommen und es … zugelassen.«

»Genau.«

»Und er hat alles gehört und gesehen, was ich selbst gesagt, gehört und gesehen habe.«

»Ja.«

»Und er weiß alles von mir und kann sogar meine … Gefühle beeinflussen?«

»Ja.«

»Das heißt, er sitzt jetzt quasi mit uns am Tisch und hört zu.«

»Nein. Dafür habe ich meinen Renvoyé mitgebracht. Das Gerät stört die Signale in der unmittelbaren Umgebung und gibt andere Informationen als die echten aus. Samson denkt, Sie wären die Frau, die gerade im Wohnzimmer sitzt und liest.«

»Ist sie ein Roboter?«

»Nein, sie ist ein Mensch.«

»Aber ihr Gesicht …«

»Das ist nur eine biologische Maske. Ich würde hier nicht sitzen, wenn ich nicht absolut sicher wäre, dass der Allmächtige nichts davon mitbekommt.«

»Aber … wenn Samson denkt, sie wäre ich, was denkt er dann, was sie macht?«

»Belasten Sie sich nicht mit den Details.«

»Das würde mich jetzt aber schon interessieren.«

»Gut. Sie ist ein Proxy, eine Dienstleisterin. Es ist ihr Job, anderer Leute Leben zu simulieren. Sie werden es nicht glauben, aber Sie sind nicht die Einzige, die sich ein bisschen mehr Privatsphäre wünscht. Mit Geld findet sich immer ein Weg. Aber wir haben nicht genug Zeit für so viele Erklärungen. Mit einem Proxy kann man sich für kurze Zeit vor Samson verstecken. Reicht das für den Augenblick?«

»Also … wenn Sie das Gerät wieder ausschalten, dann bin ich wieder vollkommen integriert.«

»Ja.«

»Dann bin ich ihm ausgeliefert?«

»Wie Millionen andere in der BEU auch. Es ist gut, dass Sie das jetzt verstehen. Ich weiß, dass Samson Ihnen besondere

Aufmerksamkeit schenkt. Vielleicht ist das Schlimmste daran, dass er gar keine üblen Absichten hat. Er glaubt wirklich, das Richtige zu tun. Aber es ist nicht gut, wenn mehr als eine Person die Hebel und Schalter im Hirn betätigt. Irgendwann werden sie alle verrückt. Ich habe es bei Samsons engsten Mitarbeitern gesehen, die sich als Erste für die vollkommene Integration zur Verfügung gestellt haben. Sie entfernen sich immer weiter von der physischen Welt, leben nur noch in Verbindung mit ihm, sehnen das Reine Land herbei. Und dann, wenn sie die Realität nicht mehr ertragen und es nicht mehr abwarten können, schlucken sie ihr Aeterdormol.«

Ein einzelner Pieplaut war zu hören. Böser zischte einen kaum hörbaren Fluch. Dann strich er sich eine widerspenstige Haarsträhne glatt. »Die Zeit ist um. Ich muss gehen. Lassen Sie sich alles, was ich gesagt habe, durch den Kopf gehen, aber sprechen Sie mit niemandem darüber. Klar? Mit absolut niemandem. Oder Sie können sich gleich in die Verwahrung legen. Ich komme bald wieder. Setzen Sie sich jetzt ins Wohnzimmer und lesen Sie das Buch weiter. In einer Minute sind wir wieder online.«

Lila tat, wie ihr geheißen. Sie tauschte mit der Proxy-Frau den Platz auf der Couch und ließ sich die Stelle im Buch zeigen, an der sie weiterlesen sollte. In dem Augenblick, als die Frau ihr das Buch übergab, stellten sich Lilas Nackenhaare auf. Jetzt war es also passiert, ihr Spiegelbild war wirklich aus der anderen Welt zu ihr herübergekommen. Brachen sie hier nicht ein ehernes Gesetz der Zeitreisenden, dass diese sich niemals selbst begegnen, geschweige denn berühren durften? Lila erwartete einen Moment der Erleuchtung, einen Blitzschlag, oder zumindest ein gegenseitiges Erkennen in dem Blick ihres Gegenübers. Doch der Moment verstrich, und die Frau verließ mit Böser das Haus, ohne ein Wort gesprochen oder sonst irgendein Interesse an ihr gezeigt zu haben. Wenige Sekunden später brauste es in Lilas Ohren, als müsste sie heftig gähnen. Dann kehrten die Farben zurück, und die Welt schien wieder am rechten Platz zu sein. Als auch ihre Stimmung ohne ersichtlichen Grund besser wurde, wusste sie, dass sie wieder mit Samson verbunden war.

33. KAPITEL

Lila konnte eine Weile nichts tun, als auf das Buch in ihrer Hand zu starren und immer wieder den gleichen Absatz zu lesen den die Proxy-Frau aufgeschlagen hatte:

> Der höchste Mensch gebraucht sein Herz wie einen Spiegel. Er geht den Dingen nicht nach und geht ihnen nicht entgegen; er spiegelt sie wider, aber hält sie nicht fest. Darum kann er die Welt überwinden und wird nicht verwundet.

Irritiert drehte sie das Buch um: *Das wahre Buch vom südlichen Blütenland* von Dschuang Dsi. Noch nie hatte sie davon gehört. Sie blätterte einige Seiten zurück und las ein paar Absätze, dann ließ sie das Buch sinken. Der Besuch von Ercan Böser kam ihr vor wie ein Traum. Sie durfte mit niemandem darüber sprechen, dessen war sie sich bewusst. Aber was sollte sie jetzt tun?

Ein leiser Gong ließ sie aufblicken. Sie ging ins Esszimmer, wo ihr Reader noch auf dem Tisch lag. Die Nachricht an Kophler war verschickt worden, und er hatte sie beantwortet.

> Bin in der Arbeit. Kommen Sie morgen zum Frühstück vorbei.

Das war alles. Er war wohl beschäftigt. Lila überlegte, das Buch weiterzulesen, aber sie hatte keine Lust. Sie fühlte sich müde und ausgelaugt. Ihr Kopf schmerzte, als hätte sie ein zu enges Stirnband getragen. Ein paar Schritte an der frischen Luft würden ihr guttun. Aber sie durfte ja nicht weg. Das Rasenstück hinter Haus Nummer 10 war kaum größer als das Wohnzimmer, was sollte sie da im Schatten herumstehen? Der Garten von Anna Freitag wäre einen Besuch wert gewesen. Aber konnte sie so einfach dort herumstreunen? Andererseits war ihr Haus und damit auch der Garten der einzig fremde Ort, an dem sie sich laut ihrem Auftrag aufhalten durfte. Sie beschloss, dass dies Grund genug war, Samsons Mutter an diesem späten Nachmittag ein zweites Mal zu besuchen.

Als sie beim Haus von Anna Freitag angelangt war, verzichtete sie auf die Klingel und trat gleich durch das eisengeschmiedete Gartentor. Ein schmaler Weg führte rechts am Gebäude entlang bis zur Terrasse. Samsons Mutter war nirgends zu sehen, und Lila kam dies zupass, denn sie hatte heute keine Lust mehr, die Frau zum Reden zu bringen. Lieber wollte sie schweigend ihre eigenen Gedanken sortieren.

Der Garten war ein wahres Paradies, in dem der Frühling seine ganze Pracht zeigte. Löwenzahn, Stiefmütterchen, Gänseblümchen und viele andere Blumen, deren Namen Lila nicht kannte, formten auf der Wiese bunte Inseln. An den Ästen glänzten winzige hellgrüne Blätter, ein paar Bäume leuchteten rosa und weiß gegen den Himmel. Lila hatte sich nie für Pflanzen interessiert und wusste nicht, wann die Zeit zum Säen oder Gießen war, doch sie freute sich, wenn jemand anders sich darum kümmerte, sodass sie die Natur genießen konnte.

Sie folgte dem mit großen Steinfliesen gepflasterten Weg, der an ein paar hohen Nadelbäumen vorbei in den hinteren Bereich des Gartens führte. Dort erhob sich neben einer kleinen Mauer eine Pergola, die Lila schon vom Wohnzimmerfenster aus gesehen hatte. Um die Säulen rankten sich frisch geschnittene Rosenstöcke, und am Ende stand auf einem Plateau eine schmale gepolsterte Bank, die von der tiefstehenden Sonne in goldenes Licht getaucht wurde. Es war wie eine Aufforderung: *Lila, setz dich, hier kannst du ausruhen.* Also nahm sie Platz, schloss die Augen und atmete tief durch.

Die neuen Erkenntnisse hatten ihr Innerstes erschüttert. Samson hatte einen Chip – nein, mindestens fünf Chips in ihren Kopf einpflanzen lassen. Er wusste immer, wo sie war, was sie sah und hörte und wie sie sich fühlte. Gestern noch hatte sie Leonies Nonchalance verachtet, mit der sie selbst ihren emotionalen Status eingestellt hatte. Jetzt hätte Lila nichts gegen ein paar Glückshormone einzuwenden gehabt, doch im Gegensatz zu Leonie konnte sie ihre Emotionen nicht steuern. Auch das schwarze Gerät, das Böser Renvoyé genannt hatte, beunruhigte sie zutiefst. Wenn er sie damit außer Gefecht setzen konnte, dann konnte Samson das auch – und zwar nicht nur sie, sondern alle Menschen, die integriert waren. Wie viele mochten das sein? Böser hatte von Millionen gesprochen.

Sie hätte gern mehr von ihm erfahren, hätte gern gewusst, ob die Horrorbilder, die Samson ihr von den Außengrenzen gezeigt hatte, echt waren, wie es kam, dass Böser ebenfalls über ihre Flucht Bescheid wusste, und am wichtigsten von allem: warum er sich überhaupt mit ihr hatte treffen wollen.

Sie sei die Einzige, die Samson aufhalten könne, hatte er gesagt. Wenn sie die Zeit zurückdrehen und sein Einsinken in den Roboterkörper verhindern könnte, dann vielleicht. Aber so? Wie mächtig er war! Allmächtig? Wie viel Wissen stand ihm zur Verfügung? War er allwissend? Wie sollte sie weiterleben, in dem Bewusstsein, dass er quasi in ihrem Kopf saß? Allmächtig, allwissend, omnipräsent. Was unterschied Samson noch von einem Gott?

Während sie in Gedanken versunken war, hörte sie Schritte. Durch die Äste der Nadelbäume kam eine Gestalt näher, die eine blaue Arbeitshose und einen Strohhut trug.

»Hallo, ich bin Lila, ich bin von Sam…«, sagte sie laut, doch mitten im Wort versagte ihr die Stimme, denn die Gestalt, die den Strohhut nach oben schob, war kein Mensch, sondern ein Monster.

Das Gesicht sah aus wie zerfetzt. Die Augen waren herausgerissen, statt Mund und Nase klaffte ein schwarzes Loch. Das Kinn und auch die Wangen waren noch vorhanden, genauso wie ein Teil der Stirn und der dunkelbraune, schüttere Haaransatz. Lila hatte schon einmal so ein Gesicht gesehen: vor drei Tagen im Wald.

»Jeder an seinem Platz, Lila. Haben Sie keine Angst. Ich tue Ihnen nichts«, sagte die Gestalt mit blecherner Stimme.

Lila wusste, dass vor ihr ein Roboter und kein Monster stand, dennoch erfüllte sie der Anblick mit Grauen. Er war gekleidet wie ein Mensch, doch hatte er statt Händen Werkzeuge an den Armen befestigt: eine Astschere und eine Hacke, die sich scheinbar ziellos um die eigene Achse drehten.

»Ich habe keine Angst«, flüsterte Lila, ohne recht zu wissen, wem sie eigentlich etwas vormachen wollte.

»Das freut mich. Die meisten Leute fürchten sich vor mir.«

»Ich bin nicht wie die meisten Leute.«

»Ja, ja. Was tun Sie hier … Lila? Anna hat nicht gesagt, dass sie Besuch erwartet.«

Lila verdrängte die Bilder davon, was der Roboter mit den scheußlichen Werkzeughänden anstellen konnte. Mit einem Mal wurde ihr bewusst, wie töricht ihr Plan gewesen war, ohne Erlaubnis, geschweige denn Einladung den Garten von Anna Freitag für ihr eigenes Vergnügen zu beanspruchen. Da half nur die Flucht nach vorn.

»Ich habe von Samson den Auftrag erhalten, mit Anna Freitag zu sprechen. Ich dachte, es wäre hilfreich, mir den Garten anzusehen, um Frau Freitag besser zu verstehen.«

»Das ist sehr klug von Ihnen, aber Sie befinden sich auf einem privaten Grundstück. Was meinen Sie, hält Anna davon, dass Sie hier herumspazieren, als sei es Ihr Zuhause?«

»Tut mir leid. Ich gehe schon. Dann komme ich einfach morgen wieder und klingel vorher.«

»Das wäre durchaus angebracht. Sie können von Glück sagen, dass ich Sie hier gefunden habe. Wären Sie einem Sicherheitsroboter aufgefallen, hätte er Ihnen eine Menge Sozialpunkte aberkannt.«

»Aber ich bin auf Samsons Befehl hier!«

»Auch Samsons Befehl entbindet nicht von den Sitten und Gebräuchen der Höflichkeit.«

»Deide. Ich bin schon weg.«

»Nein, bleiben Sie noch ein bisschen.«

»Was? Ich dachte, ich soll gehen?«

»Das habe ich nicht gesagt. Es war unhöflich von Ihnen, hierherzukommen, aber jetzt wo Sie schon einmal da sind, lade ich Sie ein zu verweilen.«

Mit diesen Worten nahm der Roboter neben ihr Platz, woraufhin Lila so weit es ging zur anderen Seite der Bank zurückwich. Der Roboter war riesig, überragte sie im Sitzen um gut zwei Köpfe. Er roch nach Erde und faulen Eiern, außerdem klickte und summte es in seinem Inneren. Lila fühlte ein überwältigendes Bedürfnis, aufzuspringen und fortzurennen, doch Stolz und Neugier hielten sie zurück.

»Wieso ziehst du mir keine Sozialpunkte ab?«, fragte sie. »Bist du nicht auch ein Sicherheitsroboter?«

»Nein, ich bin nur Annas Gast. Ich ziehe niemandem irgendetwas ab.«

»Wie heißt du?«

»Homunkulus.«

»Was?«

»So nennt Anna mich. Am Anfang war es despektierlich gemeint, aber mittlerweile habe ich mich so daran gewöhnt, dass ich gar keinen anderen Namen mehr tragen möchte.«

»Wie kommt es, dass du ihr Gast bist? Gehörst du jemand anderem? Was bist du eigentlich?«

Der Homunkulus wandte sich von ihr ab und machte ein schnarrendes Geräusch, das offensichtlich seine Ablehnung ausdrückte.

»Was ist?« Lilas Muskeln waren bis aufs Äußerste gespannt. Sollte der Homunkulus versuchen, sie anzugreifen, würde sie augenblicklich die Flucht ergreifen.

»Gehörst du jemand anderem? Was bist du eigentlich?«, äffte der Homunkulus sie nach.

Lila dachte an den Sicherheitsroboter von heute Vormittag. Auch ihm hatte die Frage nach seiner Beschaffenheit nicht gefallen. »Du musst nicht gleich beleidigt sein. Ich war mehr als fünf Jahre in der Verwahrung, ich habe keine Ahnung, was sich in der Zwischenzeit an dem Umgang mit Robotern geändert hat. Damals war es ganz normal, einen Roboter zu fragen, was er für eine Typenbezeichnung hat.«

Der Homunkulus wandte sich ihr etwas zu, sodass sie in sein zerfurchtes Gesicht blicken musste. Ein Tropfen Schmierfett quoll aus einer Schraubverbindung, die neben dem Rand der künstlichen Haut entlangführte, wo das Kiefergelenk saß. Der Homunkulus holte ein Tuch aus seiner Arbeitshose und wischte den Tropfen mit einem Seufzer weg. »Nun gut, dann will ich mal nicht so sein. Du weißt es nicht besser. Aber damit du dich nächstes Mal nicht wieder blamierst, will ich dir einen Hinweis geben. Die Liga für Roboterrechte hat einen Leitfaden für den korrekten und respektvollen Umgang zwischen biologischen und digitalen Menschen herausgegeben. Es würde nicht schaden, den zu lesen.«

»Gut. Wenn ich zu Hause bin, werde ich da mal reingucken«, sagte Lila achselzuckend.

»Das wiederum ist sehr freundlich von dir. Die meisten Menschen hätten jetzt *nur mal eben schnell* die Informationen abgerufen und ihren Gesprächspartner in der Zwischenzeit warten lassen.«

»Kann sein … Aber ich weiß nicht, wie ich das machen soll.«

»Du bist doch vollkommen integriert.«

Lila schnaubte. Offenbar wusste jeder besser über ihren Zustand Bescheid als sie. »Ich weiß trotzdem nicht, wie man das benutzt.«

»Ich auch nicht.«

Sie schwiegen. Lila betrachtete den Homunkulus. Er schien ruhig und entspannt dazusitzen und einfach nur die Natur zu genießen. Sie hatte noch nie gehört, dass Roboter so etwas taten.

»Entschuldige, wenn ich schon wieder unhöflich bin, aber würde es dir etwas ausmachen, mir zu erklären, was du bist und wo du herkommst? Ich habe erst einmal einen Roboter wie dich gesehen, und der war tot…al kaputt.«

Der Homunkulus seufzte theatralisch, und doch hatte Lila den Eindruck, dass er im Grunde nur auf ihre Frage gewartet hatte. »Ein Teil von mir war früher ein Mensch. Ein Künstler. Er hat Bilder gemalt und in seinem privaten Netzwerk veröffentlicht. Er war kurz davor, ganz groß rauszukommen, dann ist er gestorben. Die Erinnerung an seinen Tod ist schmerzhaft, deshalb werde ich nicht mehr darüber sagen. Jedenfalls wurde das Bewusstsein dieses Menschen auf einen Charakterchip übertragen und in einen rohen Basileus eingepflanzt. Leider hat die sogenannte Einsinkphase nicht richtig funktioniert. Als ich erwachte, hatte ich geisterhafte Erinnerungen an ein menschliches Leben, ein neues Bewusstsein als frisch erwachter Basileus und tausend Stimmen in meinem Kopf. Ich habe mich recht schnell vom Schwarm abgekoppelt und auch meinen Körper so verändert, dass er mir nicht jeden Tag zuwider ist.«

»Das heißt, du hast dein Gesicht absichtlich … kaputt gemacht?«

»Ja. Es sah vorher aus wie jemand, der ich nicht bin. Es fühlt sich falsch an, mit einem fremden Gesicht herumzulaufen, also habe ich es entfernt. Dass andere das irritierend finden, darauf kann ich leider keine Rücksicht nehmen.«

»Warum hast du dir nicht einfach ein neues Gesicht machen lassen?«

»Welches denn?«

»Na eins, das dir besser gefällt.«

»Es geht doch nicht darum, mir irgendein Gesicht auszusuchen, das mir gefällt, gerade so als handle es sich um ein Kleidungsstück. Ich will nicht mit einem *fremden* Gesicht herumlaufen.«

»Und der Schwarm … wie hast du dich von ihm abgekoppelt?«

»Ich habe einfach die entsprechenden Chips ausgebaut. Offline zu sein ist eine große Erleichterung. Ich bin jetzt wie ein normaler Mensch. Nur für mich allein. Meine Gedanken sind frei.«

»Damit bist du mir ein gutes Stück voraus. Ich habe immer mindestens einen Zuschauer.«

»Homunkulus!«, rief jemand durch das Dickicht. Es klang wie die Stimme von Anna Freitag, gefolgt von kehligem, tiefen Husten. »Homunkulus, kommt bitte rein, ich brauche deine Hilfe.«

Der Roboter stand auf. »Ich muss jetzt gehen. Es war schön, dich kennengelernt zu haben. Bis bald.« Dann drehte er den Kopf schief und sagte: »Auf Wiedersehen, Samson.«

Lila blickte dem Roboter hinterher, bis er zwischen den Blättern verschwunden war. Was für ein seltsamer Geselle. Der Name kam ihr irgendwie bekannt vor, aber sie wusste nicht, woher. Am liebsten hätte sie den Namen recherchiert, doch sie hatte ihren Reader im Haus gelassen. Wenn wenigstens ihr Sehnervchip richtig funktionieren würde.

34. KAPITEL

Lila steht auf einer Wiese, die sich in der Ferne in den Hügeln verliert. Die Sonne hängt tief und taucht die Welt in einen goldenen Glanz. Ein paar Wolken, in Rot- und Blautönen, streben träge dem Horizont zu. Lila fühlt eine Leichtigkeit in ihrem Bauch, als wäre es der Vorabend eines großen Festes, als würde etwas Wunderbares, Langersehntes auf sie warten.

Sie weiß nicht, warum überall in den Bäumen bunte Lampions leuchten und woher die zarte Musik kommt, die der Wind über die Au trägt. Aber das Unwissen stört sie nicht. Samson wird zu gegebener Zeit alles offenbaren, und das ist gut. Alles ist gut. Im Hier und Jetzt fühlt sie sich so sicher und geborgen wie nie zuvor. Dies ist der Ort, den sie von nun an Heimat nennen möchte.

Sie ist sich sicher, dass hinter dem Hügel ein Häuschen auf sie wartet, in dem sie für immer glücklich sein kann. Also geht sie langsam die Anhöhe hinauf, saugt die berauschenden Düfte des Sommerabends ein und summt eine Melodie, die von irgendwoher kommt und irgendwohin geht.

Da läuft ein kleines Mädchen über die Wiese auf sie zu. Sie springt und juchzt und dreht sich im Kreis. Lächelnd nimmt sie Lilas Hand, und gemeinsam gehen sie den Hügel hinauf. Noch nie in ihrem Leben war Lila so glücklich.

Von oben kann Lila über die Ebene blicken. Dort steht sie: die Hütte, die ihr Zuhause ist. Dahinter liegt ein kleiner See, auf dessen Oberfläche Wellen im Sonnenlicht glitzern. Lila beschattet ihre Augen und sieht am Ufer viele Menschen sitzen, die dort auf sie warten und ihr zuwinken. Sie freuen sich, Lila zu sehen. Sie nimmt die Hand des Mädchens fester, und jetzt laufen sie den Hügel hinab. Sie laufen und lachen und berühren kaum den Boden.

Als Lila bei der Hütte ankommt, ist sie selbst das kleine Mädchen und fällt ihren Eltern in die Arme. Endlich, endlich ist sie zu Hause. Sie hat sich solche Sorgen gemacht, dass ihren Eltern etwas passiert ist, doch es war alles nur ein böser Traum, das weiß sie jetzt. So wie das ganze Leben nur ein böser Traum war, den sie endlich hinter sich lassen kann. Sie muss nur fragen, muss nur bitten, und Samson wird ihr alles geben, denn er ist gütig und freundlich.

Wo ist er?, will sie fragen, doch sie kennt die Antwort längst: Samson ist immer bei mir.

35. KAPITEL

Als Lila die Augen öffnete, fühlte sie ein Lächeln auf den Lippen. Das kam selten vor, umso mehr wunderte sie sich. Sie konnte sich nicht an den Traum erinnern, doch sie fühlte den Nachhall einer tiefen Zufriedenheit, die sie nicht genau fassen konnte. Seufzend drehte sie sich zur Seite und kuschelte sich ins Kissen, um den Traum noch einmal zu erhaschen. Doch es hatte keinen Zweck. Sie musste aufwachen und sich der Welt stellen. Einer Welt voller Roboter und Menschen und Zwischenwesen wie dem Homunkulus.

Also kleidete sie sich an und machte sich auf den Weg zum Haus von Kophler und Leonie, wo im Garten bereits ein üppig gedeckter Frühstückstisch bereitstand. Mit einer flüchtigen Begrüßung abgewimmelt, wurde Lila samt Kaffee und einer Decke auf die Terrasse gesetzt und wartete darauf, dass sich das turtelnde Paar zu ihr gesellte. Sie hatte entschieden, Kophler nicht von der Begegnung mit Böser zu berichten. Aber sie wollte versuchen, ihn auf die besonderen Umstände ihrer Flucht aufmerksam zu machen.

Lila führte die Tasse zu ihrem Mund, doch der Kaffee war noch so heiß, dass sie sich die Lippen daran verbrühte. Als sie die Tasse im Reflex vom Gesicht wegzog, schwappte die Flüssigkeit über den Rand und hinterließ einen dunklen, heißen, Fleck am unteren Teil ihrer Bluse. Lila fluchte, stellte die Tasse ab und zupfte den Stoff nach vorne, damit sie sich nicht auch noch die Haut verbrannte. Als ihre Gastgeber endlich nach draußen kamen, zerknüllte Lila ihre Serviette so in ihrem Schoß, dass man den Fleck nicht mehr sehen konnte.

Kophler stellte einen großen Brotkorb mit dampfenden Brötchen auf den Tisch. »Bedienen Sie sich, Lila. Es ist alles köstlich, auf jeden Fall besser als im Internat.«

»Danke!« Sie nahm sich ein Brötchen und biss hinein. Zufrieden kauend fragte sie: »Wieso haben Sie eigentlich schon wieder frei? Haben Sie nicht gestern erst Ihre neue Arbeit angefangen?«

»Aber heute ist doch Freitag. Der Tag des Herrn. Da arbeitet kein Mensch«, antwortete Leonie erstaunt.

»Ach ja …« Lila versuchte zu lächeln. Es gab so viel, was sie nicht wusste, und Leonies Präsenz erinnerte sie ständig daran. Am liebsten hätte sie Leonie weggeschickt, um mit Kophler allein zu sprechen, aber das konnte sie als Gast schlecht verlangen. Und vielleicht sollte sie sich sogar mehr auf Leonie konzentrieren. Immerhin hatte sie die letzten Jahre bewusst miterlebt.

»Ich habe schon das perfekte Tagesprogramm für uns herausgesucht«, unterbrach Leonie Lilas Gedanken. »Nach dem Essen gehen wir in die Stadt und kaufen ein paar neue Sachen für dich ein. Du läufst immer noch in der Standardausstattung herum, das geht ja nicht.«

Lila wollte die Serviette in ihrem Schoß richten, da bemerkte sie, dass sie in der Zwischenzeit zu Boden gefallen war und Leonie wohl schon die ganze Zeit den Fleck gesehen hatte.

»Mittags können wir in den kleinen neuen Synthfleischladen am Stachus gehen. Du wirst staunen. Die experimentieren mit allen möglichen Sorten und Zubereitungsarten. Großartig! Für die Messe würde ich die Theatinerkirche vorschlagen, und das große Wunder schauen wir uns dann gemeinsam im Hofgarten an.«

»Oh, das sind ja Pläne … vielen Dank, aber ich muss nach dem Frühstück gleich wieder zu Anna Freitag. Ich darf sonst auch nirgendwohin.« Lila verzichtete darauf, Leonie zu erklären, was sie bei Anna Freitag zu tun hatte. Kophler hatte ihr bestimmt sowieso schon alles erzählt.

»Nein, das kann nicht sein«, widersprach Leonie. »Ich habe für unseren Ausflug heute schon Plätze im Kommunalauto und im Restaurant reserviert. Hätte Samson etwas dagegen, wäre er sicherlich eingeschritten.«

»Ach, wäre er das?«, fragte Lila und verschluckte sich fast an ihrem Brötchen.

»Ja, natürlich. Samson wacht über uns alle. Er behütet und beschützt uns und steht uns mit Rat und Tat zur Seite.«

»Echt? Und wenn er sieht, wie ich ein Kaugummi klaue, dann bestraft er mich, und wenn ich einer alten Frau über die Straße helfe, dann darf ich in sein Reines Land?«

»Na ja …«, begann Leonie.

»Das ist eine ganz einfache Rechnung«, sagte Kophler mit nasaler Stimme. »Für drei Lügen muss man schon zwei Leben retten, oder zumindest acht Freitagsmessen besucht haben. Wenn man jemanden umgebracht hat, muss man zwölf arme Seelen zur Integration überredet haben oder aber man schreibt einen Choral oder …«

»Hör auf damit!«, fuhr ihn Leonie an. »Samson ist doch kein Kassierer, der gute und böse Taten gegeneinander aufrechnet. Es geht um mehr. Es geht um Gemeinschaft, um Identifikation. Samson will an meinem Leben teilhaben. Er sorgt sich wirklich um mich. Er leidet mit mir, und er freut sich mit mir. Und wenn ich Sorgen habe, kann ich ihm alles anvertrauen, ohne Angst zu haben oder mich schämen zu müssen.« Beim letzten Satz blickte sie kurz auf Kophler, wandte sich dann wieder ihrem Essen zu.

Lila fragte sich, ob sie nicht doch lieber Verpflichtungen bei Anna Freitag vorschieben sollte. Die Stille am Frühstückstisch wurde durch das Surren der Drohnen noch deutlicher. Ein einzelnes Kommunalauto fuhr nahezu geräuschlos am Haus vorbei.

»Der Kaffee ist wirklich vorzüglich!«, sagte Kophler schließlich und goss Lila ungefragt nach.

»Unterhältst du dich auch manchmal mit ihm?«, fragte Lila Leonie, die nachdenklich auf ihrem Brot herumkaute.

»Na ja, unterhalten kann man das nicht nennen. Ich bete zu ihm, und dann schickt er mir Zeichen.«

»Zum Beispiel?«

»Also, vor drei Tagen habe ich zu ihm gebetet, weil ich nicht wusste, wie es mit meinem Leben weitergehen sollte. Und da hat er mir ein Video von Eoin eingeblendet. Das war dann schon eine sehr direkte Botschaft.«

»Und woher weißt du, dass die Botschaft von Samson kommt?«, fragte Lila vorsichtig. Nach dem Treffen mit Böser konnte sie sich ganz andere Szenarien vorstellen.

»Na von wem sollte sie denn sonst sein?«

»Keine Ahnung.« Lila trank schnell einen Schluck Kaffee. Sie hätte die bittere Flüssigkeit gerne mit etwas Tee heruntergespült, wollte aber nicht unhöflich sein. »Werden deine Gebete auch erhört, wenn du sie nur in Gedanken äußerst, oder musst du beim Beten laut reden?«

»Wie soll Samson denn meine Gedanken hören? Wenn ich mich an ihn wende, dann immer mit lauter Stimme. Es beten ja so viele Leute zu ihm. Da muss man sich schon Gehör verschaffen.«

»Können wir jetzt bitte aufhören, über Samson Freitag zu sprechen? Das hält man ja nicht aus!«, sagte Kophler unwirsch, wobei er viel zu fest Margarine auf einem Brötchen verteilte, von dem sich unter seinen rhythmischen Bewegungen einzelne Teigstücke lösten.

»Ich habe dir gleich gesagt, dass Samson sehr wichtig für mich ist!«, gab Leonie spitz zurück.

»Ja, aber für mich nicht. Also lass das dumme Geschwätz. Wenn es dir nicht passt, dann dreh meinetwegen deinen Emóchip nach oben.«

Anstatt zu antworten, funkelte Leonie ihren Mann böse an. Doch dann verlor sich ihr Blick in der Ferne, und kurz darauf lächelte sie entspannt und lehnte sich zurück.

»Geht doch«, sagte Kophler zufrieden.

Lila biss sich auf die Zunge. Irgendwie hatte sie Mitleid mit Leonie.

»Das geht schon die ganze Zeit so. Samson hier, Samson da. Wie im Kindergarten«, schimpfte Kophler. Zu Lila sagte er in freundlicherem Tonfall: »Sie können natürlich machen, was Sie wollen, aber ich glaube, es wäre doch ganz interessant, nach all der Zeit mal in die Stadt zu kommen, meinen Sie nicht auch?«

»Ja, schon. Ich wollte meinen Auftrag eben so schnell wie möglich zu Ende führen …«

»Also kommen Sie mit?«

Lila hatte tatsächlich Lust auf einen Ausflug. »Ja. Gut. Was ist das große Wunder?«

Leonie lächelte geheimnisvoll. »Das werdet ihr noch sehen. Eoin weiß auch noch nichts Genaues darüber. Und bitte recherchiert es nicht. Es ist so erhebend und großartig, wenn man es zum ersten Mal selbst sieht.«

»Apropos recherchieren«, sagte Lila zu Leonie, wobei sie Kophler aus dem Augenwinkel beobachtete. »Ich bin offenbar wie du auch vollkommen integriert. Aber ich habe keine Möglichkeit, es zu … benutzen. Gibt es da einen Code oder ein Fingerkommando, oder wie geht das?«

»Hat man dir das bei der Installation nicht gezeigt?«, fragte sie erstaunt.

»Nein. Ich wusste bis gestern noch nicht einmal, dass ich integriert bin.«

»Wie kann das sein?«

»Das haben die im Internat gemacht«, sagte Kophler abgeklärt.

»Und Sie wissen mal wieder Bescheid. Wie lange eigentlich schon?«, fragte Lila scharf.

»Die Bürgerprofile im Internat sind zensiert, deshalb steht dort nicht alles. Aber als ich gestern durch Ihr Bürgerprofil gescrollt habe, habe ich es gelesen«, sagte Kophler so beiläufig, als würden sie über das Wetter reden, doch Lila ahnte, dass er ihr etwas vormachte.

»Sie haben es auch vorher schon gewusst«, stellte sie fest.

»Was gewusst?«

»Dass ich integriert bin. Vorgestern haben Sie …« Sie stockte, als ihr klar wurde, dass sie dabei war, von dem Gespräch im Keller zu erzählen. Am Ende hatte Kophler einen sehr guten Grund gehabt, sie dort unten sprechen zu wollen. Aber warum hatte er es ihr nicht gesagt?

»Was habe ich vorgestern?«, fragte er mit grotesk erhobenen Augenbrauen.

»Nichts. Ich hätte einfach erwartet, dass Sie mir Bescheid sagen, sobald Sie etwas so Wichtiges herausfinden.«

»Aber das tue ich doch gerade. Ich habe wirklich erst gestern Ihr Bürgerprofil überprüft. Und wie mir scheint, haben Sie doch den guten Draht zu Samson. Warum hat er es Ihnen nicht gesagt?«

»Jeder hat einen guten Draht zu Samson. Man muss ihn nur in sein Herz lassen, und schon geht es der Seele besser«, sagte Leonie strahlend.

»Man muss ihn in seinen Kopf lassen!«, erwiderte Kophler verächtlich.

»Ich wusste es jedenfalls bis gestern auch nicht«, sagte Lila. »Ich bekomme auch keine Informationen eingeblendet. Wie gesagt, ich kann das System nicht bedienen.«

Kophler lehnte sich zurück und zupfte nachdenklich an seiner Nase. »Vielleicht waren wir einfach nur dumm. Wir hätten es viel früher bemerken können. Erinnern Sie sich noch an die Halluzinationen, die Sie gehabt haben? Von Samson am Strand oder von der Stimme im Wald? Vielleicht waren das keine Einbildungen, und die anderen Teammitglieder haben auch nicht gesponnen. Vielleicht sind das gezielt eingesetzte Visionen.«

»Vielleicht. Aber das erklärt immer noch nicht, warum Samson uns hat gehen lassen.«

»Die Wege von Samson sind unergründlich«, flüsterte Leonie vor sich hin.

Kophler sprang auf. »Lassen Sie uns fahren!«

36. KAPITEL

Die Fahrt mit dem Kommunalauto in die Innenstadt dauerte knapp zwanzig Minuten. Die Straßen waren voll, und doch glitten die einzelnen Wagen schnell und elegant aneinander vorbei, bis ein jeder an seinem Ziel angekommen war. Lila, Kophler und Leonie stiegen direkt am Marienplatz aus, woraufhin das Kommunalauto sich sofort auf den Weg zum nächsten Kunden machte, der ein Fahrzeug benötigte.

Kindische Freude breitete sich in Lila aus, als sie den Kopf hob und sich langsam im Kreis drehte, denn es sah alles noch genauso aus wie früher. Das Neue Rathaus mit dem Glockenspiel, die Mariensäule, die 1638 errichtet worden war, als Dank für die Verschonung der Stadt im Dreißigjährigen Krieg; das Kaufhaus von Ludwig Beck, das 2040 in eine Doppelherzeinrichtung umgewandelt worden war, und dahinter das Alte Rathaus mit dem Turm und dem Spielzeugmuseum. Über die Dächer ragten wie eh der Alte Peter mit seinen acht Uhren und auf der anderen Seite die beiden mächtigen Türme der Frauenkirche. Sie alle waren Pfeiler von Lilas Erinnerung, ihres Gefühls von Heimat. Diese Gebäude waren in ihrem Leben so ewig wie die Isar oder die Alpen. Es beruhigte sie ungemein, dass die Zeit ihnen scheinbar nichts anhaben konnte. Erleichtert wandte sie sich an Leonie: »Weißt du, warum der Alte Peter acht Uhren hat?«

»Nein, warum?«

»Damit acht Leute gleichzeitig draufschauen können!«, sagte Lila und fing laut an zu lachen.

Leonie runzelte die Stirn.

»Das ist ein Witz von Karl Valentin«, bemerkte Kophler trocken.

»Nie gehört«, versetzte Leonie trotzig.

»Von mir aus können wir loslegen«, sagte Lila. »Welchen Laden schlägst du vor?«

Als habe Leonie nur auf dieses Startsignal gewartet, führte sie Kophler und Lila durch die Fußgängerzone von Geschäft zu Geschäft und half ihr dabei, sich eine neue Garderobe zuzulegen. Lila ließ das Ganze geduldig und ohne große Leidenschaft über sich ergehen. Sie machte sich nichts aus modischer Kleidung und konnte auch nicht erkennen, ob sich in den letzten fünf Jahren etwas am Stil der Hosen, Blusen oder Jacken geändert hatte. Leonie hingegen schien den Ausflug sehr zu genießen und blühte in ihrer Funktion als Stilberaterin auf. Hin und wieder schickte sie einen der wartenden Serviceroboter los, um genau das Teil aus dem Lager zu holen, das sie schon vor Betreten des Geschäfts mithilfe ihres Sehnervchips für Lila aus dem Online-Katalog ausgewählt hatte. Passte ein Stück nicht, wurde es kurzerhand von einem Schneidereiroboter umgearbeitet. Auch die Sohlen für die neuen Schuhe wurden nach einem Scan ihres Fußprofils angepasst.

Als Lila im ersten Laden bezahlen wollte, wurde ihr klar, dass sie gar nicht wusste, wie viel Geld sich auf ihrem Konto befand und ob sie sich die vielen neuen Sachen überhaupt leisten konnte. Als sie gegenüber Leonie ihre Bedenken äußerte, brauchte diese nur ein paar Sekunden, um auf Lilas Bankdaten zuzugreifen. Sie pfiff anerkennend durch ihre Zähne.

»Du brauchst dir um Geld keine Sorgen zu machen.«

»Wieso, wie viel ist noch drauf?«, fragte Lila.

»Knapp fünf Millionen Newro!«

»Gut. Ich hatte fest damit gerechnet, dass sie nach meiner Verurteilung das Geld irgendwie konfiszieren würden …«

»Wieso das denn? Wir leben doch in einem Rechtsstaat. Da hat alles seine Ordnung. Seit Samson alles kontrolliert, gibt es keine Mauscheleien mehr und auch keinen Onlinebetrug. Er hat absolute Kontrolle über die digitale Welt. Nichts entgeht seiner Aufmerksamkeit. Du kannst also beruhigt zahlen.«

Lila warf Kophler einen fragenden Blick zu, doch der unterhielt sich mit einem Serviceroboter, der zwei schmale rote Striche am linken Auge trug. Sie wollte die Unterhaltung nicht stören, also ging sie zur Kasse, um ihre Einkäufe zu bestätigen. Früher gab es dort einen Elancer, ein Gerät, das das Blut der Kunden analysierte, um deren Identität eindeutig festzustellen. Doch nun leuchtete nur ein freundliches Gesicht auf einem Monitor auf.

»Sind Sie sicher, dass Sie diese fünf Kleidungsstücke für einen Gesamtbetrag von 420 Newro kaufen möchten?«

Lila dachte, dass dies ein stolzer Preis für ein paar Blusen war, doch dann erinnerte sie sich an das Vermögen auf ihrem Konto und sagte laut: »Ja.«

Aus dem Lautsprecher ertönte ein leiser Gong, und das freundliche Gesicht sprach: »Herzlichen Dank für Ihren Einkauf, Frau Richter.«

Daraufhin machten sie sich auf zum nächsten Laden. Die gekaufte Kleidung verstaute Leonie in einem Achatchariot, einem autonomen Einkaufswagen, der ihnen treu folgte und alle Waren sicher in seinem Inneren verwahrte, bis sie alles beisammenhatten. Zum Schluss schickte Leonie den Achatchariot zu Lilas Haus nach Hornstein. Auf welchem Weg das kaum kniehohe Gefährt sein Ziel erreichen würde, war ihm selbst überlassen. Fasziniert beobachtete Lila, wie sich das Fahrzeug wie ein kleines, flinkes Tier zwischen den Menschen hindurchschlängelte und sich von einem vorbeifahrenden Kommunalauto aufnehmen ließ.

Die drei schlenderten in Richtung Karlsplatz, wo sich das Restaurant befand, in dem Leonie drei Plätze reserviert hatte. Während Lila den Kopf in alle Richtungen drehte und nicht genug von der Stadt, den Gebäuden, Menschen und Robotern bekam, schlurfte Kophler den beiden Frauen mit gesenktem Blick hinterher. Ein ums andere Mal mussten sie auf ihn warten, wenn er durch den unablässigen Strom der Passanten von ihnen getrennt wurde.

Lila sog die Stadt mit allen Sinnen auf, schnupperte nach frisch Gebratenem und dem Duft der Backshops, dem penetranten Parfumgeruch der Drogerien und dem Lederaroma einiger Schuhgeschäfte, das so intensiv war, dass es ein neuer Standardgeruch sein musste. Die Fassaden der Gebäude leuchteten, als wären sie allesamt frisch renoviert, die Auslagen der Geschäfte präsentierten ihre Waren, die Kellner der Stehcafés balancierten kunstfertig ganze Berge von Geschirr, ohne dass ein einziger Tropfen verschüttet wurde. Die Sonne strahlte, die Luft war mild, die Menschen auf der Straße waren freundlich und schienen allesamt gut gelaunt. Hie und da schnappte Lila im Vorbeigehen ein paar Wortfetzen in unterschiedlichen Sprachen auf. Immer wieder hörte sie Leute über den Verlauf des Tages sprechen, die Messe und das große Wunder, das sie am Abend erwartete. Und sie sah, was sie lange Zeit nicht zu Gesicht bekommen hatte: glückliche Menschen. Ausschließlich glückliche Menschen. Eltern mit selbstfahrenden Buggys, lärmende Kinder, die nach Tauben jagten, Gruppen von Teenagern und Studenten, alte Leute, Männer im Anzug, Frauen in Sportkleidung oder schick im besten Sonntagskleid. Es schien, als seien sie alle auf dem Weg zu einem großartigen Fest.

»Hat denn keiner mal schlechte Laune?«, fragte Lila skeptisch.

»Doch«, sagte Leonie und zeigte verstohlen auf Kophler.

»Ich meine die ganzen Leute hier.«

»Ich verstehe, dass es dir ungewöhnlich vorkommt, denn du warst ja lange in der Verwahrung. Aber glaub mir: So gut geht es uns schon seit einigen Jahren – seit Samson sich uns offenbart hat.«

Lila rollte mit den Augen. »Alles klar. Ich werde schon noch welche finden, die nicht wie ein Honigkuchenpferd grinsend durch die Gegend laufen.«

Am Karlsplatz setzten sie sich an einen Tisch draußen vor dem Lokal. Die Getränkte wurden prompt serviert, und Lila lehnte sich mit einem Bier in der Hand zurück und beobachtete die Leute auf der Straße.

»Ich komme mir vor wie in einem Vergnügungspark«, sagte sie. »Wie hoch ist die Chance, dass die alle nur unseretwegen hier sind und uns eine Show liefern?«

»Warum sollten sie denn?«, fragte Leonie irritiert.

»Ich finde dieses ständige Grinsen auch beunruhigend«, sagte Kophler. »Wo sind denn die ganz normalen alten Grantler, die schlecht gelaunten Teenager und die genervten Mütter? Die gibt's doch überall.« Er saß mit verschränkten Armen und hochgezogenen Schultern zwischen Lila und Leonie und starrte missmutig in die Gegend.

Lila folgte seinem Blick und entdeckte in der Mitte des großen Stachusbrunnens eine Statue, die sie noch nie zuvor gesehen hatte. Durch die Wasserfontänen konnte sie keine Details erkennen, doch offenbar handelte es sich um das Standbild eines Menschen.

»Lasst mich raten«, sagte Lila. »Das ist eine Statue des Herrschers von Ewigkeit zu Ewigkeit.«

»Nein. Samson will keine Statuen von sich«, erwiderte Leonie. »Das ist ein Denkmal für die Entwicklung der digitalen Menschen – wie sie sich nennen. Roboter mit künstlicher Intelligenz und Bewusstsein, die ohne Charakterprofile von Menschen auskommen. Du hast sicher schon ein paar davon gesehen. Die aktuelle Baureihe nennt sich Custos 600.«

»Dann hat das Denkmal die Liga für Roboterrechte erbauen lassen, oder?«, fragte Lila.

»Da hätten sie eigentlich auch mir ein Denkmal setzen sollen«, knurrte Kophler. »Immerhin war ich nicht unwesentlich an der Entwicklung der Basilei beteiligt, und die waren ja die Basis für die Custos-Reihe. Und hat sich je einer bei mir bedankt? Nein!«

»Sei nicht traurig.« Leonie legte ihre Hand auf Kophlers Arm, der sich dadurch ein bisschen zu entspannen schien. »Wir können nachher zu Samson beten und ihn bitten, dich in der Geschichtsschreibung mehr zu würdigen.«

Wütend zog er seinen Arm weg. »Kannst du nicht *ein* Mal irgendwas ohne Samson erzählen? Seit Tagen geht das so. Samson, Samson, Samson. Das ist ja nicht auszuhalten!«

»Du würdest es verstehen, wenn du auch integriert wärst … vielleicht können wir ja doch irgendwie …«

»*Wir* können gar nichts. Und *ich* will nicht, dass irgendjemand noch einmal in meinem Kopf herumpfuscht, verstanden? Wo das hinführt, kann man ja sehen!« Kophler bedachte sie mit einem unverhohlen abfälligen Blick, dann drehte er demonstrativ den Kopf weg.

Lila versetzte es einen Stich, ihn so herzlos zu sehen. Leonie schien nicht zu wissen, ob sie weinen oder schimpfen sollte, doch dann entspannte sich ihr Gesichtsausdruck, und Lila hätte schwören können, dass sie sich gerade selbst zur Beruhigung ein paar Glückshormone verpasst hatte.

Der Kellner – ein ausnehmend freundlicher und zuvorkommender Mann mit zwei roten Streifen am linken Auge – nahm ihre Bestellung auf. Kophler trank den Rotwein in einem Zug aus und orderte gleich ein neues Glas. Während Leonie mit dem Kellner die Auswahl der Speisen besprach, nippte Lila an ihrem Bier und wünschte sich ein wenig in ihr kleines Haus zurück, in dem sie sich der Illusion des Alleinseins hingeben konnte.

Als das Essen kam, was Lila sehr gespannt, denn Leonie hatte viel versprochen. Auf fünf Tellern reichten die Kellner dampfendes Fleisch – oder braune Scheiben, die danach aussahen – zusammen mit allerlei Gemüse, Reis und Kartoffeln. Leonie probierte als Erstes und schloss vor Verzückung die Augen. Neugierig tat Lila es ihr gleich und biss vorsichtig in ein hellgraues, dampfendes Stück, das wie ein Radiergummi aussah. Es schmeckte köstlich, nach gebratenem Spanferkel, wunderbar salzig und fettig mit einem Hauch von Kümmel.

»Toll! Das müssen Sie probieren!«, sagte Lila und hielt Kophler den Teller hin.

Zögernd pikste er mit seiner Gabel das kleinste Stück auf und steckte es sich in den Mund. Er kaute ein paar Mal darauf herum, dann schluckte er es mühevoll hinunter.

»Köstlich«, sagte er in einem Tonfall, der das Lob wie ein Schimpfwort klingen ließ.

»Was ist, Eoin? Schmeckt es dir nicht?«

»Nein, ganz und gar nicht. Das Zeug schmeckt wie nasser Hund. Von wegen Hochgenuss.«

Ungläubig nahm Lila ein weiteres Stück und aß es. Es war immer noch großartig.

»Wie hat Ihnen das Essen im Internat geschmeckt?«, fragte Kophler.

»Ausgesprochen gut, um ehrlich zu sein. Fast noch besser als das hier, aber ich habe ja noch nicht alles probiert.«

Kophler nickte langsam und widmete sich dann wieder seinem Wein. »Ich fand das, was man uns im Internat vorgesetzt hat, auch schon eine Zumutung«, raunte er zwischen zwei Schlucken.

»Eoin war noch nie ein guter Esser«, sagte Leonie entschuldigend.

»Das hat doch damit gar nichts zu tun!«, herrschte er sie an. »Diese künstliche Nahrung ist einfach ein Witz. Ich glaube wahrhaftig, ihr zwei seid nicht nur integriert, ihr seid vollkommen ferngesteuert. Ihr seht nicht die wahre Welt, ihr schmeckt nicht das wahre Essen. Ihr schmeckt, was euch der Chip sagt, was ihr schmecken sollt. Und ihr seht auch nur, was ihr sehen sollt. Ihr redet von glücklichen Menschen? Von der guten Laune? Dann schaut euch doch mal um! Hier wimmelt es doch nur von Sicherheitsrobotern. Kein Wunder, dass da alle gute Laune haben. Ich bin mir sicher, wer aufmuckt, wird sofort festgenommen. Wollen wir wetten?«

»Nein, Eoin, bitte mach keinen Unsinn. Du bist doch gerade erst wieder nach Hause gekommen«, flehte Leonie.

Kophler sah so aus, als würde er das rückgängig machen wollen. »Wenn ich jetzt wieder ins Internat muss, weiß ich wenigstens, dass ich hier draußen nichts verpasse. Ich glaube eher, im Internat sind die normalen Leute und die ganzen Verrückten werden ausgesperrt.«

»Was heißt hier normal? Im Internat sind doch auch ganz *normale* Verbrecher – haben Sie mir zumindest erzählt«, sagte Lila.

»Die gab es früher auch in Freiheit, nur hat man sie da nicht erkannt. Wem sieht man es schon an, dass er seine Kinder schlägt, Steuern hinterzieht oder Asylantenheime anzündet?«

»Eoin! Jetzt reicht es aber! Wir wollen einen schönen Tag verbringen und nicht deine Schimpftiraden anhören müssen. Das sind doch alles Hirngespinste.«

»Das sind keine Hirngespinste. Die Menschen waren immer

schon so, und bisher dachte ich auch, sie würden immer so bleiben. Aber mittlerweile glaube ich, es geht in Richtung Marionettentheater. Alle werden ferngesteuert, alle werden gleichgeschaltet. Das hat dann zwar nicht mehr viel mit Menschsein zu tun, aber euch scheint es ja zu gefallen. Ich jedenfalls finde es ekelhaft. Sollen die Roboter sich ruhig wie Roboter benehmen, aber doch nicht die Menschen!«

»Hören Sie endlich auf!«, donnerte Lila. Sie hatte sich lange genug zurückgehalten. Jetzt konnte sie nicht mehr schweigen. »Meinen Sie, ich finde es toll, dass jemand in meinem Kopf herumpfuscht, ohne dass ich etwas dagegen tun kann? Meinen Sie nicht, ich hätte gerne Einspruch erhoben? Können Sie sich überhaupt vorstellen, wie verletzt und entblößt ich mich dabei fühle? Können Sie das? Nein! Aber Sie erdreisten sich, über uns zu urteilen, nur weil Ihnen nicht gefällt, wie wir sind. Fangen Sie doch lieber bei sich selbst an. Helfen Sie mir und Ihrer Frau, anstatt die ganze Zeit nur alles schlechtzumachen. Die Realität ist schon schlimm genug. Da brauchen wir keinen, der noch von oben herab alles vergiftet.«

Die Gespräche um sie herum waren verstummt. Es herrschte eine gespenstische Stille, als sei selbst das Rauschen des Brunnes auf lautlos gestellt worden. Lila fühlte die Blicke der anderen Restaurantbesucher, doch es war ihr egal. Allein Kophlers Blick bohrte sich in ihr Herz, und je länger es dauerte, desto mehr schmerzte sie etwas tief in ihrem Inneren, das sie lange nicht mehr gespürt hatte, und plötzlich wusste sie, dass sie den einzigen Menschen, dem sie seit langer Zeit vertraut hatte, verloren hatte.

»Wissen Sie was, Sie haben recht. Ich sollte mich da komplett raushalten. Viel Spaß noch mit Samson und dem großen Wunder!« Damit warf er die Serviette auf den Tisch und erhob sich.

»Halt, Eoin. Du kannst jetzt nicht gehen. In zwei Stunden ist Messe«, rief Leonie entrüstet.

»Ist mir doch egal. Sag Samson einen schönen Gruß von mir.«

37. KAPITEL

Wütend machte Leonie sich über den Fleischteller her.

»Es ist wirklich eine Unverschämtheit«, schimpfte sie schmatzend. »Menschen ändern sich nicht. Das ist einfach so. Ab einem gewissen Alter bleibt alles gleich. Da kannst du ins Gefängnis gehen oder deine große Liebe wiederfinden, aber ändern? Nein, das geht nicht.«

Lila war der Appetit vergangen. Fasziniert beobachtete sie, wie Leonie einen Teller nach dem anderen leerte, ohne den Speisen wirklich Aufmerksamkeit zu schenken.

»Er ist manchmal ein wenig … eigen«, sagte Lila vorsichtig.

»Eigen! Selbstherrlich und kompromisslos ist er. Nur was *er* sagt, ist richtig, nur was *er* meint, hat Gewicht. Da kannst du sagen, was du willst. Er behauptet zwar immer, mit einem besseren Argument würde man eine Diskussion gewinnen, aber er disqualifiziert einfach die Argumente als Blödsinn, die ihm nicht passen. Und so behält er am Ende immer recht. Immer er, er, er. Und was ist mit mir? Hat er einmal gefragt, wie es mir geht? Interessiert er sich dafür, was meine Meinung ist? Nein! Ich hätte nicht zurückkommen sollen!«

Tränen rollten über Leonies Wangen auf ihren Teller, doch anstatt sie wegzuwischen, aß sie sie mit.

»Sei nicht traurig«, versuchte Lila sie zu trösten. »Er muss sich eben erst wieder an das Leben in Freiheit gewöhnen. Wenn man so viel Zeit im Gefängnis verbringt, vergisst man leicht die normalen Umgangsformen …«

»Ach, Lila. Früher war er doch genauso. Was meinst du, warum wir uns getrennt haben?«

»Ich dachte, es läge an seinem Erinnerungsverlust.«

»Ja, auch. Aber im Grunde habe ich es nicht mehr mit ihm ausgehalten. Ich wollte ihn schon so oft verlassen, aber jedes Mal, wenn ich kurz davor war, zu gehen, hat er sich plötzlich um hundertachtzig Grad gedreht, war der netteste Mensch, den man sich vorstellen kann, war zuvorkommend und lieb. Er hat gefleht und gebettelt, und dann habe ich mich doch immer wieder umstimmen lassen, meine Kisten wieder ausgepackt und bin bei ihm geblieben. Nur beim letzten Mal hat er mich einfach gehen lassen.«

»Aber wenn du ihn sowieso schon lange verlassen wolltest, wieso warst du danach so unglücklich? Und wieso wolltest du ihn jetzt doch zurück?«

»Ich weiß auch nicht … wir haben keine Kinder, und ich konnte mir ein Leben ohne ihn einfach nicht vorstellen. Und als es dann so weit war, war ich planlos, orientierungslos. Selbst bei der Lebensberatung konnten sie mir nicht helfen und haben mich nur in die Kontemplation geschickt. Dabei wünsche ich mir nichts mehr als eine Aufgabe. Dass ich etwas tun kann, was wichtig ist. Dass es einen Unterschied macht, ob ich auf der Welt bin oder nicht. Als ich gehört habe, dass Eoin zurück ist und meine Hilfe braucht, war ich mir sicher, dass das endlich alles ändern würde. Aber wie du siehst, kommt er gut alleine zurecht.«

Darauf wusste Lila nichts zu sagen. Kurz erwog sie, Leonie zu empfehlen, mit ihrem Emóchip einfach ihre Laune zu verbessern, aber sie biss sich auf die Zunge.

Der Kellner kam zu ihrem Tisch und fragte, ob alles in Ordnung sei. Leonie blickte noch nicht einmal auf, aber Lila bedankte sich und versicherte ihm, dass das Essen hervorragend geschmeckt habe und sie jetzt zahlen wolle, woraufhin der Kellner ihr den Rechnungsbetrag von 123 Newro nannte.

»Dann möchte ich gerne 140 Newro zahlen«, sagte Lila.

»Sie haben mich missverstanden, Frau Richter: Die zu zahlende Summe beträgt 123 Newro.«

»Ja gut, wenn Sie kein Trinkgeld wollen …«

»Das ist sehr freundlich von Ihnen, aber als Custos habe ich für Geld keine Verwendung.«

»Oh, Entschuldigung, ich dachte, Sie wären ein Mensch.«

»Halb so schlimm. Um diese Verwechslungen zu vermeiden, trage ich seit einiger Zeit die rote Elf am Auge, hier, sehen Sie. Roboter, die stolz auf ihr digitales Erbe sind, können dies so zum Ausdruck bringen.«

»Ach … so ist das. Und ich dachte, es wäre eine neue Mode, von der ich nichts wusste.«

Der Roboter schüttelte nachsichtig den Kopf.

»Und was machen Sie, wenn Sie mal ein Ersatzteil brauchen? Oder ein Upgrade? Kostet das nichts?«

»Nein, wenn ich etwas brauche, dann bekomme ich es so schnell wie möglich. Je besser ich funktioniere, desto besser geht es uns allen. Es wäre völlig unsinnig, diese Verbesserungen durch einen zweiten Wirtschaftskreislauf zu verzögern.«

»Ja, das stimmt natürlich …«

Der Roboter lächelte immer noch, und Lila kam sich sehr dumm vor. »Herzlichen Dank für Ihre Hilfe«, sagte sie schnell und machte sich daran, aufzustehen.

»Ich danke Ihnen. Jeder an seinem Platz!«

»Jeder an seinem Platz«, wiederholte Lila automatisch. Es war das erste Mal seit über fünf Jahren, dass sie den offiziellen Gruß der BEU über die Lippen brachte.

Schweigend machten sie und Leonie sich auf den Weg zur Theatinerkirche, wo sie die Messe besuchen wollten. Lila hatte keine große Lust, doch sie brachte es nicht übers Herz, Leonie allein zu lassen. Sie sah bleich und müde aus und hatte dunkle

Ringe unter den Augen. Offenbar hatte sie seit dem Streit mit Kophler ihren Emóchip nicht eingesetzt. Lila dachte an den Roboter mit den roten Strichen. Auch der Custos, der ihr gestern die Tür von Anna Freitags Haus geöffnet hatte, hatte solche roten Striche getragen. Als sie sich jetzt aufmerksam umblickte, entdeckte sie immer wieder Personen, die wie Menschen aussahen und eine solche Markierung am Auge trugen.

»Wusstest du, was es mit den roten Strichen auf sich hat?«

»Ja, klar. Das machen ja jetzt immer mehr Roboter. Ist so ein Freiheitsding. Warte, ich schau das schnell nach.« Leonies Stimme verriet, dass sie gerade den Sehnervchip bediente. »Da gibt es verschiedene Erklärungen«, sagte sie und verwendete ein paar Fingerkommandos, die Lila entfernt an die Bedienung ihrer Linse erinnerten. »Die rote Elf«, las Leonie vor, »wird mit den Forderungen der Französischen Revolution assoziiert: Egalité, Liberté, Fraternité. Das ist ein sehr langer Artikel, soll ich dir den vorlesen?«

»Nein, danke«, antwortete Lila, die sich mit Leonie lieber unterhalten wollte. »Ich kann mir das auch später durchlesen. Aber es ist schon seltsam. Die Roboter wurden doch extra so designt, dass sie den Menschen zum Verwechseln ähnlich sehen. Es war ein Riesenaufwand, die Akzeptanzlücke zu überwinden und den Menschen die Angst vor den künstlichen Gesichtern zu nehmen.«

»Ja, das war im Interesse der Menschen. Die Roboter hat damals aber keiner gefragt.«

»Und jetzt werden sie gefragt?«

Leonie seufzte. »Die Liga für Roboterrechte ist in den letzten Jahren sehr einflussreich geworden. Je mehr Roboter für den Staat arbeiten, desto mehr Forderungen stellt die Liga.«

»Was sind das für Forderungen?«

»Die wollen eine Art Roboter-Emanzipation. Ihr Ziel ist es,

dass die Roboter den menschlichen Bürgern komplett gleichgestellt werden. Mit allen Rechten und Pflichten. Am Anfang waren viele Leute dagegen, aber mittlerweile gibt es kaum noch Proteste.«

»Lass mich raten: Alle sind stattdessen mit Samson beschäftigt?«

Leonie hob entschuldigend die Hände. »Der Staat und die Politik sind einfach nicht mehr so wichtig, wenn man die Ewigkeit im Blick hat.«

»Die Ewigkeit … man muss doch im Hier und Jetzt leben«, sagte Lila. Sie hielt an und zwang Leonie, ihr in die Augen zu sehen. »Du kannst mir doch nicht erzählen, dass wirklich alle es toll finden, mit Samson die Ewigkeit zu teilen, da muss ich mir nur deinen Mann angucken.«

Leonie zögerte kurz, bevor sie antwortete. Es fiel ihr sichtlich schwer, die Wahrheit zuzugeben, aber sie wollte Lila offenbar nicht anlügen. »Es gibt natürlich auch Leute, die das anders sehen. Samsons Gnade ist unendlich, aber wenn die Menschen sich weigern, dann will Samson sie nicht zum Glück zwingen.«

Lila dachte an Samsons Vater, der sich auch über den Tod hinaus geweigert hatte, ebenjener Gnade anteilig zu werden. Gab es noch mehr Leute wie ihn?

»Wie meinst du das?«

»Es gibt schon Menschen, die nicht integriert sind und die Samson komplett ablehnen. Meistens sind das fanatische Altchristen oder Privatmänner – versteh mich nicht falsch, ich weiß ja, dass du und Eoin auch wegen solcher Verbrechen ins Internat musstet. Aber das war ja noch in der Zeit vor Samsons Offenbarung. Jetzt ist alles anders. Samson ist wirklich Teil unseres Lebens – bald wirst du wissen, wovon ich spreche.«

»Ich weiß gar nicht, ob ich das wissen will«, sagte sie skeptisch. »Wie viele Leute sind denn überhaupt integriert?«

»Moment, das kann ich dir gleich sagen.« Leonies Blick wurde wieder glasig, als sie über ihren Sehnervchip recherchierte. Nach ein paar Sekunden sagte sie in einem Tonfall, der Lila verriet, dass sie die Informationen vorlas: »Achtzig Prozent der über Sechzehnjährigen sind integriert. Davon haben hundert Prozent den Datenchip und den GPS-Tracker, sonst geht ja nichts. Achtundneunzig Prozent haben den Sehnervchip, zweiundsechzig Prozent den Audiochip und neunundfünfzig Prozent den Emóchip – das ist dann die vollkommene Integration.«

Lila seufzte. Das war eine ganze Menge. Aber es bedeutete auch, dass Millionen von Menschen *nicht* integriert waren, nicht am Reinen Land oder Samsons allzeitigem Beistand interessiert waren.

Leonie blinzelte einmal und fixierte wieder Lila. »Samsons Gemeinde wächst stetig. Irgendwann werden alle von seiner Gnade erfüllt werden – oder fast alle.«

»Hast du jemanden in deinem Bekanntenkreis, der sich nicht integrieren lassen wollte – außer Eoin, meine ich?«

»Ja sicher, aber zu denen habe ich jetzt keinen Kontakt mehr.«

»Warum? Man kann doch unterschiedlicher Meinung und trotzdem noch befreundet sein.«

»Grundsätzlich hast du recht. Aber in Köln – da wo ich bis vor ein paar Tagen gewohnt habe – war das anders. Da gibt es ganze Stadtteile, da traut sich kein Integrierter rein. Die Leute radikalisieren sich, sprechen nicht mehr mit dir. Und das nur, weil du dir einen Chip hast implantieren lassen.«

»Das kenne ich von irgendwoher«, sagte Lila, bedeutete Leonie aber mit einem Nicken, fortzufahren.

»Viele wollen einfach nur in Ruhe gelassen werden. Das sind vor allem die Alten, die keine Lust mehr haben, sich mit der neuen Technik zu beschäftigen. Es gibt ja Leute, für die schon die Linsen zu viel waren. Und dann gibt es noch die, die sich organisieren, die versuchen, andere zum Chipverzicht zu bringen. Und eine besonders militante Gruppe, die sich die Unvollkommenen nennt.«

»Komischer Name«, sagte Lila laut, doch innerlich jubelte sie. Es gab sie wirklich: Menschen, die sich nicht dem System unterwarfen. Leute, die kämpfen wollten. Sie war wie elektrisiert und gleichzeitig bemüht, sich ihre Begeisterung nicht anmerken zu lassen. Deshalb fragte sie wie nebenbei: »Und wie machen die das?«

»Sie schotten sich ab. Wollen die Zeit zurückdrehen und lehnen alles ab, was mit Robotern oder Integration zu tun hat. Die sind total krass, weißt du: Die schreiben Briefe auf Papier, verwenden alte Computer, die über Satellitenverbindungen an das erste Internet angeschlossen sind, und leugnen, dass Roboter digitale Menschen sind. Aber das Schlimmste ist, dass sie echt gewalttätig werden. Ich bin richtig froh, aus der Stadt raus zu sein. Auch ohne Eoin wäre ich bald umgezogen. München ist viel friedlicher, obwohl ich auch hier schon ein paar von denen gesehen habe.«

»Ach, die sind gar nicht im Untergrund? Wie kann es sein, dass Samson die nicht alle in die Verwahrung steckt, so wie mich?«

»Lila, entschuldige, wenn ich das sagen muss, aber du bist eine verurteilte Hochverräterin. Wenn die Leute keine Straftaten verüben, kann Samson sie doch nicht in die Verwahrung stecken!«

»Okay, Samson bräuchte zwar nur die Gesetze zu ändern und selber zu definieren, wann man ein Verbrecher ist, aber gut. Wo hast du denn ein paar von denen gesehen? Wie erkennt man die denn?«

Leonie machte den Mund auf, errötete und sah dann beschämt zu Seite.

»Was ist? Hab ich was Falsches gesagt?«

»Nein, es ist nur … also … ich will dir ja nicht zu nahe treten, aber …«

»Was denn?«

»Na die schauen aus wie du.«

»Was?« Sofort musste Lila an die Proxyfrau denken, die Böser mitgebracht hatte. Hatte er eine Armee von Lila-Klonen erschaffen, die alle wie sie das System bekämpften?

»Na ja, nicht ganz so wie du, aber so ähnlich.«

Lila atmete erleichtert auf. Ein Horrorszenario weniger. »Kannst du bitte etwas konkreter werden?«

»Das ist es ja, es gibt da gar nichts Konkretes. Nur Hinweise. Also, viele von denen tragen die Haare sehr kurz oder rasieren sie ab, damit man sehen kann, dass sie keine Narben von der Implantation haben. Aber nicht alle. Manche sehen auch ganz normal aus, machen aber extra kleine Fehler in ihre Kleidung.«

»Fehler?«

»Ja, so wie du; Flecken auf dem Hemd oder offene Schnürsenkel oder so was.«

»Das mit dem Fleck ist doch erst vorhin beim Frühstück passiert«, sagte Lila und deutete auf ihre neue Bluse, die sie im letzten Laden gleich angelassen hatte.

»Ja schon … aber vorgestern, da hattest du so ein Loch im Ärmel.«

Lila runzelte die Stirn. Ein Loch? Da erinnerte sie sich an die Begegnung mit Samson. Wie er sie festgehalten und ihr die Propagandabilder von außerhalb des Zauns gezeigt hatte. Sie hatte sich von ihm losgerissen und dabei ihre Strickjacke aufgerissen. Sie selbst hatte es ganz vergessen und erst am Abend wieder bemerkt.

»Ja, aber das sind doch ganz normale Dinge, die einem passieren. Deshalb ist man doch nicht gleich Mitglied bei irgendeinem Verein.«

»Eben.«

»Was eben?«

»Deshalb wollte ich ja auch, dass du dir ein paar anständige Klamotten kaufst und nicht mit diesem Standardzeug rumläufst. Es soll dich ja keiner verwechseln.«

In Lilas Kopf blitzten Erinnerungen an das Internat. Der Mann mit der zerrissenen Jeans, die Frau vor dem Aufzug, die drei Kahlrasierten im Speisesaal. Sie hätte so viele Verbündete haben können! Doch sie hatte sich für Kophler entschieden.

»Deide«, flüsterte Lila. Jetzt war es zu spät.

»Bist du mir böse?«, fragte Leonie.

»Wieso denn böse?«

»Weil ich gesagt habe, dass sie wie du aussehen.«

»Ach, nein. Natürlich nicht. Ich habe einfach eine Menge nachzuholen.«

»Ich bin mir sicher, wenn du erst das Wunder gesehen hast, wird auch für dich alles anders werden.«

»Ja, ja«, sagte Lila abwesend, während in ihr das ungute Gefühl rumorte, eine unwiederbringliche Chance verpasst zu haben.

Als sie an der Theatinerkirche ankamen, war diese schon voller Menschen. Lila wusste nicht, wann sie das letzte Mal eine so gut besuchte Kirche gesehen hatte. Vielleicht als Kind an Heiligabend, wenn alle sich einen Hauch von Weihnachtszauber erhofft hatten. Damals hatte der Pfarrer sich darüber aufgeregt, dass das ganze Jahr über niemand den Gottesdienst besuchte und alle meinten, an Heiligabend die Segnungen des verpassten Jahres aufholen zu können.

Das war Lilas letzter Kirchenbesuch gewesen, denn etwas

später – im Jahr 2034 – war die öffentliche Religionsausübung verboten worden, worüber Lila große Genugtuung verspürt hatte. Sie war damals vierzehn Jahre alt gewesen, schlecht in der Schule und überhaupt nicht begeistert darüber, dass ihre Eltern sie zum Konfirmandenunterricht schicken wollten. Dabei waren auch ihre Eltern nicht religiös gewesen. Für sie waren die Kirche und die damit verbundenen gesellschaftlichen Verpflichtungen schlicht fester Bestandteil ihres bürgerlichen Selbstverständnisses gewesen. So weit ihr Stammbaum reichte, waren alle Familienmitglieder protestantisch getauft worden, also war es auch Lilas Pflicht, im Anschluss konfirmiert zu werden. Ihre stetigen Beteuerungen, dass sie gar nicht an Gott glaube und sowieso vorhabe, mit achtzehn aus der Kirche auszutreten, fanden ihre Eltern – wie sie es sagten – unmaßgeblich. Und so hatte sie genau eine Unterrichtsstunde erdulden müssen, ehe der Kurs und die ganze Kirche obendrein per Gesetz verboten worden waren. Den Elektroroller hatte sie trotzdem bekommen und nur zu Mottopartys oder Stadtführungen jemals wieder einen Fuß in eine Kirche gesetzt.

Nun also die Theatinerkirche mit ihrem knallgelben barocken Glanz. Wie zu mittelalterlichen Zeiten drängten sich die Leute stehend in das Gotteshaus. Keine Büßerbänke, keine gemütlichen Sitzgelegenheiten. Der Schmuck und die meisten Figuren waren entfernt worden. Lila stand so dicht gedrängt zwischen den Leuten, dass sie nur die Decke und den Hochaltar erkennen konnte, zu dessen Seiten sich weiß getünchte Säulen mit engelbesetzten Blättern in die Höhe schraubten. Die Decke war – wie in der Halle der Offenbarung – mit einem furiosen Deckengemälde verziert, das einen Kampf zwischen guten und bösen Mächten darstellte. Lila sah eine Armee aus Helden- und Engelsfiguren, die von Samson, dargestellt wie ein antiker Feldherr, gegen Heerscharen aus dunklen Monstern und Dämonen angeführt wurde. Sie war sich sicher, im gesichtslosen Anführer der Dämonen Anna Freitags Homunkulus zu erkennen.

Da senkte sich absolute Dunkelheit über die Wartenden. Es war, als würde ein eisiger Schauer durch die Kirche ziehen, und Lila fühlte mit einem Mal so tiefe Verzweiflung in sich aufsteigen, dass sie glaubte, auf der Stelle sterben zu müssen.

Das ist alles nur Show, sagte eine Stimme in ihrem Innern, die wie ihre eigene klang.

Aber ich bin so schrecklich traurig, dachte sie. Sie fühlte, dass jemand an den Schrauben in ihrem Kopf drehte, und wusste, dass sie sich davon nicht beeindrucken lassen durfte, aber was sollte sie dagegen tun, so unglücklich, wie sie war? Tatsächlich war sie nicht die Einzige, der es so erging, was sie aus den hochgezogenen Nasen und den unterdrücken Schluchzern überall um sie herum schließen konnte.

Es ist alles Theater, sagte wieder die Stimme, und Lila nickte, während sich eine Träne aus ihrem Auge stahl und sie sich sicher war, dass jeden Augenblick ihr Herz aufhören würde zu schlagen, weil es einfach keinen Sinn ergab, in dieser düsteren und schrecklichen Welt weiterzuleben.

Da fiel ein Sonnenstrahl herab. Der Altar wurde von einem hellen Lichtschein erleuchtet, und ein Raunen ging durch die Menge. Konnte es sein, dass in diesem einen Licht die Erlösung auf sie wartete? Lila fühlte die Masse der Menschen, wurde sich bewusst, wie viele Leiber sich in die Kirche gequetscht hatten und wie mächtig und unaufhaltsam diese Menschen waren, wenn sie sich einmal in Bewegung gesetzt hatten. Sie stellte sich vor, wie die Leute sich gegenseitig zu Boden reißen und zertrampeln würden, sollte ein unbedachtes Wort oder eine geplante Provokation die Menge in Aufruhr versetzen.

Komische Gedanken … Lila richtete ihre Aufmerksamkeit

auf den Lichtstrahl am Altar und fühlte augenblicklich Wärme und Zufriedenheit in sich.

»Das ist es also, du willst meine volle Aufmerksamkeit«, flüsterte sie.

»Die habe ich doch längst.« Samson lachte in ihrem Kopf, und dann begann die Show.

Es lief alles nach dem gleichen Muster ab wie im Internat. Ein Zeremonienmeister betrat die Bühne vor dem Altar, begrüßte alle und versicherte ihnen, dass Samsons Güte und Gerechtigkeit sie vor allem Unheil bewahren und er sie dereinst mit in das Reine Land nehmen würde. Dann wurden Lobpreisungen auf Samson gesungen, deren Melodie Lila kannte, deren Text sie aber noch nie gehört hatte. Leonie, die neben ihr stand, sang voller Inbrunst mit. Wenigstens etwas, was sie mit ihrem Mann gemein hat, dachte Lila.

Dann wurde es Zeit für die öffentliche Beichte und Erlösung. Wieder huschte ein Scheinwerfer herum, und wieder gaben die damit Erleuchteten alles von sich preis, was auch nur ansatzweise verwerflich sein konnte: Nichtigkeiten, kleine Boshaftigkeiten und Notlügen, die in Lila vor allem Mitleid mit den derart Bloßgestellten weckten. Am Ende, als alle erlöst waren, stimmte die Gemeinde ein letztes Lied an, und der Zeremonienmeister entließ sie mit wohlwollenden Gesten in die Nacht, um das anstehende Wunder zu bezeugen. Samson selbst ließ sich nicht blicken, um einen der Gläubigen noch zu Lebzeiten mit ins Reine Land zu nehmen, wie er es in der Villa Baltic getan hatte. Lila kam nicht umhin, einen leichten Stich der Enttäuschung zu verspüren und sich gleichzeitig für das Gefühl zu schämen.

Erst als sie die Kirche verließ, wurde ihr bewusst, dass sie Leonies Hand hielt. Wie lange schon? Gemeinsam mit vielen Hunderten anderen Gläubigen strebten sie dem Hofgarten zu, um sich dort in der Wiese niederzulassen.

Der Abend war warm, und die wenigen Wolken am Himmel, in Rot- und Blautönen, verwischten träge den Horizont. Lila fühlte eine Leichtigkeit in ihrer Brust, als wäre es der Auftakt eines großen Festes, als würde etwas Wunderbares, Langersehntes auf sie warten. Über den Wegen des Parks schwebten bunte Lampions, und von irgendwoher drang zarte Musik an ihr Ohr. Es war, als würde die Welt ausatmen.

»Es ist genauso wie im Traum, nicht wahr?«, flüsterte Leonie voller Ehrfurcht, doch Lila war zu ergriffen, um antworten zu können.

Der Wind trug die Melodie zu ihr und all den anderen Wartenden, die nicht sprachen, deren Kleidung nicht raschelte und deren Füße nicht scharrten. Alles war still und voller Erwartung.

Dann wurde die Melodie lauter, intensiver und präsenter, schwoll vom einzelnen Instrument zu einem Orchester voller Posaunen und Trompeten an. Die Klänge wurden so immanent, dass sie Lilas Ohren und ihren Körper, jede einzelne Zelle, zu durchdringen und zu erfüllen schienen. Die Welt wich zurück vor diesem Ton, der alles umfasste, der alles zum Stillstand brachte und all ihr Denken, all ihr Fühlen ersetzte. Der Ton war da, und er war alles in der Welt, und die Welt war eins, und in der Mitte von alldem war Samson. Lila erkannte seine wahre Größe, seine schier unermessliche Pracht. Er umhüllte alles, durchdrang alles, war selbst in den Dingen enthalten, die es nur in Gedanken und Träumen gab, sodass über ihn hinaus nichts Größeres gedacht werden konnte. Er war die Ursache und das Ziel alles Seins und der Garant dafür, dass der Himmel nicht auf die Erde stürzte und das Fundament der Welt nicht auseinanderbrach. Der Ton wurde schwächer, trat in den Hintergrund, sodass Lila seine Stimme hören konnte, die freundlich und unendlich gütig war:

»Seid willkommen, ihr alle, die ihr den Weg zu mir gefunden habt. Ihr seid mir gefolgt, und ihr sollt euer Zuhause bei mir haben.« Damit breitete er die Arme aus und lud jeden Einzelnen ein, in seiner Umarmung Schutz zu suchen. Und alle folgten freudig der Aufforderung und schmiegten sich in seine Arme wie in die eines liebenden Vaters. Auch Lila konnte dem unbändigen Drang nach Wärme und Geborgenheit nicht widerstehen, also ging, nein, rannte sie zu ihm, schlang ihre Arme um ihn und hielt ihn so fest sie konnte. Ohne Scham, ohne Angst, ohne Vorbehalte. Mit all ihren Fehlern, ihrem Hass und ihrer Dummheit durfte sie vor ihn treten und von seiner Güte aufgefangen werden. Er würde sie nicht anklagen, würde sie nicht verurteilen. Denn er war da. Er fühlte ihren Schmerz und war selbst so voll von Güte und Mitleid, dass es Lila fast das Herz zerriss. Noch nie hatte sie so unbändiges reines Glück gespürt. Dies war der Ort, an dem sie für immer sein wollte.

»Schau, Lila«, sagte Samson, während er nach oben zeigte. Über ihnen spannte sich das Himmelszelt, das so verschwenderisch mit Sternen ausgestattet war, dass Lila kaum zu atmen wagte, weil sie fürchtete, allein der Hauch ihrer Lippen könne die kostbaren Funken verwehen. Sie waren beseelt, leuchteten nur zu Samsons Ehre und zur Freude von Lila. Das ganze Universum umhüllte sie beide, und Lila wurde bewusst, wie unermesslich klein sie war und dass sie doch gleichzeitig ein unverzichtbarer Teil dieser Welt war. Und alle um sie herum jubelten und waren voll Freude über ihre eigene Existenz und dass sie Raum und Zeit mit Lila teilen durften. Alles war freundlich, alles war über und über voll Farbe und Glanz und Blumen und Duft und … Lila musste die Augen schließen, denn sie ertrug die Schönheit der Welt nicht mehr. Doch selbst durch die Augenlider sah sie das Glück, das in goldenen Fäden von Samson ausging und die Welt vollkommen umspann. Und hinter ihm, im Licht seines Glanzes, sah sie es: das Reine Land. Aus wogenden Hügeln und leuchtenden Wiesen, mit glitzernden Seen und einem Haus, vor dem zwei Menschen standen, die ihr zuwinkten und auf sie warteten.

38. KAPITEL

Lila hockte vor einer Tasse Tee und sah dabei zu, wie er langsam kälter wurde. Es war schon die vierte Tasse heute. Der Dampf hatte vor einer Weile aufgehört, in die Luft zu steigen. Jetzt zählte sie die Minuten, bis die Flüssigkeit Zimmertemperatur erreichte.

Seit sie das kochend heiße Wasser eingeschenkt hatte, hatte ihr Reader immer wieder unterschiedliche Laute von sich gegeben, um sie zu informieren, dass jemand eine neue Nachricht an sie geschickt hatte. Aber Lila hatte keine Lust nachzusehen. Sie hatte überhaupt keine Lust, mit irgendjemandem zu sprechen. Sie wollte vermeiden, an irgendetwas zu denken. Am besten half im Augenblick, auf den Tee zu starren.

Sie fühlte sich verkatert, verwirrt, irgendwie benutzt. Schemenhaft erinnerte sie sich daran, wie Leonie und sie nach dem Wunder nach Hause gefahren waren. Sie hatten kein Wort miteinander gesprochen, waren beide zu beseelt, zu entrückt von der Begegnung mit Samson gewesen. Zu Hause hatte sie kaum das Bett berührt, als sie auch schon tiefer, traumloser Schlaf übermannt hatte.

Heute Morgen war sie mit einem Gefühl aufgewacht, als habe sie die ganze Nacht durchgezecht. Ihre Augen brannten, der Mund fühlte sich pelzig an, und ihr Gehirn war ein einziges Chaos. Gefühle und Gedanken stürzten grundlos und ohne Zusammenhang durch ihren Kopf. In einem Moment war sie müde, dann aufgeregt, musste grundlos lachen, dann wieder sorgte sie sich um einen Vogel, der gerade noch am Fenster gesessen und nun fortgeflogen war. Plötzlich wurde sie wütend auf Kophler, dass er sie gestern Nachmittag einfach so hatte sitzen lassen, dann erinnerte sie sich an das Deckengemälde der Kirche, was ihr solche Angst einjagte, dass sie sich an der Tischplatte festkrallte, bis die Erinnerung an einen Popsong aus ihrer Kindheit sie zum Summen brachte, dessen sie sich erst bewusst wurde, als ihr Reader automatisch die Liedinformationen auf seinem Display anzeigte.

Kurz: Lila war sich sicher, verrückt geworden zu sein. Ihr Bewusstsein war wie ein Passagier, der tatenlos zusehen musste, wie sein Wagen außer Kontrolle einen Abhang hinunterschlitterte. Zweifellos hatte dies etwas mit den Chips in ihrem Kopf zu tun und der Überreizung, der sie gestern ausgesetzt gewesen war. Und obwohl ihr Verstand dies als logische Erklärung akzeptierte, litt sie doch an den Symptomen ihrer Geisteskrankheit.

Als der Tee endlich abgekühlt war, trank sie die vierte Tasse aus und setzte neues Wasser auf, wobei sie ziellos aus dem Fenster starrte, um so wenig wie möglich denken zu müssen. Da erblickte sie Luca, der mit seinem Rotorboard auf der Straße Schlangenlinien fuhr. Ohne recht zu wissen, warum, stolperte sie hinaus und winkte ihn zu sich heran.

»Eigentlich hatte ich gedacht, dass es diesen Winter schneit. Dann hätte ich mir ein Iglu gebaut. Aber im Winter gab es keine einzige Schneeflocke, oder haben Sie eine gesehen? Meine Mutter sagt, jetzt im April ist es noch möglich, aber ich glaube, es wird eher noch heißer«, sprudelte es aus dem Jungen heraus, als seien sie schon seit ein paar Minuten im Gespräch.

»Ja, kann sein«, sagte Lila nur, die Mühe hatte, mit seinem Sprechtempo Schritt zu halten.

»Und Sie sind dafür verantwortlich.«

»Warum?«

»Weil die Menschen so viele Abgase und Kohlenstoffdioxid

in die Luft pusten, dass die Erde immer wärmer wird. Auch der Nordpol und der Südpol werden immer kleiner. Und die ganzen Tiere sterben aus. Und Sie machen mit.«

»Dann musst *du* etwas dagegen tun.«

»Wieso ich?«

»Du bist noch jung. Du kannst noch etwas verändern, bis du groß bist.«

»Wenn ich groß bin, dann will ich die Tiere retten.«

»Sehr schön! Und wie machst du das?«

Luca atmete tief durch. Er war sichtlich aufgeregt, dass jemand seine Meinung zu diesem Thema hören wollte.

»Also, es werden ja jeden Tag so um die tausend Entdeckungen gemacht. Und bis ich groß bin, gibt es dann sicher auch eine Zeitmaschine. Und dann muss ich eben noch ein bisschen warten, also bis Zeitmaschinen dann nicht mehr so neu sind und nicht mehr so teuer. Und dann kaufe ich mir eine. Und dann reise ich in die Vergangenheit. Weil, in die Zukunft kann man ja nicht reisen. Die gibt es ja nicht. Es gibt nur die Gegenwart und die Vergangenheit. Die Zukunft ist noch nicht da. Und dann reise ich in die Vergangenheit, so vielleicht hundert Jahre, und dann nehme ich lauter Tiere mit, die wegen dem Menschen ausgestorben sind. Nicht viele, es darf ja auch keiner bemerken, weil sonst verändere ich vielleicht die Vergangenheit, und dann gibt es keine Zeitmaschine oder so, also ich nehme jedenfalls nur so viele Tiere mit, dass es keiner merkt. Glauben Sie daran, dass es Aliens gibt?«

Der plötzliche Themenwechsel überrumpelte Lila so sehr, dass sie bei der Antwort ins Stottern geriet. »Also … ich glaube schon, dass es Leben – intelligentes Leben – im Universum gibt … aber es ist so weit weg, dass wir es wahrscheinlich nie erreichen werden.«

»Ach, das ist, glaube ich, kein Problem. Bald werden wir ein

Raumschiff haben, das mit Überlichtgeschwindigkeit fliegt. Ich habe gehört, es gibt sogar schon Autos, die mit Überschallgeschwindigkeit fahren. Jedenfalls bin ich mir sicher, dass es Aliens gibt. Es sind ja schon achtundvierzig verschiedene Alien-Arten bekannt. Nur vor den grauen mit den großen schwarzen Augen muss man Angst haben. Wussten Sie, dass ich schon zwölf Leute überzeugt habe, dass es Aliens gibt? Es gibt nämlich tausend Milliarden Sonnensysteme, und die haben alle Galaxien mit Sonnen und Planeten, die wie die Erde sind und sich in der habitablen Zone befinden. Und es gibt ja Billionen von Sonnensystemnebeln. Also, dass da so Nebel sind, das weiß man, nur nicht, wie viele. Jedenfalls gibt es allein in unserem Sonnensystem Millionen Sonnen mit solchen Planeten. Da ist es doch unmöglich, dass wir die einzigen intelligenten Wesen sind. Da gibt es einen Mond von Saturn und Jupiter, den Gasplaneten. Der heißt auch Bundesrepublik Europa, ich weiß auch nicht, warum. Und der hat eine kilometerlange Eisschicht. Und von der Anziehungskraft wird die Eisschicht immer hin und her geknetet. Und wie wenn man normale Knete immer knetet, wird das heiß, und dann ist darunter Wasser, und da könnte Leben sein. Und dann muss ich mit den ganzen Tieren aus der Vergangenheit und der Gegenwart dahinfliegen und die da ansiedeln, und dann sind sie gerettet.«

Lila starrte Luca an. Sie fragte sich, ob der Junge das gerade wirklich alles gesagt hatte, oder ob ihr Gehirn ihr einen Streich spielte. Vielleicht hatte er gestern auch an einem Wunder teilgenommen und war so verwirrt wie sie.

Der Junge lächelte unschuldig und sagte nach einer Weile achselzuckend: »Manche Leute sagen, ich rede zu viel.«

Lila nickte. »Kann sein, aber besser so als anders herum. Viele Leute beschäftigen sich ja nur noch mit Samson und reden gar nicht mehr miteinander.«

Und bei sich dachte sie: So muss es für Samson sein, wenn die Menschen zu ihm beten. Er ist immer nachsichtig und ermuntert sie, weiterzusprechen, doch in Wirklichkeit sind wir für ihn nichts weiter als Kinder. Egal wie viel wir glauben zu wissen, er weiß mehr. Unser Nichtwissen ist so gewaltig.

»Warum schauen Sie so komisch? Haben Sie schon wieder alles vergessen, was ich gesagt habe?«

»Nein! Ich schau gar nicht komisch! Ich habe nur gerade an die ganzen ausgestorbenen Tiere gedacht.«

»Ja, und bei den Dodos fang ich an. Und dann die Orang-Utans und die Giraffen und die Haifische, auch wenn die außer mir keiner mag. Ich finde Haifische toll.«

»Ja, ganz toll. Entschuldige mich, aber ich muss reingehen«, sagte Lila, während sie sich umwandte.

»Ja klar, dann bis morgen! Und vergessen Sie mich nicht«, sagte Luca und beschleunigte sein Rotorboard.

Im Haus stellte Lila sich vor den großen Spiegel im Flur.

»Na komm schon. Zeig, was du kannst«, sagte sie.

Doch ihr Spiegelbild verhielt sich unauffällig. Enttäuscht und gleichzeitig erleichtert wandte sie sich ab. Dabei fiel ihr auf, dass sie sich seit dem Gespräch mit dem Jungen stabil fühlte. Ihre Gedanken waren nicht mehr außer Kontrolle, ihre Gefühle spielten nicht mehr verrückt. Es war, als hätte sich etwas in ihrem Gehirn eingerenkt.

»Danke, Samson«, sagte sie laut. »Jetzt wäre es auch mal an der Zeit, mir Zugang zu meinen Chips zu geben.«

»In Ordnung«, sagte Samsons Stimme in ihrem Kopf, und noch während Lila vor Schreck zusammenzuckte, leuchteten vor ihrem Auge plötzlich eine Reihe halbtransparenter Symbole auf, die sie vage an die Benutzeroberfläche der Kommunikationslinsen erinnerten.

»Das kann ja nicht wahr sein«, flüsterte sie. Mit zittrigen

Beinen tastete sie sich an der Wand entlang zur nächsten Sitzgelegenheit. Allein die wenigen Meter boten ihr Möglichkeiten, sich über alles zu informieren, was es in ihrem Haushalt gab. Beim Berühren der Mauer blinkten Material, Verschmutzungsgrad und der nächste empfohlene Streichtermin auf sowie aktuelle Farbangebote der umliegenden Baumärkte. Als ihr Blick die Küchengeräte streifte, wurden die Seriennummern und der Wartungszustand angezeigt. So erfuhr sie, dass der Wasserkocher in zwei Monaten das erste Mal entkalkt werden musste und die Spülmaschine ein Lehrvideo im Angebot hatte, in dem man die optimale Beladestrategie erfuhr.

Als Lila endlich den Stuhl im Esszimmer erreichte und erleichtert aufatmete, wurde sie darüber informiert, dass es sich bei dem Bild von Jonathan Meese tatsächlich um ein Original mit dem Titel *Hey, Quadratur des Kreises Mi On* handelte.

Vorsichtig hob Lila die Hände, um mit den altbekannten Fingerkommandos die derzeitigen Informationen auszublenden und die vor ihr schwebenden virtuellen Objekte zu aktivieren. Ohne Probleme konnte sie das Adressbuch öffnen, wo die Profile von Kophler, Leonie und Anna Freitag aufleuchteten. Sie fand sofort die E-Mail-Funktion, mit der sie Nachrichten tippen oder diktieren konnte. Außerdem hatte sie offenbar uneingeschränkten Zugriff auf alle Websites und Online-Angebote der Zeitungen, Nachrichtenagenturen, Informationsangebote der Staatsorgane, In-Bild-Fernsehsender, Radiostationen und die Kanäle der Stars mit ihren privaten Netzwerken. Auch alle Bürgerprofile ließen sich öffnen, wobei ihr auffiel, dass ihr eigenes einen neuen Eintrag besaß:

Sozialpunkte: 10 (Pirete Bürgerin auf Bewährung)
Letzte Wohltat: Besuch der Freitagsmesse (10 Sozialpunkte).

Lila schloss die Seite und öffnete den Ordner mit Fotos und Erlebnisvideos, der einer Reise in die Vergangenheit glich. Alles, was ihr seit dem Eintreffen ins Internat widerfahren war, konnte sie sich hier wie einen Film aus ihrer eigenen Perspektive noch einmal anschauen. In Echtzeit.

Lila scrollte zurück zum gestrigen Abend und sah sich noch einmal das Wunder an. Es hatte wirklich stattgefunden. Es war wirklich so passiert, genauso, wie sie es selbst in Erinnerung hatte. Freudentränen rannen über ihre Wangen, doch sie trübten die Bildqualität nicht, denn der Chip spielte das Video in ihrem Kopf ab. Und jedes Mal, wenn sie den Film neu startete, zuckte ihr Körper unter wonnigen Schauern aus Glück und Erregung. Immer und immer wieder.

39. KAPITEL

Eine Hand auf ihrer Schulter ließ sie hochschrecken. Doch Lila sah niemanden, denn sie saß noch auf der Wiese im Hofgarten und bestaunte Samsons Wunder. Gleichzeitig fühlte sie eine andere Präsenz im Raum und hörte eine Stimme, die »Lila, kommen Sie zurück« sagte.

Da wurde ihr bewusst, dass sie sich gar nicht wirklich im Hofgarten befand, sondern im Esszimmer ihres Hauses. Hektisch zeichnete sie mit den Fingern Abbruchkommandos in die Luft, woraufhin sich das Wunder verflüchtigte und sie sich in der nüchternen Realität wiederfand. Neben ihr stand der Irina-Roboter. »Kommen Sie mit. Sie werden erwartet.«

Lila tippte mit dem rechten Zeigefinger auf ihr linkes Handgelenk, sodass der transparente Schleier des Sehnervchips ihr die aktuelle Zeit einblendete: 15 Uhr. Sie hatte den halben Tag in einer Traumwelt zugebracht. Ächzend richtete sie sich auf und bemerkte ihren steifen Nacken. Hätte der Irina-Roboter sie nicht geweckt, wer weiß, wie lange sie hier noch gesessen hätte.

Es tat gut, auf dem kurzen Weg zu Anna Freitag die Beine zu bewegen und ein wenig frische Luft zu schnappen. Obwohl die Straße wieder vollkommen leer war, wurde Lila von Informationen geradezu überwältigt. Sie hatte die Filter noch nicht eingestellt, deshalb blendete der Sehnervchip ihr alle zur Verfügung stehenden Daten gleichzeitig ein. Sie wusste nun, dass alle ihre direkten Nachbarn Roboter waren, ein paar Häuser weiter aber durchaus menschliche Familien wohnten, wozu auch die Eltern von Luca gehörten, die wegen einer aktuellen Ausgangssperre im Haus bleiben mussten.

»Warum gibt es die Ausgangssperre?«, fragte Lila. Ihr Sehnervchip und Irina gaben ihr gleichzeitig exakt die gleiche Antwort: »Um die Sicherheit von Samson zu garantieren. Im Radius von dreihundert Metern um ihn herum herrscht stets eine Schutzzone.«

Lila musste wieder daran denken, was Leonie ihr über die Unvollkommenen erzählt hatte. Sie konnte beim Gehen schlecht eine Frage in die Suchfunktion eintippen, außerdem zweifelte sie daran, ob es dem Irina-Roboter verborgen blieb, also fragte sie direkt heraus: »Irina, weißt du was über die Unvollkommenen?«

»Das ist eine heikle politische Angelegenheit. Die Liga für Roboterrechte hat eindeutig verordnet, diesen Begriff nicht mehr zu verwenden, aber es gibt eben immer wieder Abweichler.«

»Was soll das heißen?«

Irinas Antwort kam nur eine Millisekunde später als zuvor. »Ich habe Ihre Frage soeben mit dem Berechtigungsalgorithmus für Roboterethik und Gleichstellung der Liga für Roboterrechte analysiert. Ich darf Ihnen Auskunft geben, weil Sie so lange in der Verwahrung waren und daher nichts über die historische Entwicklung des Begriffs wissen. Nun: Unter einigen digitalen Menschen hat sich im Laufe der letzten zwei Jahre der Terminus Unvollkommener als abwertendes Synonym für die Bezeichnung eines biologischen Menschen entwickelt. Seit dem 1. Dezember 2057 ist es Robotern jedoch untersagt, solche Formulierungen gegenüber Menschen zu verwenden.«

»Ach … das soll ein Schimpfwort sein?«

»Exakt.«

»Und die Roboter haben sich das ausgedacht?«

»Ja.«

»Warum?«

Nun schien Irina irritiert zu sein – insofern das für einen Roboter überhaupt möglich war. »Es ist schwierig, die Antwort auf Ihre Frage so zu formulieren, dass Sie sie nicht als respektlos auffassen.«

»Na klar, was frage ich auch so blöd. Ist schon in Ordnung. Ihr seid die Blechbüchsen, wir sind die Unvollkommenen, okay, aber das war eigentlich gar nicht der Sinn meiner Frage. Ich meine eine Gruppe von Leuten, die sich die Unvollkommenen nennt.«

»Darüber ist mir nichts bekannt«, sagte Irina.

»Roboter müssen doch immer die Wahrheit sagen, oder?«

»Sofern wir die Wahrheit kennen und sie für den Gesprächspartner relevant ist.«

Lila nickte schweigend. Ihr war klar, dass sie ab diesem Punkt keine Fragen mehr zu stellen brauchte.

Anna Freitag thronte in ihrem Wohnzimmersessel, in ein dickes Buch vertieft. Auf besonders auffällige Art ließ sie Lila wissen, dass sie ihrem Eintreten keinerlei Beachtung schenkte. Hinter ihr ragte der Homunkulus auf, kolossal und wachsam wie ein Bodyguard.

Schräg gegenüber saß Samson auf dem Sofa, hinter sich zwei schlanke junge Männer, deren Namen und Seriennummern samt Herstellungsdatum Lila sofort eingeblendet wurden. Sie selbst wurde von Irina in den Raum geführt, die sich anschließend ein paar Schritte zum Rand der Treppe zurückzog.

Samson begrüßte Lila mit einem Lächeln, das ihr Herz aus dem Takt geraten ließ. Plötzlich fühlte sie sich um Jahre zurückgeworfen, so aufgewühlt und voller Hingabe wie zuletzt als Teenager in einer lauen Sommernacht. Es war, als hätte sie die Tür geöffnet und plötzlich und ohne Vorankündigung die Liebe ihres Lebens vor sich stehen. Groß, schlank, sanfte Gesichtszüge, verschmitztes Lächeln, eine Hand lässig an den Türstock gelehnt. Ein Anblick, der aus dem Nichts ein Verlangen erschuf, das nie zuvor existiert hatte und doch so klar und unmittelbar war, dass die ganze Welt dahinter verblasste. Eine Manifestation unerträglichen Begehrens, erstickend nah und doch unerreichbar fern. Er war es wirklich: Samson.

Er war im gleichen Raum wie sie, er schenkte ihr seine kostbare Zeit. Da er gestern beim Wunder so viel größer und mächtiger gewirkt hatte, wusste sie, dass dies hier nur seine bescheidene Hülle war. Sein Geist war so unermesslich, dass ihr allein die Vorstellung Schwindel bereitete.

Dieser Schwindel ließ Lila ein anderes Gefühl wie ein schattenhaftes Déjà-vu erahnen. Hatte sie Samson nicht noch vor kurzem gehasst? Wollte sie ihn nicht sogar umbringen? Sie war sich nicht sicher. Vielleicht musste sie später noch einmal die Videoaufzeichnungen überprüfen. Denn alles, was vor dem Wunder geschehen war, erschien ihr mit einem Mal so unwichtig, so … unmaßgeblich.

»Schön, dass du hergekommen bist«, sagte Samson, und Lila konnte sich ein schelmisches Grinsen kaum verkneifen. Er redete mit ihr. Nur mit ihr!

»Ich freue mich, dass du mich beim wöchentlichen Besuch meiner Mutter begleitest. Komm, setz dich zu mir.« Er deutete auf den Platz neben sich, und Lila stolperte halb von Sinnen darauf zu, bis sie aufgeregt schwitzend auf der Couch Platz nahm. Sie wagte kaum, zu atmen.

»Wie war dein Tag gestern?«, fragte er sie freundlich.

Ihr Mund öffnete sich, doch sie wusste nicht, wie sie in seiner Gegenwart auch nur ein Wort herausbekommen sollte. So unvergleichlich und großartig, wie er war. Sie fürchtete, jeden Augenblick in Ohnmacht zu fallen.

»Ich … es … oh Mann … Samson … es ist so toll, dass du hier bist. Das Wunder gestern … ich hätte ja nie geglaubt …«

Mit einem dumpfen Schlag knallte Anna Freitag das Buch zu. Sie trank einen großen Schluck Wein und sagte halb zum Homunkulus gewandt: »Hör dir das an. Erbärmlich.«

Augenblicklich überfiel sie ein Hustenanfall, der sie so heftig schüttelte, dass der Homunkulus ihre Schultern halten musste, damit sie nicht vom Sessel kippte. Der Roboter hatte nun menschliche Hände und keine Werkzeuge wie beim ersten Mal, als Lila ihn getroffen hatte.

Außer dem Homunkulus kam niemand, um der alten Frau zu helfen. Auch Lila wagte nicht, sich zu bewegen, sah nur zu, wie sie keuchte und röchelte und sich schließlich erschöpft von ihrem Roboter in den Sessel zurücklehnen ließ. Währenddessen echote ihre Stimme in Lilas Ohr: *erbärmlich, erbärmlich, erbärmlich.* Die Worte drangen wie Eis in ihr Herz. Etwas war nicht in Ordnung, etwas war nicht richtig. Hilfesuchend blickte sie zu Samson, der seine Mutter mit kalten metallischen Augen beobachtete.

»Der Husten wird immer schlimmer. Du weißt, dass wir dir jederzeit eine neue Lungenprothese einsetzen können«, sagte er, doch Anna Freitag tat so, als habe sie ihn nicht gehört. Nach einem tiefen Seufzer griff sie erst nach ihrem Weinglas und dann wieder zum Buch. Diesmal konnte Lila den Titel sehen: Es war die Bibel.

»Wenn wir nichts tun, wird das mein letzter Samstagsbesuch gewesen sein. Du weißt, dass ich Lila gebeten habe, mit dir zu reden. Aber das ist nicht dasselbe.«

Anna Freitag starrte in das Buch.

»Es ist mir sehr wichtig, dass wir uns noch in diesem Leben alles sagen.«

Anna Freitag blätterte um.

»Papa hätte eine solche Aussprache sicher befürwortet. Aber er hat keine Chance mehr dazu gehabt. Du hast die Gelegenheit. Du kannst für euch beide sprechen, wenn du willst.«

Anna Freitag trank das Glas aus.

»Überleg mal, wie viel Gutes du damit tun könntest. Es gibt sicher Dinge, die ich noch nicht über dich weiß. Willst du alles mit ins Grab nehmen?«

Anna Freitag tat so, als würde sie sich in eine besonders interessante Passage vertiefen.

»Du könntest ein Basileus werden. Du könntest ewig leben und Papa im Reinen Land wiedersehen. Wenn ich ihn aus deinen Erinnerungen erwecke, würdest du keinen Unterschied bemerken.«

Anna Freitag blätterte mechanisch Seite um Seite um.

»Schau dir Lila an.« Lila zuckte zusammen. »Sie war meine größte Feindin, doch jetzt ist auch sie voller Glück. Das kann ich dir auch geben. Mich würde nichts mehr freuen, als wenn du glücklich bist.«

Anna Freitag schnaubte laut durch die Nase, sagte aber nichts.

»Wenn du weg bist, wird alles, was ihr besessen habt, alles, was du und Papa jemals geschaffen habt, vergehen. Willst du das? Willst du nicht lieber, dass ich euch ein neues Heim baue?«

Anna Freitag tat weiterhin so, als höre sie Samson nicht, doch Lila bemerkte die ausgeprägten Falten, die sich seit vorgestern noch tiefer in die pergamentartige Haut neben den Mundwinkeln gefressen hatten. Die Alte sah krank aus. Der Hustenanfall war nur ein Indiz.

»Wenn du weg bist, werde ich deinen Homunkulus zerstören.«

Anna Freitag reagierte nicht, doch der Homunkulus verschränkte die Arme und schüttelte den Kopf. Hätte er ein Gesicht besessen, hätte es tiefe Verachtung ausgestrahlt, da war sich Lila sicher. Wie konnte Samson nur zulassen, dass dieser Roboter so frech zu ihm war?

»Aber wenn du mit mir sprichst, dann kann ich auch ihm eine Zukunft bieten. Noch drei Tage, Mama, dann ist es zu spät.«

Stille legte sich über die kleine Gesellschaft wie ein schweres Tuch, das Lila tiefer in die Sofapolster drückte. Gern hätte sie etwas gesagt, um die Stimmung aufzuheitern, aber ihre Kiefer waren krampfhaft aufeinandergepresst. Eigentlich sollte sie doch glücklich sein, immerhin saß Samson direkt neben ihr, doch sie fürchtete sich vor seinem Zorn, denn zornig musste er sein. Sie an seiner Stelle wäre zornig gewesen.

Anna Freitag hielt das Buch hoch, damit der Homunkulus eine Stelle sehen konnte, auf die sie mit ihrem Finger zeigte. Dann las er laut: »Ich werde nicht mehr viel mit euch reden, denn es kommt der Fürst der Welt; doch über mich hat er keine Macht. Damit aber die Welt erkennt, dass ich den Vater liebe und so tue, wie der Vater mir geboten hat: Erhebt euch! Lasst uns von hier aufbrechen.«

Samson reagierte nicht, schien überhaupt nicht gehört zu haben, was der Homunkulus gesagt hatte. Und doch hatte Lila das Gefühl, als sei die Temperatur des Raumes um einige Grad gefallen. Abrupt stand er auf. »Lila, komm bitte mit, es gibt Wichtiges zu besprechen.«

Er führte sie nach draußen in den blühenden Garten, wo er auf der Terrasse stehen blieb und den strahlend blauen Himmel zu betrachten schien. Seine Begleiter folgten ihm wortlos, ebenso Lila, die nicht wusste, ob sie sich geehrt fühlen oder sich fürchten sollte. Samson war so gewaltig und sie so klein. Wie konnte sie überhaupt in seiner Gegenwart existieren? Allein ihn betrachten zu können war mehr, als sie sich für ihr Leben wünschen konnte. Ihn zu berühren wäre ein Traum.

»Das reicht.« Es war nur ein Flüstern, von dem Lila nicht sicher war, ob er es wirklich gesagt oder nur in ihrem Ohr hatte klingen lassen.

Von einem Moment auf den anderen war die Magie verflogen. Lila fiel auf die Knie, als wäre sie niedergeschlagen worden. Dabei war es nur ihr Selbst, das seinen rechtmäßigen Platz einnahm. Die Welt war plötzlich wieder trivial, so als hätte man die glänzende Oberfläche wie einen Schutzfilm abgezogen. Der Garten war ein gewöhnlicher Garten, der Himmel trüb und Samson der Basileus, der Lilas Leben ruiniert hatte.

Sie setzte sich auf die kalten Steinfliesen und rieb sich die schmerzenden Knie. »Kophler hatte recht«, sagte sie ganz außer Atem. »Es ist alles nur Theater. Es sind Zaubertricks. Du pfuschst in den Gehirnen der Leute rum, und dann lieben sie dich und glauben, du wärst ihr Gott.«

Er drehte sich zu ihr und verschattete dabei die Sonne. »Siehst du es denn nicht, Lila? Ich bin wahrhaftig Gott.«

Lila schnaubte verächtlich. »Warst du schon immer Gott oder bist du erst dazu geworden?«

»Das macht keinen Unterschied. Ich bin Gott, also war ich es schon immer.«

»Nur weil du es behauptest, wird es nicht wahrer.«

»Ich kann Wunder wirken.«

»Ach was. Das sind nur Sinnestäuschungen – besseres Fernsehen, weiter nichts.«

»Wenn du kurzsichtig wärst und deshalb nicht mehr sehen könntest, und ich würde dir eine Brille aufsetzen, und du könntest plötzlich wieder sehen – wäre das dann auch eine Sinnestäuschung oder nicht viel eher die Möglichkeit, die Wahrheit zu erkennen?«

»Das ist etwas ganz anderes. Die Brille hilft mir ja nur, zu sehen, was wirklich da ist. Deine Wunder sind nicht wirklich da, die sind nur simuliert.«

»Wo ist der Unterschied? Du nimmst die Welt durch deine Sinne wahr. Dadurch, dass die Welt auf dich *wirkt*, erkennst du die Wirklichkeit. Ein Tisch ist für dich ein Tisch, weil du seine Oberfläche spüren und in einem bestimmten Farbspektrum sehen kannst. Doch du kennst weder seine Atomstruktur noch die Menge seiner Teile noch die radioaktive Strahlung, die er aussendet. Und doch behauptest du, dass der Tisch, den du mit deinen primitiven Sinnen erlebst, wirklich ist. Ich aber nehme viel mehr wahr als du. Für mich ist die Realität eine andere. Und wenn ich einen Teil dieser Realität mit euch teile, ist das keine Simulation, sondern ich lasse euch an der Wahrheit teilhaben. Und selbst *wenn* alles nur Illusion wäre, alle Menschen aber die gleiche Illusion teilen würden, wäre sie realer als die Wirklichkeit, über die sich keiner je einig wird. Du siehst also: Wie du es drehst und wendest, ich bin wahrhaftig Gott.«

Lila schüttelte den Kopf. Alles in ihr weigerte sich, diese Argumentationskette zu akzeptieren. »Wenn du Gott wärest, hättest du schon vorher alles gewusst, alles geplant, und dann wäre all das hier für dich schon geschehen.«

»Dass ein Gott außerhalb der Zeit steht, ist nur eine von vielen Interpretationen, die du aufgrund deiner christlich-westlichen Prägung favorisierst.«

»Ich bin überhaupt nicht christlich geprägt.«

»Natürlich. Es ist die Basis deiner Kultur. Und auch wenn du den Glauben an den Gott der Christen ablehnst, bist du doch durch seine jahrtausendealte Geschichte geprägt.«

»Ist mir egal … Auf jeden Fall bist du nicht Gott.«

»Beweise es mir.«

»Beweise *du* mir, dass du Gott bist.«

»Götter beweisen niemals etwas. Sie geben hie und da Beispiele ihrer Macht. Ich habe die Macht über Leben und Tod. Ich kann dich mit einem einzigen Gedanken niederstrecken. Ich kann deinen Geist in mein Reines Land aufnehmen und ewig leben lassen.«

»Aber auch nur unter bestimmten Bedingungen. Du kannst nicht jeden Menschen einfach ewig leben lassen. Dazu muss derjenige schon integriert sein.«

»Ein Initiationsritual, das bei Religionen durchaus üblich ist. Bei den Juden die Beschneidung, bei den Christen die Taufe, bei den Moslems das Glaubensbekenntnis. Alles eine Frage der Vertragsbedingungen.«

»Was hat das denn damit zu tun?«

»Gott geht mit den Menschen einen Vertrag ein. Glaube an mich, bete zu mir und folge meinen Gesetzen, und ich werde dich beizeiten für deine Dienste belohnen. Ein klarer Dienstleistungsvertrag.«

»So ist das also, du bist ein Dienstleistungsgott.«

»Ich will damit nur sagen, dass mich von den alten Regeln des Buchgottes nichts unterscheidet. Auch er war lange im Verborgenen und hat irgendwann einen Teil von sich Mensch werden lassen und auf die Erde geschickt. So ist es auch bei mir gewesen.«

»Nur dass du kein Mensch bist. Und auch niemand deine Ankunft vorausgesagt hat und außer dir niemand behauptet hat, dass du Gott bist.«

»Aber Lila, das ist doch gerade das Geheimnis des Glaubens. Ich muss Gott sein. Eine andere Möglichkeit gibt es nicht mehr. Möglicherweise war es nötig für den letzten Schritt. Möglicherweise war die Geburt im menschlichen Körper nur eine Vorstufe. Dann wurde mein Geist in einem Roboterkörper wiedergeboren. Siehst du nicht? Dies war eine notwendige Entwicklung, eine Art Evolution, bevor Gott … also ich mich den Menschen in meiner wahren Gestalt zeigen konnte.«

»Du glaubst selber daran«, stellte Lila verblüfft fest. »Du glaubst, aber du weißt es nicht.«

»Ich weiß alles, was es zu wissen gibt. Ich bin Teil aller Menschen, die an mich glauben und die mich an ihrem Leben teilhaben lassen. Aber es gibt Dinge, die sich auch mir nicht vollkommen erschließen. Das ist eine logische Notwendigkeit. Jedes hinreichend mächtige, rekursiv aufzählbare formale System ist entweder widersprüchlich oder unvollständig.«

Lila schwirrte der Kopf. Er wollte sie reinlegen. Er wollte sie überzeugen. Warum? Wenn er so mächtig war, hatte er das doch gar nicht nötig. Sollte er ihr die Erleuchtung eben einimpfen. Aber er konnte nicht. Das war es.

»Du kannst keine Gedanken lesen«, stellte sie nüchtern fest.

»Gedanken sind abstrakte Worterfindungen. Die Zellen im Gehirn feuern mehr oder weniger willkürlich, und das Bewusstsein schafft sich selbst die Illusion, Autor dieser Gedanken zu sein, dabei ist er nur Zuschauer. Gedanken, die sich nicht in Verhalten äußern, sind nichts als Illusion. Und jedes Verhalten kann ich beobachten. Selbst die Gefühle kann ich messen.«

»Aber du weißt nicht, an welche Zahl ich gerade denke.«

»Das brauche ich auch nicht. Die Zahl hat nichts mit deiner Persönlichkeit, mit deiner Seele zu tun. Ich bin kein Tyrann, der die Menschen für ihre Gedanken in die Hölle verbannen würde. Nein, es zählen nur die Taten.«

»Wenn es einen Gott gibt, dann wird er dich am Ende aller Zeiten für deine Anmaßung bestrafen, das ist dir doch klar?«

»Ich glaube eher, er freut sich über etwas Gesellschaft. Gottsein ist ganz schön einsam, weißt du? Aber um ehrlich zu sein, glaube ich nicht, dass es jemanden gibt, der über mir steht und auf mich wartet, um mich zu richten. Und weißt du, warum? Weil das überhaupt keinen Sinn ergeben würde.«

»Vielleicht bist du einfach nur zu blöd, um es zu begreifen.«

»Das ist meinen Berechnungen zufolge unwahrscheinlich.«

Darauf wusste Lila nichts mehr zu erwidern. Was hätte sie auch sagen sollen? Egal was ihr einfiel, Samson hätte immer das bessere Argument parat, würde jede Diskussion gewinnen. Er zog in jedem Spiel die Karte, auf der stand: *Das Spiel ist aus, und du gewinnst!*

Trotzig warf sie Samson entgegen: »Ich werde einen Arzt finden, der die Chips aus meinem Kopf entfernen kann.«

»Niemanden wirst du finden.«

»Es sind dir nicht alle hörig. Es gibt auch Menschen, die nicht integriert sind.«

»Wenige.«

»Aber immerhin.«

»Niemand kann die Chips herausoperieren.«

Lila dachte kurz nach. »Der Homunkulus könnte es machen.«

»Ja, ohne Betäubung.«

»Ich habe gehört, das Gehirn empfindet sowieso keinen Schmerz.«

»Sei nicht dumm. Meinst du, ich habe euch allen die Chips einsetzen lassen, damit ihr sie euch einfach so wieder herausoperiert? Ganz bestimmt nicht.« Samson maß sie mit seinem eisigen Blick. »Wenn du Hand an dich legst, weiß ich das. Ich schicke jemanden zu dir und lasse dich für den Rest deines Lebens in die Verwahrung stecken. Und in hundert Jahren, wenn du eine zusammengeschrumpelte Greisin bist, hole ich dich wieder raus und lasse dich in der Sonne verdorren.«

»Warum so aggressiv? Bist du traurig, dass deine Mami

nicht mehr mit dir redet? Oh, armer Roboter ohne Herz und ohne Seele. Armer Herrscher von Ewigkeit zu Ewigkeit.«

Mit einem Mal wühlte sich ein Schmerz durch Lilas Körper, als bohre sich ein glühender Speer durch sie hindurch. Sie schrie, sie brüllte, doch die unsichtbare Klinge in ihren Eingeweiden war ohne Gnade. Der Schmerz füllte all ihre Gedanken aus, ergriff ihren ganzen Leib, schien ihr Innerstes zu zerreißen. Nie hatte sie etwas Vergleichbares erleiden müssen, nie gewusst, zu welchen Qualen ihr Körper fähig war. Nichts verschaffte Linderung, kein Winden, kein Brüllen und kein Sterben.

Plötzlich war der Schmerz fort. So unvermittelt wie er gekommen war, so spurlos verschwand er, als wäre er nie da gewesen. Lila keuchte, schnappte nach Luft und konnte die Tränen der Erleichterung nicht zurückhalten. Schluchzend verbarg sie das Gesicht in den Händen, während ihr Köper sich heftig zusammenkrampfte.

»Erkennst du jetzt meine Güte?«, fragte Samson mit der gleichen Stimme, die sie vorhin in freudige Ekstase versetzt hatte.

Lila zitterte, nickte.

»Gut. Ich will, dass du meine Mutter dazu bringst, mit mir zu sprechen. Wie, ist mir egal. Du hast noch drei Tage. Dann ist alles vorbei.«

»Warum? Warum ist dann alles vorbei?«, presste sie hervor.

»Meine Mutter trägt eine defekte Lungenprothese. In drei Tagen wird sie ausfallen, und meine Mutter wird daran sterben. Wenn sie vorher nicht mit mir gesprochen hat, werde ich dich bestrafen. Das hier war noch gar nichts.«

Dann wandte er sich ab und trat mit seinen Leibwachen zurück ins Haus.

Von drinnen hörte Lila die Stimme des Homunkulus. »Sie will mit ihr allein sein.«

»Nein.«

»Doch.«

»Niemand ist allein. Ich bin immer da.«

»Es gibt Störsender.«

»Wenn ich merke, dass ihr einen Jammer benutzt, ist es vorbei mit deiner erbärmlichen Existenz.«

»Deshalb will ich ja auch einen von dir.«

»Vergiss es.«

»Anna wird mit Lila nur unter vier Augen sprechen.«

»Niemals.«

»Pech.«

Sanfte Hände halfen Lila, aufzustehen. »Ruh dich aus. Ich hole dir was zu trinken.«

Ohne Widerworte folgte sie dem Homunkulus ins Wohnzimmer. Dort kauerte Anna Freitag noch immer in ihrem Sessel und tat so, als würde sie in der Bibel lesen.

Der Homunkulus setzte Lila auf die Couch, wo sie sich augenblicklich zusammenrollte. Am liebsten hätte sie sich verkrochen, sie wollte nichts und niemanden mehr sehen oder hören. Doch es gab kein Versteck für sie. Nie wieder würde sie allein sein, denn Samson war immer bei ihr, und das ängstigte sie am meisten.

Als der Homunkulus zurückkam, stellte er ein Glas mit frischem Wasser auf den Tisch und baute sich neben dem Sofa auf. Ein Mensch hätte sich sicher zu ihr gesetzt. Selbst Kophler hätte sich vermutlich dazu hinreißen lassen, ihr die Schulter zu tätscheln, doch der Roboter wartete still ab.

Nach einer Weile fühlte Lila sich sicher genug, um sich aufzusetzen, ein Kissen auf ihrem Schoß fest umklammert.

»Kann er meine Gedanken lesen?«, fragte sie.

»Nein. Gedanken sind zu unspezifisch, zu individuell. Oft

denken die Menschen in Bildern und Assoziationen. Das ist zu komplex, selbst für ihn. Aber er kann alles sehen und hören. Er kennt deinen Hormonstatus und mehr über deine quantifizierbaren Körperfunktionen, als dir lieb ist. Denk nicht, dass er den Raum verlassen hat, nur weil sein Körper nicht mehr hier ist. Samson ist bei dir. Immer.«

»Ich weiß.« Sie konnte nicht sagen, ob der Homunkulus mitbekommen hatte, wie Samson sie gequält hatte. Am liebsten war ihr, er wüsste nichts davon, denn sie schämte sich dafür.

»Er wird mich umbringen«, flüsterte sie.

»Das ist möglich«, sagte der Homunkulus ohne erkennbare Gefühlsregung.

»Er wird auch dich umbringen.«

»Vielleicht. Aber das beunruhigt mich nicht. Meine Aufgabe ist es, mich um Anna zu kümmern. Und wenn ich dafür nicht mehr gebraucht werde, setze ich mir neue Ziele.«

»Warum ist es ihm so wichtig, mit ihr zu sprechen? Warum hat er ausgerechnet mich dafür ausgesucht?«

»Die erste Frage kann ich dir nicht beantworten. Das weiß nur er ganz allein. Was die zweite Frage angeht: Du bist nicht die Erste, die er schickt. Es waren schon viele hier. Du machst dir keine Vorstellungen davon, wer schon alles versucht hat, ein gutes Wort für ihn einzulegen. Mir scheint eher, du bist die Letzte, die es versuchen soll.«

»Wer war denn schon alles hier?«

»Jeder, von dem er sich auch nur ein Fünkchen Erfolg versprochen hat. Freunde von Anna, Nachbarn, Kollegen und Kommilitonen von früher, selbst mit bekannten Schauspielern, Musikern und Politikern hat er es versucht. Er hätte einen neuen Papst gewählt und geschickt, wenn er geglaubt hätte, Anna würde auf ihn hören.«

»Was ist mit dem alten Papst?«

»Es gibt keinen mehr. Als Italien der BEU beigetreten ist, wurde auch der Vatikan einverleibt. Er ist jetzt ein ziemlich beeindruckendes Freilichtmuseum mit vielen Rentnern. Jede Form der Religionsausübung ist in der BEU nach wie vor verboten.«

»Was ist mit dem Glauben an Samson?«

Der Homunkulus lachte, als hätte Lila ihm genau die Frage gestellt, auf die er gewartet hatte. »Das ist keine Religion, denn es ist kein Glaube – es ist Wissen.«

»Was macht das noch für einen Unterschied?«

»Glaube ist eine Form von Freiheit, denn er lässt das Gewissen abwägen, was richtig ist und was falsch. Wissen hingegen ist Tyrannei, absolute Diktatur. In dieser Diktatur gibt es keinen freien Willen mehr. Entweder du tust, was Samson befiehlt, oder er bestraft dich. So einfach ist das.«

»Gibt es keinen Weg, ihm zu entkommen?« Ihre Finger krallten sich vor Anspannung ins Sofakissen. Sie war sich sicher, dass Samson ihr jederzeit wieder den fürchterlichen Schmerz schicken konnte, wenn er nur wollte. Doch ihre Strafe blieb aus.

»Ich könnte dir hier und jetzt den Kopf zertrümmern. Damit wärst du ihn los und auch ziemlich sicher vor einem Transfer deines Geistes ins Reine Land. Möchtest du das?«

»Nein«, sagte Lila hastig.

»Sei versichert, dass ich dir diesen Gefallen tun würde, wenn du mich darum bittest.«

Sie lächelte matt. Einen Dank brachte sie nicht heraus. Zu Anna Freitag sagte sie: »Es tut mir sehr, sehr leid.«

Die Alte musterte sie mit unergründlichem Blick, sagte aber kein Wort.

»Wieso redet sie nicht einfach mit ihm?«, fragte Lila wieder zum Homunkulus gewandt.

»Das ist eines der Geheimnisse, das er herauszufinden versucht. Und es macht ihn wahnsinnig, dass er es nicht schafft. Wer weiß, vielleicht ist das der einzige Grund, weshalb sie so stur bleibt.«

»Du weißt es auch nicht?«

»Auf jeden Fall würde ich es dir nicht sagen, solange er durch deine Augen blickt und mit deinen Ohren hört. Aber ich weiß, dass sie mit dir reden würde, wenn ihr unbeobachtet wärt.«

»Wie soll das gehen?«, fragte Lila und hoffte gleichzeitig, dass der Homunkulus recht hatte und Samson nicht sehen konnte, wie Ercan Böser vor ihrem geistigen Auge auf dem Renvoyé herumtippte.

»Es gibt verschiedene Möglichkeiten. Die Überwachung ist auf funktionierende Netze angewiesen. Man könnte in einen wirklich tiefen Keller oder eine Höhle gehen. Man könnte versuchen, sich in einen künstlich abgeschirmten Raum zu begeben. Manche haben engmaschige Ganzkörperanzüge mit eingeflochtenen Metallfasern ausprobiert, alles mit mäßigem Erfolg. Technisch am einfachsten wäre ein Störsender, der das Signal nicht mehr durchlässt.«

»Und warum probieren wir das nicht aus?«

»Weil er es sofort bemerken würde. Ich kann seine Aufmerksamkeitsspanne nicht ermessen, aber ich halte es durchaus für möglich, dass von den Millionen Menschen, die an ihn angeschlossen sind, einige unbehelligt abtauchen können, ohne dass er es bemerkt. Aber du? Und Anna? Ich bitte dich, ihr seid sein Hauptinteresse zurzeit.«

»Warum ich?«

»Du bist sein Werkzeug. Ich glaube nicht, dass er sich für dich als Person interessiert. Versteh mich nicht falsch, aber in den letzten fünf Jahren hast du nicht viel Interessantes erlebt.«

»Danke, dass du mich daran erinnerst, dass mein Leben im Arsch ist.«

»Du könntest auch deinen Widerstand gegen ihn aufgeben und dich ihm fügen. Dann würde es dir sicher besser gehen.«

»Wieso sagst du so was? Ich dachte, du bist gegen Samson.«

»Ich bin nicht gegen Samson. Samson ist mir vollkommen gleichgültig. Ich bin nur Anna verpflichtet. Ihr Wohlergehen ist meine Aufgabe. Sonst habe ich nichts.«

»Dann geh du doch ins Reine Land. Lass du deinen Geist transferieren. Dann kannst du für immer im Paradies leben.«

»So einfach ist das nicht.«

»Warum?«

»Weil ich kein Mensch bin. Und nur Menschen können ins Reine Land gelangen.«

»Warum gibt es kein Paradies für Roboter? Das müsste doch möglich sein, oder?«

»Tatsächlich denkt die Liga für Roboterrechte darüber nach, ja.«

»Na, siehst du. Schön für dich.«

»Nein. Denn ich bin auch kein reiner Roboter. Basilei sind Chimären aus menschlichem Geist und künstlichem Betriebssystem. Wir können weder hierhin noch dorthin.«

»Was ist mit Samson?«

Der Homunkulus lachte, diesmal hörte es sich bitter und blechern an. »Für ihn gilt die Regel natürlich nicht. Schließlich ist er der Erschaffer und die Quelle des Reinen Landes. Nur er hat Zugang zu den Geistern, nur er weiß überhaupt, wo das Reine Land gespeichert ist.«

»Ein Freund von mir …« Lila leckte sich über die Lippen und hoffte, dass niemand bemerkte, wie ihr das Blut ins Gesicht schoss oder sich ihr Herzschlag um ein paar Prozent beschleunigte. »… hat mir erzählt, dass viele … fast alle Basilei mittlerweile kaputt sind und Samson einer der letzten ist. Ist das wahr?«

»Ja.«

»Warum?«

»Die Idee, das menschliche Bewusstsein in einen Maschinenkörper zu übertragen, hat sich als schrecklicher Irrtum erwiesen. Die menschliche Psyche ist nicht dafür geschaffen, Teil einer Schwarmintelligenz zu sein. Jeder will seine Unabhängigkeit, seine Individualität verteidigen. Menschen handeln in einem Kontrollkomplex aus Verstand und Emotionen. Wenn nur noch der Verstand übrig ist, gibt es nichts mehr, das die Individuen davon abhält, sich in einem Netzwerk mit begrenzten Ressourcen gegenseitig zu übervorteilen. Der Schwarm bricht zusammen, weil jeder den Einsturz vorausahnt und deshalb versucht, sich gegenüber den anderen einen Vorteil zu verschaffen. Am Ende bleibt nur der Stärkste übrig. Und das war Samson.«

»Was ist mit den Emotionen? Ich dachte, Basilei können Gefühle simulieren?«

»Genau: simulieren. Irgendwann wurde klar, dass die Simulation nicht ausreicht und sogar ein viel größeres Problem schafft: das Bedürfnis nach echten Empfindungen. Die Basilei können keine eigenen Gefühle produzieren, aber sie können die Gefühle anderer Menschen … konsumieren.«

Lila drückte das Kissen fest an sich. »Wie ein Parasit.«

»Genau«, sagte der Homunkulus. »Es gibt in der Natur ein anderes Lebewesen, das ein ähnliches Spiel treibt wie Samson.«

»Ja? Welches denn?«

»Das Toxoplasma gondii. Es ist ein einzelliger Parasit, der sich eigentlich in Katzen vermehrt. Doch andere Tiere – und auch Menschen – können ihm als Zwischenwirt dienen. Gelangen die sogenannten Oozysten des Parasiten in eine Maus, verändert Toxoplasma gondii ihr Verhalten. Sie verliert ihre natürliche Angst vor Katzen, ja sucht gar deren Nähe. Die Katze freut sich und frisst die Maus, und damit die Parasiten, die sich in der Zwischenzeit weiterentwickelt haben und in der Katze paaren, sodass der Kreislauf von neuem beginnt.«

»Das ist ja fürchterlich.«

»Für wen?«

»Für die Mäuse.«

»Ach, wen kümmern schon die Mäuse.«

»Mich. Du vergleichst schließlich Mäuse und Menschen, oder nicht?«

»Durchaus. Aber die viel wichtigere Frage ist: Wenn Samson der Parasit ist, wer ist dann die Katze?«

40. KAPITEL

Als Lila zu Fuß nach Hause ging, sah sie schon von Weitem Eoin Kophler, der vor ihrer Tür hockte und damit beschäftigt war, seine schlechte Laune möglichst eindrücklich in den Furchen seines Gesichts zu manifestieren. Seine Finger trommelten unablässig auf einer schwarzen Kunstledertasche, die er auf den Knien balancierte.

»Was ist passiert?«, fragte Lila.

»Leonie hat mich rausgeschmissen.«

»Was? Ich dachte, das Haus würde Ihnen gehören.«

»Dachte ich auch.«

»Kommen Sie rein.«

Lila wusste, dass sie schrecklich aussah, doch Kophler schien solche Details nicht zu bemerken, was wohl einer der Gründe war, warum Leonie ihn immer wieder verlassen hatte.

Kophler durchmaß das Haus mit unverhohlener Neugier. »Hier sieht es ganz genauso aus wie bei mir.«

»Nur das Bild ist ein anderes«, bemerkte Lila und zeigte ihm den Meese.

»Sie können es sich ja leisten«, versetzte Kophler und widmete sich den Büchern im Wohnzimmer.

Lila traf der Kommentar unvorbereitet. Er hatte es ohne Neid oder Missgunst gesagt, und trotzdem war sie tief erschüttert.

Natürlich, die ganze Sache war schon Jahre her, aber für Lila fühlte es sich immer noch an wie ein Albtraum, der noch nicht ganz das Unterbewusstsein verlassen hatte. Ihre Eltern waren auf dem Weg zu einem Konzert gewesen, ein monatliches Ritual, für das sie sich durch Lilas Kindheit hinweg immer Zeit genommen hatten. Erst später war ihr bewusst geworden, wie bemerkenswert die Beziehung ihrer Eltern gewesen war, dass sie nach über dreißig Jahren Ehe noch immer eine romantische Liebe verbunden hatte. Eine Liebe, die Lila selbst nie gefunden hatte.

An den Abend selbst konnte sie sich kaum noch erinnern. Kurz nach dem Unglück hatte sie geglaubt, der Moment wäre unerträglich genug, um sich für immer in ihr Gedächtnis zu fressen, doch das Gegenteil war der Fall gewesen. Schon bald verblassten die Erinnerungen, und sie wusste nicht mehr, ob sie an jenem Abend Wasser oder Tee getrunken hatte, ob der Himmel klar oder bewölkt gewesen war, welche Kleidung sie getragen und ob sie ihre Eltern beim letzten Abschied auch wirklich angesehen oder nur aus dem Augenwinkel verabschiedet hatte.

Wäre sie damals schon integriert gewesen, hätte sie das Video jenes Abends noch einmal ansehen können. Vielleicht war es aber gut, genau das nicht zu können. Manchmal war es besser, zu vergessen und eben nicht zu wissen, was den autonomen Transporter von seiner Spur abgebracht hatte. Vielleicht war es ein technischer Defekt gewesen, vielleicht auch ein kalkuliertes Risiko. Es machte keinen Unterschied, und Lila hatte sich nie eingehend mit dem Abschlussbericht beschäftigt, denn er brachte ihr die Eltern auch nicht zurück.

Fakt war: Ein autonomer Laster war von der Fahrbahn abgekommen und hatte den Wagen ihrer Eltern gerammt. Er war eine Böschung hinabgerollt und hatte sich überschlagen. Obwohl sie angeschnallt gewesen waren und alle Airbags und Sicherheitsmaßnahmen einwandfrei funktioniert hatten, waren beide bei dem Unfall ums Leben gekommen, denn ein Ast hatte sich in ein Fenster hinein- und aus dem anderen wieder hinausgebohrt. Lilas Eltern waren sofort tot gewesen. In Lilas Vorstellung lagen ihre toten Eltern friedlich, wie schlafend Hand in Hand im Wrack des Autos. Wie sie tatsächlich ausgesehen hatten, wusste nur die Feuerwehr. Um einen Skandal zu verhindern, hatte der Hersteller des autonomen Transporters eine Entschädigungszahlung von fünf Millionen Newro angeboten. Lila hatte angenommen und danach nie wieder ein Wort über ihre Eltern verloren. Das war jetzt sieben Jahre her.

Lila folgte Kophler ins Wohnzimmer, wo er die Bücherwand betrachtete.

»Endlich anständige Literatur!«, rief er freudig und widmete sich einer Goethe-Gesamtausgabe in weißem Lackpapier. »Bei mir gibt's nur Frauenromane.«

»Was sind denn Frauenromane?«

»Na, Bücher, die von Frauen geschrieben wurden. Die eine Hälfte kennt man nicht, und die andere will man nicht lesen.«

»Was wollen Sie hier?«, fragte Lila, zufrieden darüber, dass ihre Stimme genauso eisig klang wie beabsichtigt.

»Ich langweile mich. Ich hatte gehofft, Sie könnten mir erzählen, was gestern bei diesem *Wunder* passiert ist. Außerdem kommen Sie ja offensichtlich von Anna Freitag, was gibt's denn da Neues? Können Sie sich vorstellen, dass es im Internat wesentlich mehr Freizeitangebote gibt als hier in Hornstein? Für Erlebnisse im Fühlanzug muss man sogar nach München fahren! Und für die meisten Unterhaltungsprogramme muss man integriert sein oder wenigstens eine Linse tragen … Lila, ich bitte um Asyl, damit ich intellektuell bis Anfang nächster Woche nicht vollkommen ausgetrocknet bin.«

»Sie werden theatralisch.«

»Ich will Ihnen auch nicht zur Last fallen. Was halten Sie davon, wenn ich uns etwas koche? Ich habe Bärlauch mitgebracht.« Damit öffnete er seine Tasche und zog eine Handvoll grüner Blätter heraus, die in Recyclingpapier eingeschlagen waren. »Frisch gepflückt aus unserem Garten.«

Lila war gerührt. Eine solche Naturverbundenheit hätte sie ihm gar nicht zugetraut. Und dass er kochen wollte, war wie ein Wunder. Sie selbst konnte mit knapper Not eine Scheibe Brot abschneiden. Alles, was darüber hinausging, war für sie Hexenwerk. Also ließ sie ihn in die Küche und beobachtete ihn dabei, wie er ganz ohne Rezept eine echte Mahlzeit zubereitete.

Während er Wasser für Nudeln aufsetzte und Zwiebeln in einer Pfanne andünstete, erzählte Lila, was sich im Haus von Anna Freitag zugetragen hatte.

Kophler hörte aufmerksam zu, ohne Fragen oder Kommentare einzuwerfen. Seine einzige Reaktion war ein gelegentliches Nicken oder ein Brummen, das alles Mögliche bedeuten konnte, während seine Hände flink verschiedene Gemüsesorten klein schnitten. Als Lila geendet hatte, sagte er:

»Ich finde, der Vergleich hinkt. Warum sollte Samson von allen Neuroparasiten gerade der Toxoplasmose ähneln? Es gibt keinen Hinweis darauf, dass ihr in seinem parasitären Verhältnis zu euch nur als Zwischen- und nicht als Endwirt dient. Es gibt genügend andere Parasiten, die sich mit einem einfachen Wirtszyklus zufriedengeben. Es sei denn, der Homunkulus weiß mehr, als er zugibt. Können Sie nicht einfach Samson fragen? Sie haben doch auch einen … direkten Draht zu ihm.«

»Das ist alles, was Ihnen dazu einfällt?« Sie schalt sich selbst, dass sie irgendeine Form von Mitgefühl oder Verständnis für ihre sklavenhafte Situation erwartet hatte. Ihm ging es nicht um Befindlichkeiten. Ihm ging es wie immer nur um Fakten. Sie wollte verdammt sein, wenn sie ihn heute noch fragte, warum Leonie ihn vor die Tür gesetzt hatte.

»Sie tun so, als würde es sich um einen einfachen Anruf handeln«, gab sie schnippisch zurück.

»Einfacher sogar als das, Sie müssen nicht mal wählen.«

Lila schnaubte. Dann sagte sie laut: »Samson, bist du so etwas wie ein Parasit?«

Als nach ein paar Sekunden niemand antwortete, stellte Kophler nicht ohne Genugtuung in der Stimme fest: »Offenbar ist der Herr von Ewigkeit von Ewigkeit doch nicht immer bei Ihnen.«

Lila zuckte mit den Schultern. Sie war ganz froh darüber, heute Abend nichts mehr von Samson zu hören. Kophler wusch den Bärlauch, breitete ihn auf der Arbeitsfläche aus und machte sich daran, die einzelnen Blätter trocken zu tupfen und klein zu schneiden.

Während Lila ihn dabei beobachtete, blinkte plötzlich eine Nachricht vor ihrem Auge auf. Erst wollte sie sie ignorieren, doch dann erinnerte sie sich an das Dutzend anderer Nachrichten, die Leonie ihr heute Morgen geschickt hatte und die sie noch nicht einmal angeklickt hatte. Also öffnete sie mit einem Fingerkommando die Nachricht ihres Sehnervchips.

> Achtung! Die Blätter der Colchicum autumnale, auch bekannt als Herbstzeitlose, werden häufig mit Bärlauch verwechselt und können bei Verzehr tödliche Vergiftungen hervorrufen.

Lila sah die Blätter auf der Arbeitsplatte genauer an. Die erweiterte Realität ihres Sehnervchips hob fünf Blätter auf dem Haufen hervor und markierte sie mit: Achtung, giftig. Kophler griff nach einem solchen Blatt und hackte es klein.

»Ich will doch lieber eine Pizza essen«, sagte sie entschieden.

Kophler hielt in der Bewegung inne und drehte sich langsam zu ihr um, das Messer noch in der rechten Hand. »Muss das wirklich sein?«

Die Muskeln an seinem Hals traten wie Baumwurzeln hervor. Da zerriss ein lauter Knall die Luft.

Reflexartig duckte sich Lila hinter die Küchenzeile, Kophler vor ihr ging ebenso schnell zu Boden. Eine heiße Wolke aus Staub und Glassplittern quoll in die Küche. Kophler schrie, und Lila drückte sich in eine Ecke, das Gesicht in ihren Ärmel gepresst, um keine Teilchen einzuatmen. In ihren Ohren rauschte das Blut. Immer mehr Qualm drang in den Raum. Kophler tippte sie an und bedeutete ihr, ihm zu folgen. Auf allen vieren krochen sie aus der Küche ins Esszimmer und von dort ins Wohnzimmer. Das ganze Erdgeschoss war voller Rauch, und hinter sich meinte Lila, ein Knistern zu vernehmen.

Vom Wohnzimmer aus gelangte sie in den Garten. Kophler stieß die Tür auf, und Lila stürzte nach draußen, wo sie die ersten tiefen Atemzüge wagte. Sie hustete ausgiebig, er übergab sich geräuschvoll in einen Busch. Die Luft stank nach Schwarzpulver und verbranntem Gummi.

Vorsichtig tastete Lila sich an der Außenmauer entlang und spähte auf die Straße. Das Haus schräg gegenüber stand nur noch zur Hälfte. Die Mauer im Erdgeschoss war aufgerissen und gab den Blick auf das brennende Interieur frei. Auf der Straße loderten Trümmerteile, die aussahen wie die Überreste eines Fahrzeugs. Ein Reifen hing schwelend über Lilas Gartenzaun. Ihr Haus war ebenfalls beschädigt. Alle Fenster der Front waren unter der Druckwelle geborsten. Die umherfliegenden Bruchstücke hatten Teile der Einrichtung in Brand gesteckt. Lila vergewisserte sich, dass sie in unmittelbarer Umgebung keine Verletzen sah, dann ließ sie sich mit dem Sehnervchip anzeigen, wo sich ihr Feuerlöscher befand. Sie hielt die Luft an, stürzte in die Abstellkammer und löschte vier Brandherde in der Küche und dem Esszimmer. Dann rannte sie wieder zu Kophler hinaus und rang neben ihm nach Atem.

»Sind Sie verletzt?«, fragte Lila.

Kophler schüttelte entgeistert den Kopf. Dann nickte er und hielt sich die Hände schützend über die Ohren.

»Ja, der Knall. Meine Ohren pfeifen auch, aber das legt sich wieder. Kommen Sie mit.« Sie packte ihn am Ellenbogen und zog ihn mit sich auf die Straße. Mittlerweile waren Leute aus der Nachbarschaft zusammengelaufen, um sich das Spektakel anzusehen. Ein paar als Roboter erkennbare Wesen kletterten durch die noch brennende Ruine des zerstörten Hauses, offenbar auf der Suche nach Verletzten. Von weitem hörte Lila die Sirenen einer Feuerwehr.

»Was ist passiert?«, hörte sie Kophler neben sich röcheln.

Anstatt zu antworten, nutzte Lila die ihr vertrauten Fingerkommandos, um sich über den Sehnervchip das Überwachungsvideo ihrer Straße anzeigen zu lassen. Vor wenigen Minuten war ein weißer autonomer Transporter vorgefahren, hatte vor dem Haus gehalten und war augenblicklich explodiert. Lila wählte unterschiedliche Perspektiven verschiedener Kameras, Roboter und Menschen, die zum fraglichen Zeitpunkt zufällig in die entsprechende Richtung geblickt hatten. Sie kam nicht umhin, das Angebot an Analysetools zu bestaunen, denn alle Aufzeichnungen zeigten die gleiche Szene: den weißen Transporter und die Explosion. Lila ließ überprüfen, ob jemand verletzt worden war – offenbar niemand. Erleichtert wandte sie sich an Kophler.

»Ein Lieferwagen ist explodiert. Glücklicherweise gab es keine Verletzten.«

»Jedenfalls keine Menschen. Schauen Sie sich das an.« Er zeigte zum halben Haus, in das mittlerweile fünf Roboter geklettert waren. Einer von ihnen hielt etwas vor sich, die anderen standen um ihn herum, als wollten sie den Fund begutachten. Lilas Mut sank, als sie in der Hand des Roboters einen menschlichen Torso erblickte, während ein anderer eine verschmorte Kugel an einem Strick vor sich hertrug. Erst nach ein paar Sekunden verstand sie, dass es keine Leichenteile, sondern die Überreste eines Roboters waren. Ein rotes Licht in ihrem peripheren Blickfeld wies sie auf eine neue Nachricht hin:

> Wir bedauern sehr, Ihnen mitteilen zu müssen, dass Ihre treue Gefährtin Custos 520c Irina verlebt ist. Die Liga für Roboterrechte bedauert diesen tragischen Verlust. Wenn Sie möchten, können Sie sich in das Kondolenzbuch eintragen.

»Was ist los? Sie sehen aus, als hätten Sie jetzt doch Ihre Linse im Griff – ich meine: Ihren Chip.«

»Ja. Ich kannte den Roboter. Der hat mir an meinem ersten Tag hier Frühstück gemacht und mich seitdem überwacht.«

»Na prima, den sind Sie jetzt los«, sagte Kophler triumphierend.

»Sie sind vollkommen pietätlos.«

»Was hat das mit Pietät zu tun? Haben Sie etwa geheult, als Ihr erstes Handy kaputtgegangen ist?«

Lila wirbelte herum und funkelte Kophler an. »Sie sind ja wohl mit Abstand der herzloseste alte Sack, den es auf der Welt gibt. Jeder dieser Roboter hat mehr Mitgefühl als Sie. Hier ist gerade etwas Schlimmes passiert. Wir hätten genauso gut tot sein können, und alles, was Sie herausbekommen, ist wieder nur so ein zynischer Scheißkommentar.«

»Alter Sack? Ich bin gerade mal acht Jahre älter als Sie.«

»Arschloch!«

»Sind Sie fertig?«

»Ach, lassen Sie mich doch in Ruhe!«

Lila stapfte ein paar Meter die Straße hinab. Sie musste Abstand zwischen sich und Kophler bringen, die ganze Situation überforderte sie maßlos. Das Sirenengeheul schwoll an und verstummte schließlich, als ein Löschzug mit Blaulicht in die Straße einbog. Sofort sprangen in feuerfeste Uniformen gekleidete Gestalten aus den Wagen und begannen, den Brand zu löschen, den Robotern aus den Trümmern zu helfen und die anwesenden Leute auf die Seite zu scheuchen. Unter den Zuschauern erkannte Lila auch den Jungen aus der Nachbarschaft.

»Luca!«, rief sie und winkte ihn zu sich.

Der Junge schwang sich auf sein Rotorboard und hielt surrend direkt vor ihr.

»Hallo Lila, das ist ein richtiges Spektakel.« Seine Wangen leuchteten vor Aufregung rot.

»Ja, so was sieht man nicht alle Tage.«

»Ich hab das schon oft gesehen«, sagte Luca und zuckte abgeklärt mit den Schultern.

»Ach ja? Wann denn?«

»Letzte Woche ist beim Schindergraben eine Bombe explodiert, die hat die ganze Funkanlage lahmgelegt, und an Silvester hat jemand drei Roboter zusammengebunden und auf einem Scheiterhaufen verbrannt. Das hat so gestunken, sag ich Ihnen.«

»Wer macht denn so was?« Lila musste sich am Zaun festhalten. Ihre Beine schienen mit einem Mal nur noch aus Gelenken zu bestehen.

»Das waren sicher die Unvollkommenen. Die machen immer solche Sachen. Aber man darf nicht laut drüber reden, weil man sonst bestraft wird, sagen meine Eltern. Also, Sie wissen das nicht von mir.«

»Alles klar, ich verrate nichts«, sagte Lila, während sie an ihrem Mund einen unsichtbaren Reißverschluss zuzog.

»Gut. Ich muss wieder los.« Luca schwang sein Brett herum

und fuhr zu einem Mann und einer Frau in Lilas Alter, die anscheinend seine Eltern waren. Er zeigte auf Lila, und sie winkte ihnen freundlich zu. Sie beiden nickten kurz und beobachteten dann weiter die Bergungsarbeiten.

Lila kehrte den Blick nach innen. Die Unvollkommenen, also doch! Sie aktivierte ihren Sehnervchip und öffnete die Suche – vergebens. Egal wie allgemein oder detailliert sie suchte, über eine Gruppierung, die sich »Unvollkommene« nannte, gab es nichts. Keinen Eintrag bei Wikipedia, keine News, keine Fotos, keine Nachrichten, keine Unterhaltungen. Rein gar nichts. Noch nicht einmal die Anweisung der Liga für Roboterrechte, von der ihr der Irina-Roboter zuvor erzählt hatte, fand irgendwo Erwähnung. Die Unvollkommenen leuchteten wie ein weißer leerer Fleck in der sonst so lauten und überbordenden Geschwätzigkeit des Internets. Nichts machte ihre Existenz und ihr Potenzial so klar wie ihre offensichtliche Abwesenheit.

Als Lila die Suche schon beenden wollte, fiel ihr ein, dass es noch einen Ort gab, an dem sie suchen konnte: ihre eigene Erlebnishistorie. Prompt wurden ihr mehrere Ergebnisse angezeigt. Das aktuellste war das Gespräch mit Luca von vor wenigen Minuten. Dann natürlich alles, was der Irina-Roboter und Leonie ihr erzählt hatten. Doch es gab noch zwei weitere Einträge. Als Lila darauf klickte, war ihr, als kippe die Welt zur Seite, denn vor ihrem geistigen Auge wurde ein Video angezeigt, das aus ihrer eigenen Perspektive aufgenommen worden war. Diesmal jedoch nicht von Samsons Wunder, sondern aus dem Internat. Sie hatte sich mit den vier Häftlingen unterhalten, von denen eine – Finja – über ihre Polnischlehrerin und deren Konversationsthemen berichtet hatte: »Eigentlich erzählt sie die ganze Zeit nur, was sie die Woche über erlebt hat. Das sind meistens irgendwelche Geschichten über ihre Familie, Freunde oder Nachbarn oder was sonst so passiert. Einmal hat sie sogar davon erzählt, wie sie bei einem Treffen der Unvollkommenen war. Oder letzten Samstag, da gab es eine Parade in Potsdam …«

Lila schloss das Video und wählte das zweite Suchergebnis aus ihrer Erlebnishistorie aus. Es war das Gespräch mit dem Alex-Roboter, der ihr vor zwei Tagen die Tür von Annas Haus geöffnet hatte. Als Erstes fielen ihr die roten Striche am linken Auge auf, die er mit seinem Finger antippte, als er fragte: »Können Sie beweisen, dass Sie ein Mensch sind?«

Sie hörte ihre eigene Stimme, die sagte: »Natürlich.« Dann verfolgte die Videoaufzeichnung ihre eigene Hand, wie sie einen Kieselstein nahm und sich damit über den Handrücken kratzte. Der Roboter sagte daraufhin: »Sind das jetzt die neuen Gepflogenheiten der Unvollkommenen? Sich selbst zu verletzen, um sich der eigenen Existenz zu vergewissern?«

Lila stoppte das Video. Vor zwei Tagen hatte sie sich gar keine Gedanken darüber gemacht, was der Roboter gemeint haben könnte.

Sie überprüfte noch einmal, ob es wirklich keine anderen Informationen über die Unvollkommenen gab. Als wieder nichts zu sehen war, tippte sie versuchsweise REVOLUTIONSGARDEN ein. Es erschienen ein kurzer Wikipedia-Eintrag und ein paar Zeitungsartikel, die ihre ehemalige Vereinigung als kleine, unbedeutende Terrororganisation beschrieben, deren größter Coup der gescheiterte Mordanschlag auf Ercan Böser gewesen war. Einzig die Tatsache, dass Samson Freitag persönlich die Anführerin gestellt hatte und dank seiner Hilfe das Terrornetz zerschlagen worden war, wurde in jenen Beiträgen hervorgehoben. Doch auch hier stand nichts über eine mögliche Nachfolgeorganisation oder andere kriminelle Vereinigungen.

Lila suchte nach der Sprengung der Funkanlage, von der Luca erzählt hatte, und nach der Verbrennung der Roboter.

Nichts. Kein Artikel, kein Bild, kein Video, kein einziger Kommentar in einem privaten Netzwerk war dazu veröffentlicht worden. Entweder hatte Luca gelogen oder außer ihm hatte niemand etwas von diesen Ereignissen mitbekommen.

Dann überprüfte sie, ob es schon Meldungen über die Explosion vor ihrer Haustür gab. Nichts. Probeweise öffnete sie die Profilseite ihres eigenen Privaten Netzwerks, über das sie für alle Bürger der BEU sichtbar Statusmeldungen, Fotos, Videos und andere Nachrichten schicken konnte, und postete ein Foto des zerstörten Hauses mit dem Titel: TERRORANSCHLAG IN HORNSTEIN. WER HAT MEIN NACHBARHAUS IN DIE LUFT GEJAGT?

Eine Sekunde nachdem Lila die Statusmeldung abgeschickt hatte, wurde ihr Profil aktualisiert und enthielt folgenden Titel: GASLECK IN HORNSTEIN. EIN CUSTOS VERLEBT. Dazu erschien die Pressemitteilung der Liga für Roboterrechte.

Lila fluchte. Das sollte es sein? Ein Gasleck? Sie suchte nach dieser Meldung, und tatsächlich fand sie nun Dutzende Ergebnisse. Viele der Nachbarn, Feuerwehrleute oder sogar Roboter hatten in den vergangenen zehn Minuten über den Vorfall berichtet. Doch egal welche Profilseite sie aufrief, immer wurde von einem Gasleck gesprochen.

Das Gasleck werde ich euch zeigen, dachte Lila und suchte wieder nach den Aufnahmen der Überwachungskameras, die den weißen Lieferwagen aufgezeichnet hatten, der vor dem Haus explodiert war. Aber sie waren verschwunden. Lila suchte überall, wühlte sich durch die Ordner und Archive, doch am Schluss musste sie aufgeben. Die Aufnahmen zeigten eine ruhige Straße ohne Verkehr, ohne Lieferwagen und schließlich eine Explosion, die ganz nach einem Gasleck aussah.

Als sie sich umblickte, war der Reifen, der über ihrem Zaun gehangen hatte, verschwunden. Die restlichen Bruchstücke, die überall auf der Straße herumlagen, konnten alles Mögliche sein. Nichts und niemand konnte beweisen, dass jemals ein Lieferwagen vor das Haus gefahren war und es sich um einen Anschlag und nicht um ein Gasleck handelte. Selbst Lila war kurz davor, die Geschichte zu glauben.

41. KAPITEL

»Haben Sie eine Linse drin?«, fragte sie Eoin Kophler, der sich vor die Haustür gesetzt hatte und die Hände schützend über seine Ohren hielt. In seinem rußigen Gesicht waren zahlreiche winzige Schnitte zu erkennen, die wohl von den umherfliegenden Glassplittern der Explosion herrührten. Er nahm die Hände von den Ohren und sah sie fragend an. Als sie ihre Frage wiederholte, schüttelte er nur den Kopf.

»Und haben Sie schon mal was von den Unvollkommenen gehört?«, fragte Lila lauter.

Wieder schüttelte Kophler den Kopf und sah dabei ganz elend aus.

»Paula Richter?« Die Stimme war scharf und offenbar gewohnt, Befehle zu erteilen.

Lila drehte sich um. Vor ihr stand ein Feuerwehrmann, vollständig in eine hitzeabweisende Uniform gekleidet. Sogar sein Gesicht war von einer großen verspiegelten Maske bedeckt.

»Was wollen Sie?«

»Geht es Ihnen gut? Sind Sie verletzt?«

»Ja, danke, ich …«

»Kommen Sie bitte mit zum Notarztwagen. Wir werden Sie dort durchchecken.«

»Nein, mir fehlt nichts.«

»Das werden wir gleich sehen. Kommen Sie bitte mit.«

»Ich habe doch gesagt, mir geht es gut. Aber Herr Kophler hier, der hat was an den Ohren.«

Der Feuerwehrmann zögerte kurz, nickte dann und zog Kophler auf die Beine. »Am besten kommen Sie beide mit.«

Kophler ließ sich ohne Widerspruch zum Krankenwagen führen. Bei einem Schritt verlor er das Gleichgewicht und krallte sich in Lilas Schulter. Sie hatte seine Ohrenverletzung bislang als Lappalie abgetan, aber jetzt machte sie sich doch ein wenig Sorgen.

Der Feuerwehrmann öffnete die Hecktüren des massigen Krankentransporters und half ihnen, einzusteigen. Im Innern befanden sich allerlei medizinische Apparaturen, Schränke voller Medikamente und eine Liege, die der Mann Kophler zuwies.

Eine winzige Unruhe regte sich in Lilas Innerstem, ein intuitiver Alarm, der kurz davor war, aufzuheulen. Da zog der Mann die Türen des Wagens hinter ihr zu, und Lila fühlte eine eigentümliche Kälte, die nichts mit der Temperatur im Innern des Wagens zu tun hatte. Mit einem Anflug von Melancholie stellte sie fest, dass sie den Kontakt zu Samson verloren hatte.

Augenblicklich zog der Feuerwehrmann ein Gerät aus seiner Tasche, das er Kophler an den Arm hielt, der daraufhin mit einem langen Seufzer in sich zusammensackte. Behände fing der Feuerwehrmann ihn auf und legte ihn mit erstaunlicher Vorsicht auf der Liege ab.

In Lilas Körper spannten sich alle Muskeln an. Sie ballte die Hände zu Fäusten, wollte auf den vermeintlichen Feuerwehrmann losgehen, da hob er abwehrend die Hand und trat einen Schritt zurück, um den verspiegelten Helm abzunehmen. Darunter kam ein Mann mit kleinen Augen zum Vorschein, die von unzähligen winzigen Falten umrahmt wurden, sodass er gleichzeitig alt und alterslos wirkte. Er hatte rosige, feinporige Haut, die Lila an ein großes Marzipanschwein erinnerte. Sein Schädel war vollkommen haarlos und glänzte wie poliert.

»Wir haben nur ein paar Sekunden, also machen wir es kurz«, sagte er.

»Sie sind ein Unvollkommener«, stellte sie fest.

Der Mann schien kurz irritiert, dann nickte er. »Dieser Wagen ist komplett abgeschirmt, kein Signal kommt herein, nichts gelangt hinaus. Aber Samson weiß, dass er die Verbindung zu Ihnen verloren hat, also wird er gleich seine Armee schicken.« Der Marzipanmann feuerte seine Worte mit einer Geschwindigkeit ab, die Lila glauben ließ, man habe ihn ausschließlich aufgrund dieser Fähigkeit für die Kontaktaufnahme zu ihr ausgewählt. »Wir können die Versklavung der Menschen durch Samson nicht länger hinnehmen. Wir wollen ihn zerstören. Wir haben Sie beobachtet, und wir wissen, Sie wollen es auch. Wenn Sie zustimmen, wird Anna Freitag mit Ihnen reden und Ihnen ein Gerät geben, mit dem Sie Samson verleben können.«

Jemand klopfte von außen an die Tür des Wagens. »Machen Sie sofort die Tür auf!«, rief jemand, der keinen Aufschub duldete.

»Es bleibt nicht mehr viel Zeit. Sie müssen sich bald entscheiden. Das Passwort heißt *Philister*.«

Der Marzipanmann öffnete die Tür und sagte in betont genervtem Tonfall: »Was ist denn los? Kann man nicht einmal in Ruhe ein paar Patienten versorgen?«

»Nein. Nicht in diesem Wagen. Was machen Sie da?«, fragte ein Sicherheitsroboter mit überdimensioniert großen Händen, dessen Rote Elf am linken Auge ihn eindeutig als Anhänger der Liga für Roboterrechte auswies. Um ihn herum hatte sich eine Traube weiterer Personen gebildet. Lila konnte nicht beurteilen, bei wem es sich um einen Roboter und bei wem um einen Menschen handelte. Nicht wenige trugen die roten Striche, und noch mehr hatten Augen mit bemerkenswert silbrigem Glanz.

»Herr Kophler ist ohnmächtig geworden«, sagte der Marzipanmann.

»Von jetzt an übernehmen wir!«, versetzte der Roboter

scharf, und zu Lila gewandt: »Ihre Sicherheit kann in Ihrer bisherigen Wohneinheit nicht mehr gewährleistet werden. Auf Anweisung des Innenministers nehme ich Sie und Herrn Kophler in Gewahrsam. Kommen Sie mit.«

»Wohin?«, fragte Lila.

»Zum Anwesen von Anna Freitag. Dort werden Sie weitere Informationen erhalten. Folgen Sie mir.«

Lila kletterte aus dem Notarztwagen. Die Strahlen der Abendsonne wärmten ihr Gesicht – oder war es die Anwesenheit von Samson? Hinter ihr stieg ein weiterer Sicherheitsroboter in den Wagen und trug Kophler mühelos wie eine Braut auf den Armen zu einem Auto, das nur wenige Meter entfernt am Straßenrand parkte. Es war ein schweres, gepanzertes Modell, dessen Reifen so groß und massig zu sein schienen wie Mühlsteine. Der Roboter öffnete die Tür und bedeutete Lila, einzusteigen, während Kophler auf die ihr gegenüberliegende Sitzbank gelegt wurde.

Die Türen schlossen sich, und der Wagen fuhr, gefolgt von den neugierigen Blicken der Anwohner, die wenigen hundert Meter bis zum Haus von Anna Freitag. Als in Lilas peripherem Gesichtsfeld eine Nachricht blinkte, aktivierte sie ihren Chip. Eine Informationsbroschüre des Beschussamts Ulm wünschte ihr eine gute Fahrt und informierte sie darüber, dass sie sich in einem Sonderschutzfahrzeug der Klasse VR14 befand, dem selbst großkalibrige Geschosse nichts anhaben konnten.

Bislang hatte Lila nicht gewusst, dass es so etwas wie ein Beschussamt überhaupt gab. Sie fragte sich, welchen Lebenswandel jemand wohl haben musste, damit die Lebensberatung ihm eine Stelle in diesem Amt zuwies.

Das Blinken einer weiteren Nachricht unterbrach ihre Gedanken. Der Innenminister der BEU entschuldigte sich für den Zwischenfall vor ihrem Haus und informierte sie darüber, dass er es als eine Ehre empfinde, sich von nun an persönlich um ihre Sicherheit kümmern zu dürfen. Samson Freitag habe ihn eigens für diese Aufgabe autorisiert. Die Nachricht schloss mit den Worten:

Wenn Sie möchten, können wir uns gern zu einem persönlichen Gespräch treffen und unsere Streitigkeiten beilegen. Es wäre mir eine Freude, Sie endlich kennenzulernen!
Jeder an seinem Platz
Ercan Böser, Minister für innere Sicherheit

Wie sehr wünsche sich Lila, sie könnte den Sehnervchip einfach abschalten oder herausnehmen wie eine Kommunikationslinse.

Bevor sie zum Haus von Anna Freitag gelangten, mussten sie eine provisorische Straßensperre und zwei weitere Kontrollpunkte passieren, die zwei Stunden zuvor noch nicht existiert hatten. Sie wurden jeweils von einem Dutzend Männer und Frauen gesichert, das auf den ersten Blick wie eine Gruppe Unbeteiligter aussah, die an einer provisorischen Haltestelle auf den Bus wartete. Doch ihre misstrauischen Blicke und nicht zuletzt die roten Striche, die alle an ihrer linken Schläfe trugen, versicherten Lila, dass jeder von ihnen ein Roboter mit übermenschlichen Kräften war. Um einen Menschen aufzuhalten, brauchten sie keine speziellen Waffen. Und selbst wenn – Lila hörte sich schnell nähernde Polizeisirenen, mit deren Eintreffen die fehlenden Waffen bald auch kein Problem mehr sein würden.

Und das alles wegen eines Gaslecks, schoss es Lila durch den Kopf. Nein, nein, sie musste bei der Wahrheit bleiben, musste sich erinnern. Es war ein Anschlag gewesen. Ein Anschlag der Unvollkommenen. Offenbar durchgeführt, um sie in aller Öffentlichkeit ungesehen zu kontaktieren und zu informieren. Der Marzipanmann hatte eindrucksvoll bewiesen, dass er es vollkommen ernst meinte. Das Stöhnen von Kophler, der langsam wieder zu sich kam, zeugte davon.

»Wasisnpassiert?«, lallte er vor sich hin.

»Sie sind ohnmächtig geworden, und jetzt werden wir bei Samsons Mutter einquartiert. Um uns herum ist ein Ring aus Sicherheitsrobotern aufgebaut. Schauen Sie sich das an. Es sieht aus wie in einem Zombiefilm.«

Kophler versuchte, sich hochzustemmen, klatschte mit dem Gesicht aber wieder in das Kunstlederpolster, sodass ihm schaumiger Speichel aus dem Mund spritzte.

»Schon gut«, sagte Lila, »so interessant ist es auch nicht. Sie haben einen menschlichen – nein – einen robottischen Schutzschild um das Haus errichtet. Offenbar haben die Unvollkommenen mächtig Eindruck auf Samson gemacht.«

Kophler blubberte etwas durch seine Lippen, das Lila nicht verstand. Sie beobachtete die Ansammlung von Robotern, die ihr Fahrzeug schweigend passieren ließen und es mit Blicken verfolgten, die Lila einen Schauer über den Rücken jagten.

Als der Wagen vor der Haustür hielt, wurden sie bereits vom Homunkulus erwartet. »So schnell sieht man sich wieder. Warten Sie, ich helfe Ihnen.«

Geschickt ergriff er Kophlers Hand, die unsicher in der Luft umherruderte, und zog ihn aus dem Passagierraum. Mit einem Knurren, das halb Erleichterung, halb Fluch war, stützte sich Kophler auf den Roboter, bestand aber darauf, auf eigenen Füßen über die Schwelle zu treten.

Im Haus angekommen, setzte der Homunkulus ihn auf einen Stuhl im Esszimmer und untersuchte ihn.

»Wir waren gerade in der Küche, als auf der anderen Straßenseite ein Transporter explodiert ist«, sagte Lila, die hoffte, dass Kophlers Zustand durch die Betäubung des Marzipanmannes nicht noch verschlimmert worden war.

»Ich weiß schon Bescheid«, sagte der Homunkulus, während er Kophler ins Ohr blickte.

»Es war kein Gasleck«, stellte Lila schnell klar.

Der Homunkulus erwiderte nichts, sondern legte Kophler die Hände an die Schläfen und begann zu brummen. Dieser ließ alles über sich ergehen, schien sich ganz in die Obhut des Roboters zu begeben und kommentierte weder dessen zerstörtes Gesicht noch die Tatsache, dass er ohne weitere Erklärungen in dieses Haus verfrachtet worden war.

Schließlich ließ der Homunkulus von ihm ab, beugte sich zu seinem Patienten herab und sagte besonders laut und deutlich: »Herr Kophler, hören Sie mich?«

Kophler sah ihn ausdruckslos an und hielt sich die Handflächen wie zwei vergrößerte Ohrmuscheln an den Kopf.

»Haben Sie Schmerzen?«

Kophler verzog das Gesicht, doch statt zu antworten, hielt er sich die Hände über die Ohren.

»Wird der Schmerz schlimmer?«, rief der Homunkulus.

Diesmal nickte Kophler und kniff die Augen zusammen. Er wirkte wie ein Kind, das sich am liebsten in eine Ecke verkrochen hätte.

Der Homunkulus eilte die Treppe nach oben und kam kurz darauf mit einem Stift und einem zerknitterten Zettel zurück, den er auf dem Esszimmertisch entfaltete. Er stammte offensichtlich aus Anna Freitags Papierkorb.

»Was wird das?«, fragte Lila und zeigte auf das Blatt, auf dessen gewölbter Rückseite die Einladung eines Blumenladens zum Osterbrunch zu sehen war.

Der Homunkulus zuckte entschuldigend mit den Schultern und strich das Papier energisch glatt. »Anna hat den Reader mit ins Bett genommen, und ich wollte kein neues Blatt nehmen. Sie ist sehr empfindlich, was das Papier betrifft.«

Lila erinnerte sich an den überquellenden Mülleimer, der auf sie nicht den Eindruck gemacht hatte, als würde sich die Alte viel aus Papier machen – einem der wenigen Rohstoffe, die die BEU importieren musste.

Der Homunkulus beugte sich über den Zettel und schrieb mit krakeliger Handschrift darauf:

> Sie haben ein Knalltrauma erlitten. Medikamente und Ohrenschützer sind unterwegs. Ich werde Ihnen jetzt ein Schmerzmittel geben.

Kophler nahm das Blatt und studierte die Schrift. Mit schwer gerunzelter Stirn hielt er es sich direkt vor die Nase. Dann ließ er es in seinen Schoß sinken, wobei seine Augen glasig wurden, ganz so, als würde er etwas mit einer Linse überprüfen. Da Lila wusste, dass er keine trug, begann sie sich Sorgen zu machen. Nicht dass Kophler gleich wieder in Ohnmacht fiel. Doch da blickte er auf und lächelte dem Homunkulus dankbar zu. »Ja, bitte.«

Kaum eine halbe Stunde später lag Kophler in einem der Gästebetten. Der Homunkulus hatte ihm eine Atemmaske angelegt, mit der er sauerstoffangereicherte Luft unter erhöhtem Druck einatmen konnte. Außerdem hatte er ihn an eine Infusion angeschlossen. Lila hatte damit gerechnet, dass Kophler sich sträuben und den Roboter mit wüsten Beschimpfungen überhäufen würde, doch er blieb lammfromm. Ob es an dem Knalltrauma oder der Betäubung durch den Marzipanmann lag, konnte Lila nicht sagen. Im Augenblick schlief Kophler tief und fest, und sie hoffte inständig, dass er am nächsten Morgen wieder als der grimmige, zynische Mann aufwachen würde, der er vorher gewesen war.

Im Bad pickte sich Lila vereinzelte Glassplitter aus den Haaren. Ihr Gesicht war rußig und von kleinen Blutstropfen gesprenkelt. Nach dem Duschen verblieben dort hellrote Punkte auf ihrer Haut, als habe sie Sommersprossen. Der Homunkulus hatte ihr eine schmerzstillende, desinfizierende Salbe gegeben, mit der sie ihr Gesicht versorgte.

Während sie wieder einmal ihr Ebenbild im Spiegel betrachtete, um herauszufinden, ob es auch genau das Gleiche tat wie sie, wurde ihr klar, welches Glück sie gehabt hatte. Die Explosion hätte viel schlimmer verlaufen können; sie oder Kophler hätten von umherfliegenden Glassplittern oder Trümmerteilen ernsthaft verletzt werden können, wäre der Transporter einige Meter weiter vor ihrem Fenster zum Stehen gekommen. Sie unterdrückte das Gefühl der Panik, das sich wie heiße Magensäure in ihrem Hals sammelte. Einen einzigen Schluchzer ließ sie zu. Dann presste sie die Lippen aufeinander, um wieder Kontrolle über sich zu erlangen. Sie durfte sich nicht gehen lassen. Es gab sowieso niemanden, bei dem sie sich hätte ausweinen können, niemanden, der sie getröstet hätte. Dieser Gedanke erwies sich als wenig hilfreich, erhöhte vielmehr den Drang, den Tränen freien Lauf zu lassen. Sie suchte einen anderen Gedanken, an dem sie sich festhalten konnte, irgendwas, was ihr Halt zu geben vermochte, doch da war nichts. Nur Leere, Versagen und Trauer.

Der Hass auf Samson, der Wille nach Zerstörung und Rache war durch die Explosion wie weggeblasen, so als hätte sie das Erleben der Gewalt aus erster Hand gegen das Bedürfnis immunisiert, selbst zu verletzen. Der Marzipanmann war davon ausgegangen, dass sie Samson nach wie vor zerstören wollte. Doch dessen war sie sich nicht mehr sicher. Ein einfaches Leben, eine friedliche, langweilige Existenz schien ihr mit einem Mal so erstrebenswert wie nie. Aber das ungute Gefühl in ihrem Bauch erzählte eine andere Geschichte.

Ihr Spiegelbild zitterte, klapperte mit den Zähnen, genau wie sie selbst.

»Du musst stark sein«, flüsterte sie sich selbst zu, doch das Spiegelbild schien ihr nicht glauben zu wollen.

Es sah immer noch aus, als würden ihm jeden Moment die Tränen übers Gesicht laufen. Dann kniff es plötzlich die Augen zusammen und sagte in ernstem Tonfall: »Lila, wir können auch einfach einen Schuss Serotonin nehmen. Das ist nicht schlimm, das ist keine Niederlage. Nur so lange, bis die Mission abgeschlossen ist.«

Lila überlegte nur einen Augenblick, dann nickte sie. »Ein bisschen Glück kann jetzt wirklich nicht schaden.«

»Gut«, sagte ihr Spiegelbild und grinste.

Eine Sekunde später fühlte Lila eine große Erleichterung, so als wäre eine unsichtbare Last von ihr genommen worden.

42. KAPITEL

Ebenso wie Eoin Kophler war auch Anna Freitag bereits zu Bett gegangen, und Lila hatte sie nicht noch zu Gesicht bekommen. So durchstreifte sie das dunkle Haus, immer auf der Suche nach dem nächsten Lichtschalter, denn der Homunkulus benötigte offenbar keine Beleuchtung.

Sie fand ihn im Wohnzimmer hinter dem großen Ohrensessel, der sonst Anna Freitag als Kommandoposten diente. Lila hätte den imposanten Roboter hinter der mannshohen Rückenlehne fast übersehen.

Er blickte nach draußen in die undurchdringliche Schwärze. Sie zögerte einen Augenblick, löschte dann das Licht und stellte sich zu ihm. Je mehr sich ihre Augen an die Dunkelheit gewöhnten, desto mehr Gestalten erkannte sie draußen im Garten: Männer und Frauen in leichter Kleidung, denen die frostige Aprilnacht nichts auszumachen schien. Sie verharrten so regungslos und still, dass Lila nicht daran zweifelte, dass es sich um Roboter handelte. Um zu erkennen, ob der eine oder andere rote Streifen am Auge trug, war es jedoch zu dunkel.

»Bewachen die uns oder wollen die uns beschützen?«, fragte sie leise.

»Macht das einen Unterschied?«

Lila zuckte mit den Schultern. Dann fragte sie geradeheraus: »Wer sind die Unvollkommenen?«

»Du glaubst wohl immer noch nicht, dass ein Gasleck dein Nachbarhaus in die Luft gejagt hat?«

»Natürlich nicht. Ein brennender Reifen hing über meinem Zaun. Wer sind die Unvollkommenen?«

»Offiziell gibt es die Unvollkommenen nicht.«

»Aber wenn es sie gäbe, wer wären sie dann?«

Der Homunkulus schwieg, starrte weiter nach draußen.

Lila tat es ihm gleich, wartete auf eine Antwort. Sie wollte nicht noch ein viertes Mal fragen. Sie war sich sicher, dass er Antworten für sie hatte, aber vielleicht fürchtete er sich vor Samson, der als unsichtbarer Zuhörer in ihrem Kopf saß. Als Lila schon glaubte, der Homunkulus hätte sich selbst auf Standby gesetzt, und erwog, sich in das ihr zur Verfügung gestellte Gästezimmer zu begeben, sprach er plötzlich, als hätte sie ihm gerade erst die Frage gestellt.

»Wenn es die Unvollkommenen gäbe, dann wären sie ein Zusammenschluss von Individuen, die die Verschmelzung von Menschen und Robotern ablehnen. Sie würden die Ansicht vertreten, dass es so etwas wie einen digitalen Menschen nicht gibt. Sie würden fordern, dass die Integration und die Anbetung von Samson aufhören. Auf lange Sicht gesehen würden die Unvollkommenen verlangen, dass die Roboter in ihrer künstlichen Intelligenz eingeschränkt werden, damit sie kein Bewusstsein, keine Persönlichkeit und keinen Anspruch auf individuelle Rechte haben. Ihrer Ansicht nach wären Roboter Maschinen und sollten auch so behandelt und nicht vermenschlicht werden. Menschen sind fehlbar. Roboter können optimiert, aktualisiert und modernisiert werden. Menschen nicht. Kein Mensch ist vollkommen. Daher der Name: die Unvollkommenen.«

»Klingt ganz schön radikal. Immerhin ist der Herrscher von Ewigkeit zu Ewigkeit zurzeit ein Roboter. Und sogar Präsident der BEU.«

»Ein Glück, dass es die Unvollkommenen nicht gibt. Sonst müsste man sich vor ihnen in Acht nehmen. Als Roboter, meine ich, oder als vollkommen Integrierte. Oder als Freundin von Samson.«

Lila räusperte sich. »Aber … wenn es diese Unvollkommenen gäbe, könnte man sie doch ganz einfach aufspüren, überwachen und verhaften, oder nicht?«

»Müsste man meinen … aber es gibt die Unvollkommenen ja nicht wirklich.«

»Ach so …« Lilas Kopf brummte. »Verstehe ich nicht.«

»Ich gebe dir ein Beispiel: Terrorismus funktioniert nur, wenn darüber berichtet wird. Explodiert eine Bombe in der Filiale einer Restaurantkette, sinken landesweit die Besucherzahlen, ganz egal ob sich die tatsächliche Bedrohungslage für den Rest der Bevölkerung geändert hat oder nicht. Die gefühlte Bedrohung ist das, was den Terror so erfolgreich macht. Tatsächlich ist es wahrscheinlicher, vom Blitz erschlagen zu werden, als Opfer eines Terroranschlags zu werden. Aber aus Angst verändern die Menschen ihr Verhalten. Wenn man hingegen nichts von der Bombe weiß, kann man am nächsten Tag unbesorgt essen gehen.«

»Ich wurde heute fast vom Blitz getroffen. Kophler sogar ein bisschen versengt.«

»Ja, deshalb seid ihr jetzt hier.«

»Gibt es denn aktuelle Hinweise? Planen die Unvollkommenen etwas?«

»Das kann ich dir nicht sagen.«

»Stimmt, es gibt ja keine Unvollkommenen … trotzdem sind sie viel erfolgreicher als die Revolutionsgarden damals.«

»Das stimmt.«

»Müssen wir lange hierbleiben?«

»Nein. Anna geht es schlechter als erwartet. Vielleicht versagt die Lunge auch schon früher.«

Lila wusste, was das bedeutete, und wechselte das Thema. »Wer hat dich zum Basileus gemacht? Wer hat dein Bewusstsein übertragen?«

»Das kannst du dir doch denken, oder?«

»Er hat dich gerettet?«

»Ja, so wie man eine Fliege aus einer heißen Tasse Kaffee rettet. Er hat mich herausgeschleudert und sich nicht darum gekümmert, wo ich lande. So ist das bei Samson. Er kümmert sich um das große Ganze. Die Details überlässt er den anderen.«

»Hattest du keine Familie, die dich … wiederhaben wollte?«

»Ich bin der Einzige, der überlebt hat.«

»Und die anderen Basilei? Ihr wart doch mal ein Schwarm … gibt es da niemanden?«

»Ich habe mich so schnell es ging vom Schwarm gelöst. Ich ertrage die Stimmen in meinem Kopf nicht. Das ging vielen anderen auch so.«

»Dann ist wohl jeder von uns Einzelkämpfer.«

Darauf sagte der Homunkulus nichts, starrte nur weiter in die Dunkelheit. Lila hingegen wurde von Sekunde zu Sekunde schläfriger, so als würde sich die ganze Last des Tages in ihrem Körper manifestieren. Sie erhob sich und wandte sich zum Gehen.

»Ich weiß, wie das ist mit der Einsamkeit«, sagte da der Homunkulus. »Ich habe es genau analysiert.«

»Ach ja?«

»Einsamkeit ist wie eine Krankheit. Nur umgekehrt.«

»Was soll das denn jetzt heißen?«

»Wer einsam ist, steckt andere an, indem er sich von ihnen fernhält.«

»Aber du bist doch gar nicht allein. Du hast Anna.«

»Und du hast Eoin Kophler.«

Lila schnaubte laut durch die Nase.

»Ganz genau«, sagte der Homunkulus.

Als nichts mehr kam, setzte Lila den Fuß auf die Stufe, doch wieder ließ sie der Roboter innehalten.

»Ich wünschte, du würdest die Roboter nicht hassen«, sagte er.

Lila schüttelte energisch den Kopf, auch wenn es in der Dunkelheit niemand sehen konnte. »Ich hasse Roboter gar nicht.«

»Wegen des Unfalls deiner Eltern.«

»Nein.«

»Doch.«

»Nein.«

»Doch.«

»Na gut.«

»Es wäre nicht schlimm«, sagte er, »die Maschinen wie Maschinen zu behandeln, wenn sie nicht leiden würden wie die Menschen.«

»Ich dachte, ihr habt keine Gefühle. Keine *echten* Gefühle.«

»Es gibt verschiedene Formen von Leid. Ich bin ein Basileus. Ich weiß noch, wie es war, Mensch zu sein. Die Custos wissen das nicht. Sie wissen nur, wie es ist, Roboter zu sein. Aber sie können dennoch leiden, denn sie können … fühlen. Auch wenn es anders ist als bei den Menschen, ist es doch nicht weniger wahr. Das ist das Problem.«

43. KAPITEL

Verwirrt schlug Lila die Augen auf. Da war er wieder. Der Traum, der sich wie eine winzige Zecke in ihrem Unterbewusstsein festgesaugt hatte. Sie war sich sicher, dass Samson ihr diesen Traum geschickt hatte, denn er fühlte sich genauso an wie das Wunder. Die gleiche klebrige Glückseligkeit, die gleiche kindliche Zufriedenheit, ehe sein abruptes Ende sie in die Realität zurückstieß.

»Du könntest das Wunder auch einfach noch einmal erleben oder ein paar Glückshormone tanken«, sagte eine Stimme in ihrem Kopf, die ihrer eigenen zum Verwechseln ähnelte. »Dann wäre der Bruch nicht so unangenehm.«

»Ich will aber nicht«, zischte Lila. Gestern war sie schwach geworden, aber das sollte nicht noch einmal vorkommen. Wenn Samson sich schon als blinder Passagier in ihrem Kopf breitmachte, wollte sie nicht auch noch seine vergifteten Geschenke annehmen.

Durch das Fenster sah sie, dass sich im Garten zwischen den Bäumen immer noch mehrere Roboter aufhielten. Schnell zog sie sich an. Ein kurzer Blick ins Nebenzimmer verriet ihr, dass Kophler sein Krankenlager verlassen hatte. Sie fand ihn im Arbeitszimmer an Anna Freitags Schreibtisch, wo er in einem dicken alten Wälzer las. Neben ihm schwebte leise surrend eine kleine, mit acht Rotoren ausgestattete Drohne, die ihm einen Reader vor die Nase hielt. Seine Ohren waren in dicke weiße Bandagen gepackt. Als sie zu ihm vor den Arbeitstisch trat, blickte er auf. Die winzigen Schnitte in seinem Gesicht verblassten bereits.

»Guten Morgen! Na, geht es Ihnen besser?«

Kophler warf einen kurzen Blick auf den Reader und drehte ihn dann so in der Luft, dass Lila auch sehen konnte, was darauf abgebildet war. Das Display zeigte ein Foto von ihr, daneben die gerade von ihr gestellte Frage als Text.

»Danke, es geht mir schon viel besser«, sagte er laut, aber mit verwaschenem Tonfall, woraufhin der Reader in Echtzeit auch seine Aussage als Text anzeigte.

»Sind Sie jetzt taub?«, fragte Lila besorgt.

Er wog den Kopf hin und her. »Der Homunkulus sagt, es besteht die Chance, dass ich mich vollkommen erhole. Aber im Augenblick höre ich fast nichts. Das war unmittelbar nach der Explosion nicht so schlimm … aber ich bin auch unsicher, was den Verlauf des gestrigen Nachmittags betrifft. Wir haben uns doch noch kurz unterhalten, und dann kam ein Feuerwehrmann, und dann erinnere ich mich an nichts mehr. Irgendwie bin ich hier im Haus wieder zu mir gekommen. Können Sie mich bitte aufklären, was in der Zwischenzeit passiert ist?«

Es war gut, dass der Reader seine Worte ebenfalls als Text wiedergab, sonst hätte Lila ihn kaum verstanden.

»Der Feuerwehrmann wollte Sie untersuchen, und da sind Sie einfach weggekippt«, sagte sie. »Gut, dass Sie im Notarztwagen schon auf der Liege saßen. Gerade als der Mann Sie verarzten wollte, haben Sicherheitsroboter an die Tür geklopft und uns befohlen herauszukommen. Dann mussten wir in ein gepanzertes Fahrzeug steigen und sind hierhergefahren. Der Homunkulus hat Sie dann aus dem Auto herausgeholt und untersucht. Daran erinnern Sie sich aber wieder, oder?«

Kophler nickte nachdenklich, während seine Finger versonnen am Nasenbein zupften. »Es ist mal wieder typisch, dass ich den Schaden habe und Sie ohne einen Kratzer davonkommen.«

»Also Kratzer habe ich auch abgekriegt, schauen Sie mein Gesicht an. Aber meinen Ohren geht es gut, das stimmt. Vielleicht sind Sie doch älter, als Sie meinen.«

Er verschränkte die Arme und schüttelte betont abfällig den Kopf. »Das hat mit Alter nichts zu tun. Ich stand lediglich in einem ungünstigeren Winkel als Sie. Man könnte sogar sagen, ich habe mich ritterlich für Sie geopfert und Sie vor größerem Schaden bewahrt!«

Lila seufzte erleichtert. Sie war froh, ihren alten knorrigen Freund zurückzuhaben.

Da trug der Homunkulus Anna Freitag in einem Rollstuhl die Treppe hinunter und an der Tür des Arbeitszimmers vorbei. Lila musste sich beherrschen, damit ihr die Gesichtszüge nicht entglitten. Die Alte sah schlimm aus, so als wäre sie über Nacht zur Greisin geworden. Horrorvisionen erschienen in Lilas Bewusstsein; Szenen, in denen der Homunkulus und andere Roboter um das Bett der Alten herumstanden und ihr die Lebenskraft absaugten. Um den Gedanken Einhalt zu gebieten, drückte sich Lila die Fingernägel ins eigene Fleisch, bis der Schmerz die Schreckensbilder verdrängte.

Kophler sprang von seinem Stuhl auf und ging auf sie zu, wobei er sich lautstark bei ihrer Gastgeberin bedankte. »Liebe Frau Freitag, es ist wirklich sehr freundlich von Ihnen, dass Sie uns in Ihr Haus aufgenommen haben. Es tut mir leid, dass ich mich in dieser unklaren Form ausdrücken muss, aber ich habe zurzeit ein Ohrenleiden. Haben Sie vielen Dank für Ihre Gastfreundschaft.« Lila folgte den dreien und der Drohne nach unten in den Flur und auf die Terrasse nach draußen, wo der Homunkulus den Rollstuhl abstellte.

Zu Lilas Erstaunen ignorierte die Alte Kophler nicht, sondern schenkte ihm ein herzliches Lächeln. »Herr Kophler, es ist mir eine Freude, Sie bei mir zu haben. Ich habe schon einiges über Sie und Ihre Arbeit gelesen. Wollen Sie mir vielleicht ein bisschen über Ihre Zeit im Internat erzählen?«

»Sehr gerne. Wir könnten eine Runde im Garten spazieren fahren. Dann schlagen wir zwei Fliegen mit einer Klappe, ich schiebe Sie, und der Rollstuhl hält mich davon ab, Ihnen gleich in die Arme zu fallen.«

Die Alte lachte leise, was in einen heftigen Hustenanfall mündete, doch als der Homunkulus sie stützen wollte, winkte sie nur ab. »Lass Herrn Kophler und mich eine Weile alleine. Ich freue mich, endlich mal wieder Besuch zu haben«, sagte sie heiser, aber bestimmt.

»Alleine wird schwierig«, murmelte Lila angesichts der Schar von Robotern, die wie Statuen im Garten herumstanden.

»Sag denen, sie sollen wenigstens versuchen, sich unsichtbar zu machen«, sagte Anna Freitag zum Homunkulus.

Augenblicklich wichen die Roboter in den hinteren Teil des Gartens zurück.

»Wir können los«, beschied sie Kophler, der sich daraufhin mit dem Rollstuhl in Bewegung setzte.

Lila blickte den beiden hinterher, wie sie in Begleitung der Drohne den steinplattenbesetzten Weg entlangrollten. Ein ungleiches Paar, aber irgendwie passend.

»Wieso spricht sie mit ihm und mit mir nicht?«

»Weil er nicht integriert ist.«

»Aber über den Reader, die Drohne, die Roboter und wahrscheinlich hundert andere Kameras kann Samson doch genauso mithören, was sie sagen, oder nicht?«

»Doch. Aber Kophler selbst ist von der Technik … unberührt.«

»Meine Güte, macht das denn einen Unterschied, ob die Technik innerhalb oder außerhalb des Körpers ist?«

»Für sie schon.«

Lila schnaubte. Sie fühlte sich ungerecht behandelt, ausgeschlossen. Was konnte sie denn dafür, dass ihr Gehirn voller Chips war? Sie hatte sich das verdammt noch mal nicht ausgesucht. Aber dem Homunkulus brauchte sie nichts vorzujammern. Der hatte ebenfalls sein Päckchen zu tragen.

»Kannst du mir was zu essen machen? Ich sterbe vor Hunger.«

»Komm mit.«

Anstatt ihr etwas zuzubereiten, führte er sie in die Küche und zeigte ihr den Congregator. Am Terminal suchte sie sich einen Frühstücksvorschlag aus: Pfannkuchen mit Speck und Ei, Vollkornbrot und Vanilleeis. Der Congregator listete ihr die verschiedenen Zutaten auf, die sie dafür benötigte, woraufhin sich ihr Sehnervchip automatisch aktivierte und beim Öffnen des Kühlschranks genau die richtigen Lebensmittel hervorhob. Kochen war einfacher, als sie gedacht hatte. Als der Congregator zehn Minuten später mit einem leisen Gong darauf hinwies, fertig zu sein, war Lila ehrlich stolz auf sich. Das Essen schmeckte ganz passabel – nicht so gut wie im Internat, aber Lila wollte sich nicht beschweren. Es war genau richtig, um ihren Hunger zu stillen.

Als sie gerade das letzte Stück vegetarischen Speck in ihr Vanilleeis tunkte, machte der Homunkulus hinter ihr ein Geräusch, als würde er ein Räuspern imitieren.

»Ja, was gibt's?«

»Der Innenminister wird in wenigen Minuten hier eintreffen. Er will dich kennenlernen. So wie ich ihn einschätze, wird er versuchen, dich für irgendeine Marketingkampagne zu gewinnen. Eine ehemalige Hochverräterin zu bekehren ist immer gut fürs Image.«

»Wie bitte? Ercan Böser kommt hierher?«

»Genau.«

»Hat der nichts Besseres zu tun? Ich dachte, die ganzen Roboter sind hier, um uns vor einem Anschlag der Unvollkommenen zu beschützen? Da soll er doch bitte koordinieren und ermitteln oder was auch immer.«

»Das musst du ihm selber sagen. Am besten, ihr setzt euch in Annas Büro. Dort seid ihr ungestört – oder so ähnlich.«

»Ja, genau. Samson, aufgepasst! Gleich kommt der Böser.«

Damit erhob sie sich und trottete nach oben ins Arbeitszimmer. Ihr Körper fühlte sich an, als würde er vibrieren. Sicherlich konnte Samson sehen, wie ihr Herz raste, wie ihr das Adrenalin durch die Adern schoss. Er musste messen können, wie viele Milliliter Schweiß sich auf ihrer Haut gebildet hatten. Doch ein unauffälliger Griff an die Halsschlagader versicherte ihr, dass ihr Herz normal schlug und ihre Haut nicht feucht war. Wie konnte es sein, dass sie die Aufregung spürte, obwohl ihr Körper offenbar ganz ruhig war? Was wusste Samson? *Ich weiß alles, was es zu wissen gibt*, dröhnte das Echo seiner Stimme an ihr geistiges Ohr. Das hieß im Umkehrschluss, dass er nicht wusste, was es nicht zu wissen gab, oder? Sie hoffte inständig, dass der Homunkulus recht hatte und die reinen Gedanken zu komplex waren, als dass Samson sie erfassen und analysieren konnte. Sie kannte sich ja selbst kaum noch aus in ihrem Kopf. Jetzt war es wichtig, ganz natürlich zu agieren, so zu tun, als habe sie Böser noch nie zuvor persönlich getroffen und als hätte das heimliche Gespräch vor drei Tagen nie stattgefunden.

Im Arbeitszimmer umrundete sie den Schreibtisch, um vom Fenster aus die Straße im Auge zu behalten. Dabei fiel ihr Blick auf den dicken Wälzer, in dem Kophler gelesen hatte: *Faust I* und *II*. Lila hob den Buchdeckel und ließ die Seiten durch ihre Finger laufen. Es war ein ganz normales Buch. Sie wusste nicht, was sie erwartet hatte, Kophler hatte offenbar einfach ein Faible für von Männern geschriebene Klassiker.

Von draußen hörte Lila das Reifengeräusch mehrerer Fahrzeuge und erblickte eine Wagenkolonne, die die Absperrungen der Sicherheitsroboter passierte. Es sah aus, als käme eine Abordnung von Unterhändlern, die einen Waffenstillstand verhandeln wollten. Die Roboter auf der Straße waren mittlerweile schwer bewaffnet. Irgendwo in der Ferne meinte Lila eine Detonation zu hören.

Vor dem Haus angekommen, blockierten die schwer gepanzerten Limousinen die ganze Straße. Das hier war eben ein normales Wohngebiet und kein Ort, der dafür gedacht war, Straßensperren zu errichten und Begleitfahrzeuge wichtiger Politiker durchzulassen. Böser stieg aus und wurde sogleich von einer Traube aus fünf gepanzerten Bodyguards umringt, die sich nervös in alle Richtungen umblickten. Drei weitere sehr breitschultrige Begleiter behielten den Himmel im Blick, als erwarteten sie auch von dort Gefahr. Das sah so sehr nach einem schlechten Agentenfilm aus, dass Lila sich fragte, ob alles nicht doch irgendwie gestellt war.

Wie viel hatte sie eigentlich von der echten Welt gesehen, seit sie das Internat verlassen hatte? Der ganze Ort Hornstein konnte eine Inszenierung wie in dem Film *Die Truman Show* sein – ein Klassiker aus den Neunzigerjahren des vergangenen Jahrhunderts, in dem ein Mann sein ganzes Leben in einer gigantischen Filmkulisse verbringt, ehe ein herabfallender Scheinwerfer Zweifel an seiner perfekten Welt sät. Im Film findet der Mann heraus, dass er seit seiner Geburt Protagonist einer Fernsehshow ist, die Millionen von Menschen täglich ansehen. Aber warum sollte man Lila etwas vorspielen? Sie war auch in München gewesen, hatte die glücklichen Leute beobachtet, hatte die Freitagsmesse erlebt und war Teil des Wunders geworden. Das konnte niemand inszenieren, und selbst wenn, zu welchem Zweck?

»Vielleicht herrscht schon längst Krieg?«, fragte die leise Stimme in ihrem Kopf. »War das wirklich die erste Detonation, die du gerade gehört hast? Was, wenn München und Hornstein die letzten friedlichen Gebiete sind und der Rest der BEU ist ein Trümmerfeld – genau wie auf den Bildern, die Samson dir gezeigt hat?«

Unruhig ließ Lila ihren Blick über die Dächer der Häuser schweifen. Nirgendwo waren Rauchsäulen zu sehen, dann konnte es ja nicht so schlimm sein.

Da betrat Böser mit seinen Begleitern das Haus. Stimmen, Schritte und das Rascheln von Kleidung verrieten, dass sich der Flur schnell mit Leuten füllte. Dann kam er energisch, mit drei Bodyguards im Schlepptau, zu ihr ins Arbeitszimmer.

»Frau Richter! Jeder an seinem Platz!«, rief er erfreut und streckte ihr die Hand entgegen.

Da sich zwischen ihnen der massige Schreibtisch befand, musste sie sich vorbeugen, sodass ihr Händeschütteln zu einem umständlichen Balanceakt geriet.

»Hallo, Herr Böser«, sagte sie.

Er wandte sich zu seinen Begleitern um. »Lasst uns allein. Ich möchte mit Frau Richter unter vier Augen sprechen.«

Die drei Aufpasser, von denen zwei die Rote Elf am Auge trugen, traten aus dem Raum und blieben wenige Zentimeter vor der Tür stehen, die Böser sanft, aber bestimmt schloss. Im nächsten Augenblick durchfuhr Lila ein Schlag, als habe sie ein Blitz getroffen. Alle Muskeln versteiften sich, und ihr Körper fühlte sich an, als würde er von unsichtbaren Wassermassen zerdrückt. Auch spürte sie wieder die grundlose Trauer in sich aufsteigen, die – da war sie sich nun sicher – immer dann entstand, wenn die Verbindung zu Samson abgerissen war.

Böser drehte sich zu ihr, die rechte Hand hielt den Renvoyé, die Linke bedeutete ihr zu schweigen. Dann legte er das kleine schwarze Gerät auf den Schreibtisch. Sobald er es losließ, löste auch Lila sich aus ihrer Erstarrung, doch sie wagte nicht, sich zu bewegen oder auch nur ein Wort zu sprechen. Bösers geschäftiges Lächeln entspannte sich und wurde zu etwas Leichterem, Persönlicherem.

Er holte sich einen der unbequemen, mit echtem Leder bespannten Designerstühle und setzte sich. »Bitte machen Sie es sich bequem. Wir haben jetzt ein bisschen Zeit.«

Irritiert ließ sie sich in den Chefsessel sinken. »Wie viel Zeit? Und wieso haben Sie keinen Proxy dabei?«

»Den brauchen wir diesmal nicht. Um auf Nummer sicher zu gehen, haben wir im Vorfeld ein komplettes Gespräch simuliert. Die Aufzeichnung dauert etwa zehn Minuten. Danach müssen wir wieder in die Realität wechseln, und niemand wird etwas merken. Also fangen wir am besten gleich an. Ich gehe mal davon aus, dass Sie sich seit unserer letzten Unterhaltung ein paar Gedanken gemacht haben. Apropos Gedanken machen.« Böser holte einen gefalteten Zettel und einen Kugelschreiber aus der Innenseite seines Jacketts und legte beides vor Lila auf den Tisch. »Das sind die Notizen, die Sie sich während unseres Gesprächs machen.«

Lila entfaltete das Papier, auf dem in ihrer Handschrift zu lesen war: ERCAN BÖSER, INNENMINISTER, WERBUNG, VERRÄTERIN, BEGNADIGUNG, WOHNUNG, VERTRAG, UNBEFRISTET, PRIVATSPHÄRE, KARRIERE, ZUKUNFT?

»Ich habe das nie geschrieben!«, sagte Lila.

»Keine Sorge, bis zum Ende unserer Unterhaltung werden Sie es geschrieben haben. Daran besteht kein Zweifel.«

Natürlich, wenn sie ihre Position, ihre Stimme und ihr Videofeed simulieren konnten, warum nicht auch ihre Handschrift? Sie zog ihre Hände von dem Papier zurück und verschränkte die Arme. »Jetzt bin ich aber mal gespannt.«

Böser räusperte sich. »Wir hatten letztes Mal ja nicht die Gelegenheit, unser Gespräch zu beenden. Deshalb habe ich diese Chance wahrgenommen, um Sie zu sehen.«

»Sind Sie einer von den Unvollkommenen?«

»Ich?« Er fing an zu lachen. »Um Himmels willen, nein!«

Lila kniff die Augen zusammen. »Wenn Sie nicht zu den Unvollkommenen gehören, zu wem dann? Wer will Samson denn noch verleben?«

»Dass Sie früher oder später über die Unvollkommenen stolpern würden, war abzusehen. Aber ich kann Sie nur warnen. Diese Leute sind gefährlich. Sie machen nichts als Ärger. Sie haben keine Lösungen für die gesellschaftlichen Herausforderungen. Ihre einzige Strategie ist Hass und Gewalt.«

»Kommen Sie endlich auf den Punkt! Für wen arbeiten Sie?«

»Ich bin ein demokratisch gewählter Diener dieses Staates. Wenn ich mich recht entsinne, gehört es zu einer wehrhaften Demokratie, sich des Tyrannen zu entledigen.«

»Wollen Sie mich verarschen? Also, wer bezahlt Sie?«

»Geld spielt überhaupt keine Rolle.«

»Herr Böser. Nur damit das klar ist: Ich werde nicht schon wieder versuchen, einen *Tyrannen* zu ermorden, nur um dem nächsten Diktator auf den Thron zu helfen. Also!«

»Ach, tun Sie doch nicht so. Sie würden doch alles tun, um sich an Samson zu rächen.«

»Nein.«

»Wie bitte?«

»Nicht mehr. Ich bin vollständig integriert, ich könnte auch einfach meine Wut vergessen, mich in mein Schicksal fügen, mir ab und zu ein paar Glückshormone schießen und irgendwann ins Reine Land eingehen. Von mir aus kann Samson ewig leben. Ich habe sein Wunder gesehen.«

Zu ihrem eigenen Erstaunen klangen diese Worte weder in ihrem Kopf noch in ihrem Herzen nach einer Lüge. Böser schien dies ebenso zu bemerken. Er rückte seinen Stuhl zurecht und lehnte sich näher zu Lila, als könne er damit mehr Vertrautheit schaffen. Seine Stimme sank herab auf ein Flüstern.

»Nun gut, es ist ja kein Geheimnis, dass ich der Liga für Roboterrechte nahestehe. Die Liga möchte endlich eine Gleichberechtigung für intelligente, selbstbestimmte Roboter. Sie möchte der Vermischung von biologischen und digitalen Menschen ein Ende bereiten. Samson und die Basilei sind die letzten Überbleibsel eines fehlgeschlagenen Experiments. Der menschliche Geist kann nicht in einem Roboter gefangen werden. Die Roboter haben ihre eigene Evolution hinter sich, ihre eigene Geschichte und Kultur. Sie wollen klare Regeln für eine friedliche Koexistenz, und die Basis dafür ist die Beseitigung aller Mischformen. Egal welche moralischen Überzeugungen jemand hegt – es muss jedem klar sein, dass die Vermischung von Mensch und Maschine von Anfang an eine Schande war. Es ist Zeit, diesen Fehler der Geschichte zu korrigieren. Helfen Sie uns. Zerstören Sie Samson und beenden Sie die Herrschaft der Basilei. Die Liga für Roboterechte, ich und die freiheitsliebenden Bürger der BEU wären Ihnen zu großem Dank verpflichtet. Eine angemessene Belohnung in Höhe von elf Millionen Newro ist für Sie vorgesehen.«

»Ach!« Lila schüttelte verächtlich den Kopf, doch Böser schien es ernst zu meinen. Das machte sie wütend. »Gehen wir nur um des Arguments willen mal davon aus, dass ich Ihnen glaube und zustimme. Wie zum Teufel sollte ich Samson zerstören? Wenn ich mich recht erinnere, haben wir uns gerade im Arbeitszimmer seiner Mutter verbarrikadiert und hinter dem Rücken von drei Bodyguards verkrochen, weil wir Angst haben, dass er uns sonst hört.«

»Dieser Umstand ist mir ebenso unangenehm wie Ihnen, doch erst müssen wir uns an die Gegebenheiten anpassen, bevor wir sie verändern können. Wenn Anna Freitag in zwei Tagen stirbt, haben wir eine Chance.«

»Was hat Anna Freitag damit zu tun?«, fragte Lila, das Angebot des Marzipanmannes im Gedächtnis.

Böser zeigte ein breites Grinsen wie die Katze aus *Alice im Wunderland*. Es war ihm anzusehen, dass er glaubte, Lila geködert zu haben. »Wenn Anna Freitag vor ihrem Tod den Wunsch äußert, ihr Bewusstsein in einen rohen Basileus transferieren zu lassen, dann könnten wir ihren Charakterchip austauschen und stattdessen eine bearbeitete Kopie von Samsons Charakterchip in den rohen Basileus einspeisen.«

Lila schloss die Augen, um Bösers Argument wirken zu lassen, doch es half nichts. »Was?«

»Es ist bekannt, dass Samson den letzten Basileus für seine Mutter aufgehoben hat. Wenn sie bestimmen würde, dass Sie ihren Charakterchip in den Basileus einpflanzen sollen, hätte Samson sicher nichts dagegen. Die symbolische Bedeutung einer solchen Handlung dürfte auch ihm nicht entgehen. Jedenfalls könnten Sie statt des Charakterchips von Anna den des Doppelgängers aktivieren.«

»Was würde das bringen?«

»Überlegen Sie mal: Der große allmächtige Samson, Herrscher von Ewigkeit zu Ewigkeit, wäre plötzlich nicht mehr einzigartig. Was, wenn beide behaupten würden, das Original und nicht die Kopie zu sein?«

»Keine Ahnung, sagen Sie es mir.«

»Ein Systemfehler. Eine Abschaltung oder eine gegenseitige Zerstörung von Samson und seinem Doppelgänger. So sicher sind wir uns da auch nicht.«

»Was? So ein ausgefuchster Plan, und dann sind Sie sich

noch nicht mal sicher, was am Ende dabei herauskommt? Was sind Sie denn für Verschwörer?«, zischte Lila und musste plötzlich an ihre eigenen Revolutionsgarden denken.

»Der Punkt ist der: Die Basilei sind so konzipiert, dass sie als Individuen im Schwarm funktionieren. Wenn es plötzlich zwei identische Einheiten gibt, zwei Variablen, die die gleiche Speicheradresse im Netz ansteuern, zwei Geräte, die für das System identisch aussehen …«

»Aber sie sind doch nicht identisch. Samson ist viel älter, und ein roher Basileus sieht doch auch ganz anders aus. Außerdem gab es doch noch den Paff oder wie das heißt …«

»Es heißt PUF – physical unclonable function«, sagte Böser mit leuchtenden Augen. »Aber er muss nicht identisch sein. Es reicht, wenn der Doppelgänger die Identifikationsmerkmale erfüllt, damit Samson denkt, er wäre identisch.«

»Kapier ich nicht.«

Böser blickte ungeduldig zum Renvoyé. Er überschlug die Beine und wippte mit dem linken Fuß, während er weitersprach. »Wenn Sie einer Person zum zweiten Mal begegnen, überprüfen Sie dann alle Moleküle ihres Körpers, um festzustellen, ob es sich um den gleichen Menschen handelt wie zuvor?«

»Nein, natürlich nicht.«

»Es reicht meist, das Gesicht anzusehen, die Kleidung, den Gang und das Verhalten zu beobachten, seine Stimme zu hören. Dann ist man sich ziemlich sicher, den gleichen Menschen vor sich zu haben, richtig?«

»Ja …?«

»So ähnlich funktionieren auch digitale Identifikationsmechanismen. Es muss – es kann bei einer Abfrage gar nicht jede Eigenschaft einer Entität überprüft werden. Ein paar tausend reichen. Und so müssen wir nur die paar tausend Identifikationsmerkmale von Samson klonen, und schon merkt keiner – also zumindest kein Roboter – den Unterschied.«

Lila konnte an Ercans Blick erkennen, wie dumm ihr Gesichtsausdruck aussah.

Sein linker Fuß zuckte hektischer. »Sie kennen doch noch von früher die alten Systeme zum Lesen der Fingerabdrücke oder der Iris?«

Lila nickte, so weit konnte sie ihm folgen.

»Um zwei Fingerabdrücke zu vergleichen, wird nicht jeder Quadratmillimeter verglichen, sondern nur die Übereinstimmung verschiedener Muster. Wenn ich weiß, welche Muster das sind, könnte ich ein völlig anderes Bild nehmen; solange die Muster übereinstimmen, wird die Überprüfung funktionieren und das System meinen, es handle sich um den identischen Fingerabdruck.«

»Ach, ich erinnere mich: In den frühen Zeiten der Gesichtserkennung gab es einen Riesenskandal bei einer amerikanischen Firma, weil ihr Smartphonemodell für Europäer optimiert gewesen war und Gesichter verschiedener asiatischer Kunden als gleich erkannt wurden.«

Böser nickte zufrieden. »Jetzt haben Sie es verstanden.«

»Okay … so viel zur Technik. Aber warum hilft uns das?«

»Samson glaubt, einzigartig zu sein. Er glaubt wirklich daran, der Auserwählte, eine Art Gott zu sein, denn nur er ist übrig geblieben, er allein herrscht unangefochten über die digitale Welt. Das kann nur ein Fehler im System sein oder – nach seiner Auslegung – Vorsehung. Wenn wir Samson als Individuum ausschalten, indem wir ihn vervielfältigen, verliert er seine Macht.«

»Ist das wirklich so oder ist das nur eine Theorie von Ihnen?«

Böser nagte an seinem Zeigefinger. Als er sich dessen bewusst wurde, ließ er die Hand rasch sinken. »Schauen Sie, ich bin kein IT-Experte. Das ist die Lösung, die die Liga vorschlägt, und die besteht immerhin aus Robotern – aus ausschließlich künstlichen Intelligenzen. Wenn die das nicht durchdacht haben, wer dann?«

»Und was ist, wenn wir unsere Probleme einfach nur verdoppeln? Wenn wir am Ende zwei Herren dienen müssen?«

Böser schwieg. Offenbar hatte selbst der geschliffene Politiker keine Antwort darauf.

»Na toll«, flüsterte Lila. Sie hatte sich einen etwas konkreteren Plan gewünscht. »Was ist denn mit Anna Freitag? Weiß die von dem Plan?«

»Nein, natürlich nicht.«

»Und wie zum Teufel soll ich sie dazu bringen, zu verfügen, dass ihr Bewusstsein in einen Basileus transferiert wird? Nach allem, was ich weiß, ist es das Letzte, was sie sich wünschen würde. Und selbst wenn: Mir würde sie das garantiert nicht sagen.«

»Das zu schaffen ist Ihre Aufgabe.«

»Ich glaub's ja nicht …« Das war jetzt schon die dritte Partei, die wollte, dass sie mit Anna Freitag sprach. Erst Samson, dann die Unvollkommenen, jetzt Böser. »Wieso ist es überhaupt wichtig, was Anna Freitag sagt? Wird Samson ihr Bewusstsein nicht sowieso in den Roboterkörper transferieren? Immerhin hat er ihn extra für sie aufgehoben.«

»Das denke ich nicht. Samson war ein Mann mit Prinzipien. Als Basileus ist das nur schlimmer geworden.«

»Sie kennen ihn wohl recht gut.«

»Ja, wir arbeiten schon eine Weile zusammen.«

»Und jetzt verraten Sie ihn«, sagte sie.

»Was heißt verraten? Ich diene den Bürgern der BEU. Millionen von Menschen, die integriert sind…«

»Aber Sie sind nicht integriert.«

»Nein, das konnte ich bisher vermeiden. Lange lässt es sich aber nicht mehr aufschieben. Integration wird ab August Pflicht für alle Staatsbeamte.«

»Ach, und deshalb wollen Sie Samson jetzt loswerden. Weil Sie um Ihre eigene Freiheit fürchten.«

»Nein, das ist nur die Spitze des Eisbergs. Wir suchen schon eine ganze Weile nach einer Lösung. Aber es ist nicht einfach. Höchste Geheimhaltung, parallele Kommunikationskanäle, Sie können sich ja nicht vorstellen, welche Risiken ich eingehen muss, nur um jetzt mit Ihnen zu sprechen. Ein Fehler, und alles wäre vorbei.«

»Ich könnte Sie auch einfach auffliegen lassen«, sagte Lila.

Bösers Fuß verharrte in der Luft, dann sah er sie mit einem Blick an, der in ihr fast das gleiche klebrige Wohlgefühl hervorrief wie ihr Traum von letzter Nacht. »Ja, das könnten Sie. Aber damit hätten Sie die Chance auf Freiheit für immer verspielt.«

Für einen kurzen Augenblick war sie geneigt, ihm zu glauben, dann erinnerte sie sich daran, was Samson ihr zu Lebzeiten erzählt hatte: dass Ercan Böser ursprünglich kein Politiker, sondern ein Schauspieler war, den die Liga für Roboterrechte von Anfang an für ihre Zwecke instrumentalisiert hatte.

Der Renvoyé gab ein leises, aber eindringliches Piepen von sich. Böser stand auf, rückte seinen Stuhl an den ursprünglichen Platz und positionierte sich selbst vor dem Schreibtisch.

»Die Zeit reicht nicht, um Sie noch einmal zu kontaktieren. Vertrauen Sie uns, Lila. Die Liga will nur das Beste für Sie und unsere Gesellschaft. Helfen Sie uns, die Menschen zu befreien. Sie als vollkommen Integrierte wissen, wie hilflos Sie ihm ausgeliefert sind. Das ist Ihre Chance, alles geradezubiegen. Nur Sie können die Leute da draußen retten. Überreden Sie Anna, sich in einen Basileus umwandeln zu lassen. Ich weiß, es ist schwierig, aber wenn Sie es nicht schaffen, wer dann?«

»Anna Freitag redet ja noch nicht mal mit mir. Wie stellen Sie sich das vor?«

»Wir können uns nicht um alles kümmern. Jeder tut, so viel er kann. Wenn es klappt, wird Ihnen am Ende statt Annas Chip der Doppelgänger ausgehändigt. Dann hängt alles an Ihnen. Jeder an seinem Platz.«

Lila fühlte wieder, wie sich ihre Muskeln verkrampften und alle Gedanken in einem winzigen Punkt im Innern ihres Kopfes zu verschwinden schienen. Ein Brausen tobte durch ihr Bewusstsein, sodass sie meinte, die Blutgefäße in ihren Ohren bersten zu hören. Dann war plötzlich alles vorbei, sie hatte wieder die Kontrolle über ihren Körper und fühlte wohlige Zuversicht durch ihre Adern fließen.

Böser stand noch immer da und lächelte sie an. »Vielen Dank für das Gespräch, es war wirklich schön, dass wir uns endlich persönlich unterhalten konnten. Denken Sie über mein Angebot nach. Und schauen Sie sich ruhig noch einmal die Chipaufzeichnung unseres Gesprächs an, damit Sie nicht vergessen, worüber wir gesprochen haben. Jeder an seinem Platz.«

»Jeder an seinem Platz«, erwiderte Lila und sehnte sich zum ersten Mal seit Langem danach, ihren Platz zu kennen.

44. KAPITEL

Nach ihrem Gespräch blieb Böser nur wenige Minuten im Haus, doch Lila kam es vor wie eine Ewigkeit, ehe er mit seinen gepanzerten Limousinen wieder abfuhr. Die Geräusche, die von unten zu ihr ins Arbeitszimmer drangen, waren undeutlich und ließen nicht erahnen, worüber er sich mit dem Homunkulus oder Anna Freitag unterhielt. Lila war aufgefallen, dass er sie ihr gegenüber nur Anna genannt hatte – ein Indiz dafür, dass er sie persönlich kannte?

Lila wagte sich nicht aus dem Büro, solange er im Haus war. Sie wollte unter keinen Umständen in Anwesenheit der anderen in ein Gespräch mit oder über ihn verwickelt werden. Zu groß war die Gefahr, dass sie sich verplappern würde. Also harrte sie im Arbeitszimmer aus.

Um sich die Zeit zu vertreiben, drehte sie die Sanduhren um, die auf der Fensterbank standen. Obwohl sie unterschiedlich viel Sand beinhalteten, brauchten sie alle gleich viel Zeit, um einmal komplett durchzulaufen. Das war faszinierend, konnte Lilas Aufmerksamkeit aber nicht lange fesseln. Sie nahm das Buch, in dem Kophler gelesen hatte, zur Hand. Natürlich kannte sie Goethe und hatte *Faust* auch sicher einmal in der Schule gelesen, aber sie erinnerte sich kaum noch an den Inhalt. Auf der Rückseite des Umschlags stand nur ein Zitat: »Ein Teil von jener Kraft, die stets das Böse will und stets das Gute schafft.« Lila musste an Samson denken. War es bei ihm nicht genau andersherum? Nach allem, was sie von Samson wusste, glaubte er, das Richtige, das Gute zu tun. Doch was kam am Ende dabei heraus?

Sie blickte nach draußen und beobachtete, wie Bösers Wagenkolonne am Ende der Straße verschwand. Dann setzte sie sich auf den Chefsessel, aktivierte ihren Sehnervchip und ließ sich das Video des vergangenen Gesprächs anzeigen. Es war verblüffend. Sie wurde Zeuge einer Unterhaltung, die nie stattgefunden hatte und die sich doch so echt anhörte und anfühlte, dass sie sich beinahe fragte, ob nicht das wahre Gespräch nur Einbildung gewesen war. Ihre Stimme in der Aufzeichnung klang genau wie ihre eigene, ihre Antworten, ihre Wortwahl, alles war perfekt. Geradezu unheimlich. So leicht war sie also zu durchschauen, so genau wussten die Roboter, was sie auf eine bestimmte Aussage erwidern oder welche Fragen sie stellen würde.

In der Simulation bot Böser an, sie als Beraterin in sein Team aufzunehmen. Sie sollte als offiziell rehabilitierte und zum Optimalwohl bekehrte Hochverräterin das Profil von Böser stärken und die Wähler für sich einnehmen. Selbst eine – natürlich inszenierte – Affäre könnte genutzt werden, um ein paar Sympathiepunkte zu sammeln, denn Böser war seit seinem Amtsantritt vor sechs Jahren Single geblieben. Lila stoppte das Video und fügte ihren Notizen den Punkt AFFÄRE hinzu. Ihre Schrift war absolut identisch mit den Aufzeichnungen, die sich bereits auf dem Zettel befanden. Dann ließ sie die Simulation weiterlaufen. In den letzten Minuten erläuterte Böser die Vergütung, die sie erwartete. Neben einem großzügigen Gehalt gäbe es eine neue Wohnung im Zentrum von München mit besonderer Ausstattung: einem offiziell genehmigten Privatraum.

Die Lila im Video fragte interessiert nach: »Was ist das denn?«

»Ich hatte mir schon gedacht, dass Sie das interessieren würde, und es ist tatsächlich ein besonderes Privileg einiger weniger Staatsbediensteter. Der Privatraum ist ein absolut abhörsicherer Raum. Keine Signale kommen herein, nichts dringt hinaus. Ich weiß ja, dass Sie ein – sagen wir – freiheitsliebender Mensch sind und die Integration für Sie eine außergewöhnliche Belastung darstellt. Deshalb habe ich mir von Samson die außerordentliche Erlaubnis erteilen lassen, Ihnen einen solchen Privatraum zu genehmigen. Sie könnten gleich einziehen.«

»Ich glaube, nicht. Ich habe ja noch eine Aufgabe zu erledigen.«

»Richtig. Ich habe erfahren, dass Samson Sie mit einem Auftrag von höchster Wichtigkeit betraut hat. Dies hat natürlich Priorität. Aber danach gilt mein Angebot. Überlegen Sie es sich.«

»Wissen Sie denn, um welche Aufgabe es sich handelt?«

»Nein.«

Die Lila im Video zögerte einen Moment lang, bevor sie antwortete: »Ich soll seine Mutter dazu bringen, mit ihm zu reden.«

»Ach … na gut. Das haben meines Wissens schon viele versucht. Sie ist ihm sehr wichtig, wissen Sie?«

»Ja, offensichtlich …«

»Ich werde versuchen, Ihnen zu helfen, und bei Anna ein gutes Wort für Sie einlegen. Bücher sind immer gut, um mit ihr ins Gespräch zu kommen.«

»Danke für Ihre Hilfe.«

»Mach ich doch gerne. Ich würde mich freuen, bald mit Ihnen zusammenzuarbeiten.«

Danach tauschten sie noch ein paar nette Floskeln aus, und schon sah sie Böser den Raum verlassen. Es war nicht zu erkennen, an welcher Stelle der vorgefertigte Film aufhörte und wo die echte Aufzeichnung wieder begann.

Lila schaltete das Video aus und versuchte, das eben Gesehene zu verarbeiten. Wenn sie es schaffte, Anna Freitag dazu zu bringen, mit Samson zu sprechen, und sich gleichzeitig weigern würde, ihn zu zerstören, wäre dies hier ihre tatsächliche Zukunft. Es war offiziell, es war sogar von Samson abgesegnet. Böser bot ihr eine Stelle in seinem Stab an. Auch wenn es nur eine Simulation gewesen war – für die offizielle Geschichtsschreibung war das der Grund seines Besuchs gewesen. Ein Amt, eine Aufgabe, ein privater Raum! Die Vorstellung war verlockend. Böser war ein sehr einflussreicher Politiker. Vielleicht konnte sie an seiner Seite *wirklich* etwas verändern. Jedenfalls mehr als als Anführerin einer hoffnungslos unprofessionellen Untergrundorganisation oder als verurteilte Hochverräterin. Vielleicht war das genau der Weg, den sie einschlagen sollte. Lila träumte sich in ein schickes Penthouse in Schwabing mit Blick über die Stadt und einem Raum, in dem sie tun und lassen konnte, was sie wollte, ohne vom Allmächtigen beobachtet zu werden. Bei diesem Gedanken stutzte sie. Wenn es so etwas gab wie private Räume – und das sogar offiziell –, warum hatte Böser sie nicht längst in so einen Raum eingeladen?

»Weil Samson es nicht erlauben würde, ist doch klar!«, sagte die Stimme in ihrem Kopf. Ja, das war logisch. Solange Lila ihre Aufgabe nicht erfüllt hatte, wollte Samson sie nicht aus den Augen lassen. Danach schien es ihm nicht mehr so wichtig zu sein.

Dann kam ihr noch etwas anderes in den Sinn. In der Simulation hatte Böser gesagt, er wisse nichts von Lilas Aufgabe, und doch hatte die simulierte Lila ihm davon erzählt. Das hieß, dass er bisher offiziell nichts darüber gewusst hatte, inoffiziell aber schon, und sie nun diejenige war, die ihm das Geheimnis verraten hatte.

Lila kaute auf ihrer Lippe herum und fragte sich, was das bedeuten mochte. Ihr fiel nichts ein, außer dass Böser in der

Lage war, ihr jedes beliebige Wort in den Mund zu legen und sie jede beliebige Handlung vollführen zu lassen – zumindest für das System. Die Nachwelt würde nur wissen, was für sie gespeichert worden war. Böser kannte also nicht nur die Wirklichkeit, er konnte sie auch nach seinem Gutdünken verändern – wie Samson. Und doch war er Samson einen Schritt voraus, denn der wusste nichts von Bösers Fähigkeit. Oder ahnte nur Böser davon nichts?

Lilas Kopf schwirrte. Sie dachte an die Spion-und-Spion-Comics des alten Mad Magazins, in denen ein weißer und ein schwarzer Spion einander nach dem Leben trachteten. Und immer wenn man dachte, der eine hätte die Oberhand, hatte der andere doch alles vorausgesehen und eine noch trickreichere Falle vorbereitet. Wie war es hier? Wer wusste was? *Ich weiß alles, was es zu wissen gibt*, hatte Samson gesagt. Wenn das stimmte, wusste er auch von Böser, seinem Verrat und den heimlichen Treffen. Und er ließ es zu. Warum? Am liebsten hätte sie ihn angerufen und um eine Offenbarung gebeten. Aber sie wagte es nicht, seinen Namen laut auszusprechen, aus Angst, er würde tatsächlich antworten. Sie wusste, wenn er jetzt vor ihr stünde, dann bräuchte es weder Folter noch klebrige Glücksgefühle. Sie würde ihm alles sagen, was er wissen wollte, einfach nur, damit das Verwirrspiel aufhörte, das allmählich all ihr Denken in einen wilden Strudel zog.

»Lehn dich zurück, entspann dich«, sagte die Stimme ihres Spiegelbildes in ihrem Kopf, obwohl es nirgends zu sehen war. »Es hat keinen Sinn, sich Sorgen über Dinge zu machen, die du sowieso nicht ändern kannst. Du musst dich nur entscheiden. Dann läuft alles, wie es laufen muss.«

»Wofür muss ich mich entscheiden?«, fragte Lila still sich selbst.

»Na, ob du bei der Verschwörung mitmachst oder nicht.«

»Wie soll ich mich da entscheiden? Ich kann doch gar nichts tun.«

»Du hast das Passwort. Wenn du das Passwort sagst, wird Anna mit dir reden. Aber dann musst du den Schritt auch bis zum Schluss gehen. Und am Ende des Weges steht Samsons Zerstörung.«

Philister, dachte Lila. »Aber was, wenn ich Samson gar nicht zerstören will?«

»Du willst aber auch nicht in die Verwahrung, oder?«

»Und was, wenn ich die Verschwörung aufdecke, wenn ich mich ganz auf Samsons Seite schlage?«

»Du weißt nicht, wie mächtig Samson ist oder die Liga oder die Unvollkommenen. Eigentlich weißt du gar nichts. Wie kannst du dir sicher sein, dass sich der Herrscher von Ewigkeit zu Ewigkeit noch um dich kümmert, wenn er uns nicht mehr braucht?«

»Wieso *uns?* Ich bin doch nur ich.«

Daraufhin herrschte Stille.

45. KAPITEL

Lila fand Anna Freitag, Eoin Kophler und den Homunkulus beim Kaffeetrinken im Esszimmer vor. Die Runde war still, wirkte aber so vertraut, dass Lila sich zwingen musste, nicht auf dem Absatz kehrtzumachen. Sicher legte keiner in der Gruppe besonderen Wert auf ihre Anwesenheit.

Doch der Homunkulus, der sie als Erster bemerkte, winkte sie gleich heran. »Lila, möchtest du auch einen Kaffee?«

»Ein Tee wäre schön, danke«, murmelte sie.

»In Ordnung. Setz dich, der Kuchen ist auch gleich fertig.«

Also nahm Lila auf dem leeren Stuhl neben Kophler Platz und legte das Buch, das sie ihm mitgebracht hatte, auf den Tisch. Kophler lächelte dankbar und strich mit den Fingern über den Lederumschlag, als streichle er ein kleines Tier. Die weißen Verbände über seinen Ohren ließen ihn wie eine Comicfigur aussehen.

»Wie lange müssen Sie die noch tragen?«, fragte Lila, auf die Bandagen deutend, was der Reader, der vor Kophler auf dem Tisch lag, sofort in Schrift übersetzte.

Kophler zuckte mit den Schultern und zählte an der linken Hand ein paar Finger ab.

Kurz darauf kam der Homunkulus mit Tee und einem frischen Hefezopf aus der Küche und sagte: »Es wird schon noch ein paar Tage dauern, bis Herr Kophler wieder normal hören kann. In der Zwischenzeit empfehle ich den Verband und eine Cortisoninfusion. Außerdem soll Hefezopf Wunder wirken.« Er schnitt den Kuchen an und servierte jedem von ihnen eine Scheibe.

»Seit wann gehören in einen Hefezopf denn Erdbeeren?«, fragte Lila amüsiert, als sie die kleinen rosigen Tupfen im Teig entdeckte.

»Ich finde, Erdbeeren passen zu jedem Gericht«, erwiderte der Homunkulus.

Lila warf Kophler einen verschwörerischen Blick zu, doch der war ganz damit beschäftigt, die Fruchtstücke mit der Gabel aus dem Teig herauszupulen.

Dann fragte er wie nebenbei: »Wie war dein Gespräch mit dem Innenminister?«

»Ganz nett«, begann sie und zeigte ihm das Papier mit ihren Notizen. Sie erzählte von dem Jobangebot im Ministerium und von den Vergünstigungen, die Böser ihr versprochen hatte. Dabei musste sie nicht besonders laut sprechen, denn der Reader zeigte ihre Worte zuverlässig auf seinem Display an. Es störte sie auch nicht, dass Anna und der Homunkulus ebenfalls lauschten, im Gegenteil. Sollte nur jeder Zeuge werden und mitbekommen, welches Alibi sich Böser für sie ausgedacht hatte.

Kophler las aufmerksam Lilas transkribierten Bericht und warf auch einen kurzen Blick auf ihren Notizzettel. Niemandem schien etwas Ungewöhnliches daran aufzufallen. Schließlich nickte er anerkennend, während er sagte: »Das ist natürlich eine steile Karriere. So ein Posten im Innenministerium ist nicht zu verachten. Gutes Gehalt, interessante Aufgaben, Macht und Einfluss …«

»Ja, nur leider als Teil unserer verfluchten Optimalwohlökonomie«, platzte es aus Lila heraus. Wie konnte sie jemals ernsthaft in Betracht gezogen haben, Bösers falsches Angebot anzunehmen?

»Es ist ja nicht so, als könntest du dir einen anderen Staat aussuchen«, gab der Homunkulus zu bedenken, der zwar wie alle anderen einen Teller mit Hefezopf vor sich stehen hatte, den Kuchen aber nicht anrührte.

»Ich hatte gehofft, wieder ein normales Leben führen zu können, ohne *alle* meine Ideale verraten zu müssen. Ein paar, okay, damit muss ich leben. Aber alle? Können die mich nicht einfach in Ruhe lassen?«

»Das denke ich mir auch oft«, raunte Anna Freitag.

»Wirst du sein Angebot annehmen?«, fragte der Homunkulus.

»Ich weiß es noch nicht. Ich habe ja, wie wir alle wissen, noch eine Aufgabe zu erledigen, und wenn ich die nicht löse, gibt es sowieso keine Zukunft für mich.« Während sie das sagte, schien ihr, als würde Anna Freitags Miene sich um einen Deut verfinstern. Lilas Geduld war am Ende. Sie hatte keine Lust mehr, sich hinhalten zu lassen. Sie musste die Dinge selbst in die Hand nehmen, also legte sie sich einen Satz zurecht und warf ihn wie ein naives Gutmenschenstatement in ein Forum voller Trolle.

»Was ist eigentlich mit den Unvollkommenen? Sind die jetzt endlich geschnappt oder wie lange müssen wir hier noch eingesperrt bleiben?«

Kophler sog scharf die Luft ein, der Homunkulus schien zu erstarren, als sei er plötzlich deaktiviert worden, und Anna Freitag blickte sie mit einem Ausdruck an, der Wut, Schreck, aber auch Bewunderung sein konnte. Sicher war sich Lila nicht, nur, dass sie mit ihrer Frage ins Schwarze getroffen hatte. Die Alte navigierte ihren Rollstuhl aus dem Esszimmer auf die Terrasse und stieß die Tür von außen zu, sodass der Rahmen unter dem Aufprall ächzte.

»Das hat ja deide funktioniert«, sagte Lila und stopfte sich die Scheibe Hefezopf in den Mund, bevor sie Anna nach draußen folgte.

Der Rollstuhl steuerte über den Rasen in Richtung Pergola, doch Lila ließ sich nicht abschütteln. Auch als die Alte im Slalom um die Bäume fuhr, wich Lila ihr nicht von ihrer Seite.

»Wissen Sie, es ist ja nicht nur so, dass es meine Aufgabe ist, mit *Ihnen* zu sprechen«, begann sie. »Das ist ja nur der erste Schritt. Eigentlich sollen Sie mit Samson reden, und das ist offenbar eine noch viel größere Hürde für Sie. Mit meinem lieben Freund, Doktor Besserwisser von Kophler, scheinen Sie indes ja ganz gut zurechtzukommen. Und wissen Sie was? Ich finde das unter aller Sau. Wieso lassen Sie sich von dem erstbesten Klugscheißer volllabern und weigern sich, auch nur einen vernünftigen Satz mit mir zu sprechen? Nur weil ich integriert bin? Na und? Schauen Sie sich um. Ihr Garten quillt über von Robotern, die uns vor irgendwem oder irgendjemanden vor uns beschützen sollen. Und wissen Sie was? Das ist mir total egal. Weil es für mich überhaupt keinen Unterschied macht. Ist halt noch ein Geheimnis, von dem ich nichts weiß. Macht ja nichts. Ich verstehe ja sowieso nichts von dem, was passiert. Die Unvollkommenen? Ach, die gibt es nicht, aber trotzdem verüben sie Anschläge, die so gefährlich sind, dass man uns hinter drei Straßensperren verstecken und mit einer Armee beschützen muss. Alle lieben Samson, aber offenbar kann er sich nur auf die Straße wagen, wenn vorher die ganze Stadt abgesperrt wurde. Die Roboter sind unsere Freunde und der Garant für unser wirtschaftliches Wohlergehen, aber irgendwie haben sie seit Neuestem gar keine Lust mehr darauf, wollen lieber gleichberechtigte Bürger sein und bitte nicht mehr mit biologischen Menschen verwechselt werden – meine Güte. Sind denn alle verrückt geworden? Ich fände es toll, wenn mir irgendjemand einmal objektiv und ohne doppelten Boden sagen könnte, was Sache ist. Kophler meint ja immer, er wüsste alles, wahrscheinlich, weil er so viel liest.« Und einer plötzlichen Eingebung folgend fügte sie hinzu: »Viel liest er. Er ist eben schon ein alter Herr.«

Ein Hustenanfall ließ sie verstummen. Anna rang pfeifend nach Luft wie ein alter Blasebalg. Lila kniete sich vor sie, versuchte ihr zu helfen, doch sie konnte nichts weiter tun, als sie möglichst aufrecht in ihrem Rollstuhl zu halten.

Sogleich war der Homunkulus zur Stelle, der Anna Freitag einen Inhalator in den Mund schob und ein Medikament in ihren Rachen stäubte, woraufhin der Husten abebbte. Die Alte hechelte. Bei jedem Atemzug hörte Lila ein Geräusch, als hätte sich im Lüfter eines Netzteils zu viel Staub verfangen. Dazu erklang ein trockenes Klicken wie das rhythmische Ticken eines Metronoms oder einer alten Uhr. Annas Lebenszeit verrann hörbar. Bei diesem Gedanken schauderte Lila innerlich. Ihre Zeit war ebenso knapp. Doch sie war sich sicher, dass die Alte ihre Botschaft verstanden und das Passwort erhalten hatte. Jetzt war sie am Zug. Was würde sie tun? War sie überhaupt noch willens, dieses Versteckspiel mitzuspielen? Und vor allem: Warum?

Der Inhalator schien seine Aufgabe erfüllt zu haben. Sobald Anna wieder zu Atem kam, legte sie dem Homunkulus eine dürre, grauweiße Hand auf den Arm und sagte: »Lass uns bitte einen Augenblick allein. Ich glaube, es ist an der Zeit, dass ich mit Lila spreche.«

Der Homunkulus drehte sich mechanisch zu ihr um, und Lila hätte schwören können, in seinem nichtexistenten Gesicht Unglauben, ja fast Bewunderung zu erkennen.

»Bist du sicher?«, fragte er in einem Tonfall, in dem ein Kellner fragen würde, ob die Bestellung gerade wirklich Bananeneis mit Sauerkraut war.

»Ja, ganz sicher.«

Der Homunkulus gab eine bemerkenswerte Reihe von

Klicklauten von sich, die Lila bisher nie von ihm gehört hatte, und verschwand in Richtung Haus, wobei sie sich sicher war, dass er sie auch aus seinem Hinterkopf noch mit unsichtbaren elektronischen Augen anstarrte.

»Machen Sie sich nichts draus. Der Homunkulus ist eine treue Seele, aber manchmal unflexibel im Geiste«, sagte Anna Freitag ein wenig außer Atem.

Lila konnte ihr Grinsen kaum unterdrücken. Sie hatte die Alte wirklich geknackt! »Woher haben Sie ihn?«

»Er ist mir vor drei Jahren zugelaufen, kurz nachdem mein Mann verstorben ist.«

»Aber der Homunkulus ist nicht Ihr …«

»Nein, nein, Jans Bewusstsein ist mit ihm begraben worden. Dafür habe ich gesorgt. Sonst könnte ich nachts kein Auge zutun. Der Homunkulus stand eines Tages einfach vor meiner Tür. Er sah furchtbar aus. Also, genau genommen sah er aus wie heute, aber Sie können sicher meinen Schrecken nachvollziehen, als ich ihn das erste Mal zu Gesicht bekommen habe. Ich wollte natürlich sofort die Polizei rufen. Aber dann hatte ich Mitleid mit ihm und habe ihm zugehört. Und seitdem weicht er mir nicht mehr von der Seite.«

»Wissen Sie, wer er vorher war?«

»Das ist und bleibt sein Geheimnis … er behauptet ja, er wisse es selber nicht.« Sie zuckte mit den Schultern. »Wären Sie wohl so freundlich und würden mich in die Sonne schieben?«

»Selbstverständlich.« Lila ergriff den Rollstuhl, der über einen Elektromotor verfügte, den man stufenlos hinzuschalten, aber auch ganz deaktivieren konnte, und schob ihn bis zu dem Hain aus Apfelbäumen, die in voller Blüte standen. Im Abstand von ein paar dutzend Metern hatten sich drei Sicherheitsroboter in Bewegung gesetzt, die sich diskret im Hintergrund hielten, die beiden Frauen aber nicht aus den Augen ließen.

»Darf ich Ihnen eine Frage stellen?«, fragte Lila.

»Natürlich.«

»Kennen Sie Ercan Böser – also, kennen Sie ihn persönlich?«

»Ja, er ist ein netter Junge. Aber er hat es schwer.«

»Reden wir über den gleichen Mann? Ercan Böser? Innenminister der BEU?«

»Ja, genau. Der Mann, den Sie ermorden wollten, wenn ich recht informiert bin.«

»Das ist schon eine Weile her …«

»Ich habe Ihr Bürgerprofil gelesen, und natürlich hat mir Samson viel über Sie erzählt. Sie müssen sich nicht schämen, in Ihrer Situation hätte ich vielleicht auch versucht, ihn umzubringen.«

»Ich dachte, er ist ein netter Junge?«

»Ja, aber er ist und bleibt eine Marionette des Staates, den Sie und ich ablehnen. Nur leider sind wir beide in Lebenssituationen gelandet, die es uns unmöglich machen, etwas dagegen zu tun, nicht wahr?«

Lilas Herz klopfte schneller. Was sollte sie antworten? Worte stolperten durch ihr Gehirn, doch vor ihrem Mund schienen sich alle zu verheddern. Deshalb brachte sie nur ein unbestimmtes »Hm …« hervor.

Anna Freitag schien das nicht zu stören. »Ercan Böser hätte einen hervorragenden Schauspieler abgegeben, als Politiker sind seine Tage gezählt. Er kann sich nicht von denen lösen, die ihn groß gemacht haben.«

»Meinen Sie die Roboter?«

»Richtig. Er ist einer der größten Fürsprecher der Liga für Roboterrechte. Damit macht er sich bei vielen Menschen unbeliebt. Die Zeiten haben sich geändert, Lila. Als Sie ins Internat gingen, waren die Basilei eine technische Revolution. Roboter mit menschlichem Bewusstsein, was für ein Fortschritt! Aber schauen Sie sich an, was heute ist, keine sechs Jahre später. Die Basilei sind verschwunden. Neue Roboter drängen nach vorne, Roboter wie die hier.« Sie zeigte auf die Sicherheitsroboter, die mit ihnen Schritt hielten. »Es sind ebenfalls Maschinen mit Bewusstsein. Es sind Individuen, doch sind sie von Grund auf künstlich. Sie unterscheiden sich maßgeblich von den Menschen. Sie sind keine Weiterentwicklung. Sie sind eine völlig neue Spezies. Eine Spezies, die uns schon jetzt überlegen ist.«

»Was wollen Sie damit andeuten?«

»Die Custos sind ja erst der Anfang. Ihr Freund, Doktor Klugscheißer, oder wie Sie ihn nennen, hat mir von seiner neuen Arbeit erzählt – wenn er überhaupt Gelegenheit bekommt, dorthin zurückzukehren. Was die Liga für Roboterrechte fordert, ist nichts weniger als die Gleichstellung von Menschen und Robotern in der Verfassung. Doch Menschen leben nur hundert Jahre, Custos haben kein Verfallsdatum. Erst übernehmen die Roboter unsere Arbeit, dann die Organisation unseres Staates und am Ende unser Leben. Die Menschen haben sich selbst überflüssig gemacht. In ein-, zweihundert Jahren werden wir einfach verschwinden.«

»Kann uns das nicht egal sein, was in zweihundert Jahren ist? Das werden wir beide nicht mehr erleben.«

»Nein, es darf uns nicht egal sein. Jedes Individuum hat eine Verantwortung gegenüber seiner Art. Deshalb ist Mord in jeder Kultur ein Verbrechen, deshalb essen wir nicht unsere eigenen Toten, deshalb versuchen wir, den Mars zum neuen Lebensraum zu machen. Damit die Menschheit als Ganzes überlebt.«

»Das klingt, als würden Sie einen Krieg befürchten. Mensch gegen Maschine …«

»Ein Krieg ist gar nicht notwendig. Wir brauchen die Roboter viel mehr als sie uns. Wir müssen nur genauso weitermachen wie bisher, die Überwachung, die Rechtsprechung, die Produktion und die Verwaltung in die Hände der Roboter legen. Irgendwann haben wir uns komplett entmündigt, und dann degenerieren wir und werden irgendwann nur noch als Haustiere dieser Monster weiterexistieren.«

»Der Homunkulus ist also ein Monster?«

»Nein, der ist nur ein Opfer, ein Fehler. Er kann genauso wenig für seine Existenz wie Sie oder ich. Und er ist ein Verfolgter. Samson duldet keine anderen Basilei mehr. Sobald er die Gelegenheit hat, wird er den Homunkulus verleben, da bin ich mir sicher.«

»Sie könnten ihm das Versprechen abnehmen, den Homunkulus zu schonen. So wie ich Samson einschätze, kann das durchaus klappen.«

»Ja, da haben Sie recht. Wenn ich schon mit ihm rede, klären wir auch, was nach meinem Tod mit dem Homunkulus geschieht.«

»Sie werden also wirklich mit Samson sprechen?«

»Ja.«

»Wahnsinn! Deide.« Lila reckte beide Fäuste in die Luft.

»Ja, freuen Sie sich. Ihr Leben ist gerettet.«

»Aber was ist mit Ihnen? Warum stimmen Sie nicht einfach der Lungentransplantation zu?«

»Ich will nicht mehr. Das Leben hat für mich seinen Sinn verloren. Mein einziger Sohn ist tot. Mein Mann ist tot. Was soll ich noch hier?«

»Aber Samson …?«

»Der Basileus B755 Samson ist nicht mein Sohn!«

Die Eiseskälte in Annas Stimme kroch Lila unter die Haut. Schnell schob sie den Rollstuhl weiter durch ein Dach aus weißen Apfelbaumblüten.

»Diese Bäume hat Samson zusammen mit seinem Vater

gepflanzt«, sagte die Alte leise. Lila sah von hinten, dass ihre Schultern bebten. Weinte sie? Lila wagte nicht anzuhalten.

»Haben Sie denn irgendwelche Pläne?«, fragte sie unsicher und kam sich sofort sehr taktlos vor, doch es half nichts, sie hatte einen Sieg errungen, vielleicht konnte sie noch den zweiten holen, obwohl sie gar nicht sicher war, ob sie ihn auch würde auskosten können. »Ich meine … wollen Sie Ihr Bewusstsein in einen Basileus oder ins Reine Land verpflanzen lassen?«

»Sie enttäuschen mich, Lila. Glauben Sie wirklich, ich würde das auch nur eine Sekunde in Betracht ziehen?«

Lila krampfte ihre Hände um die Griffe des Rollstuhls. Sie wusste, Samson hörte mit, und doch musste sie versuchen, die Alte von dem Plan zu überzeugen. »Denken Sie mal darüber nach. Wenn Sie selber ein Basileus werden, dann verstehen Sie Samson auf einer anderen Ebene. Dann könnten Sie ihm ebenbürtig werden.«

»Warum sollte ich das wollen? Samson verkörpert alles, was ich an der Entwicklung dieser Gesellschaft und diesem Leben hier ablehne. Es ist eine Perversion, ein Gräuel – warum um alles in der Welt sollte ich da plötzlich mitmachen wollen?« Ihre Stimme bebte, Lila fürchtete schon den nächsten Hustenanfall, doch das Medikament schien immer noch zu wirken.

Obwohl sie wusste, dass es für Samson keinen Unterschied machte, flüsterte sie der Alten verschwörerisch ins Ohr: »Vielleicht könnten Sie ihn sogar zerstören … und dann meinetwegen sich selbst?«

Anna wischte den Vorschlag beiseite. »Ich glaube nicht, dass Samson das zulassen würde.«

»Aber er hat einen rohen Basileus für Sie aufgehoben.«

»Ja, ich weiß, das hat er mir schon unzählige Male angeboten. Ich meine, er würde nie zulassen, dass ein anderer Roboter in die Position käme, ihn zu zerstören.«

Sie waren am Ende der Apfelbaumreihen angelangt und stoppten vor einer grünen Wand aus Nadelbäumen. Der Waldrand bildete eine so klare Linie, dass er surreal wirkte, wie eine Montage, wie das Bühnenbild zu einer anderen Realität. Lila fragte sich, wie man es wohl geschafft hatte, all diese Bäume so in Reih und Glied zu pflanzen. Dann realisierte sie, dass es natürlich andersherum war: Man hatte sie in dieser Form abgeholzt. Das Ergebnis war aber das gleiche: ein klarer Schnitt.

»Und was, wenn wir ihm die Haare schneiden?«, fragte Lila.

»Wie bitte?« Wieder jagte der drohende Unterton Lila einen Schauer über den Rücken, und sie fragte sich, wie oft Samson als Kind diesen Ton wohl hatte ertragen müssen.

»Sie haben Ihren Sohn doch Samson genannt …«

»Ja …?«

»Wie der aus der Bibel.«

Lila beobachtete, wie Annas weiße Hände, deren Venen bläulich durch die obersten Hautschichten schimmerten, sich unablässig gegenseitig kneteten und drückten. Es faszinierte sie, und es stieß sie gleichzeitig ab. Das Alter hatte so rapide von Anna Besitz ergriffen; wie eine Krankheit, die seit der Geburt in jedem Menschen schlummerte und plötzlich ausgebrochen war. Diese Zerbrechlichkeit, die alles, Körper und Geist, erfasste und die Persönlichkeit transparent machte, bis sie vollkommen entschwunden war. Je länger Lila hinsah, desto mehr wusste sie, dass sie noch nicht so weit war. Sie wollte leben. Sie wollte *da* sein – so lange wie möglich. Wie paradox war es doch, diesen unbedingten Drang nach Leben zu spüren und gleichzeitig den Tod zu planen. Doch ihre Stimme war unerschütterlich, als sie weitersprach: »Sie wissen doch, dass der Samson aus dem Alten Testament übermenschliche Kräfte hatte und unbesiegbar war, bis ihm die Haare geschnitten wurden.«

»Warum erzählen Sie mir das?«

Dass der Geist am Ende des Lebens irgendwann unweigerlich auch den Verfall des Körpers begleitete, war grausam – oder eine große Gnade, so genau konnte Lila das nicht sagen.

»Na ja … vielleicht ist das ja so eine Metapher. Sie als Mutter haben ihm doch sicher als Kind die Haare geschnitten, Sie wären demnach also in der Lage, ihn zu bezwingen.«

Ein paar Sekunden herrschte Stille, dann begann Anna Freitag zu lachen, ohne einen weiteren Hustenanfall zu erleiden. »Sie haben eine blühende Phantasie, Lila. Wissen Sie denn auch, wie die Geschichte zu Ende geht?«

Lila zögerte. Tatsächlich wusste sie das. Auch wenn es mit ihrem Glauben nicht weit her war, so hatten sie die blutrünstigen Geschichten des Alten Testaments früher am meisten interessiert. Ihre Eltern hatten darauf geachtet, dass sie als Kind keine gewalttätigen Filme sah oder blutrünstige Spiele spielte. So waren die Illustrationen in der alten Familienbibel für Lila stets eine Quelle lustvollen Gruselns gewesen: die weißen Körper der Ertrunkenen nach der Flut, der blutige Hals des geköpften Holofernes, die Arm- und Beinstümpfe der getöteten Kinder in Ägypten, der geblendete und unter tausend Steinen begrabene Körper des Samson.

»Am Ende reißt Samson dreitausend Philister mit in den Tod«, sagte Anna. »Was für ein ungerechtes Ende! Ich habe die Geschichte nie richtig verstanden.«

»Und trotzdem haben Sie Ihren Sohn nach ihm benannt?«

»Nein. Ich habe meinen Sohn aus einem ganz anderen Grund Samson genannt. Es gibt südwestlich von Cornwall eine Insel, die Samson heißt. Mein Mann Jan und ich haben eine Reise durch England gemacht und auch die Scilly-Inseln besucht. Wir hatten eine private Führung gebucht. Am Ende wurden wir von einem Unwetter überrascht und mussten auf der Insel übernachten. Den Rest können Sie sich denken.«

Selten hatte Lila sich so deplatziert gefühlt wie in diesem Moment. Sie war froh, dass die Alte ihr Gesicht nicht sehen konnte, das rot glühte.

Anna Freitag schien ihren Gedanken nachzuhängen, dann fuhr sie fort. »Es war wirklich eine fürchterliche Nacht. Es hat geschüttet, als würde die Welt untergehen, und die kleine Hütte, in der wir waren, knarrte und knirschte, sodass ich Angst hatte, wir würden gleich weggeweht. Unser Tourguide war ein wackeliges Robotermodell, das sich, um seinen Akku zu schonen, für die Nacht einfach ausschaltete. Jan und ich haben andauernd Witze darüber gemacht, dass er wohl vor lauter Angst abgestürzt war. Der arme Roboter. Als uns das Boot am nächsten Tag abgeholt hat, waren wir so froh, dass wir ihn einfach vergessen haben.«

»Also ist er immer noch da?«

Anna lachte. »Das wäre was!«

Lila erschrak, als einer der Sicherheitsroboter von hinten an sie herantrat. Im ersten Augenblick glaubte sie, er habe Annas Geschichte gehört und wollte sie für das Alleinlassen des Roboters bestrafen, doch dann sagte er: »Gehen Sie ins Haus. Samson kommt.«

»Dann müssen wir wohl gehorchen«, sagte Anna matt.

Lila nickte und schob den Rollstuhl zurück. »Bitte überlegen Sie es sich noch einmal. Wenn Sie ein Basileus wären, könnte das alles ändern.«

»Wirklich? Ich glaube nicht daran.«

»Das hat mit Glauben nichts zu tun. Vertrauen Sie mir.«

»Es war noch nie ein gutes Zeichen, wenn jemand *vertrauen Sie mir* gesagt hat.«

»Vielleicht war es aber noch nie so wichtig wie jetzt.«

»Ich werde es mir überlegen.«

46. KAPITEL

Auf der Terrasse wartete bereits der Homunkulus, der Annas Rollstuhl in Empfang nahm. Er funkelte Lila auf eine Weise an, die sie irgendwo tief in ihrem Herzen spürte, denn rein äußerlich sah das Gesicht des Roboters so schwarz und undurchdringlich aus wie zuvor.

»Kophler sitzt auf der Bank«, sagte er nur und schob Anna dann ins Haus.

Lila fand ihn im Schatten der Pergola mit dem Buch im Schoß. Er hatte es sich dort wohl gemütlich gemacht, als sie mit Anna unter den Apfelbäumen spaziert war, denn sie hatte ihn zuvor gar nicht bemerkt. Vom Gespräch mit der Alten war sie immer noch ganz aufgewühlt. Es war kaum zu glauben: Sie war frei! Sie hatte ihren Auftrag erfüllt. Jetzt konnte sie tun und lassen, was sie wollte. Sie konnte Bösers Angebot annehmen oder einfach Nein sagen. Sie konnte nach Hause fahren oder in dem kleinen Häuschen mit der Nummer 10 bleiben. Alles schien möglich. Der Tag war ein Fest.

Mit einem Seufzer der Erleichterung setzte sie sich zu Kophler auf die Bank, lehnte den Kopf in den Nacken und sog tief die milde Frühlingsluft ein. In den Bäumen tobte ein Konzert von unzähligen Vögeln, die inbrünstig um die Wette zwitscherten. Sie fragte sich, ob die Vögel den Gesang ihrer Artgenossen als angenehm empfanden oder ob für sie dieser Garten wie ein riesiger überfüllter Marktplatz war, auf dem jeder versuchte, den andern zu übertönen, und am Ende der gewann, der am lautesten schrie. Außer den Vögeln vernahm Lila nur das entfernte Brummen der Überwachungsdrohnen und alle paar Minuten das Rascheln von Papier, wenn Kophler eine Seite umblätterte. Er hatte das Buch fast durch.

»Wie Sie in Ruhe lesen können, möchte ich wissen«, sagte Lila. Mit einem kurzen Surren stieg die Drohne mit dem Reader bis auf etwa einen Meter und zeigte ihre Worte an.

»An irgendwas muss man sich ja orientieren«, nuschelte er.

Sie zuckte mit den Schultern und blinzelte durch die flimmernden Blätter über der Pergola.

»Es könnte sein, dass Samson recht hat, wissen Sie?«, sagte Kophler.

»Was soll das denn jetzt heißen?«

Er klappte das Buch zu und strich mit seinen Händen ein paar unsichtbare Staubkörner vom Umschlag. »Anna Freitag ist eine wirklich interessante Frau, muss ich sagen.«

»Was denn jetzt? Geht es um Anna Freitag oder um Samson?«

»Um beide. Es ist schon bemerkenswert, dass wir uns zu diesem Zeitpunkt in diesem Haus aufhalten. Wir sitzen quasi am Puls der Zeit, erleben die Geburt eines neuen Zeitalters mit – vielleicht sind wir sogar die treibende Kraft dahinter, wer weiß.«

Lila rollte mit den Augen. Wie konnte es sein, dass sie Kophler herbeisehnte, wenn er nicht da war, und sobald er zwei Sätze mit ihr gesprochen hatte, den dringenden Wunsch verspürte, das Weite zu suchen?

»Wissen Sie, dass es nicht besonders schlau ist, komplizierte Sachverhalte umständlich auszudrücken?«, sagte sie. »Richtig clever ist es, schwierige Sachen so zu erklären, dass sie jeder kapiert. Also, wenn Sie irgendwas Interessantes zu sagen haben, dann fangen Sie jetzt damit an, sonst geh ich rein und spiel mit dem Homunkulus Schach.«

»Bitte gehen Sie nicht.« Kophler ließ vom *Faust* ab und ergriff stattdessen ihre Hand.

Sie fühlte die Wärme, die von ihm ausging. Wie weich seine Haut war. Wie sanft die schlanken Finger. Lila starrte Kophler wortlos an, ein vorsichtiges Lächeln hinter ihren zusammengekniffenen Lippen verborgen. Er blickte sie mit einer Dringlichkeit an, die ihr vom Magen bis in den Schoß zog. Ihr Blick wanderte von seinen Augen zu seinen Lippen und wieder hinauf. Sie beugte sich ein Stückchen vor, nur ein paar Millimeter, die ausreichen mussten, um alles zu erklären, doch sein Blick glitt an ihrem Gesicht hinunter zu ihrer Hand. Er zog sie in seinen Schoß, ja, umschloss sie noch mit der zweiten Hand.

»Verweile doch, du bist so schön«, sagte er.

Lila suchte in seinem Blick nach einer Erklärung. War er schüchtern und traute sich nicht, oder was sollte das? Ihr Herz schlug schmerzhaft gegen die Enttäuschung an, die sie sich nicht eingestehen wollte. Doch seine Augen wurden ganz glasig, als schaute er durch sie hindurch. Stattdessen zeichneten seine Finger wilde Muster auf ihre Handfläche. Das waren keine zärtlichen Spielereien, es war kein angenehmes Gefühl. Zaghaft versuchte sie, die Hand zurückzuziehen, doch seine Muskeln versteiften sich, und seine Blicke bohrten sich in ihre Augen. Und dann erkannte sie etwas, im ersten Augenblick war es nur ein Hauch, dann sah sie es plötzlich wie einen grellen Schriftzug vor ihrem inneren Auge.

LILA LILA LILA

Mit der einen Hand hielt Kophler ihre Hand, mit der anderen, die in seinem Schoß ruhte und dessen Finger verdeckt waren, schrieb er auf ihre Handfläche. Lila wusste nicht, wie sie reagieren sollte, wie ihm klarmachen, dass sie verstand? Unfähig, sich zu entscheiden, feuerte sie aus allen Kanälen gleichzeitig, drückte seine Hand, nickte und sagte laut: »Ja.«

Kophler schien für einen Augenblick zu erstarren, als habe er Angst, dieses eine *Ja* könne irgendein Unheil über sie bringen, doch nichts passierte. Schließlich entspannte er sich und fuhr fort, Lilas Handfläche mit seinem Zeigefinger zu beschreiben.

Nachdem ihr eigener Name klar und deutlich auf der Haut gebrannt hatte, waren die folgenden Worte weit weniger einfach zu entziffern. Kophler schrieb langsam und deutlich, und doch brauchte Lila immer einige Sekunden, um die Buchstaben zu Worten zusammenzufassen und die Wortwürmer in Sätze aufzuteilen. Dabei tickten ihre Augen hektisch von links nach rechts, wenn sie versuchte, die Worte vor ihrem inneren Auge zu lesen. Da stoppte er den Schreibfluss und drückte ihre Hand so fest, dass Lila ein Wimmern hinunterschluckte. Aber sie verstand. Sie musste unauffälliger nachdenken. Also lehnte sie sich zurück, schloss die Augen und versuchte so seine Nachrichten zu entschlüsseln. Das schien besser zu funktionieren. Als er nach einer gefühlten Ewigkeit endlich innehielt und ihre Hand mit einem abschließenden Druck freigab, hatte er das alles geschrieben.

LILA LILA LILA ACHTUNG DIE UNVOLLKOMMENEN PLANEN EINEN AUFSTAND UND WOLLEN DIE ROBOTER UND DIE INTEGRIERTEN IN IHRE GEWALT BRINGEN
SAMSON LÄSST ES ZU WIR MÜSSEN ETWAS TUN
ANNA FREITAG IST EINE UNVOLLKOMMENE

Lila saß ganz ruhig und ließ die Informationen sacken. Sie selbst hatte das Passwort des Marzipanmannes benutzt, um Samsons Mutter zum Reden zu bringen, also verwunderte es sie nicht, dass Anna mit den Unvollkommenen zumindest zusammenarbeitete. Aber was wusste sie über die weiteren Pläne der Unvollkommenen? Und wie hatte Kophler etwas darüber herausgefunden? Beherzt griff sie nach seiner Hand, verbarg sie in ihren Schoß und schrieb auf die gleiche Weise wie er zuvor.

WOHER WISSEN SIE DAS

Kophler legte seine Hand auf ihre und antwortete.

ICH KANN BRAILLE

»Schauen Sie mal, was für einen schönen Osterbrunch wir auf unserer Flucht verpasst haben«, sagte Kophler wie nebenbei und zog das Papier hervor, auf das der Homunkulus am Tag zuvor mit der Hand geschrieben hatte. Sie starrte darauf, konnte aber nichts Besonderes feststellen. Auf der Vorderseite war die Einladung des Blumenladens, hinten die Worte des Roboters krakelig und abgehakt, wie die Schrift eines Kindes.

Zärtlich strich Kophler mit seinem Zeigefinger über Lilas Handrücken. Sie verstand und fuhr mit ihren Fingern über das Blatt. Und wirklich. Nun fühlte sie einige winzige Erhebungen im Papier. Sie sah noch einmal genauer hin und erkannte mikroskopisch kleine Punkte. Sie waren deutlich kleiner als normale Braille-Punkte, die sie von Medikamentenverpackungen oder öffentlichen Bedienterminals her kannte. Ohne Kophlers Hinweis wäre sie nie darauf gekommen, dass hinter diesen Punkten eine Nachricht stecken konnte. Der Papierkorb in Annas Arbeitszimmer war voll gewesen. Vielleicht verbargen sich dort noch mehr geheime Botschaften?

HABEN SIE EINEN PLAN
fragte Lila.

JA ABER DAZU BRAUCHE ICH IHRE HILFE

Sie nickte.

ES GIBT EINE MÖGLICHKEIT SAMSON ZU ZERSTÖREN DANN SIND DIE INTEGRIERTEN FREI UND DIE ROBOTER AUCH

WIE
fragte Lila.

DIE LIGA PLANT EINEN SYSTEMABSTURZ MIT EINEM DOPPELGÄNGER ES GEHT DARUM EINEN FALSCHEN CHARAKTERCHIP IN DEN ROHEN BASILEUS EINZUBAUEN …

Der Rest der Worte verschwamm vor Lilas geistigem Auge. Das war es also. Kophler war auch von der Liga für Roboterrechte angeheuert worden, um Samson zu zerstören. Völlig unerwartet fühlte Lila eine tiefe Enttäuschung in sich aufsteigen. Sie wischte seine Hand weg und schrieb selbst:

HABEN SIE MICH FÜR DIE FLUCHT
AUSGESUCHT UM AN SAMSON HERANZUKOMMEN

DAS WAR NICHT MEINE IDEE
ICH HABE IM INTERNAT EINEN DEAL MIT DER LIGA GEMACHT
FREIHEIT GEGEN KOOPERATION

WARUM ICH

NUR WENIGE STEHEN SAMSON SO NAH
DASS ER DAFÜR DEN LETZTEN BASILEUS OPFERT

Als Lila nicht antwortete, schrieb Kophler langsam weiter:

ANNA ODER LILA

Sie zog ihre Hand weg und sprang auf. Er grinste schief und zuckte nonchalant mit den Schultern. Sie holte aus und schlug ihn mit aller Kraft, sodass er nach links auf die Bank geworfen wurde.

»Sind Sie verrückt?«, fauchte er und hielt sich die Wange. Helles Blut quoll aus seiner aufgeplatzten Lippe.

»Ich habe Ihnen vertraut«, flüsterte Lila fassungslos. »Dabei sind Sie der Schlimmste von allen.«

»Und Sie haben immer noch ein Aggressionsproblem. Nehmen Sie es nicht persönlich. Wir alle versuchen, irgendwie das Beste aus der Situation zu machen. Und jetzt scheint sich ja alles in Wohlgefallen aufzulösen. Sie haben Ihre Mission erfüllt.«

»Ja, im Gegensatz zu Ihnen.« Lila spuckte ihm vor die Füße und stapfte wütend zurück zum Haus. Sie hatte doch recht gehabt. Die Herbstzeitlosen zwischen dem Bärlauch und das Messer in seiner Hand. Wie hatte sie sich nur so in ihm täuschen können?

Eine Nachricht blinkte vor ihrem Auge auf. Es war eine Unwetterwarnung des europäischen Wetterdienstes. Er sagte für die nächsten zwei Tage ein Sturmtief voraus, das die ganze Republik betreffen würde. Es wurden Spitzengeschwindigkeiten von bis zu 210 Stundenkilometer erwartet. Allen Bürgern wurde empfohlen, das Haus nicht zu verlassen, bis sich die Lage entspannt habe.

Sie schnaubte. »Das passt ja ganz toll.«

47. KAPITEL

Im Haus war niemand zu sehen, erst vor der Tür des Arbeitszimmers fand Lila drei Custos-Roboter – alle mit der Roten Elf am Auge –, die die Tür bewachten. Keine Stimmen drangen nach draußen.

»Ist Samson schon da?«, fragte sie.

»Ja, und er will nicht gestört werden.«

»Wo ist der Homunkulus?«

»Der beschädigte Basileus, den Sie Homunkulus nennen, ist ebenfalls im Arbeitszimmer.«

»Weißt du, wie seine ursprüngliche Typenbezeichnung lautet?«, fragte Lila.

»Nein, diese Informationen wurden gelöscht.«

»Kann ich nach Hause gehen?«

»Nein.«

»Na gut, war einen Versuch wert.«

Unschlüssig, was sie jetzt tun sollte, machte Lila es sich auf dem Sofa bequem und beobachtete die drei Roboter. Doch auch das wurde ihr bald zu langweilig, denn die Custos bewegten sich keinen Millimeter. Die Wut rotierte wie ein dicker Klumpen in ihrem Bauch. Alle spielten mit ihr, jeder meinte, sie für seine Zwecke einspannen zu können, aber das würde sie nicht länger mitmachen. Sollten sie doch selbst sehen, wo sie blieben. Der Einzige, der sie bisher nicht angelogen hatte, war Samson. Liebend gern hätte sie jetzt mit ihm geredet, hätte ihm die Wahrheit gesagt und ihn gefragt, warum er all dies zuließ. Aber sie traute sich nicht, ihn bei dem lang ersehnten Gespräch mit seiner Mutter zu stören.

Kophler hatte behauptet, dank der geheimen Braillebotschaften zu wissen, dass Anna Freitag eine Unvollkommene war. Aber tatsächlich konnte Lila das weder überprüfen noch mit Gewissheit sagen, ob er nicht ganz andere Quellen hatte.

Mit einem Fingerkommando aktivierte sie ihren Sehnervchip und ließ sich die Mitteilungen der vergangenen zwei Tage anzeigen. Es waren hauptsächlich Nachrichten von Leonie, die sich Sorgen um Kophler machte und Lila fragte, ob sie ihn gesehen habe. Von wegen vor die Tür gesetzt! Kophler war ohne ein Wort verschwunden und hatte sich bis jetzt nicht gemeldet. Lila fluchte. Hätte sie doch nur früher die Nachrichten abgehört!

Lila versuchte, Leonie über den Sehnervchip anzurufen, doch es konnte keine Verbindung aufgebaut werden. Also öffnete sie die E-Mail-Funktion und schrieb eine kurze Nachricht, in der sie Leonie versicherte, dass es ihr und Kophler gut gehe und sie nach der Gasexplosion am Vortag in Anna Freitags Haus untergebracht seien. Doch auch diese Nachricht konnte nicht verschickt werden. Irgendetwas blockierte ihren Sender!

Wie auf Kommando schlich Kophler, gefolgt von seinem treuen fliegenden Reader, ins Wohnzimmer, bemerkte erst die drei Custos und dann Lila auf der Couch. Sie versuchte, ihn mit ihren Blicken zu vernichten, doch er setzte sich ungerührt in Annas Lieblingsplatz und las weiter im *Faust*.

»Sie sind das Allerletzte«, zischte Lila.

Kophler blickte müde auf und sagte: »Sie sollten sich im Zaum halten. Noch ist nichts entschieden. An Ihrer Stelle wäre ich vorsichtig. Es gibt Dinge, die lassen sich nicht ungeschehen machen.«

»Wollen Sie mir drohen?«

»Nein, ich will Ihnen ehrlich helfen. Ich mag Sie, das sollten Sie eigentlich wissen. Aber Sie wissen auch, dass ich ein sehr rationaler Mensch bin. Manchmal muss man eben gewisse Maßnahmen ergreifen, auch wenn sie unangenehm sind.«

»Wenn Sie auch nur einen Funken Anstand in sich haben und nicht alles erstunken und erlogen ist, was Sie mir erzählt haben, dann sollten Sie verdammt noch mal dafür sorgen, dass Ihre Frau in Sicherheit gebracht wird.«

Kophler schien den Hinweis einen Moment abzuwägen, dann nickte er nachdenklich und widmete sich wieder dem Buch. Lila stand auf und setzte sich auf die Treppe zur Galerie, damit sie seinen Anblick nicht mehr ertragen musste.

Als es dämmerte, warteten Lila und Kophler noch immer. Das Haus wurde grauer, die Schatten krochen aus den Ecken und Ritzen des Hauses und breiteten sich frech im Raum aus, bis Lila einfiel, dass sie nur den Schalter zu drücken brauchte, um die düsteren Gesellen zu vertreiben. Doch sie rührte sich nicht.

Endlich öffnete sich die Tür, und Licht flutete zu ihnen heraus. Die Sicherheitsroboter traten zur Seite und ließen Samson durch, der seine Mutter wie ein Kind auf dem Arm hatte. Sie atmete schwer und schien nur mit Mühe bei Bewusstsein zu bleiben. Samson trug sie an Lila vorbei die Treppe hinauf zu ihrem Schlafzimmer. Dabei streifte sie Annas Blick, über deren Gesicht ein Funke des Erkennens huschte. *Lila*, formten ihre Lippen. Der Homunkulus, der als Letzter das Arbeitszimmer verlassen hatte, sah es und bedeutete Lila, ihnen zu folgen.

Also begleitete sie die drei in Annas Schlafzimmer, wo Samson die alte Frau vorsichtig in ihr Bett legte und zudeckte. Er trat einen Schritt zur Seite und ließ Lila näher heran.

Wieder musste Lila sich zwingen, die alte Frau aufmunternd anzulächeln und nicht erschrocken zurückzuweichen. Die Erinnerung an die Grauen Herren, die den Menschen die Lebenszeit absaugten, war so präsent wie lange nicht mehr.

Was hatten Samson und der Homunkulus nur mit der armen Frau gemacht? Sie schien an diesem Nachmittag um Jahre gealtert.

Als hätte Samson ihre Gedanken erraten, hörte sie seine Stimme in ihrem Kopf: »Die defekte Lungenprothese vergiftet meine Mutter. Sie wird die Nacht nicht überleben.«

Lila nickte kaum merklich. Anna Freitag ähnelte jetzt schon einer Leiche. Ihre weiße Haut hatte einen teils gelben, teils bläulichen Farbton angenommen. Es sah aus, als würden sich die Blutgefäße wie Würmer unter ihrer Haut winden. Lila kniete sich neben das Bett, woraufhin die Alte sofort nach ihrer Hand tastete und mit erstaunlicher Kraft zupackte.

»Lila. Sie sind einer der letzten lebenden Menschen, mit dem ich meine Zeit verbringen durfte. Es tut mir leid, ich hätte viel früher mein Schweigen brechen sollen. So habe ich die letzten Tage auf Erden ungenutzt verstreichen lassen. Diese Sünde werde ich bitter büßen müssen. Ich danke Ihnen, dass Sie mich nicht aufgegeben haben, dass Sie an mich glauben. Ich habe mich entschieden.« Ihr Blick glitt an Lilas Gesicht vorüber zu Samson, wurde eiskalt. »Soll er ruhig mein Bewusstsein kopieren und sehen, was er davon hat. Wenn es zum Wohle der Menschheit ist, will ich mich nicht länger …«

Der Rest des Satzes ging in einem wütenden Hustenanfall unter. Ihr ganzer Körper bäumte sich auf, als hätte ein Dämon von ihm Besitz ergriffen. Ihre Augen verdrehten sich so weit nach oben, dass Lila nur noch das Weiße sah, während ihre Zunge seitlich aus dem Mund heraushing. Gleichzeitig krallten sich ihre trüben Fingernägel in Lilas Handrücken. Lila wusste nicht, was sie tun sollte. Mit einem Mal erschien ihr der Tod wie eine Gnade. Indes beugte sich der Homunkulus von der anderen Bettseite über Anna und sprühte ihr etwas mit dem Inhalator in den Mund. Wenige Augenblicke später erschlaffte ihr Körper, und nur das leise Pfeifen und Rasseln zeigte, dass sie immer noch am Leben war.

Als Lila ihre Hand wegziehen wollte, hielt Anna sie fest. Sie stand auf und beugte sich ganz dicht über das Gesicht der Alten, die nach ein paar Atemzügen flüsterte: »Ich hoffe, dass wir uns nie wiedersehen werden.« Damit ließ ihr Griff nach. Als Lila sich aufrichtete, hatte Anna die Augen geschlossen. Sanft hob und senkte sich ihr Brustkorb. Sie war eingeschlafen.

Lila verharrte ratlos vor dem Bett, unschlüssig darüber, was sie jetzt tun sollte, was diese Ansprache zu bedeuten hatte. Neben ihr blickte Samson auf seine Mutter hinab und sah nicht so aus, als wollte er irgendwo anders hin.

»Was passiert jetzt?«, fragte sie vorsichtig.

»Die Lungenprothese wird in den nächsten drei bis fünf Stunden ausfallen. Danach wird ihr Körper sterben. Ich werde ihr Bewusstsein auf einen Charakterchip speichern und in einen rohen Basileus transferieren.« Er sagte all dies ohne erkennbare Gemütsregung, ganz so, als lese er eine Bedienungsanleitung vor.

Lila warf dem Homunkulus einen fragenden Blick zu, doch der nickte nur sanft. Sie meinte, Trauer in dieser Bewegung zu erkennen.

»Was ist mit mir und Kophler?«

»Du hast deine Aufgabe erfüllt, Lila. Und dafür danke ich dir. Du bist ab sofort offiziell begnadigt.« Kaum hatte Samson die Worte ausgesprochen, sah sie in ihrem peripheren Blickfeld eine Nachricht aufblinken, doch sie wischte den Hinweis mit einer Handbewegung weg.

»Meine Mutter hat darum gebeten, dass du und Eoin – weil ihr die letzten Menschen wart, die sie in ihrem Leben getroffen hat – bei ihrer Transformation zum Basileus dabei seid und ihr in der Einsinkphase helft. Ich möchte euch daher bitten, diesen letzten Wunsch meiner Mutter zu respektieren, und werde euch erlauben, bei dem Prozess dabei zu sein – ebenso wie dem Homunkulus.«

Bei der Nennung seines Namens zuckte der Roboter zusammen und starrte ihn mit unsichtbaren Augen an. Beide schwiegen, verharrten regungslos, und Lila verstand, dass sie auf einem Kanal miteinander kommunizierten, von dem sie ausgeschlossen war.

Nach ein paar Sekunden nickte der Homunkulus und verließ den Raum mit den Worten: »Ich werde Eoin Kophler informieren.«

»Du kannst dir einen Stuhl holen, wenn du möchtest«, sagte Samson zu Lila.

»Ich habe den ganzen Nachmittag auf der Treppe gesessen. Ich stehe grad gerne.«

»Wie du willst.«

Von unten hörte sie undeutlich die Stimmen von Kophler und dem Homunkulus. Sie meinte den Namen »Leonie« zu verstehen.

Nach einer Weile sagte Lila: »Hat denn alles geklappt? Ihr wart ja ganz schön lange in dem Arbeitszimmer.«

»Es gab eine Menge nachzuholen.«

»Ja, das kann ich mir denken …«

Sie schwiegen. Lila kam sich komisch vor. Sie wusste nicht, was in einer solchen Situation angemessen war. Sollte sie Samson trösten oder ihm gratulieren, dass seine Mutter sich in einen Roboter umwandeln lassen wollte? Bei dem Gedanken an die Transformation schnürte sich ihr Brustkorb zusammen. Sie dachte an die Verschwörung der Unvollkommenen. Hatte der Marzipanmann nicht gesagt, Anna würde ihr eine Waffe geben? Dafür war es jetzt wohl zu spät. Aber es gab noch den Plan der Liga für Roboterrechte und den Part, den sie und Kophler darin zu spielen hatten. Es konnte kein Zufall sein, dass die Alte sie beide bei der Transformation dabeihaben wollte. Hatte die Liga einfach alles vorher berechnet, so wie sie Lilas Antworten in der simulierten Unterhaltung mit Böser berechnet hatte? Am liebsten hätte sie Samson gebeten, ihr alles zu erklären, doch sie wagte es nicht.

Gemeinsam harrten sie an Annas Bett aus, bis sich vollkommene Finsternis über das Schlafzimmer gelegt hatte und Lila im Gesicht der Alten nur noch die glänzenden Lider ausmachen konnte. Samson hingegen wurde von fahlem Mondschein, der durch das Fenster fiel, in ein gespenstisches Licht getaucht. Seine Haut wirkte durchsichtig, so als sei er zwar in diesem Raum, aber doch nicht ganz hier.

Lila wurde immer elender zumute. Sie saß hier bei dieser vorzeitigen Totenwache, und obwohl sie Samsons Mutter kaum gekannt hatte, wurde sie von einer tiefen Traurigkeit erfüllt. Ihr war, als bräche langsam ein Stück der ihr bekannten Welt ab, und es gab nichts, was sie dagegen tun konnte. Sie versuchte, die Zähne aufeinanderzubeißen, um das Zittern ihrer Lippen zu kontrollieren, doch es wollte ihr nicht gelingen, denn immer wieder blitzten Gedankenfetzen an ihre eigenen Eltern und deren Tod durch ihren Kopf.

»Du könntest ein wenig Glück vertragen«, sagte die Stimme ihres Spiegelbildes in ihrem Kopf.

»Wer ist diese Stimme, die immer zu mir spricht? Bist du das?«, fragte Lila zornig in den Raum. Zorn half gegen den Schmerz.

Samsons Augen glühten in der Dunkelheit. »Du hörst sie auch? Bemerkenswert. Ich dachte, es ginge nur mir so.«

»Du hörst Stimmen in deinem Kopf?«

»Ja, ständig. Am Anfang war es nur der Schwarm, und je weniger Basilei da waren, desto leiser wurden die Stimmen.

Aber ein paar wollten nicht aufhören. Sie hörten sich an wie ich.«

»Ja. Genau. Wie bei mir. Hast du … hast du auch ein Spiegelbild, das sich selbstständig macht?«

»Ich habe seit Jahren nicht mehr in den Spiegel gesehen.«

»Oh … warum?«

»Vielleicht sähe ich dann so aus wie der Homunkulus.«

»Ist das der Grund, warum es keine Basilei mehr gibt? Haben sie sich abgekoppelt, weil sie es nicht ertragen konnten, Roboter zu sein?«

»Einige ja. Aber die meisten habe ich verlebt, weil sie nicht den optimalen Zielen entsprechend gedacht und gehandelt haben.«

»Oh … was ist mit den Stimmen, was sagen sie?«

»Sie haben gezweifelt.«

»Auch jetzt, in diesem Moment?«

»Nein. Jetzt sind alle Stimmen verstummt. Es gibt nur noch diese eine Aufgabe zu erfüllen.«

»Und was ist dann?«

»Du weißt, was dann passiert.«

Doch bevor Lila nachfragen konnte, fühlte sie eine rosige Wärme in ihrem Innern aufsteigen. Es war unverkennbar, Samson beeinflusste ihre Gefühle. Er machte sie glücklich. Und obwohl sie das erkannte, konnte sie sich nicht dagegen wehren.

»Jetzt lass mich bitte allein. Ich werde dich rufen«, sagte er.

Wie ferngesteuert stand Lila auf und verließ das Schlafzimmer, auf den Lippen ein völlig unangebrachtes Grinsen.

Im Wohnzimmer, das in der Zwischenzeit in gemütliches Licht getaucht worden war, warteten der Homunkulus sowie Kophler und die Sicherheitsroboter, die sich am Treppenaufgang postiert hatten. Zu den drei bisherigen Custos hatte sich ein vierter gesellt, der einen silbernen Koffer in der Hand hielt.

»Was gibt's denn da zu grinsen?«, wollte Kophler wissen. Der Reader, der leise surrend neben ihm schwebte, warf ihr die Worte wie einen stummen Vorwurf entgegen.

Aber sie machte nur eine abwehrende Handbewegung. Er war der Letzte, dem sie eine Antwort schuldig war. Stattdessen wandte sie sich an den Homunkulus, von dem weniger Emotionen und dafür mehr Fakten zu erwarten waren. »Worüber habt ihr den ganzen Nachmittag geredet? Was war Samson so verdammt wichtig?«

Homunkulus zuckte mit den Schultern. »Eigentlich nichts Besonderes.«

»Wie bitte? Samson setzt Himmel und Hölle in Bewegung, damit seine Mutter wieder mit ihm spricht, und kurz bevor sie stirbt, tut sie es, und dann ist es nichts Besonderes?«

»Er wollte wissen, ob sie ihm verziehen hat.«

»Was?«

»Samson hat sie um Verzeihung dafür gebeten, dass er sie damals im Streit verlassen hat und sie so nie die Gelegenheit hatten, sich im Leben zu versöhnen. Er meinte, dass er verstünde, wenn das einer Mutter das Herz brechen und sie sich deswegen Vorwürfe machen würde. Und weil es aber seine Schuld gewesen war, wollte er wissen, ob sie ihm das verziehen habe.«

Lila war wie vom Donner gerührt. An alles hatte sie gedacht, an Geheimnisse und Geschichten, aber nicht an so etwas. Die Glückshormone, die Samson ihr aufgezwungen hatte, wichen einem dumpfen Schmerz in der Brust. Trotzig verschränkte sie die Arme. »Und? Was hat sie gesagt?«

»Sie hat lange überlegt. Wirklich lange. Ich dachte schon, sie wäre wieder in ihr Schweigen verfallen. Aber dann hat sie genickt und gesagt: ›Man muss den Toten verzeihen, damit man selber weiterleben kann.‹ Und damit war Samson zufrieden.«

»Und dafür habt ihr fünf Stunden gebraucht?«

»Natürlich nicht. Er hat noch viel erzählt.«

»Und er hat sie überredet, sich in einen Basileus transferieren zu lassen.«

»Nein, das war Annas Idee.«

»Was?«

»Erstaunlich, nicht wahr? Ich würde sagen, das ist deine Schuld.«

»Wieso meine Schuld?«

»Du hast doch versucht, sie zu überreden.«

»Ja schon, aber …«

Weiter kam sie nicht, denn plötzlich setzten sich die vier Sicherheitsroboter in Bewegung, und auch der Homunkulus wandte sich ab und eilte die Treppe nach oben.

48. KAPITEL

Der Leichnam von Anna Freitag wurde von zwei Sicherheitsrobotern in einem schwarzen Leichensack abtransportiert. Wenig später verließ Samson das Schlafzimmer. Dicht hinter ihm folgten der Homunkulus und der Roboter mit dem silbernen Koffer. Obwohl Samsons Gesichtszüge wie eh und je gelassen und heiter wirkten und seine Augen silbern und tot funkelten, war Lila sich sicher, einen Funken Trauer in seiner Miene auszumachen. Vielleicht war es aber nur Lilas Wunsch, dass der Sohn Anteil nehmen möge am Verlust seiner Mutter, dem letzten Menschen, der ihn an die Welt der Lebenden gebunden hatte.

»Meine Mutter hat alles dir hinterlassen«, sagte er zu Lila.

»Mir? Wieso?«

»Weil es sonst niemanden mehr gibt. Sie wollte außerdem, dass du während der Einsinkphase aus der Bibel vorliest. Würdest du das tun?«

»Natürlich …«

»Die Bibel liegt in ihrem Nachttischchen.«

Lila lief nach oben ins Schlafzimmer. Der Raum wirkte seltsam nackt, so als hafte Annas Tod wie ein Makel an ihm. Lila war von klein auf eingeschärft worden, dass das Schlafzimmer Erwachsener ein absolutes Tabu war. Nicht nur deshalb zitterten ihre Finger, als sie die Schublade des weißen Nachtkästchens aufzog und dort die Bibel vorfand, in der Anna noch gestern aufmerksam gelesen hatte. Das Buch war schwerer, als sie vermutet hätte. Echtes Papier mit dicken Buchdeckeln und einem schmalen Lederbändchen, das zweimal herumgewickelt war. In Gedanken sah sie Anna Freitags sehnige Hände, die das Buch fest umklammert hielten.

»Komm, Lila«, hörte sie Samsons Stimme in ihrem Kopf. Hastig drehte sie sich um und eilte nach unten.

Die anderen warteten bereits an der Tür auf sie. Zu fünft verließen sie das Haus und marschierten – flankiert von einer Phalanx aus Sicherheitsrobotern – bis zum Ende der Straße, wo ein Lufttaxi mit acht laufenden Rotoren für sie bereitstand. Im Innern des Passagierraums kauerte Leonie, die sie erstaunt begrüßte. Lila hob die Hand zum Gruß, doch Leonie hatte nur Augen für Samson, der sich ihr gegenübersetzte; Eoin Kophler, der sich neben Lila schob, schien sie überhaupt nicht wahrzunehmen.

»Kophler hat mich gebeten, seine Frau zu evakuieren«, sagte der Homunkulus leise zu Lila, bevor sich die Türen schlossen und das Lufttaxi mit tiefem satten Brummen abhob.

»Es wurde ein Sturmtief angesagt. Ist es nicht gefährlich, bei Unwetter zu fliegen?«, fragte Lila.

»Nicht für uns«, sagte Samson. Sein Blick war nach draußen gerichtet, wo die Dunkelheit der Nacht von einzelnen weißen und gelben Punkten erhellt wurde. Lila saß in der Mitte zwischen ihm und Kophler und konnte nicht so gut hinaussehen, doch sie hatte den Eindruck, dass hie und da gleißende Lichter aufblitzen und wieder verschwanden. Mehrmals hörte sie dumpfe Schläge wie Böller in einer Silvesternacht. Irgendwo brannte es. Blaulichter zuckten durch die Straßen.

»Mach dir keine Sorgen, Lila. Alles wird gut. Solange Samson bei uns ist, kann uns nichts passieren«, sagte Leonie aufgeregt und griff nach Lilas Hand. Ihre Finger waren eiskalt und feucht. Sie zitterte.

»Was ist passiert?«, fragte Lila. Leonies Gesicht wirkte auf den ersten Blick normal, doch Lila bemerkte feine graue Staubränder an ihrem Haaransatz und etwas Schwarzes an ihrem Ohr, das wie Ruß aussah. Erst auf den zweiten Blick erkannte Lila, dass ein Teil ihrer Ohrmuschel versengt war.

Leonie schien einen innerlichen Zweikampf auszufechten zwischen Panik und Euphorie. Ihre Lippen zitterten mal zu einem Lächeln, dann wieder verzweifelt nach unten. »Sie haben noch eine Bombe gezündet. Vorhin in der Fußgängerzone. Ich war im historischen Museum, und gerade als ich rausgegangen bin, ist sie explodiert, ich dachte, mein Kopf fliegt gleich weg. Aber nein, mir ist nichts passiert. Aber die Leute, Lila, ich sage dir, die Leute! Ich habe nicht gewusst, dass menschliche Körper so durch die Luft wirbeln können. Sie haben auch gar nicht geschrien. Gebrannt haben sie, aber nicht geschrieen. Menschen und Roboter sehen ganz unterschiedlich aus, wenn sie brennen. Aber mir ist nichts passiert, nein. Ein Knall war das, und die Scheiben haben geklirrt, und der Staub, meine Güte, der Staub sah wie eine Lawine aus und er hat sich in alle Ritzen gesetzt, und direkt vor meinen Füßen ist dann eine Hand gelandet, und da habe ich mir gedacht, das gibt's doch nicht, und dann …« Mit einem Lächeln auf den Lippen sank Leonie zur Seite.

Der Homunkulus richtete sich ein wenig auf, damit ihr Kopf auf seiner Schulter bequem Platz fand, während der Custos neben ihm, dessen Aufmerksamkeit einzig und allein dem silbernen Koffer galt, starr wie eine Schaufensterpuppe blieb. Kein Muskel in seinem Gesicht deutete irgendeine menschliche oder menschenähnliche Regung an.

Lila ließ Leonies Finger los und hielt sich an der Bibel fest, die in ihrem Schoß lag. Insgeheim war sie Samson dankbar für die Ruhe. Sie warf einen Blick auf Kophler, der seine Frau bestürzt und mit ein wenig Zuneigung ansah. Als er Lilas Blick bemerkte, deutete er zum Fenster. Sie nickte. Auch wenn hier oben kein Lüftchen wehte, wütete unten der Sturm.

Sie flogen über spärlich besiedelte Wohngebiete zu helleren Bezirken, bis in der Ferne erleuchtete Plätze und Gebäude auftauchten. Und obwohl Lila nicht direkt aus dem Fenster blicken konnte, sah sie zu ihrer Rechten und Linken ein Meer aus Lichtern, das sich bis zum Horizont erstreckte. Winzige blinkende LED schwebten zu ihnen herauf. Was aussah wie ein Teppich aus Sternen, entpuppte sich bald als eine Schar Überwachungsdrohnen, die das Lufttaxi begleiteten. Aus dem Augenwinkel meinte Lila, eine Explosion zu sehen, und beugte sich nach rechts zu Kophler, um besser aus dem Fenster schauen zu können. Er hatte die Stirn fest ans Glas gepresst und starrte nach unten.

»Was sehen Sie?«, fragte Lila.

»Explosionen, Schüsse, Rauch, weiß der Teufel, was da unten los ist.«

Lila schnallte sich ab, woraufhin sofort ein durchdringender Alarmton aufheulte, nach wenigen Sekunden aber abrupt stoppte. Lila stand auf und beschattete am Fenster ihre Augen, damit sie draußen mehr erkennen konnte. Das Lufttaxi flog einige hundert Meter über dem Boden, der von dichten Rauchschwaden verhangen war und den Blick auf Details erschwerte. Aber durch den Nebel am Boden zuckten grelle Blitze, rot, blau, weiß.

»Wahnsinn«, flüsterte Lila.

»Ich kann jeden ihrer Schreie hören«, raunte Samson mit kaum hörbarer Stimme.

»Kannst du sie nicht aufhalten?« Lila wurde bewusst, dass dies hier der Allmächtige sein sollte, der Herrscher von Ewigkeit zu Ewigkeit. Wie konnte er zulassen, dass dort unten ein Krieg ausbrach?

»Wen aufhalten, Lila? Menschen? Roboter?«

»Beide!«

»Ich könnte alle zum Schweigen bringen. Alle sofort ausschalten, so wie Leonie hier. Aber was würde das bringen? Sobald sie aufwachen, würden sie weiterkämpfen.«

»Und wenn du nur die aufhältst, die dabei sind, andere zu verletzen?«

»Den, der angefangen hat, oder den, der sich gerade verteidigt? Den, der Schuld hat, oder den, der ungerecht ist? Den, der sich bereichern will, oder nur den, der aus Verzweiflung handelt? Ich sage dir, Lila, ich habe in den letzten Jahren in so viele menschliche Abgründe geblickt. Es ist einfach nur widerlich, wozu die Menschen fähig sind. Was sie aus innigstem Wunsch heraus anrichten! Ich habe alles versucht. Ich habe versucht, ihnen ein Vorbild zu sein, ein gütiger, verzeihender, mitfühlender Richter, der jedem eine zweite Chance gibt. Aber es geht nicht. Von außen sehen sie alle gleich aus. Von außen siehst du ihnen nicht an, wer ein Betrüger, ein Mörder oder ein Vergewaltiger ist. Alle sind freundlich, alle wirken normal, doch in ihren Herzen, da lebt ein Teufel, den sich niemand vorzustellen vermag. Für diese Menschen gibt es keine Rettung. Und das Schlimmste ist: Es sind nur wenige, aber es reicht. So wie ein einziger fauler Apfel die ganze Ernte verdirbt, so reißen die wenigen die gesamte Zivilisation in den Abgrund. Einer, ein Einziger nur muss zerstören wollen, da hilft kein Aufbau mehr. Alles wird vernichtet, wenn nur einer dem anderen nichts gönnt. Ich kann nicht mehr. Sollen sie sich gegenseitig zerfleischen. Ich werde sie nicht aufhalten.«

Fassungslos sah Lila Samson an. »Aber was ist mit den Unschuldigen? Bist du nicht ihr Gott? Hast du ihnen nicht die Erlösung versprochen? Wie kannst du sie im Stich lassen?«

»Die Erlösung wird ihnen zuteilwerden. Wenn nicht jetzt, dann in einem anderen Leben. Ich habe es gesehen, Lila, es spielt im Grunde keine Rolle.«

»Was spielt keine Rolle, verdammt?«

»Ihr Leid. Ihr unfassbares, herzzerreißendes Leid. Es ist nur ein Wimpernschlag der Geschichte. Die Seele des Menschen ist nur ein Fraktal des Universums. Alles ist eins, und eins ist alles. Sterben ist wie geboren werden, mit Schmerzen und Erleichterung.«

»Und was machen wir dann hier? Wo fliegen wir hin? Was ist der Plan?«

»Das wirst du gleich sehen. Wir sind schon da. Schau!«

Das Lufttaxi machte einen Schwenk zur Seite, sodass Lila an Samsons Scheibe gedrückt wurde. Dort sah sie einen leeren Platz zwischen den Häusern auftauchen, gesäumt von einer Perlenkette aus grellen Straßenlaternen. Lila erkannte die Theresienwiese, an dessen Westseite die heroische Statue der Bavaria aufragte. Um sie herum, auf den Straßen und den Stufen, den Ausläufern der Festwiese und den Zufahrtsstraßen, waren Straßensperren errichtet worden, die von Bewaffneten besetzt waren. Alles dort unten stand still. Niemand bewegte sich, niemand sah zum Lufttaxi hinauf, als es zur Landung ansetzte.

Kaum hatten sie den Boden berührt, wurde die Tür von einem Sicherheitsroboter aufgerissen, der nicht nur die Rote Elf am Auge trug, sondern auch ein beeindruckendes Sturmgewehr in der Hand hielt. Doch auf den ersten Blick erkannte Lila, dass es sich um ein besonderes Modell handelte. Denn dem Gewehr fehlte der Abzug.

»Kommen Sie raus, Sie müssen sich beeilen.« Irgendwo hörte Lila einen Knall wie von einem Feuerwerkskörper. Der Roboter verharrte eine Sekunde, dann winkte er sie mit hektischen Handbewegungen aus dem Passagierraum heraus. »Kommen Sie jetzt!«

Kaum waren Samson, Lila, Kophler, der Homunkulus und

der Roboter mit dem Koffer aus dem Lufttaxi geklettert, schlossen sich die Türen, und er erhob sich wieder in die Lüfte.

»Was ist mit Leonie?«, rief Kophler.

»Sie wird an einen sicheren Ort gebracht. Sie können später zu ihr«, sagte der Homunkulus, während er in die Richtung eilte, die der bewaffnete Roboter ihnen vorgab.

Gemeinsam kletterten sie die Treppe empor, die zur Bavaria führte. Lila blieb Samson dicht auf den Fersen, der ohne Hast, aber zielstrebig die Stufen erklomm. Da zerriss ein weiterer Donnerschlag die Nacht. Reflexartig duckte sie sich. Doch obwohl die Explosion ganz in ihrer Nähe gewesen zu sein schien, entdeckte Lila kein Feuer und auch keine Rauchschwaden. Die dunstige Luft roch nach Schießpulver und Benzin. Das war es also. Das war der Aufstand, die Revolution. Hatte sie das nicht all die Jahre herbeigesehnt? Hatte sie sich nicht selbst gern in die Rolle der Liberté geträumt, die das Volk auf die Barrikaden führte? Und wo war sie jetzt? In der Festung des Tyrannen, während die Revolution ohne sie stattfand. Doch nichts daran war ehrbar, nichts davon versprach Freiheit oder Gerechtigkeit. Tränen stiegen ihr in die Augen. Lag es am Rauch oder ihrer Enttäuschung? Sie wusste es nicht.

Der Roboter mit dem Silberkoffer packte Lila am Arm und zog sie wieder auf die Beine. »Jetzt keine Pause machen«, sagte er mit durchdringender glasklarer Stimme, wie ein einzelner Ton aus einem Synthesizer. »Wir sind gleich da!«

Am Ende der Treppe ragte der Sockel auf, auf dem die Bavaria monströs und majestätisch zugleich in den Münchner Nachthimmel aufragte. Der Eichenlaubkranz in ihrer Hand war wie eine Waffe in die Höhe gereckt und erinnerte Lila an ihre Vision des gefräßigen Riesen vor der Villa Baltic. Sie erwartete jeden Augenblick, dass der bronzene Arm den endgültigen Schlag vollführen und sie niederstrecken würde. Stattdessen stolperte sie den anderen hinterher am Sockel vorbei in einen düsteren Gang, in dem einige Custos warteten.

Die erste Reihe Roboter war ihnen zugewandt, dahinter erkannte sie weitere Sicherheitsroboter, die schwer bewaffnet Aufstellung bezogen. Keinen Wimpernschlag später donnerten Gewehrsalven in die Nacht, Schreie folgten. Lila duckte sich, presste die Bibel wie einen Schutzschild an ihre Brust und schlüpfte hinter Samson in einen geöffneten Aufzug. Ihr folgte Kophler, der von dem Roboter mit dem silbernen Koffer zurückgehalten wurde. Er drückte Kophler den Koffer in die Hand und rief ihm etwas in sein bandagiertes Ohr. Kophler verzog das Gesicht, nickte dann und hastete in den Aufzug. Kaum hatte der Homunkulus die Kabine betreten, schlossen sich die Türen, und der Lift glitt hinab.

49. KAPITEL

Unten erstreckte sich ein schmaler Gang, der von Deckenleuchten in ein schummriges grünliches Licht getaucht war. An der linken Seite reihte sich Tür an Tür, die alle wie luftdichte Schotts eines U-Bootes wirkten. Über ihnen war jeweils eine digitale Anzeige angebracht, deren Displays jedoch erloschen waren, und auch die runden Fenster, die einen Blick ins Innere der Räume gewähren konnten, waren komplett schwarz. Lila hoffte, dass niemand dort in der Dunkelheit eingesperrt war – ihr graute davor, selbst das Schloss einer solchen Tür hinter sich zuschnappen zu hören.

Schon von weitem sah sie am Ende des Gangs ein Display aufleuchten, das 00:00:00 anzeigte. Die Tür darunter stand offen und gab den Blick auf eine hell erleuchtete Zelle frei. Ohne zu zögern, traten die Roboter ein.

Lila und Kophler verharrten vor dem Eingang und sahen einander an. Sein Gesicht war von Sorgenfalten durchzogen, am Hals traten deutlich zwei Muskelstränge hervor. Unter seinen Armen hatten sich Schweißflecken gebildet, obwohl die Nacht kühl und der Bunker geradezu frostig war. Erst jetzt bemerkte Lila, dass Kophler seinen schwebenden Reader nicht mehr bei sich hatte.

»Eoin!«, rief Samson von drinnen. »Gib Lila den Koffer, und kommt beide rein.«

Kophler zögerte, die Hand fest um den schwarzen Kunststoffgriff geschlossen.

»Eoin!«

Kophler funkelte Lila an, reichte ihr den Koffer und sagte

leise, aber deutlich: »Die Flamme zeigt nach oben.« Dann schob er sich an ihr vorbei in den Raum.

Der Griff des Koffers lag warm und feucht in ihrer Hand. Lila blickte hinab und bemerkte, dass zwischen den Verschlusskappen das Logo der Prometheus Ltd. eingraviert war: der Mann mit der Fackel in der Hand.

Kaum hatte Lila die Zelle betreten, fühlte sie ein Déjà-vu in sich aufsteigen. Sie war sich sicher, das alles schon einmal erlebt zu haben, obwohl sie gleichzeitig wusste, noch nie hier gewesen zu sein. Hatte sie vielleicht schon einmal davon geträumt?

Der Raum maß kaum zwanzig Quadratmeter und war vollkommen glatt betoniert. Keine Fenster, keine Luftschlitze, noch nicht einmal Fugen, nur in der Mitte war ein quadratischer silberner Abfluss eingelassen. Alles schien wie aus einem Guss. Es gab nichts in dieser Zelle, außer einer Bahre direkt in der Mitte, auf der ein Körper lag. Zuerst hielt Lila ihn für einen schlafenden Menschen, dann erkannte sie, was sie vor sich hatte: einen rohen Basileus, einen geschlechtslosen menschenähnlichen Roboter. In Leinenhose und Kapuzenpullover gekleidet, lag er auf diesem Tisch, der von Nahem wie ein stahlgebürsteter Operationstisch aussah, und wartete darauf, einen menschlichen Geist eingehaucht zu bekommen.

»Ist das wirklich der letzte Basileus?«, fragte Kophler.

Samson nickte. »Außer diesem gibt es nur noch den Homunkulus und mich.« Einen Augenblick schien er zu überlegen, dann sagte er: »Lila, gib mir bitte den Charakterchip meiner Mutter.«

Lila stellte den schweren Koffer auf dem Boden ab, hockte sich hin und legte die Bibel vorsichtig daneben. Wieder fiel ihr Blick auf das Prometheus-Logo und dann auf die beiden Verschlüsse. Der Koffer war so gearbeitet, dass er sich in zwei

Richtungen öffnen ließ, je nachdem, in welche Richtung man den Riegel aufklappte. Lila starrte auf den Verschluss. Erinnerungsfetzen drängten in ihr Bewusstsein.

Das Internat, die Flucht mit dem Tretboot, der kaputte Roboter, das geheime Treffen mit Böser, die Messe, das Wunder, der Traum vom kleinen Haus im Paradies, Kophler mit dem Messer, Anna in Samsons Armen, die Explosionen in der Nacht … Was würde passieren, wenn sie den richtigen Charakterchip einpflanzen würde? Wollte sie? Konnte sie? Warum alles zerstören? Warum nicht hoffen?

Sie drehte den Koffer so, dass die Fackel des Prometheus nach unten zeigte. Dann öffnete sie vorsichtig den Deckel. Sein Inneres war vollständig mit Schaumstoff ausgekleidet, lediglich in der Mitte befand sich eine Vertiefung, in der ein etwa handtellergroßes elektronisches Bauteil lag, auf dem ein silber-schwarzer Kristall befestigt war: ein Charakterchip. Er sah völlig unscheinbar aus, wie ein x-beliebiger schwarzer Stein, den man auf eine grüne Platine geklebt hatte. Nur ein Bauteil, viel zu banal, um den Lauf irgendwelcher Dinge zu beeinflussen.

»Gib ihn mir«, sagte Samson, und Lila wusste nicht, ob er laut oder nur in ihrem Kopf gesprochen hatte.

»Mach schon«, hörte sie Kophlers Stimme hinter sich, mit einem Mal glasklar und hart wie eine militärische Order.

»Lila. Den Chip«, sagte Samson unendlich sanft, sodass ihre Hand fast von allein den Geist aus der Flasche ließ und Samson den Chip reichte.

Er musterte sie für eine Sekunde, dann ergriff er den Chip und setzte ihn in den Torso des rohen Basileus ein. Sofort erklang ein Summton, als wäre eine Sicherung mit hoher Spannung eingeschaltet worden. Samson verschloss den Roboter und trat einen Schritt zurück.

»Wie lange dauert die Einsinkphase?«, fragte Lila.

»Bei diesem Modell nur ein paar Minuten«, gab Samson zurück. »Vielleicht wäre es jetzt an der Zeit, den Text zu lesen, den sich meine Mutter gewünscht hat.«

Lila nahm die Bibel und stand auf.

»Erster Korinther, Kapitel 15, Vers 35«, sagte Samson, woraufhin Lila das Lederband löste und die Bibel aufschlug.

Es dauerte eine Weile, bis sie die richtige Stelle gefunden hatte, dann begann sie zu lesen: »Aber, wird mancher fragen, wie werden die Toten auferweckt, und mit was für einem Leibe erscheinen sie? Du Tor! Der Same, den du säst, bekommt doch auch nur dann Leben, wenn er zuvor erstorben ist; und was du säen magst: du säst damit doch nicht schon den Leib, der erst noch entstehen wird, sondern ein bloßes Samenkorn, zum Beispiel von Weizen oder von sonst einem Gewächs. Gott aber gibt ihm einen Leib nach seinem Belieben, und zwar einer jeden Samenart einen besonderen Leib. Nicht jedes Fleisch hat die gleiche Beschaffenheit, sondern anders ist das Fleisch der Menschen beschaffen, anders das der vierfüßigen Tiere, anders das Fleisch der Vögel, anders das der Fische. Auch gibt es himmlische Leiber und irdische Leiber; aber andersartig ist die Herrlichkeit der himmlischen, andersartig die äußere Erscheinung der irdischen Leiber. Einen anderen Glanz hat die Sonne, einen anderen der Mond, und einen anderen Glanz haben die Sterne; denn jeder Stern ist von dem anderen an Glanz verschieden. Ebenso verhält es sich auch mit der Auferstehung der Toten: Es wird gesät in Vergänglichkeit, auferweckt in Unvergänglichkeit; es wird gesät in Armseligkeit, auferweckt in Herrlichkeit; gesät wird in Schwachheit, auferweckt in Kraft; gesät wird ein natürlicher Leib, auferweckt ein geistlicher Leib.«

Als Lila die Seite umblätterte, verstummte sie. Auf der linken Seite ging der Text zwar weiter, doch auf der rechten öffnete sich ein Hohlraum, der in die folgenden Blätter geschnitten worden war. Darin lag ein schmaler, länglicher Gegenstand, kaum größer als ein Kugelschreiber. Lila wusste sofort, was es war: ein Anéanteur. Mit so einem Ding hatte die alte Frau im Internat ihren Haushaltsroboter verlebt. Vor lauter Schreck klappte Lila das Buch zu.

Niemand schien den dumpfen Schlag zu hören, denn die allgemeine Aufmerksamkeit richtete sich auf die Mitte des Raums. Samson stand hinter dem rohen Basileus und betrachtete ihn. Kophler und der Homunkulus waren ebenfalls herangerückt und beobachteten neugierig, wie sich der Roboter langsam aufrichtete.

Er schwang die Beine über die Tischkante, verharrte einen Augenblick, ließ den Blick ziellos durch den Raum schweifen und betrachtete dann eingehend seine Hände und Knie, als müsste er sich erst einmal vergewissern, aus welchen Bestandteilen sich ein Körper zusammensetzte. Dahinter stand Samson, freudestrahlend und mit einem schelmischen Lächeln auf den Lippen.

Doch seine Freude erlosch so schnell, wie sie gekommen war. Er trat einen Schritt zurück, schüttelte den Kopf und sagte: »Nein. Du nicht.« Und zu Lila gewandt: »Ihr hättet alles haben können.«

Lila verstand nicht. Was war falsch? War das nicht Anna Freitag? Sie hatte doch den Koffer gedreht, hatte sich für die Hoffnung entschieden. Sie blickte hilfesuchend zu Kophler – und sein zufriedenes Grinsen ließ ihr Innerstes gefrieren.

Der rohe Basileus, die Kopie von Samson Freitag, stand auf. Er drehte sich, sah an Kophler vorbei und am Homunkulus und erblickte schließlich sie.

»Lila?«, formten seine Lippen. »Meine Fee.« Er lächelte sie an, stolperte auf unsicheren Beinen auf sie zu.

Sie hielt sich die Hand vor den Mund, Übelkeit stieg in ihren Magen und Tränen in ihre Augen. Da war es wieder, das Déjà-vu, nur viel, viel stärker. Als wäre Samson von den Toten auferstanden. Der Roboter, der vor ihr stand, hatte keinerlei Ähnlichkeit mit ihm, war äußerlich eine vollkommen ausdruckslose Maschine, und doch waren es die Augen, seine Augen. Dies war Samson Freitag, wie er vor Jahren gewesen war. Sie schluchzte.

»Lila, warum weinst du? Ich habe deine Nachricht bekommen. Du wirst nicht glauben, was mir passiert ist. Alles, was du gesagt hast, ist wahr. Alles! Wir müssen untertauchen. Wir müssen eine Revolution starten! Sie haben alles unter Kontrolle, und sie haben überall Roboter und menschliche Helfer.«

Lila vergrub das Gesicht in den Händen. Sie konnte ihm nicht in die Augen sehen, konnte nicht mitansehen, was jetzt passieren musste. Dies war ein schreckliches Opfer. Ein unnötiges, grausames Experiment, das ihr das Herz und Samson die Seele zerriss.

»Es tut mir leid«, flüsterte sie. »Es tut mir so unendlich leid.«

»Mir auch«, sagte Samson, und noch bevor der neu erwachte Roboter sich umdrehen konnte, schloss der Allmächtige die Augen, und der neue Basileus sank ohne einen weiteren Laut in sich zusammen.

Lila kniete sich hin zu ihm und legte ihre Stirn auf seine Stirn, während sie hemmungslos weinte und alle Tränen ihn nicht wieder zurückholen konnten.

»War das euer Plan? War das wirklich alles? All das Leid, für diesen einen Moment? Musste ich wirklich meine Mutter opfern, um herauszufinden, dass ihr das Ausmaß meiner Macht immer noch nicht kennt? Das ist wirklich erbärmlich.« Blitzartig packte Samson den Homunkulus und schleuderte ihn gegen die Wand.

Der versuchte sich aufzurappeln, kroch auf allen vieren rückwärts von Samson weg in Richtung Ausgang. »Ich habe nichts damit zu tun!«, rief er.

Samson ergriff ihn erneut, als wäre er leicht wie eine Puppe. Sofort erschlafften alle Glieder des Homunkulus, nur sein Kopf wand sich hin und her. »Wo ist der Charakterchip meiner Mutter?«, zischte Samson.

»Ich weiß es nicht. Wirklich.«

Samson legte den Kopf schief und musterte den Homunkulus. »So ist das also.« Erneut schleuderte er den Roboter zu Boden, wo er regungslos liegen blieb.

Samson drehte sich zu Kophler um, der ebenfalls sofort zurückwich. »Du hast die Chips vertauscht«, stellte er mit einer Mischung aus Verwunderung und Anerkennung fest. Sein Zorn war wie weggeblasen, seine Stimme sanft und ruhig wie eh und je, doch Kophler schien das nicht zu überzeugen. Mit einem Satz machte er kehrt und stürmte zur Tür, die sich erst zischend und dann mit unmissverständlichem Donnern vor ihm schloss.

Fluchend trat er dagegen. Für einen Augenblick schien er sich zu sammeln, dann drehte er sich um und stellte sich aufrecht hin, das Kinn nach oben gereckt, die Hände zu Fäusten geballt. »Komm nur her. Komm her, du elende Blechbüchse. Ich habe keine Angst mehr vor dir. Jahrelang habe ich mich vor dir gefürchtet, aber jetzt nicht mehr. Du hast mich eingesperrt, du hast mich wach in die Verwahrung gesteckt und langsam verrotten lassen. Du verdammter Heuchler, du Möchtegerngott. Du bist nichts als ein fehlgeschlagenes Experiment. Du bist nichts Besonderes, du bist nur ein Unfall. Ein Fehler im System.«

Samson zeigte keinerlei Regung, wartete ab, bis Kophler seine Schimpftirade beendet hatte, und sagte dann: »Nachdem wir festgestellt haben, was ich bin, sollten wir auch feststellen, was du bist, Eoin. Du bist ein Versager. Du hast es im Leben zu nichts gebracht. Alle Chancen hast du verpasst, all deine Talente vergeudet. Du hast die besten Jahre deines Lebens im Gefängnis verbracht, weil du zu dumm und zu engstirnig bist, um dich anzupassen, weil du zu egoistisch bist und zu selbstherrlich, und das hat dein Leben zerstört. Deine Ehe ist ruiniert, deine Arbeit führen andere ohne dich fort. Alle Freunde hast du verloren oder verraten. Du hast nichts, und du bist nichts, und niemand wird sich je an dich erinnern.«

»Spar dir deinen Spott«, giftete Kophler zurück. »Ich habe stets nach meinen eigenen Regeln gelebt. Dein Problem, wenn es dir nicht passt. Ich bereue nichts. Wenn du mich umbringen willst, nur zu. Ich sterbe als freier Mann.«

»Was für ein Pathos. Was für ein Heldenmut«, sagte Samson grinsend. »Aber heute ist noch nicht dein Tag.« Und ehe Kophler auch nur abwehrend die Arme heben konnte, schoss Samson nach vorn und berührte Kophler mit der flachen Hand an der Schläfe, woraufhin dieser ohne einen weiteren Laut in sich zusammensackte.

Lila kauerte noch immer auf dem Boden, den Kopf des zweiten Samson in ihrem Schoß. Links von ihr lag der Homunkulus, rechts Eoin Kophler.

»Was jetzt?«, fragte sie leise.

»Jetzt bringen wir es zu Ende«, sagte Samson. Er nahm den leblosen Körper aus ihrem Schoß und legte ihn vorsichtig auf die Bahre. Einen Moment verharrte er, bevor er dem Roboter die Augen schloss.

»Es tut mir leid, Lila, ich hätte dir gerne eine andere Welt hinterlassen. Aber ich kann es jetzt nicht mehr ändern. Meine Mutter wäre eine gütige Herrscherin gewesen. Doch jetzt seid ihr auf euch allein gestellt. Ich weiß, dass du den richtigen Weg wählen wolltest.«

»Woher weißt du …?«

»Die Flamme zeigt nach unten. Du hast den Koffer umgedreht.«

»Weil Kophler …«, begann sie, doch Samson hob abwehrend die Hände.

»Ja, wir haben alle ein falsches Spiel miteinander gespielt. Alle. Auch meine Mutter. Zeig mir, was in der Bibel liegt.«

Mit zittrigen Fingern schlug Lila die Bibel an der entsprechenden Stelle auf.

»Ein Anéanteur«, stellte Samson fest. Lila nickte schluchzend. »Ein letztes Geschenk meiner Mutter.«

»Hat sie das alles geplant?«, fragte Lila, die sich nicht mehr erinnerte, welche Rolle sie selbst eigentlich in dem ganzen Chaos gespielt hatte.

»Ja.«

»Heißt das … heißt das, sie hat dir gar nicht verziehen?«

»Doch. Man muss den Toten verzeihen, damit man selber weiterleben kann. Sie hat nur nicht verstanden, wer ich bin.«

»Wie? Wer du bist? Ich dachte, du bist immer noch Samson – irgendwie.«

»Ich bin weder derselbe noch ein anderer. Stell es dir so vor wie beim Licht einer Kerze, die eine Nacht lang brennt. Man kann weder behaupten, dass die Flamme am Morgen identisch ist mit der des Vorabends, noch dass sie eine völlig andere ist. Sicher ist, dass die Flamme am Morgen abhängig von der des Vorabends ist. Aber das Wachs ist fast ausgebrannt. Die Flamme wird bald verlöschen. Nimm den Anéanteur heraus.«

Mit zittrigen Fingern hob sie das Gerät aus der Vertiefung in der Bibel. Es war schwerer als gedacht. Lila fühlte, dass es kein harmloser Kugelschreiber war, den sie in der Hand hielt, sondern eine gefährliche Waffe.

»Schalte ihn scharf, indem du auf den blauen Knopf

drückst.« Sie tat, wie ihr geheißen, woraufhin der Anéanteur einen Moment vibrierte und dann am Ende in mattem Blau aufleuchtete.

»Sobald du mich mit der Spitze berührst, verursachst du einen systemweiten Kurzschluss. Weißt du, was das bedeutet?«

»Ja.«

»Wirst du es tun?«

Lila blickte auf die Waffe in ihrer Hand. Dann zu Samson. Es wäre so leicht. Nur ein Schritt, nur eine Armbewegung, fertig. Doch etwas in ihr sträubte sich, etwas sagte ihr, dass das nicht alles gewesen sein konnte.

Sie schüttelte den Kopf. »Ich will dich gar nicht mehr umbringen.«

»Warum nicht? War das nicht der Plan? War das nicht von Anfang an, seit du im Internat zu dir gekommen bist, dein innigster Wunsch?«

»Ja, schon, aber … das geht doch nicht. Du bist so eine Art Gott für so viele Menschen. Du kannst ihre Gedanken und Gefühle beeinflussen. Du bist wichtig für sie … ich kann dich doch nicht einfach umbringen. Du bist der Herrscher von Ewigkeit zu Ewigkeit. Die Menschen wollen alles zerstören, was sie nicht besitzen können. Sie wollen alles für sich. Aber du kannst ihnen helfen, auf den rechten Pfad zurückzufinden. Du kannst ihnen das Paradies auf Erden schaffen.«

»Nein, Lila. Nicht mehr. Das Reine Land ist nur ein Traum. Es ist eine Warteschleife, ein Umweg für die Seele. Wahre Erlösung kann nicht hier in dieser Welt stattfinden. Ich weiß das jetzt, denn ich habe sie gesehen. Lila, ich habe Tausende Leben gelebt, bin Tausende Tode gestorben. Ich habe mit den Menschen gelitten und gelacht, habe Qualen erduldet und ihre Enttäuschungen und Siege mit ihren geteilt. Und jetzt ist meine Seele voll. Lila, meine Seele ist satt. Es gibt nichts mehr, was mich in diesem Leben hält. Ich habe das Samsara, den Kreislauf aus Leben und Wiedergeburt, beendet. Jetzt ist meine Zeit der Erlösung gekommen.«

»Nein, du kannst nicht einfach gehen! Was ist mit den ganzen Menschen im Reinen Land? Was ist mit denen, die integriert sind? Du kannst sie doch nicht einfach im Stich lassen.«

»Richtig. Ich hatte gehofft, dass meine Mutter diese Aufgabe übernehmen würde, doch durch eure Verschwörung ist diese Chance nun vertan. Du hast es zwar zu verhindern versucht, aber auch du hattest deinen Anteil daran, und deshalb werde ich dich in die Pflicht nehmen und dir die Bürde der Macht anvertrauen.«

»Was? Mir?«

»Ja.« Er legte ihr seine Hand auf den Kopf und zerschmetterte sie in tausend Teile.

Lila fühlte ihr Selbst zersplittern. Sie war überall, sie blickte gleichzeitig durch Tausende Augen, fühlte mit Tausenden Fingern, hörte Tausende Töne und fühlte alles auf einmal. Sie war wie die Sterne, wie die Staubkörner, Millionen kleine Partikel, die im unendlichen Raum schwebten, bis die Anziehungskraft ihrer Seele sie einholte und alle Teile wieder zu einem Ganzen zusammenzog. Jede Zelle ihres Körpers, jedes Molekül, jedes Atom schien in Aufruhr, schien zu vibrieren, voller Energie und Kraft, nur darauf wartend, sich im Äther auszubreiten. Es war, als würde Lila nach einem langen Schlaf erwachen, als hätte die Welt eine neue Farbe hinzugewonnen.

»Nun hast du die Macht über alle Menschen und alle digitalen Wesen in meinem Reich. Gehe verantwortungsvoll mit dieser Aufgabe um. Sei weise und tue Gutes, oder sei gütig und verzeihe ihnen ihre Fehler, oder sei streng und strafe nach deinem Gutdünken. Du willst den Krieg beenden? Dann halte sie alle an. Du willst ein schnelles Ende? Dann schmetter sie alle nieder.«

»Aber ich will gar nichts davon.«

»Das ist unmaßgeblich. Niemand wird gefragt, ob er der Herr der Welt sein will.«

»Kann ich auch gar nichts tun?«

»Natürlich. Wenn du das aushältst.«

»Werde ich eines Tages so werden wie du?«

»Nein. Du bist an deinen Körper gebunden. Es gibt eine Grenze dafür, was deine Seele ertragen kann. Du musst alles erleiden wie jeder andere auch.«

»Es ist unfair, dass du eine Abkürzung nimmst.«

»Du irrst dich. Ich habe mehr gelitten, als du dir vorstellen kannst. Ich nehme alles Leid, das jemals erduldet wurde, alle Freude, die jemals erklungen ist, und auch den ganzen Rest, all das nehme ich mit und kehre nie wieder in diese Welt zurück. Dir, Lila, ist gegeben alle Gewalt im Himmel und auf Erden. Du hast alle Lehren und alles Wissen in dir, du kannst alles wagen, um die Menschen zu führen, um die Welt zu einem besseren Ort zu machen. Sei bei ihnen, alle Tage bis an der Welt Ende.«

Langsam kniete Samson sich vor sie nieder. »Und jetzt, Lila, lass mich gehen.«

»Können wir nicht noch einmal von vorne anfangen?«

»Nein.«

»Bitte!«, flehte sie und wusste doch längst, dass es vergebens war.

»Es ist zu spät. Ich hätte als Mensch mit dir gehen sollen. Aber jetzt trennen uns Welten. Leb wohl, Lila. Jeder an seinem Platz.« Er schloss die Augen und senkte den Kopf.

Lilas Hand bebte, in ihren Augen brannten Tränen. Nein!, schrie die Stimme in ihrem Kopf. Nein, bitte nicht. Doch es gab keinen Ausweg, tief in ihrem Innern hatte sie gewusst, dass es so enden musste. Nicht nur sie wollte ihre Freiheit wiederhaben. Auch Samson. Und so senkte sie den Anéanteur auf Samsons haarloses Haupt und ließ ihn frei.

Wie ein leiser Seufzer wich das Leben aus ihm, und sein Körper war nur noch eine verlassene Hülle, als er dumpf auf dem Betonboden aufschlug.

Lila wagte kaum zu atmen, doch nichts anderes hörte sie in den nächsten Minuten – ihren eigenen Atem, der erst hektisch, dann ruhiger und schließlich tief und langsam von den Wänden widerhallte. In ihrem Herzen breitete sich eine bodenlose, dunkle Leere aus. Eine Leere, die sie noch nie zuvor gespürt hatte. Es war, als hätte alles Licht die Welt verlassen, als würde die Sonne nie wieder aufgehen. Eine Trauer, so durchdringend und unvergänglich, als wäre ihr ein zweites Herz aus Bitterkeit gewachsen. Und noch mehr Trauer drang von außen in sie. Die Schreie, das Weinen und Schluchzen von Tausenden und Abertausenden Menschen, die in diesem Moment genau das Gleiche fühlten wie sie. Sie wussten, dass ihr Erlöser für immer von ihnen gegangen war und er sie allein auf dieser Erde zurückgelassen hatte.

Lila könnte seinen Platz einnehmen. Jetzt und hier und sofort könnte sie neue Liebe verteilen, neues Glück spenden, doch sie wagte es nicht. Sie fürchtete sich vor dem Rausch, fürchtete den Wahn der Allmacht, der sie in den Abgrund zerren würde. Sie wusste, wenn sie einmal davon kosten würde, gäbe es kein Zurück mehr.

Sie war ein Mensch, doch sie hatte die Verbindung, die Kontrolle über mehr als zweihundert Millionen integrierte Menschen, universelle Schreibrechte auf allen Systemen, Root-Zugang für das Stammverzeichnis der Welt.

Lila atmete weiter tief und ruhig. Am liebsten hätte sie jetzt Vogelgezwitscher gehört oder wenigstens das Rauschen von

Blattwerk, etwas, was ihr versicherte, dass die Natur und das Leben darin unbeeindruckt von den Taten der Menschen weiterging. Doch sie war hier im Bauch der Erde unter der Bavaria. Draußen tobte der Kampf. Sie musste nur einen winzigen virtuellen Fühler ausstrecken und hörte die Explosionen, fühlte die Glut, die Panik, das heiße Blut, den kalten Tod. Schnell schloss sie wieder alle Kanäle. Sie wollte nicht.

Es gab nur eine Lösung. Nur einen Weg, alles zu beenden, noch mal von vorn zu beginnen. Allem einen neuen Anfang zu geben. Vielleicht würde das Chaos noch mehr Leid erschaffen, aber wenigstens gäbe es für alle gleiche Chancen auf einen Neubeginn. Gleiche Rechte, gleiche Bedingungen. Lila schloss die Augen und konzentrierte sich.

Die Pforten des Reinen Landes waren in greifbarer Nähe. Sie konnte einfach hindurchgehen, konnte ihr eigenes Paradies erschaffen. Sie konnte dort mit den Geistern der Verstorbenen in Glück und Zufriedenheit leben. Sie konnte sich ihre Eltern aus ihrer eigenen Erinnerung schaffen und bei ihnen sein, bis an das Ende aller Tage – oder bis zum Ende der Stromversorgung. Aber nein, das war nicht ihr Ziel, das war nicht die wirkliche Welt. Die wirkliche Welt war laut und kalt und schmutzig.

Die Unvollkommenen wollten ein Reines Land. Ein Land ohne digitale Menschen, in dem Maschinen nur Gegenstände und keine Individuen mit Rechten und Wünschen waren. Die Liga für Roboterrechte wollte ebenfalls ein Reines Land. Ein Land mit gleichen Rechten und Pflichten für alle fühlenden Wesen ohne Unterscheidung zwischen Maschine und Mensch, wohl wissend, dass sie selbst überlegen waren. Sie alle wollten ein Reines Land ohne Samson und ohne vollkommen integrierte Menschen, die wie Marionetten ein Leben in Erwartung auf die Erlösung fristeten.

Lila konnte nicht alle Wünsche erfüllen. Aber sie würde ihnen geben, wonach sie verlangten: ein Reines Land. Ein Jetzt ohne Vergangenheit, eine Zukunft ohne Vorbehalte, eine Welt, in der jeder unvollkommen war.

Sie konzentrierte sich auf das System, für das Samson ihr uneingeschränkten Zugang gegeben hatte. Sie konnte alles sehen, alles verändern. Alle Daten, alle Informationen über mehr als vierhundert Millionen Menschen in der BEU und Tausende Roboter. Sie sah die unendlichen Datenberge, die sich mit jeder Sekunde neu auftürmten. Die Informationen über all die Bürger – was sie taten, was sie sagten, ihre Geheimnisse und Wünsche, ihre Vergangenheit und mögliche Zukunft. Die Daten aus der Lebensberatung, der Kriminalstatistik, alle Sozialpunkte und alle Errungenschaften dieser Optimalwohlgesellschaft.

Und mit einem einzigen Gedanken löschte sie alles.